Antonia Brauer
Die Töchter des Geistbeckbauern
Jahre des Säens

Antonia Brauer

DIE TÖCHTER DES GEISTBECKBAUERN

Jahre des Säens

Roman

dtv

Originalausgabe
© 2022 dtv Verlagsgesellschaft mbH & Co. KG, München
Umschlaggestaltung: zero-media.net, München
Umschlagmotiv: FinePic®, München
Satz: C.H.Beck.Media.Solutions, Nördlingen
Gesetzt aus der Stempel Garamond
Druck und Bindung: Druckerei C.H.Beck, Nördlingen
Printed in Germany · ISBN 978-3-423-22008-8

Es war ein weiter Weg von München bis nach Deimhausen, ein sehr weiter. Vor allem, wenn die Sonne herabbrannte und die Beine schmerzten, was sie spätestens nach Hohenkammer taten. Das Stück bis nach Tegernbach ging höllisch in die Waden. Immer wieder musste Wally absitzen und durchschnaufen, sich die Haare aus der schweißnassen Stirn wischen und sich selbst antreiben. Hätte sie Geld gehabt, wäre sie wenigstens unterwegs eingekehrt, hätte sich eine Brezen gekauft oder, noch viel lieber, einen Krug Bier. Ja, das wäre eine schöne Erfrischung gewesen. Aber sie hatte kein Geld. Jedenfalls keines, das sie ausgeben durfte. Zu wertvoll waren die paar Münzen, die sie sich hart erarbeitet hatte. Und so weit war es ja nicht mehr. Sie konnte den Hügel von Hohenwart schon sehen, auf dem die stolze Klosterkirche stand. Ihr Heimatdorf lag näher, war aber noch nicht zu erkennen, da es sich in einer Senke verbarg und erst, kurz bevor man es erreichte, hinter den Bäumen auftauchte.

Der Weg führte Wally durch das Nachbardorf Freinhausen, vorbei an der Hardt'schen Wirtschaft. Hinter den mächtigen Birken, die hier die Straße säumten, schlängelte sich die Paar, ein träger, hellgrüner Fluss, in den sie als Kinder manches Mal zum Schwimmen gehüpft waren, nur um völlig von Mücken zerstochen nach Hause zu kommen.

Mehr als einmal hatte sie Blutegel von ihren Beinen gepflückt. Und doch: Schön war es gewesen. Überhaupt war ihre Kindheit nicht anders als glücklich zu nennen, und das überraschte Wally selbst am meisten, wenn sie daran dachte, wie einfach sie war. Wie einfach *alles* damals war. Es hatte kleine Freuden gegeben, aber große Härten und manches an Entbehrung. Dabei war der Hof, von dem sie stammte, ein großer und bedeutender gewesen! Aber so, wie die Unbeschwertheit der Kindheit vergangen war, schien auch die große Zeit der Familie Geistbeck vorüber.

Dennoch freute sie sich auf zu Hause! Sie strengte sich an. Die Straße würde jetzt keine Steigung mehr haben, sie verlief gerade und eben zwischen grünen Wiesen und Feldern. Jetzt, da sie so nah war, spürte Wally auch, wie ihre Kräfte zurückkehrten. Das Dorf in wenigen Minuten wiederzusehen, ihre Familie wiederzusehen, *ihn* wiederzusehen …

Wenn sie an Ludwig dachte, klopfte ihr Herz unwillkürlich schneller. Ob er überhaupt da war? Und ob er wirklich auf sie gewartet hatte, wie er es ihr versprochen hatte? Sie hatte noch seine Worte im Ohr. »Du weißt, wo du mich findest, Wally«, hatte er mit rauer Stimme gesagt. »Pass auf dich auf.«

Sie hatte nur genickt und ihm ein Busserl auf die Wange gegeben und eines auf die andere, bis er sie an den Armen gepackt und ganz fest gehalten und geküsst hatte. Jetzt noch, wenn sie daran dachte, spürte sie, wie ihr das Blut in die Wangen schoss. *Ludwig*, dachte sie, wie so oft in den zurückliegenden Monaten.

So kurz vor dem Ziel schien das Fahrrad auf einmal wie

von allein über die Straße zu rollen. Wally lachte, als sie auf die Abzweigung nach Deimhausen einbog. Von der Kreuzung aus waren es nur noch zweihundert Meter und vom Ortsrand bis zum Hof ihrer Eltern ein Katzensprung.

Sie strahlte. Was für eine gute Idee war das gewesen, sich im Kloster das Fahrrad zu leihen und den halben freien Tag für die Fahrt nach Deimhausen zu nutzen! Nun hatte sie einen Abend und eine Nacht bei ihrer Familie und Ludwig vor sich. Erst morgen früh würde sie zurückfahren und … und dann traf es sie wie ein Schlag, als sie erkannte, was geschehen war.

I.
Winterlamm

Hallertau 1911

1.

Als die Wehen einsetzten, war draußen einer der Knechte beim Schneeräumen zu hören. Seine schwere Schaufel scharrte über den Hof, um Wege zu schaffen zwischen den Unterkünften der Knechte und Mägde über der Scheune und dem Stall auf der einen Seite und dem Bauernhaus auf der anderen. Es war ein Vierseithof, auf dem die Geistbecks lebten. Sie hatten wenig Vieh – ein paar Kühe nur und ein paar Sauen –, aber eine beachtliche Menge Land, auf dem sie Hopfen, Gerste, etwas Hafer und Kartoffeln anbauten. Außerdem gab es zwei große Obstwiesen und einen Fischweiher, und dazu hatten sie das Gasthaus: den »Postwirt«.

Während die beiden Knechte Rupp und Alfred schon in tiefster Dunkelheit begonnen hatten, den Schnee zu räumen, der in der Nacht gefallen war, hatte Lena, die Magd, Kreszentia geholfen, die Feuer zu schüren, damit es im Wirtshaus nicht so eisig kalt war und die dreizehnjährige Zenzi in der Küche bald den warmen Haferbrei zubereiten konnte, den es jeden Tag zum Frühstück gab.

Walburga Geistbeck selbst war an diesem Tag in der Kammer geblieben, weil sie beim Aufstehen plötzlich ein heftiges Ziehen im Leib gespürt hatte. Das Kind kündigte sich an, das vierte. Dreimal hatte sie schon eines zur Welt gebracht. Allerdings stammten nur zwei von ihrem Ehemann Georg. Kreszentia, die Älteste, war einige Jahre vor ihrer Ehe zur Welt gekommen. Walburga war damals mit Josef Zellner verlobt und dumm genug gewesen, nicht bis zur Hochzeit zu warten, und dann war Josef unter den Erntewagen gekommen und nicht mehr aufgestanden. Aber sie war schon schwanger gewesen – eine Schande, die sie beinahe jede Aussicht auf ein gutes Leben gekostet hätte. Dass ausgerechnet der Geistbeck Georg sie nehmen würde, damit hatte sie nicht gerechnet. Ein so fescher Bursche und Erbe eines der größten Höfe am Ort noch dazu! Die Leute hatten sich zwar das Maul zerrissen, aber irgendwann war es damit vorbei gewesen. Sie hatten andere Themen gefunden und sich daran gewöhnt – zumal Walburga eine patente Bäuerin und Wirtin geworden war, bei der man gern zu Gast war und die sich auf die besten Knödel und Apfelstrudel weit und breit verstand.

Walburga Geistbeck war glücklich, ihrem Mann ein weiteres Kind zu gebären. Er mochte zwar manchmal ein Hallodri sein und vielleicht auch nicht immer gut genug aufs Geld achten, aber er war nach wie vor ein gut aussehender und geachteter Mann. Er wusste die Menschen zu nehmen, und er brachte alle gern zum Lachen – auch sie –, und zu lachen hatte man auf einem Gutshof wie dem ihren normalerweise nicht viel, denn es gab immerzu Arbeit. Vom Morgengrauen bis in die späten Abendstunden hieß es anpacken.

Nur an diesem Tag würde sich Walburga Geistbeck eine Pause genehmigen und ihr Kind zur Welt bringen, vielleicht ja sogar einen Buben. Sie freute sich zwar nicht auf die Geburt, weil sie wusste, dass sie kein Talent für eine leichte Niederkunft hatte, aber sie freute sich, dass die letzte, beschwerliche Zeit der Schwangerschaft endlich vorbei war. In ein paar Tagen würde sie sich wieder bewegen können wie die Frau von Mitte dreißig, die sie war.

Ihr Mann war unten und wies die Knechte an. Wahrscheinlich hatte er auch selbst bereits zur Schaufel gegriffen. In diesem Winter hatten sie so viel Schnee wie schon sehr lange nicht mehr. Meterhoch türmte er sich auf der Westseite des Hofs. Aus den Fenstern im Erdgeschoss konnte man seit Tagen nicht mehr schauen. Vom Misthaufen war nur noch der Teil zu sehen, den die Knechte gestern aufgeschüttet hatten – die Wärme hatte den Schnee an der Stelle zum Schmelzen gebracht.

Mühsam richtete sich Walburga auf, um nachzuschauen, wie viel Schnee in dieser Nacht wieder dazugekommen war. In dem Moment steckte Lena den Kopf zur Tür herein. »Herrin, ich wollt nachschaun, wie's dir geht.«

»Das ist recht, Leni. Mir geht's so, wie's einem halt geht, wenn man die eigenen Füß nicht sieht.«

Die Frauen lachten. Lena griff der Bäuerin unter den Arm und half ihr aus dem Bett. Durch ein winziges Loch zwischen den Eisblumen am Fenster konnte Walburga beobachten, wie Rupp die Schaufel schwang. Ein kräftiger Kerl war er, der Knecht. Und treu. Seit sieben Jahren war er auf dem Hof, was unüblich war. Die Knechte zogen normalerweise alle paar Jahre weiter und suchten sich einen neuen Hof.

Eine weitere Wehe kündigte sich an und zwang Walburga aufs Bett. »Lieber Gott, mach, dass es schnell geht und nicht so furchtbar schwer wird wie's letzte Mal«, betete sie und griff nach dem alten Rosenkranz, der stets auf dem Nachtschränkchen neben ihrem Bett lag. Einen solchen Winter hatte sie noch nicht gesehen. Sie würde in jedem Fall ohne Hebamme oder Arzt zurechtkommen müssen. Ein wenig Sorge machte es ihr doch. Ihre eigene Mutter war schließlich bei ihrer Geburt gestorben. Ein Kind zur Welt zu bringen, das wusste ein jeder, war für eine Frau immer noch die gefährlichste Aufgabe.

Zum Glück hatte sie Zenzi. Die hatte schon vor vier Jahren bei Resis Geburt mitgeholfen. Sie würde ihr auch diesmal helfen. Es hatte wahrlich sein Gutes, wenn man eine große Tochter hatte. Vor allem, wenn es so ein herzensgutes Mädel war wie Kreszentia. Sorgen machte sich Walburga Geistbeck nur, ob die Zenzi irgendwann auch selbst einen Mann bekommen würde, denn sie war ein uneheliches Kind, ein Bankert, und eine große Mitgift konnte ihr der Stiefvater auch nicht geben, so wie es um das Geld im Hause Geistbeck stand.

»Weil er auch ein solcher Bazi ist«, haderte Walburga leise. Aber dann waren es doch die zärtlichsten Gefühle, mit denen sie an ihren Mann dachte. Bis der Schmerz so heftig wurde, dass sie ihn zum Teufel wünschte und seine dauernde Lust, die ihr diese Schmerzen eingebrockt hatte.

❊❊❊

Es wurde ein Mädchen. Und die Geburt war vergleichsweise leicht gewesen. Gewiss, Walburga hatte Schmerzen gelitten, aber es war schnell gegangen und ohne Komplikationen. Vielleicht hatte es geholfen, dass sie den Rosenkranz bei der letzten Wallfahrtsmesse in Steinerskirchen hatte segnen lassen. Sie hielt ihn immer noch fest in der Faust, als ihr Leni das Kind auf den Bauch legte. »Ein Mädel ist's, Frau Geistbeck.«

»Ein Mädel, mei, schon wieder.« Walburga Geistbeck seufzte und streichelte über das kleine Köpfchen mit dem schwarzen Haar. »Aber ein besonders schönes, gell?«

»Sie kommt halt nach dir«, sagte Georg Geistbeck, der in dem Moment den Kopf zur Tür hereinstreckte.

»So?«

»Freilich«, erklärte der Bauer und deutete auf das zerknautschte Gesicht des Neugeborenen. »Genau deine Nasen und pfeilgrad dein Gesicht.«

Die Geistbeckin blickte auf das Kindlein an ihrer Brust, schloss kurz die Augen und vergaß dann völlig den Schmerz, den sie eben noch ausgestanden hatte, weil sie so lachen musste. »Schäm dich!«, rief sie und schlug dem Geistbeck gegen die Schulter. »Dich so über mich lustig zu machen!«

Der Bauer fiel in das Lachen ein. »Es is natürlich das schönste Kind, das jemals auf die Welt gekommen is«, stellte er fest. »Deswegen schaut's dir ja so ähnlich.«

»Aha«, erwiderte die Geistbeckin etwas versöhnt. »Dann wird sie hoffentlich auch ein ganz besonders schönes Weib.«

»Und kriegt einen ganz besonders schönen Mann!«, betonte der Bauer.

Seine Ehefrau betrachtete ihn kurz und erklärte: »Man kann nicht alles haben. Schau mich an.«

Nachdem sie sich solchermaßen geneckt hatten, beugte sich der frischgebackene Vater hinunter und umarmte Mutter und Kind und flüsterte: »Dank dir schön, mein liebes Weib. Und dem Herrgott dank ich auch.«

Walburga nickte. »Ja. Gott sei Dank is alles gut gegangen.« Sie zögerte. »Und es macht dir nix aus, dass es schon wieder ein Mädel is?«

»Mei«, sagte der Bauer. »Mädel brauchen wir gerade so wie Buben. Und bis sie heiratet, ist's ja noch einige Zeit hin.«

Das stimmte allerdings. Über die Mitgift mussten sie sich noch keine Gedanken machen. Über etwas anderes hingegen durchaus. »Was geben wir ihr jetzt für einen Namen?«

»Hast du schon was im Sinn?«

Die Bäuerin seufzte. Sie war erschöpft. »Mei. Magdalena vielleicht? Oder Katharina?«

»Ich weiß nicht. So heißt doch jede. Nein, ein bisserl was Besonderes darf's schon sein.«

»Aha. Und was wär das dann?«

»Wenn ich sie mir so anschau, find ich, dass sie dir schon sehr ähnlich ist. Sie ist eine kleine Walburga.«

»Um Gottes willen!«, rief die Geistbeckin. »Walburga. So was Altzopfertes!«

»Aber schön. Ein bisserl vornehm, ein bisserl geheimnisvoll – gerade wie die Frau Mama.«

Als wollte die Kleine dieser Namenswahl zustimmen, erhob sie ihr zartes Stimmchen.

»Und ein bisserl vorlaut. Ja, Wally passt zu ihr«, erklärte der Bauer mit einem Lachen. »Morgen fahr ich nach Hohenwart und meld sie an.«

※※※

Es war nicht weit nach Hohenwart. Mit der Kutsche war man in einer Viertelstunde dort. Allerdings nicht bei diesem Wetter. Während die Knechte verzweifelt den Schnee vom Hof räumten, schneite es immer weiter. Wenn sie am Abend alles zur Seite geschaufelt hatten, lag am Morgen schon wieder ein halber Meter. So ging der nächste Tag hin und auch der übernächste und der darauffolgende. Kein Durchkommen gab es mehr, auch nicht für die Postkutsche, die sonst ihre Sendungen für die Deimhauser zum *Postwirt* brachte.

Es war der 15. Januar, als Georg Geistbeck sich endlich aufmachte, um seine neugeborene Tochter beim Standesamt zu melden. Immer noch türmte sich der Schnee links und rechts der Straße, und die Männer hatten nur einen schmalen Pfad freigeräumt. Vier Tage hatte es gedauert, bis es endlich zu Fuß oder mit dem Pferd wieder möglich war, zu der nahe gelegenen kleinen Stadt auf dem Hügel durchzukommen, deren Kirche weit übers Land hin sichtbar war.

Georg Geistbeck hatte darauf verzichtet, eines der Rösser zu satteln. Er wusste nicht, ob er es im Ort irgendwo hätte unterstellen können, und bei der Kälte konnte er es unmöglich vor dem Rathaus anbinden, zumal es dauern konnte. Mit Behörden hatte er in seinem Leben noch keine guten Erfahrungen gemacht. Also stapfte er mit seinen schweren Stiefeln, den Schal über die Nase und den Hut tief in die Stirn gezogen, durch die Schneelandschaft, froh, dass ihm seine Walburga zu Weihnachten ein Paar neue Fäustlinge gestrickt hatte.

Den ganzen Morgen über hatte es ausgesehen, als würde es noch weiter schneien, aber dann war die Sonne herausgekommen und hatte das weiß bedeckte Land aufleuchten lassen, dass es eine wahre Freude war. Der Winter war eine seltsame Zeit. Einerseits saß man viel zu Hause und sehnte sich danach, wieder rauszukommen, andererseits hatte man auch ein wenig Muße und musste nicht jeden Tag von früh bis spät arbeiten. Mitte Januar hatten die Bauern – und hatten vor allem die Geistbecks – noch reichlich Vorräte in den Speisekammern und Eiskellern, da ließ es sich gut zu Hause bleiben und Speck ansetzen. Aber jetzt spürte der Geistbeck seine Beine wie schon lange nicht mehr. Dabei war er noch nicht einmal droben auf dem Hügel.

Er liebte den Blick nach Hohenwart. Der Klosterhügel erhob sich stolz über den Feldern. Noch mehr liebte er den Blick von dort herab auf sein Dorf, das man im Winter gut erkennen konnte, während es im Sommer von den Bäumen verdeckt wurde. Deimhausen war ein Nest von wenig mehr als hundertfünfzig Menschen: ein paar große Höfe, ein paar kleinere Bauernhäuser, eine Mühle – und das Anwesen seiner Familie, der alte Vierseithof, der auch das einzige Wirtshaus im Ort und zugleich die Post war, weshalb Georg Geistbeck neben dem Pfarrer und dem Schullehrer zu den wichtigsten Männern von Deimhausen gehörte. Für einen Bürgermeister war der Ort zu klein. Aber wenn es einen Mann gab, den alle als solchen betrachteten, dann war er es.

Schnaufend langte er an den ersten Häusern des Marktfleckens Hohenwart an und drückte sein Kreuz durch. Bevor er zurückging, würde er erst noch irgendwo einkehren, um sich aufzuwärmen, beim Fellermair vielleicht, wo es gute Würste gab! Die Alma würde er auch gern wiedersehen. Ja, der Fellermair war eine gute Idee.

Vor dem Rathaus türmten sich die Schneehaufen mannshoch. Da musste der Geistbeck lange zurückdenken, um sich an solche Schneewinter zu erinnern. In seiner Kindheit vielleicht, da war es manchmal auch kaum noch möglich gewesen, nach draußen zu gehen.

Er zog den Hut vom Kopf und stampfte auf, um den Schnee von den Stiefeln zu klopfen. Dann trat er ein und sah sich um. Vor vier Jahren war er zuletzt hier gewesen, als er die Resi angemeldet hatte, und es war noch genauso finster und einschüchternd wie damals – wobei er natürlich keiner war, der sich einschüchtern ließ.

Kräftig klopfte er an die Amtsstube und wartete auf das »Herein!«, bevor er eintrat und sich vorstellte: »Grüß Gott. Geistbeck mein Name. Ich komm, um eine Geburt zu melden.«

»Dann gratulier ich«, erwiderte der Beamte hinter seinem Pult und musterte den Besucher. »Geistbeck?« Er wandte sich einem Registerschrank zu. »Aus?«

»Deimhausen.«

»Hm. Kommt man jetzt wieder durch?«

»Sonst wär ich nicht hier«, erklärte der Bauer vergnügt und zog sich die Fäustlinge von den Fingern, um sich die Hände ein wenig warm zu reiben, während der Beamte seine Registratur durchsuchte.

»Geistbeck, Georg. Hab Sie schon. Und was hamma denn zu melden? Einen Buben?«

»Ein Mädel. Walburga soll sie heißen.«

»Aha. Da haben Sie sich aber einen schönen Namen ausgedacht.«

»Nach ihrer Mutter.«

»Verstehe. Noch einen zweiten Vornamen?«

»Nur Walburga.«

Der Beamte griff zum Tintenfass, zog es zu sich, tauchte die Feder hinein und schrieb mit gestochen scharfer Schrift: *Geistbeck, Walburga, geb. zu Deimhausen, den 15. Januar anno 1911.* »So!«, sagte er. »Jetzt müssen S' mir bloß noch unterzeichnen, Herr Geistbeck.« Er schob ihm das Registerbuch hin und reichte ihm die Feder.

Georg Geistbeck nickte, hauchte sich noch einmal in die klammen Finger, damit seine Unterschrift halbwegs leserlich würde, und bestätigte den Eintrag. »Und eine Geburtsurkunde?«

»Die können Sie sich morgen abholen. Die wird vom Bürgermeister unterschrieben.«

»Verstehe. Geb's Gott, dass es bis dahin nicht wieder einen Meter geschneit hat!«

»Ja«, stimmte der Beamte zu. »Oder zwei.«

Der Geistbeck nickte bestätigend und setzte sich den Hut wieder auf. »Ich schick meinen Knecht vorbei, dem geben Sie's die dann bittschön.«

Damit verabschiedete er sich, trat wieder nach draußen und atmete tief die frische Winterluft ein. Was für ein herrliches Fleckchen Erde, auf das ihn der Herrgott gesetzt hatte! Es war gewiss nicht immer ein Leichtes, hier zu leben, aber Georg Geistbeck hätte um nichts auf der Welt tauschen mögen. Das Schrobenhauser Land, das war schon etwas ganz Besonderes.

※※※

Rupp sah aus wie ein Schneemann, als er in der Tür stand. Ausgerechnet in der Mitte zwischen Hohenwart und Deimhausen hatte ihn der Schneesturm überrascht, gerade dass er noch durchgekommen war, ehe der freigeschaufelte Weg wieder vollends verweht war.

»Jesus, Maria und Josef!«, rief Walburga Geistbeck. »Schau, dass du reinkommst, und mach schnell die Tür wieder zu.« Sie winkte ihn an den Kachelofen. »Setz dich dahin, damit du wieder warm wirst.«

Stöhnend ließ sich der Knecht auf der Holzbank nieder und zog die Handschuhe aus, ehe er aus seinem Rucksack die Mappe holte, in die er das Dokument gelegt hatte, die Geburtsurkunde des jüngsten Kindes seiner Herrschaft.

»Dank dir schön, Rupp«, sagte die Bäuerin. »Magst einen Tee?«

Der Knecht lachte. »Wenn du einen Hopfentee hast«, erwiderte er. »Aber einen kalten!«

Die Geistbeckin nickte wissend und trat hinter die Theke, um ihm ein Bier zu zapfen.

»Bist ordentlich überrascht worden von dem Wetter.«

»Ich glaub, in dem Winter gibt's nur bei uns Schnee«, erklärte der Knecht. »Der tät wirklich für ganz Bayern reichen.«

»Das tät er bestimmt!« Walburga Geistbeck stellte dem Knecht sein Bier hin und setzte sich neben ihn auf die Bank. »Dann schauen wir einmal, ob er's auch schön gemacht hat, der Herr Standesbeamte.« Sie schlug die Mappe auf und staunte. »15. Januar? Aber die Kleine is doch am elften auf die Welt gekommen!«

In dem Moment trat ihr Mann, der sich um sein Landwirtschaftsbuch gekümmert hatte, in die Gaststube. »Was gibt's?«

»Du hast angegeben, dass unsere Wally am Fünfzehnten geboren worden is.«

»Einen Schmarrn hab ich«, erwiderte der Bauer. »Sie is doch schon am Elften gekommen.«

»Aber gesagt hast du's offenbar nicht«, stellte seine Frau fest. »Sonst hätt er nicht den Fünfzehnten reingeschrieben.«

Georg Geistbeck ließ sich das Dokument zeigen, schüttelte den Kopf, gab es seiner Frau zurück und zuckte die Schultern. »Ist sie halt ein paar Tag jünger dadurch«, erklärte er. »Später wird sie sich freuen.«

»Wegen vier Tagen?« Walburga Geistbeck lachte. »Das glaubst auch nur du. Dabei hätt sie so einen schönen Geburtstag gehabt: Elfter Erster Elf. Fünf Einser!«

»Gell«, sagte ihr Mann. »Hast dir so eine Mühe gegeben, dass sie auch ja am Elften kommt.«

»Geh. Depp!«, schalt ihn seine Frau und schlug ihm scherzhaft auf den Arm.

»Oha!«, protestierte der Geistbeck launig. »Geht man neuerdings so mit seinem angetrauten Ehemann um?«

»Wenn er sich so was getraut …«, erklärte Walburga Geistbeck und nahm das Papier mit in die eheliche Schlafkammer, um es gut zu verwahren. *Na ja*, dachte sie, *dann wird die Kleine zwei Geburtstage haben, ihren echten und einen amtlichen. Wer weiß, wofür's gut ist?*

※※※

Die Taufe fand am folgenden Sonntag in der Dorfkirche statt und war trotz der Kälte gut besucht. Nur ein paar von den Alten hatten sich nicht aus den Häusern getraut. Wenn Geistbecks feierten, war das im Ort sehr beliebt, denn der Großbauer ließ sich nicht lumpen und lud großzügig ein. Außerdem verstand sich Walburga auf die besten Knödel weit und breit, da durfte man sich auf eine schöne Verköstigung freuen. Und geladen war, wer kommen wollte, so war's der Brauch.

Schon am Vortag hatte die Bäuerin mit ihrer Lieblingsmagd Leni und mit ihrer großen Tochter Zenzi von frühmorgens an in der Küche gearbeitet. Der Geistbeck hatte eine Sau schlachten lassen. Die Innereien würden sie in den nächsten Tagen essen. Die Sau reichte aus, um jedem aus dem Dorf ein schönes Stück Braten zu servieren, wobei die besonderen Teile selbstverständlich für die Honoratioren reserviert wurden: den Herrn Pfarrer, den Schullehrer, den Hackerbauern mit seinen fast achtzig Jahren und den Goldammer Walter, der noch in Sedan gekämpft hatte. Dazu servierte die Geistbeckin jedem einen Kartoffel- und einen Semmelknödel. Kiloweise rieb Leni rohe Kartoffeln und stampfte gekochte, presste den Saft aus den geriebenen und mischte sie unter den Stampf, sodass ein gleichmäßiger Teig entstand. Es war eine kräftezehrende Arbeit. Um hundert Mäuler zu stopfen, brauchte es einen ganzen Waschzuber voll Knödelteig – und den zu bereiten ging ins Kreuz.

Zenzi half klaglos bei den Vorarbeiten. Am besten aber verstand sie sich darauf, die Knödel zu drehen. Das konnte keine so gut wie sie mit ihren schlanken, jungen Fingern, nicht einmal Walburga Geistbeck selbst. Sie wurde es auch nicht müde, sondern arbeitete geschickt und schnell vor sich hin, als wäre es die reinste Freude. Stolz war die Bäuerin auf ihre Älteste. Die Zenzi hatte keinen ganz leichten Stand, da sie kein leibliches Kind des Großbauern war, aber sie verstand es, sich Anerkennung zu erarbeiten. Und dass sie ein ordentliches Mädel war und auch hübsch anzuschauen, das half ihr zusätzlich.

Walburga Geistbeck hatte sehr genau registriert, wie die Burschen immer wieder zu ihr hinschielten auf der Straße oder in der Kirche. *Vielleicht*, dachte die Bäuerin, *vielleicht darf sie sich ja irgendwann einen Mann aussuchen, der ihr wirklich gefällt.* Die Zeiten änderten sich, warum sollte das nicht möglich sein? Zumal sie ihrem Mann durchaus zutraute, sich bei der Zenzi nicht allzu sehr einzumischen.

Am Stampfen der Stiefel konnte sie erkennen, dass er gerade in den Hausflur getreten sein musste. Die Tiere waren also versorgt. »Georg?«

»Hast du einen Kaffee?«, rief er aus dem Treppenhaus herüber.

»Wollt dich grad fragen.«

»Einen großen bitte. Ich bin schon halb erfroren. Wenn das so weitergeht, wird's eine Überschwemmung geben. Das muss ja alles auch irgendwann wieder abfließen.« Der Geistbeck trat in die Küche und legte den Arm um seine Frau.

»Geh weiter. Du riechst nach Stall. Wasch dich erst einmal ordentlich.«

Mit einem theatralischen Seufzen zog sich der Bauer zurück und polterte nach hinten, wo die Toiletten waren, um seine Hände mit Kernseife und Wurzelbürste zu bearbeiten. Zwar hatte er fließendes Wasser einrichten lassen, aber die Leitungen waren vereist, weshalb er eine Regentonne aufgestellt hatte, die Rupp mit Schnee randvoll geschaufelt hatte. Dadurch, dass es so kalt war, war aber nur ein Teil geschmolzen, ehe sich wieder eine Eisschicht auf der Oberfläche gebildet hatte. Die musste man erst einmal durchstoßen, um an Wasser zu gelangen.

Als er wieder nach vorn kam, hatte ihm seine Frau ein Haferl Kaffee hingestellt und eine Rohrnudel. »Kommen der Rupp und der Alfred auch?«, fragte die Bäuerin.

»Die werden jeden Augenblick da sein.«

»Dann stell noch einen Kaffee für die Knechte hin, Leni, ja?«

Es war ein offenes Geheimnis, dass Leni und Rupp recht eng miteinander waren, vor allem, wenn keiner in der Nähe war. Sehr nah. Dennoch würden sie nicht heiraten, denn für eine Magd oder für einen Knecht war eine Ehe kaum denkbar. Wie auch hätte das gehen sollen? Die Magd konnte nicht gut Kinder auf dem Hof der Herrschaft zur Welt bringen, die am Ende mit den Kindern der Bauersleute auf demselben Anwesen aufwuchsen, dieselbe Schule besuchten, dieselben Lehrer hatten. Nein, Knechte und Mägde mochten sich ihre kleinen Fluchten suchen und ihre kleinen Freuden genießen, aber ein Knecht würde sich nie zum Herrn aufschwingen, und eine Magd hatte kaum je eine Möglichkeit, Bäuerin zu werden. Umgekehrt mochte der Bauer der Herr sein, aber er war doch auf seinem Hof fest verwurzelt und würde die Welt nie auf eine Weise kennenlernen, wie sie den Knechten, die ja alle paar Jahre weiterzogen, offenstand – von der Bäuerin ganz zu schweigen.

Es war eine festgefügte Welt, in der sich jeder auf seinen Platz fügte, ob es ihm passte oder nicht, und so saßen sie an jenem 22. Januar in der Kirche St. Pantaleon und lauschten auf die Predigt des Pfarrers, der in Anbetracht der Schneemassen von den sieben biblischen Plagen erzählte, die Ägypten heimgesucht hatten, und den Dörflern ins Gewissen redete, dass die es nicht an Frömmigkeit fehlen lassen sollten, wenn sie die himmlischen Mächte besänftigen wollten. Er rief die Wetterheiligen Johannes und Paulus an und forderte alle auf, an Mariä Lichtmess nach Steinerskirchen zu wallfahren.

»Außerdem«, stellte er zu guter Letzt prosaisch fest, »weiß ein jedes Kind, dass ein harter Winter einen milden Sommer ankündigt.« Er lächelte seiner Gemeinde zu. »Aber jetzt haben wir noch einen besonderen und freudigen Anlass für unsere Zusammenkunft am heutigen Tag! Der Herr hat den Eheleuten Geistbeck eine gesunde Tochter geschenkt. Und die wollen wir heute in unsere Gemeinde aufnehmen, indem wir ihr das heilige Sakrament der Taufe spenden.« Er nickte zu den Geistbecks hinüber, die in der ersten Reihe saßen und sich nun erhoben, um zum Baptisterium zu schreiten.

Die kleine Wally schrie mit ihrem winzigen Stimmchen schon seit einer ganzen Weile, aber es wäre ungehörig gewesen, sie in der Kirche zu stillen, und an diesem besonderen Tag konnte und wollte Walburga Geistbeck auch nicht das Gotteshaus verlassen, um das Kindlein zwischendurch rasch zu füttern. Besser, man brachte alles möglichst schnell hinter sich.

Das taten sie auch. Der Pfarrer fand freundliche Worte.

Er war ja vielfach geübt, denn auf jedem Hof gab es etliche Kinder, sodass alle paar Wochen eine Taufe in St. Pantaleon stattfand. Er goss das geweihte Wasser über den kleinen Kopf des Mädchens, das so erschrak, dass es für kurze Zeit sogar zu schreien vergaß. Dann segnete er das Kind, gratulierte den Eltern und fragte: »Zweierlei Knödel?«

»Zweierlei Knödel, Herr Pfarrer«, bestätigte Walburga Geistbeck.

»Dem Herrgott sei Dank.«

»Na ja«, murmelte ihr Mann spöttisch. »Gemacht hat sie aber mein Weib.«

2.

Tatsächlich war an Mariä Lichtmess der ganze Schnee weggeschmolzen, und an Ostern strahlte die Sonne übers Land, dass es in den Augen wehtat. Die Frauen auf dem Hof putzten die Fenster, schrubbten die Böden, wuschen alle Vorhänge, Decken und Tücher. Der siebenjährige Steff half seinem Vater bei Ausbesserungsarbeiten im Stall. Die Knechte bereiteten alles für die Frühjahrsaussaat vor und begingen die Felder.

Die kleine Resi kümmerte sich unterdessen rührend um ihre neue Schwester. Bald saß sie mit ihr auf der Bank am Kachelofen in der Wirtsstube, bald trug sie sie zum Korb der liebsten und ältesten Katze auf dem Hof, genannt Mimi. Lieder sang sie für Wally, und oft wiegte sie sie in den Schlaf, wobei sie dann neben dem Kindlein auch selbst einschlief. Es war der letzte Winter, und es würde das letzte Frühjahr sein, in dem Resi noch nicht mit anpacken musste. Zwar ging sie auch jetzt schon der Mutter oder einer der Mägde zur Hand, aber alles in allem genoss sie noch die Freiheit, deren sich Bauernkinder in ihren ersten Jahren erfreuen durften, ehe das Landleben sie in seine Zwänge presste und für den Rest ihrer Tage nicht mehr losließ.

Von alledem ahnte Resi nichts, sondern hüpfte über den Hof, wenn sie ihre kleine Schwester gerade nicht auf dem

Arm trug, stibitzte in der Küche kleine Naschereien, nahm sich einen Apfel oder eine Birne aus dem Vorratskeller, wo es immer noch etliche Kisten voll davon gab. Sie beobachtete ihre große Schwester Zenzi, die sich gern am Hackerbauerhof herumtrieb und wie zufällig immer wieder dem Peter über den Weg lief. Sie suchte die Nähe ihres Bruders Steff, der darüber aber nicht begeistert war, und spielte mit Lumpi, dem kleineren der beiden Hofhunde, und jagte ihn um den Misthaufen, dass es nur so spritzte, bis die Mutter schimpfend in der Tür stand, das Mädchen heftig schalt und sie schließlich in ihre Kammer schickte. »Damit du drüber nachdenkst, was man tut und was man nicht tut.«

Resi fand, dass man durchaus tun sollte, was sie getan hatte – es hatte nämlich riesigen Spaß gemacht!

Der Frühling kam mit Myriaden von Apfel- und Kirschblüten, ein paar kräftigen Stürmen und einem Wurf Kätzchen für Mimi, der seltsamerweise über Nacht wieder verschwand.

Resi hatte Rupp noch mit den Kätzchen spielen sehen, bevor sie ins Bett gegangen war. Aber als sie am nächsten Morgen wieder bei ihrer Katze vorbeischaute, war der Korb leer.

Die Mimi war schon noch da. Sie tauchte auf, als sie Resi an ihrem Korb entdeckte, und strich ganz seltsam um den Platz herum. »Wo sind denn deine Kinder?«, fragte das Mädchen erstaunt. Aber die Mimi konnte oder wollte ihr nicht zeigen, wo der Wurf geblieben war.

Mit schwerem Herzen begleitete Resi ihren Vater aufs Feld. Die Knechte hatten neue Hopfenstangen aufgerichtet, die Erde war kräftig durchgepflügt. Aber die Drähte waren noch nicht gespannt. Einmal durfte auch Resi mit hinaufklettern und hätte sich beinahe die Waden dabei blutig gerissen. Lange Schrammen hatte sie davongetragen, weshalb die Geistbeckin am Abend ihren Mann heftig ausschimpfen musste.

Bei der nächsten Hopfenernte, das wusste Resi, würde sie schon mithelfen dürfen. Darauf war sie stolz, denn es war, wie in die Schule zu kommen: Man gehörte zu den Großen, wenn man damit dran war.

***

Noch waren die Arbeitstage einigermaßen kurz. Die Männer kamen nicht erst spät von den Feldern, sondern konnten an den Abenden zuweilen auch zusammensitzen und Karten spielen. Manchmal las der Geistbeck an seinem Lieblingsplatz neben dem Kachelofen die Zeitung, wobei es meist nicht die neueste war, denn in Deimhausen wurde die Tageszeitung nicht ausgefahren, sondern kam erst mit der Post am nächsten Tag von Ingolstadt herüber. Als Postwirt war der Geistbeck der Erste am Ort, der sie zu sehen bekam. Gern zündete er sich dann seine Pfeife an und lauschte mit halbem Ohr den Gesprächen in der Gaststube oder den Liedern, die die Leni oder die Traudl sangen. Vielleicht hörte er bei der Traudl auch ein bisschen aufmerksamer hin, aber so genau wusste das niemand.

Die Männer genossen es, nicht jeden Tag mit schmerzenden Gliedern ins Bett zu fallen. Auch Georg Geistbeck stieg vergnügter in die Kammer hinauf als in den warmen

Monaten, wenn ihm die harte Arbeit der langen Tage in den Knochen steckte.

Als seine Frau in die Schlafkammer trat, bemerkte sie gleich, dass sich ihr Mann frisch gemacht hatte, mehr als sonst! Es duftete sogar ein wenig nach Rasierwasser. Sorgsam schloss sie die Tür und musste lächeln. »Schläfst du schon?«, fragte sie scheinheilig.

»Tief und fest«, erwiderte er mit einem Grinsen und drehte die Lampe noch einmal ein wenig hoch.

»Ach so«, sagte die Bäuerin. »Schade.« Sie knöpfte ihr Kleid auf.

»Schade? Aha ...«

»Geh, mach das Licht aus, sonst ...«

»Sonst was?«

»Sonst schäm ich mich.«

»Wirst dich doch nicht vor deinem eigenen Ehemann schämen«, erwiderte Georg Geistbeck frech und drehte die Lampe sogar noch ein wenig heller.

Hastig schlüpfte die Geistbeckin aus ihrem Gewand, machte ihre Katzenwäsche an der Schüssel auf der Kommode, putzte sich die Zähne und huschte dann zu ihrem Mann, der fast nackt unter der Bettdecke lag. »Hast ja gar nix an!«

»Und du hast dein Nachthemd vergessen, gell?«

»Weil's gar so kalt war«, log die Bäuerin und griff nach der Lampe, um sie runterzudrehen. Noch schlief die Kleine in ihrer Wiege beim Fenster, aber bald würde sie sich melden, und dann wäre es um die traute Zweisamkeit geschehen.

»Traust dich schon?«, fragte der Geistbeck auf einmal

ganz ernst. Seit Wally zur Welt gekommen war, waren sie nicht mehr beisammen gewesen.

»Wennst ganz zart bist …«, flüsterte seine Frau und schenkte ihm einen Kuss.

»Dann geb ich mir ganz besondere Mühe heut.« Er griff noch einmal nach der Lampe und drehte sie ganz herunter, sodass nur noch ein milder Schimmer die Kammer erhellte. Kurz lauschten sie beide, stellten fest, dass es still war im Haus, dann legte Georg Geistbeck die Arme um seine Frau und vergrub sein Gesicht in ihrem offenen Haar.

»Sogar Rasierwasser hast du genommen, du Schuft«, sagte Walburga Geistbeck leise und kicherte. »Heut hast du es aber wissen wollen.«

»Mei, was macht man nicht alles, damit einen das eigene Weib erhört.«

»Ich hör dich schon«, flüsterte Walburga Geistbeck und ließ ihre Hand nach unten wandern. »Jetzt sei still, damit die Kleine nicht aufwacht.«

»Die is doch so brav. Das reinste Lamm«, erklärte der Geistbeck dankbar.

»Das kann auch nur ein Mannsbild sagen, das nie aufsteht in der Nacht. Ich bin jedenfalls froh, wenns' schläft, unser kleines Winterlamm.«

»Und ich bin froh, wenn du jetzt nicht mehr ans Kindl denkst, sondern an deinen Mann. Der sehnt sich nämlich nach dir.«

»Das spür ich«, flüsterte die Geistbeckin zurück, »dass er sich sehnt.«

In dem Moment ging die Tür auf, und Resi stand mit nackten Füßen auf der Schwelle. »Ich kann nicht schlafen«, klagte sie. »Der Steff ... der Steff ...« Sie schniefte, schniefte noch einmal und brach unvermittelt in Tränen aus.

»Ja, was ist denn los, Kind?«, rief die Mutter und schlug die Decke zurück, um zu ihr zu kommen. Da erst fiel ihr ein, dass sie nichts anhatte.

Resi machte große Augen und starrte ihre Mutter an. »Darf ich zu euch kommen?«

Sie wartete nicht auf eine Antwort, sondern kletterte sogleich zu ihren Eltern ins Bett. »Da stinkt's aber komisch bei euch«, stellte sie fest.

»Das stinkt nicht, das riecht«, erklärte die Mutter und streifte sich schnell das Nachthemd über, das auf dem Hocker neben dem Bett lag. »Das ist dem Papa sein Rasierwasser.«

»Das riecht nicht, das duftet«, stellte Georg Geistbeck verdrossen richtig. Dass ihm die Resi so die Pläne durchkreuzte, passte ihm gar nicht. »Was is denn um alles in der Welt mit dem Steff?«

»Der Steff hat gesagt ...« Wieder musste die Kleine schlucken. »Dass die ... die Kinder von der Mimi ... dass die alle tot sind«, stieß sie schließlich hervor.

»Was denn für eine Mimi?«, fragte der Bauer. »Wir haben doch überhaupt keine Mimi im Ort.«

»Die Katz, Georg«, klärte ihn seine Frau auf. »Die hat doch einen Wurf gehabt.«

»Ja freilich, die Katz.« Der Geistbeck seufzte. Er drehte sich um und zog sich die Decke bis übers Ohr. »Ein Depp is er, der Steff«, murrte er und erinnerte sich schamvoll daran, wie er als junger Bursche genau das Gleiche getan hatte: die kleinen Mädchen damit schockiert, dass er ihnen die Wahrheit darüber sagte, was mit ungewollten Katzenkindern passierte. Recht geschah es ihm, dass ihn die Resi nun um sein Vergnügen gebracht hatte. Deppen waren sie allesamt, die jungen Burschen, und er selbst war auch nie erwachsen geworden.

※※※

Der Kirchenchor von St. Pantaleon bestand überwiegend aus Mädchen. Es gab ein paar Buben, die einigermaßen Stimme hatten und noch nicht im Stimmbruch waren. Auch die hatte der Schullehrer herangezogen. Herr Laubinger war streng, doch trotzdem bei den Kindern wohlgelitten. Er behandelte seine Schutzbefohlenen nicht zimperlich, aber berechenbar. Wer einigermaßen aufpasste, musste nicht damit rechnen, ständig den Rohrstock zu spüren. Allerdings gab es durchaus Kandidaten, deren Finger immer blau waren, weil sie es nicht lassen konnten, über die Stränge zu schlagen.

In der Kirche gab es keinen Rohrstock. Es hätte auch keines der Kinder – vor allem waren es ja die Jungen, die sich schmerzhaft den Zorn des Schullehrers zuzogen – gewagt, sich dort allzu ungebührlich zu benehmen. Die Deimhausener waren nicht nur gottesfürchtige Menschen, auch die jüngsten unter ihnen, sondern es war auch eine besondere Ehre, im Pantaleons-Chor singen zu dürfen.

Das war jedoch nicht der einzige Grund, weshalb sich Zenzi schon von Donnerstag an jede Woche auf die Probe am Samstag freute, wenn sie neue Lieder einstudierten oder die bekannten Lieder übten. Der Hauptgrund war, dass sie, weil sie schon so groß war, stets in der hintersten Reihe stand und dort neben dem Horch Peter ihren Platz hatte. Sie standen so eng beieinander, dass sich ihre Arme berührten und manchmal, wie durch Zufall, auch ihre Hände.

Herr Laubinger war nicht naiv, er war auch kein schlechter Beobachter. Aber er war der Auffassung, dass es nicht der unpassendste Ort war, um zarte Bande zu knüpfen, wenn ein junges Paar sich in der Kirche näherkam – solange es keine ungebührliche Nähe war. Deshalb ignorierte er das für ihn Offensichtliche. Allerdings erwartete er, dass die beiden Turteltäubchen aus der letzten Reihe sich beim Singen besondere Mühe gaben. Leider fiel das vor allem Peter reichlich schwer. Er vergaß regelmäßig seinen Text, und wenn er sich der Worte erinnerte, neigte er dazu, glänzen zu wollen, und sang zu laut und zu forsch.

Eine Weile hörte sich der Schullehrer das an, dann nahm er den Burschen aus der letzten Reihe und erklärte ihm leise, aber so, dass Zenzi es noch hören konnte: »Pass einmal auf, Bub, wenn du dich nicht zusammenreißt, dann lass ich dich nicht mehr mitsingen hier, verstehst mich?«

Peter biss die Zähne zusammen und nickte. »Jawohl, Herr Laubinger«, sagte er, fast ein bisschen militärisch.

Der Lehrer nickte und verkniff sich ein Lächeln. »Also dann, probieren wir es noch einmal!« Er hob die Hände und blickte in die leuchtenden Gesichter der Kinder. Ja, eine Kirche, das war ein besonderer, ein heiliger Ort, und die Dorfkirche von Deimhausen war ein schönes Gotteshaus. Nicht überladen, nicht besonders prachtvoll, das nicht. Aber mit großer Liebe und Hingabe erbaut und eingerichtet. Der Altar thronte würdig über den Bänken, und die Chorempore mit der kleinen, aber sehr ordentlichen Orgel ragte im Rücken der Gläubigen auf. Die Akustik war passabel, und Anton Laubinger war's zufrieden; er hätte es schlechter treffen können.

»Jetzt singen wir es noch einmal so und dann mit Orgel«, erklärte er. Spätestens zu Mariä Himmelfahrt sollte das »Ave Maria« von Gounod sitzen, und da hatten sie noch allerhand zu proben. Er gab den Einsatz, summte das einleitende Motiv und nickte den Kindern zu.

Ave Maria
Gratia plena
Maria, gratia plena
Maria, gratia plena

Zenzi stand an ihrem Platz und versuchte, nicht die Luft anzuhalten, sondern zu singen, als der Horch Peter wieder neben sie trat und seine Finger unauffällig über ihre strichen. Ihre Stimme zitterte. Sie fing einen Blick des Schullehrers auf, der so tief in ihr Inneres zu reichen schien, dass sie unwillkürlich errötete.

Ave, ave dominus
Dominus tecum
Benedicta tu in mulieribus …

Anton Laubinger hatte den Kindern die Bedeutung des Textes erklärt und ihn für sie übersetzt, denn er war der Überzeugung, dass es wichtig war zu wissen, was man sang, wenn man es überzeugend vortragen wollte. Aber was half das schon, wenn die ganze Messe auf Lateinisch gelesen wurde und die Gläubigen eigentlich nur die Predigt und das Vaterunser verstanden? Er hatte das öfter schon mit Hochwürden diskutiert. Doch der Pfarrer hatte da eine sehr klare Haltung. »Bei der Religion«, hatte Pfarrer Moßbacher erklärt, »geht es um Glauben, nicht um Wissen. Wenn wir der Bibel nicht mehr vertrauen, dann ist auch unser Glaube nichts wert.« Dass die Liturgie keineswegs in der Bibel stand, hatte der Geistliche nicht hören wollen.

Als sie fertig waren, setzte sich der Lehrer an die Orgel, und das Lied wurde noch einmal mit instrumentaler Begleitung gesungen.

Das war der Augenblick, auf den Zenzi schon die ganze Zeit gewartet hatte. Wenn der Herr Laubinger sich auf die Orgel konzentrieren musste, dann … Schon spürte sie Peters Finger zwischen ihre gleiten und seine Hand die ihre drücken. Sie hielt den Atem an.

»Kreszentia? Ich hör dich nicht!«, sagte der Lehrer über die Schulter.

»Gratia plena«, fiel Zenzi in den Chor mit ein, während sie verstohlen zur Seite blickte und den Peter grinsen sah. Er war ein knappes Jahr jünger als sie und eine Klasse hinter ihr. Ob das passen würde? Die meisten Bäuerinnen waren um einige Jahre jünger als ihre Männer. Peter Horch würde zwar den Hackerbauerhof nicht erben, denn er war der Zweitgeborene, aber er stammte aus einer der angesehensten Familien im Ort und würde sicher einen Erbteil ausbezahlt bekommen. Weil er nicht der Hoferbe war, war er freier in der Wahl seiner Ehefrau.

Während Zenzi sang und aus den Augenwinkeln ihren

Angebeteten betrachtete, überlegte sie, wie es wohl sein würde, wenn sie selbst eines Tages ein Kind empfing. Es war schon seltsam. Das Leben schien ihr aufregend und verlockend und zugleich beängstigend. Nur der Peter, der schien ihr gerade richtig.

***

Nach der Chorprobe hieß es, den Knechten und Mägden die Brotzeit aufs Feld bringen. Das erledigten die Zenzi und die Leni. Manchmal kam Walburga Geistbeck selbst mit, wenn sie etwas mit ihrem Mann zu besprechen hatte, aber der war für zwei Tage geschäftlich nach München gefahren. Dass die Traudl gleichzeitig angeblich zu ihrer Schwester nach Ingolstadt musste, hatte für einen ordentlichen Krach zwischen den Eheleuten gesorgt. Jedenfalls waren sie jetzt beide weg, der Vater und die Magd, und Zenzi übernahm in ihren freien Stunden noch die Arbeit der Traudl mit. Am Morgen hatte sie schon gemolken, später würde sie bei der Wäsche helfen – eine schwere Arbeit, die sie nicht recht leiden mochte.

Über hundert Tagwerk Land hatte der Geistbeck. Wenn auf den entfernteren Äckern gearbeitet wurde, konnte es vorkommen, dass man fast eine Stunde zu Fuß unterwegs war, um die Mahlzeiten hinzubringen. Dann bereitete die Bäuerin mit ihren Mägden oft auch schon am Abend zuvor die Brotzeit vor, sodass keine den langen Weg auf sich nehmen musste. Es gab zwar einen Landauer, mit dem man schnell auf den Feldern gewesen wäre, aber die Pferde waren ja mit dem großen Wagen hinausgefahren – da hätte man einen Ochsen vor die elegante Kutsche spannen müssen, worüber man im Dorf vermutlich viele Jahre seine Witze gerissen hätte.

Zenzi erbot sich gern, zu den Knechten und Mägden bis hinter Steinerskirchen zu laufen, denn sie hatte sich heimlich mit dem Horch Peter am Waldrand verabredet. Vielleicht würde er sie ein Stück weit begleiten.

Was er auch tat. »Besser, wir gehn durch'n Wald«, schlug er vor, »damit sie uns nicht sehn.«

Es hätte ihr nichts ausgemacht, mit dem Peter gesehen zu werden. Andererseits wollte sie ihn auch nicht in Verlegenheit bringen. So nickte Zenzi und schlug den Weg in Richtung Hinterkaifeck ein. Schweigend gingen sie einige Zeit nebeneinander. Der Peter war nicht sehr gesprächig, das wusste Zenzi, und da sie selbst auch eher eine Ruhige war, machte es ihr nichts aus. Hauptsache, er war bei ihr.

»Hast ein schönes Kleid an«, sagte er irgendwann, obwohl sie doch ihr ganz normales Alltagskleid trug.

»Danke«, erwiderte Zenzi und spürte ihr Herz heftig klopfen.

Als sie den Einödhof durch die Bäume schimmern sahen, klang Peters Stimme auf einmal ganz belegt. »Es heißt, bei denen geht der Teufel um.«

»In Hinterkaifeck? Geh!«, erwiderte Zenzi. »Wer sagt den so was?« Eine Wolke schob sich vor die Sonne und warf ihren Schatten auf die Häuser, sodass sie sich unvermittelt in die Felder zu ducken schienen, fast als wollten sie im Erdboden verschwinden.

»Hab's schon öfter gehört.« Der Peter schien seine

Schritte ein wenig zu beschleunigen, also stolperte Zenzi hinter ihm her. Sie fragte lieber nicht weiter, denn jetzt war es ihr auch irgendwie unheimlich zumute.

Als sie endlich am anderen Ende des Waldes angelangt waren, blieben sie beide stehen und zögerten. »Ja, also, ich muss dann wieder«, erklärte der Peter verlegen.

»Dank dir schön, dass du mich begleitet hast.« Zenzi blickte ihn aufmunternd an. Sie hatte es sich recht genau überlegt. Wenn er jetzt versuchen würde, ihr ein Busserl zu geben, dann würde sie tun, als wäre es das Normalste von der Welt. Sie lächelte sogar ein wenig.

Doch der Peter blickte nur auf seine Füße, schien nicht recht zu wissen, wohin mit seinen Händen, holte tief Luft, nickte dann und sagte: »Ja, also dann …«, wandte sich ab und stapfte wieder zurück in den Wald.

❋❋❋

Als Zenzi eine Stunde später an die nämliche Stelle kam, entschied sie sich, lieber doch nicht durch den Wald zurückzugehen, auch wenn es der kürzere Weg gewesen wäre, sondern auf der Straße, die am Waldrand entlangführte. Zu sehr grauste es sie davor, den Einödhof anschauen zu müssen. Sie kannte die Eheleute Gruber, die dort lebten. Deren Tochter Viktoria war nur wenig älter als Zenzi selbst und in die Deimhausener Dorfschule gegangen. Zwei oder drei Jahre lang hatten sie im selben Klassenraum gesessen. Aber der Vater Gruber, der war ein unheimlicher Geselle. Vor dem hatten sie alle immer ein wenig Angst gehabt.

Dass man solche Dinge über einen Hof sagte, das gehörte sich trotzdem nicht. Und dass man es weitererzählte, war auch nicht recht. Sie würde es dem Peter sagen müssen. So wie die Mama ihrem Mann immer den Kopf zurechtrückte, wenn er etwas Dummes getan hatte.

3.

»Hättest du eigentlich was dagegen, wenn die Zenzi in die Hackerbauerfamilie einheiratet?«, fragte Walburga Geistbeck ihren Mann, nachdem am nächsten Morgen der Streit vom Vorabend wieder halbwegs vergessen war.

Sie hatten sich ordentlich in den Haaren gehabt, weil rein zufällig die Traudl eine Viertelstunde nach dem Geistbeck wieder auf dem Hof eingetroffen war.

»Aha. Hast sie vorn an der Straße abgesetzt und gesagt, sie soll ein paar Minuten warten, bis sie herkommt?«, hatte die Bäuerin giftig festgestellt. Und auch wenn es eine Frage gewesen war, hatte der Geistbeck genau gehört, dass sie keine Antwort erwartete.

»Was kann denn ich dafür, wenn die Traudl kurz nach mir heimkommt?«

»Schämen solltest du dich! Eine Schande is das. Für dich und mich und für uns alle, verstehst du? So ein stolzer Bauer, und dann is er so ein Hallodri und nimmt sich die Magd mit nach München! Hast sie wohl als deine Frau ausgegeben?«

»Geh, lass mir meine Ruh mit deinen Verdächtigungen«, erwiderte der Geistbeck nur.

»Verstehe. Willst es nicht einmal leugnen. So weit sind wir schon.«

Walburga Geistbeck hatte tief geseufzt und in ihr Kissen geweint – weniger, weil er ihr wieder einmal untreu gewesen war, sondern vielmehr, weil es so erniedrigend war, dass alle Welt es sich leicht denken konnte.

»Die Zenzi?«, wiederholte der Geistbeck. »Die nimmt uns doch der Hackerbauer nicht ab ohne eine gescheite Mitgift«, stellte er trocken fest.

»Musst ihr halt eine ausrichten«, erwiderte seine Frau.

»Ja freilich«, sagte der Bauer. »Und was geb ich dann meinen eigenen Töchtern mit in die Ehe?«

Walburga Geistbeck versuchte es versöhnlich: »Aber die Zenzi is doch auch dein Kind.«

»Ich hab sie an Kindes statt angenommen, mein liebes Weib«, erklärte der Geistbeck ernst. »Das heißt nicht, dass sie mein Kind ist.«

»Es heißt, dass du versprochen hast, sie genauso zu behandeln, als wenn sie dein eigenes Kind wär!«

»Ich glaub nicht, dass sich die Zenzi beschweren muss, weil sie's schlecht bei mir hätt. Oder du. Wie kommst denn du überhaupt auf die Idee?«

»Is dir das noch nicht aufgefallen, dass sie dem Horch Peter schöne Augen macht?«

»Dem Horch Peter«, murmelte der Geistbeck. »Das wär schon eine Überlegung wert. Aber der is ja kaum älter als die Zenzi, oder?«

»Ein Jahr jünger, denke ich.«

»Dann wär er freilich eine glänzende Partie.« Der Hackerbauerhof war ein stolzes Anwesen, zu dem einige Dutzend Morgen Land gehörten, saftige Äcker bei Steinerskirchen, ein größerer Viehbestand und einiges an Liegenschaften hinter Hohenwart. Der Hof lag neben Kirche und Pfarrhaus unterhalb des Geistbeck'schen Waldes. Würden die beiden Höfe zusammengehören ... Aber das war natürlich nur ein Gedankenspiel. Den Geistbeckhof würde schließlich der Steff übernehmen, und der hätte dann seine eigene Familie, und der Horch Peter würde den elterlichen Hof nicht übernehmen, den bekam auf jeden Fall sein älterer Bruder Paul. Aber mit dem Erbteil, den er zu erwarten hatte ...

»Er könnte ja die Resi nehmen«, überlegte der Bauer laut.

»Die Resi? Die is doch viel zu jung zum Heiraten!« Die Geistbeckin schüttelte den Kopf. »Also, ihr Mannsbilder ... Außerdem ... hab ich dir nicht grad gesagt, dass der Peter der Zenzi schöne Augen macht?«

»Du hast gesagt, dass sie ihm schöne Augen macht. Das heißt noch gar nix«, stellte ihr Mann nüchtern fest. »Außerdem kann er das nicht allein beschließen.«

Walburga Geistbeck nickte mit bitterer Miene. »Verstehe. Die Herren Großbauern wollen das wieder unter sich aushandeln.«

Der Geistbeck zog seine Hosenträger stramm und warf sich den Janker über. »Wir werden's ja sehen, was kommt. Eine Heirat ist ein ernstes Geschäft.« Mit diesen Worten verließ er die eheliche Schlafkammer.

»Freilich«, murmelte die Bäuerin und seufzte. »Für euch Mannsbilder ist sie vor allem ein Geschäft.«

※※※

Auch wenn der immerwährende Bauernkalender besagte: *Januar warm – dass Gott erbarm!*, die eisige Kälte und die Schneemassen seit Weihnachten hatten kein mildes Frühjahr gebracht, und sie brachten auch keinen prächtigen Sommer. Stattdessen hatte später Frost einen Großteil der Obsternte geraubt, heftiger und lang anhaltender Regen im Juni und Mai hatten das Korn spät reifen lassen, und schwere Gewitter im Juli und August schlugen die Ähren nieder und zerstörten beinahe die Hälfte der Ernte noch auf den Feldern.

Als es nach der Erntezeit für die Knechte und Mägde so weit war, sich neue Dienstherrn zu suchen, fiel es dem Geistbeck schwer, sie auszuzahlen und einen jeden und eine jede von ihnen zu ersetzen. Oder vielleicht war er auch nur so verdrossen, weil seine Frau darauf bestanden hatte, dass sich auch die Traudl auf Wanderschaft begab.

Sein Sohn Steff immerhin machte dem Geistbeck Freude. Er war in diesem Jahr zu einem kräftigen Burschen von bald neun Jahren herangewachsen und hatte nach Kräften mit angepackt. Stolz war der Bauer auf seinen Erben, ein rechter Geistbeck war aus aus ihm geworden.

An einem Abend im späten September setzte er sich mit dem Buben hin, stellte zwei Krüge Bier auf den Tisch, wobei in dem einen fast nur Schaum war, und schlug dann das Wirtschaftsbuch auf. »Wird Zeit, dass du lernst, was wirklich wichtig ist«, erklärte er. »Auf der Schule bringen sie euch ja alles mögliche bei, aber nicht, wie man eine ordentliche Wirtschaft betreibt.«

Steff sagte nichts, sondern blickte nur etwas missvergnügt drein und schielte zu dem Bierkrug hin. Mit dem

Lernen war es ihm nicht so wichtig, wozu auch? Er würde Bauer werden, da lernte man alles, was man brauchte, auf dem Feld und im Stall.

»Schau dir an, was ich hier drin alles aufgeschrieben hab, Bub.« Georg Geistbeck klopfte mit der flachen Hand auf das aufgeschlagene Buch und lehnte sich zurück. Er wusste genau, was in seinem Sohn vorging, schließlich war es ihm vor Zeiten ganz genauso gegangen. Die Bücher waren die Sache der Geistbeck'schen nicht. Aber sie waren nun einmal wichtig, das hatte auch er irgendwann verstanden. Zu seinem Leidwesen waren sie sogar noch weit wichtiger, als ihm lieb war. Und er war kein Meister dieser Kunst, auch das war ihm bewusst. Deshalb würden sie erst einmal damit anfangen, die grundlegenden Dinge zu besprechen, ehe sie zu den Einträgen aus der jüngsten Zeit kamen. Denn die waren nicht eben beruhigend. Schon gar nicht, wenn man wusste, dass man eines Tages diesen Hof übernehmen sollte.

Seit Jahren kämpfte Georg Geistbeck mit den Finanzen. Er hatte manches richtig gemacht. Den elterlichen Hof zu vergrößern etwa, auf Hopfen zu setzen, auch wenn der Preis stark schwankte, sich in einer Einkaufsgenossenschaft mit anderen zusammenzuschließen. Das alles waren kluge Entscheidungen gewesen. Aber es fehlte an modernen Maschinen, der Wald war nicht rentabel, und seit der letzten Erwerbung einiger Morgen Land bei Steinerskirchen fehlte einfach Geld in der Kasse. Doch ohne Geld keine neuen Maschinen, ohne neue Maschinen keine schnellere und ertragreichere Ernte und ohne eine größere Ernte keine ausreichenden Einnahmen. Denn auch das gehörte zu der bitteren Wahrheit: Der Zuwachs, den die Bauern durch den Einsatz von Kunstdünger und modernen Landmaschinen zu verzeichnen hatten, hatte keineswegs zu mehr Reichtum geführt, sondern zu niedrigeren Preisen. Das gestiegene Angebot ließ den Erlös pro Tonne sinken. Entsprechend windig war die Bezahlung. Es war ein Teufelskreis, in dem sich die Bauern befanden, die nicht investieren konnten – und der Geistbeck konnte schlichtweg nicht richtig investieren, obwohl er genau gewusst hätte, was zu tun war. Und dass er mit seinem Wirtshaus die Post am Ort war, brachte auch kaum ein paar Mark zusätzliche Einnahmen.

»Wär's nicht gescheiter, wenn wir einen Mitarbeiter einstellen würden, der sich auf so was versteht?«, fragte Steff in Anbetracht der langen und für ihn undurchschaubaren Zahlenreihen.

»Das kannst du gern machen, wenn du den Hof hast, Bub«, erwiderte der Geistbeck. »Musst ihn dir dann aber auch leisten können.«

»Und wir könnten das nicht?«

»Ganz ehrlich? Nein, wir könnten das nicht. Aber ich denk auch, das sollte ein Bauer selber können. Wer die Aufsicht über sein Geld einem anderen anvertraut, der muss viel Vertrauen haben.«

So wie meine Walburga, dachte er. *Die hat ihre Mitgift auch mir überlassen müssen, und jetzt ist längst alles dahin.* Er konnte nur hoffen, dass sie nie einen Blick in das Wirtschaftsbuch warf, und eine Kerze stiften, damit die Ernte nächstes Jahr wieder besser ausfiel. So schön hatte dieses Jahr 1911 angefangen mit der Geburt seiner Jüngsten, deren kräftiges Stimmchen er von oben hörte. Aber jetzt wäre er froh gewesen, wenn's nur schnell vorbeigegangen wär. Er nahm seinen Krug und stieß ihn gegen den mit dem Schaum, worauf endlich auch Steff einen Schluck Bier trinken durfte.

II.
Sommertraum

Hallertau 1914

4.

Für Resi hatte sich mit der Geburt ihrer kleinen Schwester viel geändert und mit der Einschulung noch mehr. Bis Wally zur Welt gekommen war, war sie das Nesthäkchen gewesen und Vaters Liebling. Jetzt nahm der Vater immer die Wally überall mit hin, Resi aber nur noch ab und zu. Und die Zeit, in der sie jede freie Minute spielen durfte, war auch vorbei, denn nun hieß es Schularbeiten machen und am Nachmittag im Stall mit anpacken.

Trotzdem liebte Resi ihre kleine Schwester über alles. Die Wally war einfach zu herzig, und Resi genoss es, von der Jüngeren ihrerseits grenzenlos bewundert zu werden. Manchmal nahm sie Wally mit zum Weiher. Dann streckten sie beide, auch wenn das Wasser noch kalt war, die Füße hinein, und Resi sang ihr ein Lied vor, oder sie zeigte ihr, wo die Frösche saßen, gut versteckt zwischen den dichten Schilfblättern oder im Ufergras. Gelegentlich fing sie ihr sogar einen, mit dem die Wally dann spielte, bis er ihr wieder entwischte.

Der Weiher hatte etwas Geheimnisvolles. Er war voll mit Fischen und anderen Tieren, und doch sah man nur selten welche im grünen, trüben Wasser. Resi stellte sich vor, dass noch ganz andere Geschöpfe da unten hausten, vielleicht auch weit weniger friedliche. Wenn eines den Fuß der kleinen Schwester packte und sie mit sich riss, dann wäre sie es, die große Schwester, die Wally retten würde.

Die Mutter kannte Märchen über Waldgeister und Wasserwesen. Die hatte sie Resi im Winter erzählt, wenn diese abends bei ihr saß und ihr bei den Handarbeiten zusah oder selbst eine kleine Stickerei versuchte. Wally hatte da längst geschlafen, die war natürlich für so was viel zu klein. Für Resi waren es die schönsten Stunden gewesen, auch wenn sie sich bei mancher der Geschichten gegruselt hatte. Denn im Wald und im Wasser schien es wirklich grausig zuzugehen. Tief im Holz hauste die Trud, die den guten Menschen Böses und den Bösen Gutes tut. Und in den tiefen Teichen lebten die Wassermänner, die nach allem griffen, was ihnen zu nahe kam, und die es dann nicht mehr hinaufließen ...

»Resi?«

»Hm?«

»Du sagst ja gar nix.«

»Ich hab nachdenken müssen, Wally.«

»Ich denk nie nach.«

»Das glaub ich«, erwiderte Resi. »Aber wenn du erst einmal so groß bist wie ich, dann musst du ganz viel nachdenken.«

»Ui. Dann wird mein Kopf ganz groß.«

»Vielleicht ...« Resi sprang auf. »Wer als Erste zu Haus ist!«, rief sie und rannte los. Wobei sie sorgfältig darauf achtete, dass die Wally ihr auch gut hinterherkam. Sie ließ die Schwester aufholen und sie schließlich sogar überholen. Erst ganz am Schluss rief sie: »Da! Schau!« Daraufhin blieb die Wally stehen und sah sich um. »Was? Wo soll ich schaun?«

In dem Moment hüpfte Resi an ihr vorbei und war zu guter Letzt doch als Erste auf dem Hof. »Schau! Ich bin die Erste.«

»Das is gemein!«

»Hättest ja bloß weiterlaufen brauchen.«

Während Wally schmollend nach drinnen lief, ging Resi in den Stall, wo die Mimi ihren Lieblingsplatz hatte. Auch jetzt lag sie auf dem Balken oberhalb der Tür. »Grüß dich, Mimi!« Resi hatte einen Schilfhalm ausgerupft und wedelte damit vor der Katze hin und her. Die ließ sich zuerst nicht davon beeindrucken, aber als Resi sie an der Nase kitzelte, angelte sie mit ihrer Pfote nach dem Gras. Endlich! Resi zog es schnell weg. Jetzt war Mimi richtig wach. Sie richtete sich auf und beobachtete Resis Schilfhalm, der jetzt über den Boden wedelte und sich langsam vom Stall entfernte.

Einen Augenblick später landete die getigerte Katze mit einem Sprung knapp daneben. Sie ließ die Spitze des Schilfhalms nicht aus den Augen. Langsam folgte sie ihm Schritt für Schritt, setzte eine Pfote vor die andere und duckte sich tief. Resi wusste genau, wie sie Mimis Jagdinstinkt wecken konnte. Und sie wusste auch, wann die Katze zum Sprung ansetzte. In dem Augenblick zog sie den Halm weg und setzte ihn ganz woanders auf, sodass das Spiel von Neuem begann.

Und dann, so plötzlich, dass sie völlig überrumpelt war, stand ein Schuh auf dem Schilf und hielt es auf der Erde. »Steff! Geh weg! Ich spiel mit der ...«

Doch die Katze hatte den Schilfhalm schon erwischt.

※※※

In jenem Mai durfte Wally mit ihrem Vater zum ersten Mal auf die Jagd gehen. Wildkaninchen wollte der Geistbeck schießen. Da hieß es am Morgen früh aufstehen und sich warm anziehen.

»Die Wally ist doch noch viel zu klein«, mahnte die Mutter. »Die versteht das doch noch gar nicht.«

»Ich pass schon auf sie auf«, erwiderte der Geistbeck. »Und erklären werd ich's ihr auch.« Er beugte sich zu seiner Tochter. »Du magst doch Hasen und Kaninchen, oder?«

Hasen mochte Wally tatsächlich sehr gern! Vor allem den Peter, der in einem eigenen Verschlag neben dem Kuhstall lebte und dem sie jeden Tag Löwenzahn brachte und manchmal das Grün der Radieschen oder einen welken Salatkopf. »Freilich!«, sagte sie. »Und den Osterhasen mag ich besonders gern!«

Der Vater lachte. »Den werden wir heut nicht treffen, und Hasen jagen dürfen wir grad auch nicht. Aber vielleicht bringen wir der Mama einen schönen Kaninchenbraten heim.«

Kaninchenbraten. Ob das ein Braten war, wie ihn die Tiere gern aßen?, dachte die Kleine. »Dann müssen wir ihn dem Peter geben«, erklärte sie neunmalklug. »Den Kaninchenbraten. Auch wenn unser Peter ein Hase ist.«

Der Geistbeck stutzte kurz, dann brach er in schallendes Gelächter aus. »Lieber nicht«, meinte er, als er sich wieder gefasst hatte. »Der Peter mag am liebsten Salat.«

Der Weg auf die Jagd war nicht weit. Sie brauchten nur ein Stück zu Fuß den Kirchweg hinaufzugehen und dann in den Wald. Am frühen Morgen lag noch Nebel über dem

Boden, sodass alles wie verzaubert aussah. Wally hielt sich gut an der Hand des Vaters fest, der sich die Büchse über die Schulter gehängt hatte und mit ruhigen, festen Schritten ein Stück den Waldweg entlangstapfte, um schließlich auf die große Lichtung zuzuhalten, wo die Hinterkaifecker ihre Weide hatten. Ein paar Tauben gurrten über ihren Köpfen. Aber sonst war es mucksmäuschenstill.

Als sie am Waldrand angekommen waren, hieß der Geistbeck seine Tochter, sich auf einen Baumstumpf zu setzen, und erklärte ihr leise: »Die Büchse kracht recht laut. Wenn ich dir ein Zeichen geb, musst du dir die Ohren zuhalten, damit du dich nicht erschreckst. Verstehst du?«

Wally nickte und blickte den Vater mit großen Augen an. Sie spürte ihr Herz klopfen. Jetzt war es doch aufregend, obwohl noch gar nix passiert war. Aber sie spürte, dass der Vater jetzt anders war als gerade eben noch.

Sein Blick wanderte über die Wiese, während er das Gewehr zur Hand nahm und noch einmal die Patronen im Lauf prüfte. Zwei Schrotladungen. Das war bei dem hohen Gras auch nötig. Schnell, wie die Karnickel waren, konnte er nur damit Erfolg haben.

»Papa?« Die Kleine griff nach seiner Hand. »Aber du tust dem Kaninchen nix, gell?«

»Na ja«, erwiderte der Geistbeck. »Ein bisserl wehtun muss ich ihm schon, sonst gibt's keinen Braten, weißt du?«

»Aber nur ein bisserl, ja?«

»Ich mach, dass 's ganz schnell geht.«

Wally nickte. Aber eine schreckliche Vorahnung stand doch in ihren Augen. Ein Gewehr, das wusste sie schon, war eine gefährliche Sache. Man durfte gar nicht nahe hingehen, und nur der Vater durfte es anfassen. Einmal hatte der Steff es heimlich in die Hand genommen, da hatte er eine solche Watschen bekommen, dass er zwei Tage lang eine rote Backe gehabt hatte.

»Du musst ganz leise sein, gell?«

Wally nickte.

Dann warteten sie. Einmal wäre Wally fast vom Baumstumpf gefallen, weil sie nicht stillhalten konnte. Aber weil sie leise sein mussten, durfte der Vater nicht schimpfen. Das war gut an der Jagd.

Und dann kam ein Kaninchen. Es kamen sogar zwei oder drei! Der Vater tippte Wally auf die Schulter und deutete in die Richtung. Zuerst konnte Wally gar nichts erkennen, dann glaubte sie, ein paar Ohren zu entdecken. »Da!«, rief sie – gerade, als der Vater mit seiner Büchse abdrückte.

»Jetzt hast du es mir verscheucht!«, rief der Geistbeck und schüttelte den Kopf. »Himmelherrgottsakradi! Ich hab dir doch gesagt, dass du ganz still sein musst!«

Wally musste schlucken und konnte nichts erwidern. Sie fuhr sich mit dem Handrücken über die Nase und schniefte ein bisschen.

Da seufzte der Geistbeck und drückte ihr begütigend die Schulter. »Passt schon«, sagte er. »Is ja deine erste Jagd. Und klein bist du auch noch.«

Es kamen dann aber keine Kaninchen mehr, woraufhin der Geistbeck doch etwas enttäuscht war. Natürlich war es nicht der Ausruf des Mädchens gewesen, sondern der Schuss, der die Tiere dauerhaft verscheucht hatte. Wenn irgendwo die Büchse krachte, dann ließ sich das Wild Zeit, ehe es wieder am selben Ort auftauchte. Und so beschloss der Vater irgendwann, es mit der Jagd bleiben zu lassen, und erklärte: »Weißt du was? Wenn wir schon kein Kaninchen heimbringen, dann bringen wir der Mama einfach einen Hut voll Walderdbeeren mit.«

Er nahm seinen Hut ab, reichte ihn seiner Tochter, hängte sich das Gewehr wieder um, nahm ihre Hand und führte sie zu den altbekannten Stellen, an denen es jetzt schon die köstlichen kleinen roten Früchte gab.

Als sie genug zusammenbekommen hatten, marschierten sie den Weg zurück, den sie gekommen waren. Wally trug den Hut, in dem ein kleiner Haufen Erdbeeren lag, der Vater das Gewehr und ein Lachen auf den Lippen.

Wenn er mit Wally unterwegs war, hatte er immer gute Laune, das hatten sie schon bemerkt im Dorf. Der Eder winkte ihnen zu, auf dem Weg aufs Feld. Die Hirtreiterin grüßte den Geistbeck keck und bewunderte Wallys Ernte. Der Auffacher nickte wie immer griesgrämig und ging seiner Wege. Sein Knecht dagegen zog den Hut vor dem Geistbeck – man wusste schließlich nie, wo man als Nächstes Stellung fand.

So blieb die Jagd erfolglos, aber für die kleine Wally sehr aufregend. Und sie konnte ihren Freundinnen vom Tollerhof erzählen, dass sie sogar den Osterhasen getroffen hatte, den der Papa aber dann nicht hatte erschießen wollen.

***

An manchen Tagen durfte Wally mit dem Vater auf dem Kutschbock nach Hohenwart fahren oder sogar bis nach Schrobenhausen! Sie mochte die Rösser, den Burschi und den Alois. Der Alois war schon sehr alt, hatte der Vater erzählt. So alt, dass er seit letztem Jahr nicht mehr auf dem Feld eingesetzt wurde. Aber als Kutschgaul tat er noch gute Dienste. Der Burschi war noch viel jünger und auch wilder. Manchmal warf er den Kopf in die Höhe und wieherte, dass Wally erschrak. Dann lachte der Geistbeck und schnalzte mit seiner Peitsche, mit der er sonst nur auf die Rücken der Pferde zu klopfen pflegte, um ihnen Zeichen zu geben.

An einem Tag im Mai war auch Resi mit dabei. »Das wird euch gefallen!«, erklärte der Geistbeck mit gewitztem Blick und hob Wally auf den Kutschbock, während Resi von der anderen Seite hochkletterte.

»Wo fahren wir denn hin?«, wollte Resi wissen.

»Nach Schrobenhausen«, erklärte der Vater. »Zum Rossmarkt.«

»Ui!«, rief Resi. »Wir gehn auf den Barthelmarkt?«

Doch der Geistbeck lachte und winkte ab. »Nein, Resi. Wir fahrn nach Schrobenhausen, nicht nach Oberstimm. Der Barthelmarkt is im August, und wir haben doch erst Mai!«

Resi wusste nicht recht, ob sie enttäuscht sein sollte. »Aber is der Rossmarkt dort genauso schön wie der Barthelmarkt?«

»Der Rossmarkt schon«, erklärte der Vater. »Sogar schöner, weil nicht so viel Schmarrn rundrum ist. Aber für euch wird's wohl nicht ganz so aufregend.«

Der Barthelmarkt, der alljährlich an St. Bartholomä bei Manching stattfand, war weithin berühmt, denn er wurde begleitet von einem Volksfest, wie man es sonst nur in München zur Wiesnzeit fand. Es gab Bierzelte, Buden und sogar einige Fahrgeschäfte, sodass sich sowohl gestandene Männer auf die Veranstaltung freuten, als auch die Kinder. Manche sagten, das Fest sei als Heiratsmarkt mindestens so bedeutsam wie als Rossmarkt. Dagegen war der traditionelle Schrobenhausener Pferdemarkt nur etwas für ernsthaft am Rosshandel Interessierte.

»Dann mag ich aber nicht mitkommen«, erwiderte Resi und wollte schon wieder runterklettern vom Wagen.

»Auch nicht, wenn du ein Magenbrot kriegst?«

»Ein Magenbrot? Und eine Brezen?«

»Ja sauber!«, rief der Vater. »Eine Brezen auch noch? Aber nur, wenn du ganz brav bist. Und die Wally auch.«

Und so ging es wenig später über die Landstraße dahin in Richtung Schrobenhausen, wo sie gegen zehn Uhr eintrafen, wie die Turmuhr der Stadtpfarrkirche St. Jakob schon von Weitem kündete. Es herrschte so viel Verkehr auf den Straßen der Stadt, dass Wally sich ganz fest an den Janker des Vaters klammern musste. Eng war es, laut und hektisch. Der Geistbeck lenkte den Wagen direkt auf das Marktgelände und suchte einen Platz, an dem er den Wagen beaufsichtigen lassen konnte, denn unbewacht wäre das Fuhrwerk schneller weg gewesen, als man schauen konnte, und die Rösser dazu.

Resi an der linken Hand, Wally an der Rechten, stiefelten sie über den weitläufigen Markt und blieben immer wieder stehen, wenn der Vater einen Gaul besehen oder eine Auktion verfolgen wollte. Mehrmals kamen sie an Buden vorbei, an denen Backwerk und Deftiges angeboten wurde. Einmal war Wally kaum zum Weitergehen zu bewegen, weil sie den Duft von gebrannten Mandeln in die Nase bekommen und sich sofort in ihn verliebt hatte.

»Wir haben so einen Hunger!«, schwor Resi, als sie an einem Stand mit Kletzenbrot und Lebkuchen vorüberkamen.

»Ich auch«, erwiderte der Vater lächelnd. »Wolln wir wieder heimfahren und was essen?«

»Aber es gibt doch hier auch was Gutes!«, protestierte Resi.

»Da müsst ihr aber noch ein bisserl warten«, erklärte der Geistbeck. »Schön brav sein, wie ihr's versprochen habt, dann gibt's zuletzt das Magenbrot. Und eine Brezen.«

Überall waren Parzellen abgetrennt, in denen Bauern mit ihren Pferden standen. Es gab schwere Ackergäule und elegante Reitpferde, Kaltblüter und hier und da sogar ein Rassepferd, das der Vater heftig bewunderte. Aber am Ende handelte er mit dem Besitzer eines kräftigen Haflingers, feilschte, ließ den Mann stehen, kehrte dann doch wieder um und nahm das Gespräch noch einmal auf, ehe die Männer sich, begleitet von den beiden Mädchen, zur Geistbeck'schen Kutsche begaben, wo noch ein wenig diskutiert wurde. Dann endlich schlugen zwei kräftige Pranken ein, und der Geistbeck zählte einige silberne Münzen auf die Hand des anderen. Schließlich sprach er noch ein paar Sätze mit der Aufsicht, ehe er sich zu den Mädchen umdrehte. »So. Jetzt kriegt ihr endlich eure Belohnung.« Er nahm sie an der Hand, führte sie zu einem Süßwarenstand für das Magenbrot und kaufte nebenan noch eine große Breze, die er entzweibrach. »Die zuerst. Das Magenbrot gibt's dann hinterher, damit ihr nicht vom Süßen satt seid.«

Als sie wieder zu ihrer Kutsche kamen, war der alte Alois verschwunden, und an seiner Stelle stand der Haflinger im Geschirr, den sie vorher noch in seinem Gatter bewundert hatten.

»Und?«, fragte der Geistbeck. »Wie soll es heißen?«

»Wo ist denn der Alois?«, fragte Resi mit belegter Stimme.

»Der gehört jetzt dem Bauern, der vorher diesen Gaul hier gehabt hat.« Der Stolz in Geistbecks Stimme war unüberhörbar – außer für Resi, die das alte Pferd sehr gern gehabt hatte. »Ich mag aber lieber wieder mit dem Alois heimfahren«, erklärte sie.

»Tut mir leid, junges Fräulein«, beschied sie der Geistbeck. »Der Alois hat jetzt ein neues Zuhause.«

»Aber er gehört doch zu uns!«

»Jetzt nimmer, Resi.« Der Geistbeck erkannte, dass seiner Zweitjüngsten plötzlich das Herz schwer geworden war. Er kannte das, er hatte es ja selbst erlebt als kleiner Bub, wenn ausgerechnet die Gans geschlachtet worden war, mit der er den ganzen Sommer lang gespielt hatte, oder wenn der Hase auf den Tisch kam, den er am Morgen noch gefüttert hatte. So ähnlich musste Resi gerade empfinden. Allen Bauernkindern ging es so – bis sie sich daran gewöhnt hatten, die einen früher, die anderen später.

Er hockte sich neben seine Töchter und erklärte: »Der Alois ist doch ein alter Herr, wisst ihr? Und der Bauer, dem unser neuer Gaul gehört hat, der hat noch eine alte Pferdedame bei sich, die sehr einsam is. Da haben wir uns gedacht, wenn der Alois mit ihm geht, dann sind die beiden Pferde ein schönes altes Paar, grad so wie …«

»Wie die Mama und du!«, schlug Resi vor.

Der Geistbeck lachte. »Ich wollt jetzt eigentlich sagen: wie eure Großeltern. Aber von mir aus auch wie die Mama und ich.« Er lachte noch, als sie allesamt wieder auf den Kutschbock stiegen. Dem Knecht, der das Fuhrwerk bewacht und den neuen Haflinger ins Geschirr gestellt hatte, reichte er zwanzig Pfennige Lohn, dann ließ er sich nach draußen rangieren und nahm den Weg zurück, auf dem sie gekommen waren.

»Und?«, fragte er, als sie endlich Schrobenhausen wieder verlassen hatten. »Wie soll es jetzt heißen, das Pferd?«

»Alois«, sagte Wally und nickte bekräftigend.

»Genau«, befand Resi. »Alois.«

»Es is aber eine Stute!«, erklärte der Geistbeck.

»Das macht nix«, erwiderte Wally. »Alois is ein schöner Name.«

***

Wer von Pörnbach auf dem Weg nach Pfaffenhofen war, konnte eigentlich gar nicht versehentlich nach Deimhausen abbiegen, und doch fuhr eines Tages im Juni eine Kutsche vor dem Gasthaus »Zur Post« vor, auf der reichlich ungewöhnliche Herrschaften saßen: ein Mann im hellgrauen Anzug und mit geschäftsmäßigem Hut, wie man ihn sonst allenfalls in der Stadt sah – in München vielleicht oder im fernen Berlin, wohin allerdings aus dem Dorf noch kein Mensch jemals gekommen war –, und eine Frau in einem hellblauen Kleid, das man vielleicht auf einer Hochzeit tragen konnte, das aber im Übrigen so unpraktisch war, dass die Bernbäurin und die Riederin, die zufällig am Wegesrand standen, die Köpfe schüttelten.

»Da schau her«, flüsterte die eine. »Hochmögende Herrschaften.«

»Wenn wir das gewusst hätten, gell? Dann hätten wir uns was Anständiges angezogen.«

»Ha!«, lachte die Bernbäurin. »So was Feines hätt ich gar nicht gehabt.«

Der Fremde lupfte seinen Hut ein klein wenig. Geradezu vornehm sah er dabei aus. »Guten Tag, Madam«, grüßte er. »Können Sie sagen, wem die Hopfenfelder gehören dort drüben?« Ganz fremdländisch klang er.

»Sind Sie ein Amerikaner?«, wollte die Bernbäurin sogleich wissen.

»Ganz richtig, Madam«, erwiderte der Mann. »Melinda und Thomas Huxton«, erklärte er, deutete auf seine Frau und nickte bekräftigend, als er seinen eigenen Namen nannte.

»Die Hopfengärten?«, sagte die Riederin. »Die gehören dem Geistbeck.« Sie deutete auf das Anwesen gegenüber. »Sie stehen davor.«

»Oh! Perfect!« Er stieg vom Kutschbock herunter und reichte seiner Frau die Hand.

»Aber Gentlemen sind's schon«, bemerkte die Bernbäurin leise zu ihrer Nachbarin. »Die Amerikaner.«

»Madam hat er gemeint. Das hat auch noch keiner zu mir gesagt«, stimmte die Riederin zu und lachte kurz auf. Dann ging sie ihrer Wege, während die Bernbäurin es sich nicht nehmen ließ, noch ein wenig am Straßenrand zu stehen und den Amerikanern zuzusehen, wie sie den Postwirt betraten. Einmal im Leben ein solches Kleid zu tragen, das hätte sie sich schon gefallen lassen. Auch wenn es natürlich ein Schmarrn gewesen wäre. Aber man konnte sagen, was man wollte: Kleider machten Leute. Nackert hätte die gnä' Frau wahrscheinlich auch nicht anders ausgesehen als eine der Hiesigen.

Inzwischen waren auch noch andere Dorfbewohner rein zufällig vorbeigekommen. Die Männer interessierten sich für das Chassis. Einen polierten Landauer sah man hier nicht oft – und zwei Rasseschimmel erst recht nicht. Jeder Hof hatte seine Pferde, aber es waren allesamt Ackergäule. Sie mussten nicht nur die Fuhrwerke ziehen, sondern auch Pflüge oder das Holz, das im nahen Wald geschlagen wurde.

In der Gaststube blickte Walburga Geistbeck auf und staunte über den Besuch. »Grüß Gott, die Herrschaften!«, rief sie. »Was darf man denn für Sie tun?«

»Guten Tag, Madam«, grüßte der Reisende auch sie, während seine Frau der Wirtin ein freundliches Lächeln schenkte und sich in dem düsteren Schankraum umblickte. »Man hat mir gesagt, die Hopfenfelder an der Hauptstraße gehören dem Bauern hier.« Er sah sich zweifelnd um. »Oder dem Wirt?«

»Beides!«, erklärte Walburga Geistbeck und lachte, während sie sich die Hände an der Schürze trocknete. »Das ist mein Mann. Ihm gehören die Landwirtschaft und das Wirtshaus.«

»Verstehe«, sagte der Amerikaner. »Wo kann ich finden Ihren Mann?«

Walburga Geistbeck seufzte und trat hinter der Theke

hervor. Die kleine Wally, inzwischen drei Jahre alt, hing an ihren Röcken und klammerte sich an ihr Bein, sodass sie kaum gehen konnte. »Er müsst eigentlich schon längst hier sein. Er ist draußen auf dem Feld, weil wir einen neuen Zaun aufstellen müssen. Was wollen's denn von ihm?«

»Wir kommen von Amerika«, erklärte der Mann. »Ich bin auf der Suche nach Hopfen. Wie ich habe gesehen, wird Ihre Ernte gut. Gute Qualität!«

»Dann müssen Sie erst einmal unser Bier probieren!«, schlug Walburga Geistbeck vor, bedeutete den Herrschaften, sich an einen der Tische zu setzen, und sagte zu Zenzi: »Lauf und sag dem Papa Bescheid, dass er schnell herkommen soll. Es gäb ein Geschäft zu machen.«

Zenzi nickte und rannte im selben Augenblick los. Sie wusste, dass ihr Vater an einem guten Geschäft immer interessiert war und alles andere dafür stehen und liegen lassen würde.

»Mögen S' auch was essen?«, fragte die Wirtin. »Ich hätt noch ein Stück Gselchtes da und ein gutes, frisches Brot.« Sie hatte es erst am Morgen gebacken, und normalerweise wurde es immer zunächst für ein paar Tage weggesperrt, ehe es gegessen werden durfte, damit es weniger blähte – und damit man schneller satt war.

Der Mann setzte sich neben seine Frau auf die Bank und legte seinen Hut beiseite. »Was immer das ist, Madam.« Er zuckte mit den Achseln. »Darling?« Seine Frau nickte. »Bringen Sie uns zwei Portionen bitte.«

»Recht so«, befand Walburga Geistbeck und überließ es Hanni, der Magd, sich ums Essen zu kümmern, während sie selbst zwei Krüge Bier einschenkte. »Und wo kommen Sie dann her, aus Amerika? Sind S' am End aus Neu York?«

»New York! Nein, Ma'am. Wir sind von Wisconsin.«

»Aha«, bemerkte die Wirtin, die sich nicht sicher war, ob sie den Namen schon einmal gehört hatte. »Das ist bestimmt eine schöne Stadt.«

»Ein schönes Land, Ma'am. Wisconsin ist wie ... wie Bavaria. Wie Bayern. Nur anders.«

»Aha.« Wenn nur der Georg endlich käme. Die Leute waren ja sehr freundlich. Aber sie waren doch auch sehr *anders*.

Zu Walburga Geistbecks Überraschung war die kleine Wally neben der fremden Frau stehen geblieben und sah sie mit großen Augen an. Wahrscheinlich gefiel ihr das Kleid. Ja, so was bekam man hier natürlich nicht oft zu Gesicht. So einen Stoff hatte das Kind noch nie gesehen. Die Amerikanerin musste auf Wally wie eine Prinzessin wirken. Eine von denen, über die der Vater ihr am Abend manchmal Geschichten erzählte. Und die Amerikanerin blickte ihrerseits die Kleine auf eine Weise an, als wäre sie ganz von ihr verzaubert.

»Und wie lang sind Sie dann hier bei uns?«, erkundigte sich die Geistbeckin.

»Das kommt darauf an«, erwiderte der Gast. »Ich muss bekommen genügend Hopfen in der besten Qualität. Wenn ich alles habe, können wir wieder reisen nach Hause.«

»Nach Wisconsin?«

Der Amerikaner nickte.

»Da sind Sie bestimmt arg lang unterwegs, gell?«

»Es dauert ein paar Wochen, ja«, bestätigte der Mann. »Und es ist eine beschwerliche Reise.«

»Sehr schwer«, sagte seine Frau, die zu Walburgas Überraschung offenbar auch Deutsch konnte, und seufzte.

»Das haben Sie fei gut gelernt, das Deutsche«, stellte die Wirtin anerkennend fest.

»Meine Mutter war aus Deutschland«, sagte der Mann. »Aus Augsburg.« So, wie er das sagte, dauerte es einen Moment, bis bei Walburga Geistbeck der Groschen gefallen war.

»Aus Augsburg!«, rief sie. »Ja, das ist ja gar nicht so weit weg von uns.«

»Was ist nicht weit weg?«, fragte Georg Geistbeck, der in dem Augenblick den Kopf zur Tür hereinstreckte.

»Der Herr hat eine Mama aus Augsburg.«

»So. Aha«, sagte Georg Geistbeck. »Und deswegen hast du mich von der Arbeit weggeholt?«

»Na, Georg. Die Herrschaften kommen aus Amerika und wollen unsern Hopfen kaufen.«

»Aus Amerika? Da schau her!« Und um diesen Ausspruch zu bekräftigen, musterte der Geistbeck die Besucher einigermaßen schamlos. Dann griff er zu einem Stuhl, zog ihn zum Tisch und setzte sich dazu, während seine Frau die Bierkrüge vor das amerikanische Paar stellte. »Und mir bringst keins?«, fragte er mit einem Augenzwinkern.

»Du kriegst auch gleich eins.«

»Ja, dann bin ich gespannt, was Sie für einen Vorschlag haben, guter Mann.«

Der Amerikaner lächelte wissend, hob seinen Krug, roch kurz am Bier, nahm dann einen kräftigen Schluck, setzte wieder ab und strich sich den sauber gestutzten Schnurrbart, ehe er anerkennend nickte. »Der Vorschlag ist sehr einfach, Sir«, sagte er dann. »Ich will kaufen Ihren Hopfen.«

»Wie viel brauchen S' denn?«

»Wie viel haben Sie denn?«

»Wir haben vier Felder. Von denen bringt jedes zwanzig Zentner, vielleicht fünfundzwanzig.«

»Das sind vier oder fünf Tonnen.«

»Tonnen!« Georg Geistbeck lachte. »Ja, freilich. Wenn Sie in Tonnen rechnen …«

»Und sie sind alle von der gleichen Qualität?«

»Unser Hopfen ist der beste weit und breit.«

»Das ich habe gesehen«, stimmte der Amerikaner zu. »Und was verlangen Sie?«

»Für welche Menge?«, wollte der Geistbeck wissen.

»Für die ganze Ernte.«

»Die ganze Ernte? Aber das geht nicht! Ich hab ja schon fünfzehn Zentner an den Toerring verkauft, und fünf Zentner brauchen wir selber für unser Bier.«

»Sie brauen hier auch?«

Georg Geistbeck schüttelte den Kopf und griff nach dem Krug, den ihm seine Frau reichte. »Na, das nicht. Aber wir brauen drüben in der alten Klosteranlage.« Er nickte in Richtung Hohenwart. »Die ist für die Großbrauereien zu klein, aber für ein paar kleine Wirtschaften passt's grad.«

»Was zahlt Ihnen denn der Graf?«

Der Graf, damit war der Pörnbacher Graf Toerring gemeint, dessen Schlossbrauerei Industriebier herstellte, seit der Nachfolger kräftig in die Anlagen investiert hatte – das allerdings auf weithin anerkannt hohem Niveau.

»Der Graf«, erklärte Georg Geistbeck nicht ohne Stolz, »gibt mir zwei Mark den Zentner.« Wenige bekamen so viel – und sehr wenige zahlten so viel.

»Ich gebe Ihnen zwei Mark zwanzig«, erklärte der Amerikaner.

Der Geistbeck galt nicht umsonst als Fuchs. Statt sofort zu antworten, nahm er einen Schluck aus seinem Krug, setzte ihn wieder ab und strich sich seinerseits über den Schnäuzer. Er seufzte und schüttelte den Kopf. »Graf Toerring ist ein guter Geschäftspartner«, sagte er dann. »Den kann ich nicht einfach hängen lassen, verstehen S'?«

Nun war es der Amerikaner, der einen Schluck nahm. Über den Rand seines Krugs musterte er den Geistbeck und versuchte, aus ihm schlau zu werden. Schließlich setzte er ab und sagte: »Das verstehe ich gut. Dann ich kann Sie auch nicht überzeugen mit einem Angebot von zwei Mark dreißig?«

»Zwei Mark dreißig. Mei. Man darf seine Geschäftspartner nicht verprellen, wissen Sie ...«

Endlich kam Hanni mit dem Essen. Walburga Geistbeck warf ihr einen zornigen Blick zu, dass sie so langsam war, und ihrem Mann einen flehentlichen, dass er sich das Geschäft nicht durch die Lappen gehen lassen sollte.

Der Amerikaner lächelte fein und ließ es sich schmecken, ebenso wie seine Frau, die auch der kleinen Wally ein Stück Brot hinhielt und entzückt auflachte, als das Mädchen gierig danach griff und es sich auf einmal in den Mund stopfte. »Look at her, Tom!«, rief sie. »Isn't she lovely!«

»She is, darling, she is«, stimmte der Mann zu und wandte sich dann wieder an den Wirt. »Ich will nicht, dass

Sie bekommen Schwierigkeiten«, erklärte er und beließ es dabei.

Als die Amerikaner ihre Mahlzeit beendet hatten, legte der Gast einen Geldschein auf den Tisch, von dem alle wussten, dass er viel zu großzügig bemessen war für den kalten Braten, Bier und Brot. Dann nickte er seiner Frau zu und sagte: »Wir müssen weiter. Ich muss noch Hopfen finden für unsere Brauerei. Vielen Dank, dass Sie uns so köstlich haben bewirtet.«

Georg Geistbeck nickte verdrossen. Inzwischen war ihm klar, dass er sich verspekuliert hatte mit seinem Hinweis auf die paar Zentner, die er dem Toerring schuldete. »Ja dann«, sagte er. »Gute Geschäfte.«

»Ihnen auch, Sir«, erwiderte der Amerikaner, während er seiner Frau zusah, wie sie dem kleinen Mädchen über das strohblonde Haar mit den langen Zöpfen streichelte. Augenblicke später standen sie dann in der Tür. Der Gast setzte seinen Hut auf und trat einen Schritt nach draußen, da hörte er hinter sich: »Drei Mark!«

»Wie bitte?«

»Drei Mark der Zentner. Dann sag ich dem Grafen ab.«

»Zwei Mark fünfzig. Mein letztes Wort.«

Georg Geistbeck schnaufte und überschlug noch einmal seine Chancen, mehr aus dem Amerikaner herauszuholen. Doch dann scheute er das Risiko. Zwei Mark fünfzig waren so schon erheblich mehr, als er irgendwo sonst für den Sack Hopfen bekommen würde. Und dann noch die ganze Ernte! Auf einen Schlag! »Also gut«, sagte er mit rauer Stimme. »Zwei Mark fünfzig. Aber ohne Lieferung.«

»Ich lasse den Hopfen holen.«

Mit anerkennendem Nicken hielt der Wirt dem Gast die Rechte hin – und der Amerikaner schlug ein: »Sie sind ein guter Geschäftsmann.«

»Und Sie sind ein schlauer Fuchs«, erwiderte Georg Geistbeck. »Das sagt man bei uns so.«

»Ich weiß genau, was Sie meinen.«

»Tom!«, mischte sich seine Frau ein. »If we don't need to search for more …«

»Oh yes, you're right, darling.« Der Mann wandte sich dem Wirt wieder zu: »Gibt es eine Möglichkeit zu übernachten hier?«

Der Geistbeck nickte. »Das geht aufs Haus.« Er winkte der Magd. »Geh, mach den Herrschaften ein Zimmer. Aber ein schönes, gell?«, sagte er und zu seinem Gast: »Dann könnten wir ja noch ein Bier darauf trinken, oder?«

So saßen der noble Geschäftsmann aus Wisconsin und der stolze Bauer und Wirt aus dem Schrobenhausener Land einen Abend lang zusammen und sinnierten über die Veränderungen im Brauwesen, über die neuen Gärungsmethoden, die ideale Lagerung und das Holz der Fässer, während die Dame aus Übersee ganz entzückt war, wie wohlgeraten die Töchter des Hauses waren – und vor allem, wie allerliebst die Jüngste war, die sie am liebsten mitgenommen hätte.

※※※

Trotzdem war die Überraschung groß, als am nächsten Morgen Mr Huxton das Gespräch mit dem Familienoberhaupt der Geistbecks suchte und ihm erklärte: »Es gibt noch etwas, was ich gerne von Ihnen hätte, Herr Geistbeck.«

»Aha? Und was wär das?«

»Es klingt ein bisschen seltsam vielleicht.« Der Amerikaner räusperte sich. Er schien nach den richtigen Worten zu suchen, was den Wirt erstaunte, denn um Worte war dieser Weltmann den letzten Abend keineswegs verlegen gewesen. »Sie haben vielleicht bemerkt, dass meine Frau ... Nun, sie hat sich gut verstanden mit Ihrer Tochter.«

»Mit der Zenzi?«

»Mit der kleinen.«

»Der Wally?«

»Richtig.« Huxton seufzte. »Sie müssen wissen, wir haben kein Glück. Mit Kindern, meine ich. Wir haben keine bekommen, und jetzt ...«

Georg Geistbeck nickte. »Jetzt is's zu spät«, stellte er fest. Ein Schicksal, das schwer wog, natürlich. Was war ein Leben schon wert, wenn man es nicht weitergeben konnte an die Nachkommen. »Das tut mir leid.«

»Danke. Nun, meine Frau ist wach gewesen die ganze Nacht. Sie musste immerzu an Ihre Tochter denken. Die Wally.«

»So?« Langsam wurde der Mann dem Geistbeck verdächtig. »Wollen Sie mir am Ende die Wally auch noch abkaufen?«, fragte er, halb belustigt, halb auf der Hut.

Inzwischen war Huxtons Frau hinzugetreten. »Sie kommt mit uns nach Amerika! Sie wird haben ein wundervolles Leben!«, beteuerte sie.

Mit großen Ohren und Augen stand Wally bei der eleganten Dame und lauschte, ohne etwas zu verstehen, außer dass es gerade um sie ging.

»Amerika!« Der Vater lachte. »Was soll sie denn in Amerika? Sie spricht ja gar kein Amerikanisch.«

»Sie wird es lernen!«, versicherte ihm der Geschäftsmann, der ihn die halbe Nacht über Hopfen ausgefragt hatte, über Anbau und Verarbeitung, über Qualität und Lagerung.

Ja, der Geistbeck hatte durchaus verstanden, dass dieser Mann wusste, was er wollte. Wahrscheinlich bekam er das auch meist. Aber die Wally würde er nicht bekommen. »Die Kleine können S' sich gar nicht leisten«, erklärte der Bauer spitzbübisch.

»Thomas, make him an offer!«

»Guter Mann«, sagte der Amerikaner. »Ich gebe Ihnen tausend Mark für das Kind.«

Mit einem Mal war es mucksmäuschenstill unter den Umstehenden. Sogar der Amerikaner schien für einen Moment erschrocken über sein Angebot. Tausend Mark. Das war eine Summe, die sich die meisten gar nicht vorstellen konnten. Der Geistbeck war verschuldet, alle wussten das. Mit tausend Mark könnte er vermutlich nicht nur seine Schulden bezahlen, er würde sich am Ende auch noch ein paar zusätzliche Felder kaufen. Oder endlich doch ein paar moderne Landmaschinen, die der Hof so dringend gebraucht hätte.

Als ginge es nicht um ihr Leben, plapperte die kleine Wally mitten in die Situation hinein. »Der Steff hat mich gehauen!«

»Fünftausend«, sagte der Geistbeck mit rauer Stimme. »Bar auf die Hand.«

Seine Frau, die in der Tür der Gaststube stand und von

Zenzi erfahren hatte, was vor sich ging, keuchte erschrocken auf. »Georg!«, rief sie. »Was sagst denn da!«

»Did he say five thousand?«

»Yes, darling. That's what he said.« Der Amerikaner war ernst geworden. »Herr Geistbeck. Überlegen Sie. Was wird aus Ihrer Tochter, wenn sie hierbleibt? Was kann aus ihr werden, wenn sie mitkommt? Wir haben ein großes Haus in Wisconsin, wir haben Dienstboten, wir haben ...«

»Das hab ich auch«, erklärte der Vater gelassen und legte Wally eine seiner mächtigen Hände auf die Schulter. »Knechte und Mägde. Ein großes Haus. Ich weiß nicht, ob Ihr Wisconsin größer ist als mein Deimhausen. Aber ich weiß, dass wir hier gottesfürchtige Leut sind, anständige Leut, verstehen Sie? Und was meine Tochter werden kann, da mach ich mir keine Sorgen.«

Der Amerikaner hob hilflos die Arme. »Fünftausend Mark kann ich Ihnen leider nicht bieten, mein Freund.«

»Thomas!«

»But it's true, darling.«

»Why don't you try it once more?«

»Hören Sie, Herr Geistbeck. Ich kann Ihnen anbieten tausendfünfhundert und mein Versprechen als Ehrenmann, dass die Kleine es gut haben wird. Sehr gut!«

Der Wirt schüttelte den Kopf. »'s is besser so. Behalten S' Ihr Geld, und ich behalt meine Tochter. Tut mir leid, wenn S' jetzt Ärger mit Ihrer Frau haben. Aber ich bin froh, wenn ich keinen mit der meinigen hab.«

Wally sah die Enttäuschung in den Augen der fremden Frau, die so lieb zu ihr gewesen war und ihr sogar Süßigkeiten geschenkt hatte! Beklommen blickte sie zu ihrem

Vater hoch. »Der Steff hat mich gehaun«, sagte sie noch einmal zaghaft. »Aber es is nich schlimm«, fügte sie hinzu, weil sie dachte, dann würden alle vielleicht wieder fröhlicher. Denn in der Gaststube war es auf einmal furchtbar ernst geworden. »Ich hab ihn auch gehaun.«

Der Vater drückte ihre Schulter. »Da werden wir nach ihm schaun müssen, ob's ihm gut geht«, sagte er mit rauer Stimme und einem gutmütigen Lächeln.

Die Amerikanerin schien die Verunsicherung der Kleinen zu bemerken und beugte sich zu ihr. »Weißt du was, Wally?«, sagte sie. »Deine Eltern lieben dich sehr viel. Du hast gute Eltern.« Und sie streichelte ihre blonden Haare, wie sie es immer und immer wieder getan hatte, seit sie sie am Vorabend entdeckt hatte.

Da wusste Wally, dass alles gut war, und lachte. »Und eine gute Kuh haben wir auch!«, rief sie. »Die Luise. Magst du die Luise einmal anschaun?« Sie griff nach der Hand der feinen Dame.

Aber die schüttelte den Kopf. »Die zeigst du mir, wenn wir sind hier das nächste Mal.«

So kam es, dass die kleine Walburga Geistbeck nicht ins ferne Amerika zog, um dort im wahrsten Sinne des Wortes eine neue Welt kennenzulernen, sondern im kleinen Deimhausen blieb und sich weiterhin von ihrem Bruder triezen ließ und ihrem Vater am Abend lauschte, wenn der Geschichten von »Prinzessin Wally« erzählte – nur dass sie jetzt wusste, dass es so wunderschöne, kostbare himmelblaue Kleider wirklich gab!

5.

Der Doktor kam gern nach Deimhausen. Nicht nur schätzte er es, beim Geistbeck einzukehren und dessen ausgezeichnetes Bier zu kosten, aus guter Tradition stattete er auch der Pfarrkirche St. Pantaleon regelmäßig einen Besuch ab. Der Heilige, nach dem das Gotteshaus benannt war, zählte zu den Vierzehn Nothelfern und war vor allem der Schutzpatron der Ärzte und Hebammen.

Zum 27. Juli, wenn der Namenstag des Heiligen begangen wurde, ließ es sich der Pfarrer nicht nehmen, die Kirche prächtig zu schmücken und eine besonders glanzvolle Messe auszurichten. Man war stolz auf den besonderen Heiligen, dem die Kirche geweiht war. St.-Georgs-Kirchen oder Gotteshäuser »Zu unserer lieben Frau« gab es viele, eine St. Pantaleon war weit und breit nicht noch einmal zu finden.

Selbstverständlich würde auch Dr. Reinbold an der Messe zum Pantaleonstag teilnehmen – der allerdings im Jahr 1914 bereits einen Tag eher begangen wurde, und zwar mit einem Vespergottesdienst, weil der Namenstag des Heiligen diesmal auf einen Montag fiel und die Bauern ihre Arbeit an den Werktagen nicht vernachlässigen sollten.

So kam es, dass viele der Dorfbewohner zunächst am Morgen in die übliche Sonntagsmesse gingen und dann am

Abend noch einmal der Kirche entgegenstrebten und auf die Weise Zeugen des Eintreffens des Arztes wurden, das sich mit einem Geräusch ankündigte, das viele Dörfler bis dahin überhaupt noch nie gehört hatten: dem Lärm eines Automobils! Gewiss, die Bauern, die nach Pfaffenhofen oder Schrobenhausen fuhren, hatten bereits solche Motordroschken erlebt. Aber die meisten Frauen noch nicht und die Kinder erst recht nicht.

Ganz Deimhausen umringte das glänzende rote Gefährt, sobald Dr. Reinbold es vor dem Pfarrhaus abgestellt hatte. Sogar Hochwürden ließ es sich nicht nehmen, den Wagen ausgiebig zu betrachten. »Und wie lange haben S' jetzt mit dem von Reichertshofen bis zu uns her gebraucht, Herr Doktor?«, wollte der Pfarrer wissen.

»Eine halbe Stunde, Hochwürden«, erklärte der Arzt nicht ohne Stolz.

»So lange braucht's mit der Kutsche auch«, erwiderte der Pfarrer.

»Ja. Da mögen Sie schon recht haben, Hochwürden. Aber ich muss nicht einspannen und muss keine Rösser versorgen. Ich steig einfach ein und fahr los.«

Anerkennend nickte mancher der umstehenden Männer. Der Pfarrer indes blieb vorsichtig »Das muss sich noch herausstellen, ob's ein Teufelszeug is oder nicht«, meinte er.

»Genau deswegen wollt ich Sie bitten, Hochwürden, dass Sie mir den Wagen segnen.«

Der Pfarrer schien hin- und hergerissen. Alles mögliche wurde ja gesegnet. Und ein göttlicher Segen wäre auf jeden Fall eine gute Versicherung dagegen, dass es sich um Teufelswerk handelte. Andererseits widerstrebte ihm das neumodische Zeug, so wie ihm alle Veränderung widerstrebte. In der Bibel gab es keine Automobile – Pferde, Ochsen und Esel aber sehr wohl. Wenn er jetzt anfing, dieses Monstrum zu segnen, dann mochte sich manches seiner Gemeindemitglieder ermutigt fühlen, sich ebenfalls eines zuzulegen. Am Ende führen sie alle mit diesen Höllenmaschinen durch die Gegend, und dann gute Nacht, Menschheit.

»Das machen wir aber ein andermal, Herr Doktor«, beschied der Pfarrer den Arzt. »Heut is Pantaleonstag, da sind andere Dinge wichtig.«

»Freilich, Hochwürden«, erwiderte Dr. Reinbold. »Und dankeschön!«

Der Pfarrer nickte und schritt voran zur Kirche, allerdings nur zögerlich gefolgt von seiner Gemeinde, so schwer fiel es den Dörflern, sich von der Wundermaschine loszureißen.

※※※

Später saß der Arzt noch beim Postwirt und ließ sich ein Bier bringen, um sich zu stärken, ehe er sich wieder auf den Heimweg nach Reichertshofen machte.

»Und wie schnell fährt jetzt ein solcher Wagen, Herr Doktor?«, fragte der Geistbeck, der sich gern zu dem Mediziner setzte, den er als klugen Zeitgenossen und guten Schafkopfpartner sehr wohl, aber als Arzt nicht besonders schätzte.

»Der schafft hundertsiebzig Kilometer in der Stunde.«

»Geh!«, rief der Geistbeck. »Das wär ja bis nach Rosenheim. Oder Landshut!«

»Weiter, Herr Geistbeck, weiter. Aber man kann ja eigentlich gar nicht so schnell fahren, weil einem bei dem Tempo die Achsen krachen, so schlecht, wie die Straßen überall sind.«

»Ja, gell«, erklärte der Geistbeck nachdenklich. »Es ist halt doch was recht Empfindliches, so ein Automobil. Deswegen wird sich's auch nicht durchsetzen, wenn Sie mich fragen.«

»Warten wir's ab, Herr Geistbeck«, erwiderte der Arzt. »Mein Gefühl sagt mir, dass unsere Zeit immer schnelllebiger wird. Da kann ein Fuhrwerk nicht mithalten.«

»Vielleicht …« Der Geistbeck schien nicht überzeugt. »Vielleicht auch nicht.«

Es kam dann doch noch eine Schafkopfrunde zusammen an diesem Abend, bestehend aus dem Wirt, dem Arzt, dem Pfarrer und Ludwig Hardt, der von Freinhausen herübergekommen war. Dem Geistbeck war der Hardt ein willkommener Teilnehmer. Die beiden verstanden sich beim Schafkopf blind. Es gelang ihnen regelmäßig, die anderen nach allen Regeln der Kunst auszuspielen, und obwohl kein Wort darüber gewechselt wurde – wie es den Vorgaben des Spiels entsprach –, wussten alle, dass der Geistbeck und sein Wirtskollege aus Freinhausen gemeinsame Sache machten.

Während die anderen Herren dem selbstgebrauten Bier zusprachen, hatte sich der Pfarrer einen Schoppen Wein bringen lassen, einen Fränkischen, den er gern und durchaus reichlich trank, vielleicht, weil er ihn an seine Heimat erinnerte. Ein paar Bocksbeutel hatte der Geistbeck stets auf Vorrat, wobei es eigentlich immer nur der Geistliche war, der sie leerte. Manchmal, wenn es um Dinge des Glaubens ging, wenn für gute Ernte gebetet oder ein Kind getauft werden sollte, brachte der Geistbeck eine Flasche oder zwei im Pfarrhaus vorbei. Ein guter Draht nach ganz oben, das wusste jeder, war viel wert.

»Und ein Schellenkönig!«, rief Dr. Reinbold und knallte eine Karte auf den Tisch.

»Auweh! Da fürcht ich, der Herr Doktor verspielt heut noch sein nagelneues Automobil.« Der Geistbeck lachte und klatschte seine eigene Karte darauf. »Hier is ein Ass!«

Seufzend griff der Arzt nach seinem Bierkrug. »Bazi seid's ihr«, sagte er resigniert. »Ganz ausg'schamte Bazi!«

»Hochwürden, hören Sie lieber weg«, merkte der Geistbeck mit einem Augenzwinkern an. »Der Herr Doktor hat scheint's schon einen über den Durst getrunken.«

»Das hab ich wirklich«, stellte der Arzt fest, als er sich beim Aufstehen erst einmal am Tisch festhalten musste. »Ich gehör ins Bett.«

»Das glaub ich auch«, warf die Wirtin ein. »Und jedenfalls nicht ans Lenkradl von Ihrem Automobil. Sonst landen S' am Ende noch im Straßengraben.« Sie schenkte ihm ein gutmütiges Lächeln. »Jetzt warten S' noch ein klein wenig, dann hab ich Ihnen eine Kammer zurechtgemacht. Morgen früh können S' auch von hier aus Ihren Tag beginnen.«

»Dankeschön, Frau Geistbeck«, sagte Doktor Reinbold. »Da sag ich nicht Nein. Und bezahlt hab ich ja hinreichend für eine Übernachtung beim Postwirt.« Er nickte in Richtung Tisch, wo der Hardt gerade dabei war, die Münzen einzustreichen.

***

Als der Doktor am nächsten Tag sein Automobil aus dem Stadel fuhr, war er im Nu wieder umringt von Deimhausern, die sich die Sehenswürdigkeit nicht entgehen lassen wollten. Wer wusste schon, wann das nächste Mal so ein Gefährt ins Dorf kommen würde? Ob überhaupt! Denn es war längst nicht ausgemacht, dass sich diese neumodischen Maschinen wirklich durchsetzen würden. Aber faszinierend, das waren sie allemal!

Es war ein schöner Sommertag. Die Felder standen im vollen Saft. Das Heu war üppig und golden, weshalb der Geistbeck mit allen Knechten und Mägden, mit Steff, Zenzi und sogar mit der bald achtjährigen Resi hinausgefahren war, um es zu mähen. Am Abend würden sie mit einem turmhoch beladenen Wagen zurückkommen. Volle vier Tage brauchten die Geistbecks, um allein das Heu einzuholen. Und dann wartete die Ernte. Zuerst die Gerste, dann der Hopfen, zuletzt die Kartoffeln. Außerdem musste das Obst von den Bäumen: Äpfel und Birnen, auch ein paar Quitten. Die Kirschen waren schon durch, die Beeren las die Bäuerin, sobald sie reif waren, mit den Mädchen ohne weitere Hilfe. Es war die Zeit, in der auch einmal ein Stück Johannis- oder Stachelbeerkuchen die Brotzeit auf den Feldern bereicherte.

Die dreijährige Wally genoss es, die Mutter an einem solchen Erntetag fast ganz allein für sich zu haben. Gewiss, die Mama musste von früh bis spät arbeiten. Zuerst bereitete sie mit den Mägden die Brotzeit, dann allein die Vesper für alle, die draußen auf den Wiesen oder Feldern arbeiteten. Zwischendurch musste sie noch das Vieh füttern und ein Auge auf die Gastwirtschaft haben, falls doch jemand vorbeikam, um dort einzukehren. – Das aber passierte an diesem Tag nicht, denn wer arbeiten konnte, arbeitete, um dem nächsten Unwetter zuvorzukommen, das womöglich die ganze prächtige Ernte verdarb.

»Magst du zum Melken mitkommen?«, fragte Walburga Geistbeck ihre kleine Tochter noch vor dem Frühstück.

Wally nickte. »Krieg ich dann auch was zu trinken?«

»Freilich. Nimm einen Becher mit, schau.« Die Bäuerin drückte ihrer Jüngsten einen blechernen Becher in die kleinen Hände und ging dann vor ihr her zum Stall, der auf der anderen Seite des Hofs lag.

Zehn Kühe hatten die Geistbecks, dazu ein paar Sauen, etliche Hennen, einen Hahn, ein paar Gänse, Enten, mehrere Katzen und natürlich Lion, den Hofhund. Lion brachte sein Leben in einem Zwinger von vielleicht zwei mal zwei Metern zu, den er nie verließ. Kam irgendjemand, den er nicht kannte, dem Hof während der Nacht zu nahe oder tagsüber seinem Käfig, dann brach der Hund in ein so wütendes Gebell aus, dass einem angst und bange werden konnte. Im ganzen Dorf gab es keinen schlimmeren Berserker als Lion. Manchmal kamen ein paar Jungen vorbei und warfen mit Steinen nach ihm, um ihn zu reizen. Es war eine Mutprobe, und mancher hatte schon ein paar kräftige Ohrfeigen dafür bekommen. Übrigens nicht vom Geistbeck oder einem seiner Knechte, sondern von den eigenen Eltern, die lieber nicht riskieren wollten, dass der Zwinger einmal nicht richtig verschlossen war und der Hund des Kindes habhaft wurde.

Dabei war Lion, wenn man Georg Geistbeck glaubte, ein durch und durch harmloser Hund. »Der bellt bloß so schlimm, weil er so eine Angst hat. Das is der größte Schisser, den's überhaupt gibt!« Aber wie er das sagte, mit so einem geheimnisvollen Blick, das bewirkte doch, dass man der Sache nicht traute, schon aus Gründen der Vorsicht.

Wally mochte Lion, und sie bellte er nie an. Manchmal durfte sie ihm einen Wurstzipfel bringen oder einen Knochen, allerdings immer, ohne durch das Gitter zu fassen. Dann setzte sie sich zu dem Hund und erzählte ihm etwas.

Die Kuh Berta würde bald ein Kalb bekommen, das wusste auch Wally. Berta war so dick, dass sie fast nicht mehr an ihren Platz im Stall passte. Gutmütig klopfte ihr die Bäuerin auf den Rücken und seufzte. »Wir Weiber haben's auch nicht immer leicht, gell?«

Dann begann sie mit dem Melken. Sie hatte einen Eimer dabei, mit dem sie von Kuh zu Kuh ging, wo sie ihren Melkschemel hinstellte, ehe sie zuerst die Zitzen ein wenig knetete und über die prallen Euter strich, sanft, aber kräftig, damit die Milch gut abfließen konnte. Dann ging es immer links, rechts, links, rechts, und die weiße Flüssigkeit spritzte in einem scharfen Strahl gegen das Blech des Eimers oder mit einem tiefen Gurgeln in die schon vorhandene Milch.

»Trinken!«, erinnerte Wally ihre Mama und hielt ihr den Becher hin.

»Recht hast du«, stimmte Walburga Geistbeck ihr zu und gab ihrer Tochter etwas in das kleine Gefäß.

Die Milch war warm und süß. Wally schleckte sich nach jedem Schluck über die Lippen, dass die Bäuerin lachen musste. Wie unschuldig doch so eine Kindheit war – und wie schnell vorbei.

Sie dachte an ihre eigenen frühen Jahre zurück. Viel hatte sich seither nicht verändert. Die Kinder mussten, sobald sie alt genug waren, mit aufs Feld und helfen. Unter der Woche nur am Nachmittag, weil vormittags Schule war, aber am Wochenende auch den ganzen Tag. Und wenn sie nicht auf dem Feld arbeiteten, dann packten sie im Stall mit an. Die Buben halfen beim Ausmisten, die Mädel beim Melken und alle beim Füttern.

»Magst du nicht einfach so klein bleiben?«, schlug die Bäuerin ihrer Jüngsten vor.

»Nein«, erwiderte Wally. »Wenn ich groß bin, kann ich den Steff auch hauen.«

»Verstehe«, sagte die Mutter. »Und nicht nur umgekehrt. Hast schon recht, als Kind kann man sich gar nicht wehren.«

Sie verschwieg der Tochter, dass sich das auch nur wenig änderte, wenn man größer wurde – vor allem, wenn man eine Frau war. Sie selbst hatte Glück gehabt. Nicht, dass sie sich den Geistbeck selbst ausgesucht hätte. Das hatte selbstverständlich ihr Vater getan. Aber dennoch hatte sie es gut getroffen. Georg war ein schneidiger Bursche gewesen und immer noch ein sauberes Mannsbild. Humor hatte er obendrein, und angesehen war er auch. Außerdem behandelte er sie respektvoll, jedenfalls meistens, und das konnte wahrlich nicht jede Frau von ihrem Mann sagen.

Nur manchmal fragte sich die Bäuerin, wie ihr Leben geworden wäre, wenn der Zellner Josef nicht seinerzeit unter den Erntewagen geraten wäre. Damals war sie schon mit der Zenzi schwanger gewesen, und ihr Vater hatte einer Heirat mit ihrem Auserwählten notgedrungen sogar zugestimmt, wobei sicher geholfen hatte, dass der alte Zellner auf eine große Mitgift verzichtet hatte …

»Mama?«, riss Wally die Bäuerin aus ihren Gedanken und hielt ihr den Becher hin.

»Ein Becher reicht, Kind. Geh ein bisserl raus zum Spielen. Ich komm gleich.« Zärtlich streichelte die Bäuerin ihrer Tochter über die Wange und nahm ihr das Gefäß ab.

Wie sie es gern machte, hüpfte Wally nach draußen. Sie war so fröhlich und beweglich! Einfach nur gehen, das schien sie gar nicht zu können.

❖❖❖

Auf dem Hof streifte die Lis um Wallys kurze Beinchen. Lis war Wallys Lieblingskatze. Sie war noch sehr jung und hell- und dunkelgrau getigert. Neuerdings war sie aber ziemlich dick geworden.

»Servus, Lis«, sagte Wally. »Komm, wir schauen nach dem Lion.« Sie versuchte, die Katze zum Hundezwinger zu locken, was ihr aber nicht gelingen wollte. Stattdessen lockte die Katze sie zu dem kleinen Teich neben dem Stall. Eigentlich war es eher ein Tümpel. Aber die Katzen liebten ihn, weil es dort Frösche gab. Manchmal war einer von ihnen unvorsichtig genug, nicht im Wasser zu sitzen. Dann war es leicht um ihn geschehen, wenn er nicht schneller sprang als die Katze, die ihn entdeckt hatte.

Wally liebte die Tiere auf dem Hof. Manche mehr, andere weniger freilich. Mit den Sauen konnte sie nicht so viel anfangen, obwohl sie die Ferkel lustig fand. Aber einmal hatte sie zwei erdrückte Tiere neben der Muttersau liegen sehen, das hatte sie gegraust. Seither blieb sie lieber etwas auf Abstand.

»Wally?«, rief die Mutter nach einer Weile und gab ihr ein Zeichen, wieder mit ins Haus zu kommen.

Wally hüpfte hinüber zu ihr, und die Katze hüpfte hinterdrein. Es war ein schöner Tag. Die Sonne schien, und der heilige Pantaleon hätte seine Freude gehabt, zumal es keinen Anlass gab, sich um Kranke oder Verletzte zu kümmern.

❋❋❋

Die Männer und Frauen kamen an diesem Tag spät von der Arbeit zurück. Sie hatten eine Wiese mehr gemäht als beabsichtigt. Aber die Arbeit war gut von der Hand gegangen. So gab der Geistbeck allen einen zusätzlichen Krug Bier aus und lobte die Knechte und Mägde reichlich. Die Christl lobte er vielleicht ein bisschen zu reichlich. Seine Frau hatte ein gutes Gespür dafür, wann sie auf ihren Gemahl achten musste. Dem weiblichen Geschlecht war er auf eine Weise zugetan, die einer Ehe nicht guttat. Dass er ihr nicht immer treu war, damit hatte sie über die Jahre ihren Frieden gemacht, sie würde ihn nicht mehr ändern können. Aber wenn er sie vor Dritten bloßstellte, wenn er in ihrer Anwesenheit einer anderen Frau schöne Augen machte oder gar auf dem Hof über die Stränge schlug, dann fuhr sie ihre Krallen aus. Denn Walburga Geistbeck mochte eine brave Ehefrau sein – dumm war sie nicht. Sondern stolz und anspruchsvoll. Das galt auch für ihre Ehe. Und alle wussten – vor allem ihr Mann selbst wusste –, dass der Geistbeck es im Leben nicht so weit gebracht hätte ohne sein Weib.

»Morgen geht's früh raus«, mahnte sie, während sie sich neben Christl stellte und alle, vor allem aber die Magd, anblickte. »Deswegen geht besser jetzt alle ins Bett, damit ihr ausgeschlafen seid! Dank euch schön und gute Nacht!«

»Gute Nacht«, tönte es von allen Seiten zurück. Die Stühle schrammten über den Boden, die schmerzenden Rücken wurden gestreckt, die schweren Beine schlurften aus der Schankstube. Nur der Geistbeck schien noch Energie zu haben und bemerkte: »Ich geh noch einen Moment nach draußen.«

»Lass es gut sein, Georg«, erklärte seine Frau. »Für dich ist's auch spät. Lass uns raufgehen. Ich komm mit.«

»Und das ganze Geschirr und alles?«

»Is dir's lieber, wenn ich noch hier unten bleib und arbeite?« Sie blickte ihn mit einem Funkeln in den Augen an, das dem Geistbeck plötzlich ganz verlockend schien. Und sie war ja auch immer noch ein wunderbares Weib ...

»Ah, so meinst«, murmelte er und konnte sich ein Grinsen nicht verkneifen. »Ja, vielleicht hast du recht. Ich gehör ins Bett. Du aber auch, gell?«

»Unbedingt, mein Lieber«, erwiderte die Bäuerin und lachte ihm zu. »Ich schau bloß noch, dass die Kleine schläft.«

**

Als sie wenig später in die Schlafkammer trat, hörte sie den Geistbeck schon schnarchen. »Oh mei, du Held«, flüsterte sie lächelnd und deckte ihn zu, ehe sie neben ihn schlüpfte und überlegte, ob es in ihrem Leib einen einzigen Knochen gab, der ihr nicht wehtat – und ob das Kind, das sie in ihrem Leib wusste, wohl ihr letztes sein würde. Sie hatte ihrem Mann noch nichts davon erzählt, es war noch zu früh. Aber bald musste sie es ihm sagen.

Ja, sie wusste, dass es ein Segen Gottes war, wenn eine Frau ein Kind empfing. Aber dass sie es am Ende allein zur Welt bringen musste und dass ihr dabei kein Mann und kein lieber Gott helfen konnte, das wusste sie auch. Vor allem aber fühlte sie sich zu alt. Zu alt und zu erschöpft, um noch einmal einem Kind das Leben zu schenken, jetzt, da die Wally endlich aus dem Gröbsten raus war und sie sich nicht mehr ständig um die Kleine kümmern und hinter ihr herlaufen musste. Neulich hatte sie jemanden sagen hören, Kinder hielten jung. Sie musste leise lachen, als es ihr wieder einfiel. Nein, Kinder hielten nicht jung, sie machten alt, vor allem die Frauen. Aber glücklich die, die im Alter Kinder hatten. Walburga Geistbeck wusste, dass sich die Zenzi auf jeden Fall gut um sie kümmern würde, falls es einmal nötig wäre.

Immer noch träumte das Mädel vom jüngeren der Horchbuben. Und er von ihr. Die Bäuerin wusste, dass ihr Mann längst mit seinem Vater gesprochen hatte. Allerdings über die Resi. Und wäre der Geistbeckhof nicht so in den Schulden gewesen, wären sich die Männer sicher längst einig geworden. Die Zenzi spielte in deren Überlegungen jedenfalls keine Rolle. Und dennoch wollte das Mädel den Vater fragen, wenn sie ihn in den nächsten Tagen einmal in guter Stimmung antraf. Denn so viel wussten alle, die ihn kannten, vom Geistbeck: Wenn er guter Laune war, konnte er einem keinen Wunsch abschlagen.

6.

Als Walburga Geistbeck am nächsten Morgen aufwachte, lag der Hof noch in tiefem Frieden. Es war so still, als hielte die Welt den Atem an. Leise stand die Bäuerin auf und trat ans Fenster. Es war erst eine Ahnung von Dämmerung über dem Dach des nächstgelegenen Hofs erkennbar. Aber bald würden die Kühe sich regen und nach und nach alle Bewohner des Dorfes wecken – Mensch und Tier.

Fröstelnd schloss die Bäuerin das Fenster, das über Nacht einen Spaltbreit geöffnet gewesen war. Jetzt war es empfindlich kalt draußen. Das hieß, dass es wieder ein heißer Tag werden würde, denn die Nacht war klar gewesen, und umso schneller würde die Sonne ihre ganze Kraft entfalten.

Seufzend wandte sich die Geistbeckin um und betrachtete ihren Mann, der noch genauso dalag wie am Abend zuvor. So erschöpft war er von der vielen Arbeit draußen auf den Feldern, dass er sich die ganze Nacht hindurch nicht gerührt hatte. *Und für was das alles?*, dachte die Bäuerin. In ein paar Jahren würden sie aufs Altenteil gehören, das ging schneller, als man sich vorstellen konnte. Dabei hatten sie nichts vom Leben gehabt. Nichts außer Arbeit und Plackerei. Davon, dass es der größte Hof im Ort war, konnte weder sie sich etwas kaufen noch ihr Mann. Wenigstens die Wirtschaft hätten sie aufgeben sollen, dann wäre alles leichter gewesen. Aber da war mit dem Georg nicht zu reden. Wer die Wirtschaft hatte, war der Mittelpunkt des Ortes – und wenn einer Mittelpunkt von Deimhausen sein wollte, dann der Geistbeck.

Sie beugte sich zu ihm und strich ihm übers Haar. »Zeit is's«, flüsterte sie und küsste ihn auf die stoppelige Wange. »Aufstehn!«

»Geh«, murmelte der Geistbeck zurück. »Is doch noch ganz finster.«

»Die Berta wird gleich muhen, wirst es sehn.«

Und als hätte sie es drunten im Stall gehört, meldete sich die trächtige Kuh mit einem ungeduldigen Stöhnen.

Der Geistbeck rieb sich die Augen und rappelte sich auf. »Wenn mich eines am Sommer stört, dann is's, dass die Nächt so kurz sind.« Er stand auf und drehte sich weg, weil er wie jeden Morgen stramm nach vorn ragte.

Seine Frau lächelte wissend und nutzte den Augenblick, um schnell in ihr Hauskleid zu schlüpfen. »Ich geh schon runter und mach das Frühstück.«

»Die Magda soll dir helfen. Oder die Christl.«

Die Geistbeckin konnte seinen Strahl im Nachttopf hören. »Ich hol mir schon wen«, sagte sie und steckte sich noch rasch das Haar mit ein paar Nadeln zurück. Dann war sie aus dem Zimmer. *Die Christl*, dachte sie, nicht ohne ein Zwicken in der Brust. *Das hätte mir grad noch gefehlt, dass ich mir das Luder in die Küch hole.* Obwohl ... wenn sie ihr zur Hand ginge, könnte sie nicht gleichzeitig dem Bauern schöne Augen machen.

Die Geistbeckin weckte Zenzi, Resi und Steff, überquerte dann den Hof, stieg zu den über Stadel und Stall gelegenen Unterkünften der Mägde und der Knechte empor und klopfte auch dort an alle Türen. »Aufstehen!«, rief sie. »Guten Morgen! Auf geht's! Es gibt viel zu tun heut!«

Das gab es jeden Tag, und alle wussten es. Entsprechend erhielt sie als Antwort nur Murren aus allen Kammern.

Doch nur die kleine Wally durfte noch ein bisschen liegen bleiben. Erstens brauchte sie den Schlaf, jung, wie sie war, und zweitens war sie ohnehin noch keine Hilfe. Im Gegenteil: Die Geistbeckin war froh, wenn sie nicht auch noch auf ihre Jüngste achtgeben musste, während sie für den ganzen Hof etwas zu Essen bereitete.

Zur Erntezeit setzte man sich nicht an den Frühstückstisch, sondern trank im Stehen seinen Malzkaffee, Milch oder auch nur einen Becher Wasser, aß dazu einen Kanten Brot mit Butter oder Schmalz und machte sich dann auf den Weg aufs Feld. So war es auch an diesem Tag. Es ging schnell. Um sieben Uhr in der Früh würden sie alle schon bei der Arbeit sein.

Rupp hatte auf dem Hof den Wagen vorbereitet, die Rösser standen im Geschirr. Ludwig, der Hilfsknecht Alfred und Magda hatten sich schon auf die Ladefläche gesetzt, wo sich später wieder das Heu türmen würde. Christl wollte gerade aufsteigen, da trat die Bäuerin aus dem Haus und rief sie zurück: »Christl, heut brauch ich dich hier!«

»Aber wir haben so viel Heu, Frau Geistbeck ...«

»Das weiß ich wohl. Aber Vieh haben wir auch. Und das muss heut anständig ausgemistet werden. Ich kann nicht brauchen, dass vor lauter Ernte unsere Kühe krank werden.«

»Is recht«, sagte die Magd, wobei es ihr deutlich anzusehen war, dass es ihr keineswegs recht war. »Und Wäsche haben wir vielleicht auch?«, fragte sie hoffnungsvoll.

»Um die Wäsche kümmer ich mich«, beschied die Bäuerin sie, die Christls Neigung kannte, immer die angenehmeren Aufgaben zu erledigen – und manchmal auch die ganz besonders angenehmen.

»Schau als Erstes zur Berta, und dann kannst du schon mit dem Melken anfangen. Ich übernehm nachher, dann kannst du ausmisten.«

Der Geistbeck kam als Letzter aus dem Haus, schien sich kurz über Christls Miene zu amüsieren, erkannte dann den Plan seiner Frau und hatte genügend heimliche Anerkennung für sie übrig, um ihr ein freches Grinsen zu schenken und ihr im Vorbeigehen unauffällig auf den Hintern zu klopfen. »Ein raffiniertes Weib bist du«, flüsterte er und gab ihr einen Schmatz, ehe er auf den Kutschbock stieg, die Peitsche nahm und beherzt damit schnalzte.

»Pfiat euch!«, rief die Bäuerin und sah ihm triumphierend nach, ihrem Göttergatten. »Die Brotzeit kommt um elf!«

Bis dahin gab es viel zu tun.

※※※

Es war die letzte große Wiese, die gemäht werden musste. Als Zenzi auf der Weide ankam, hatten die Frauen und Männer schon einen Gutteil geschafft. Sie hätten sich eine längere Pause verdient gehabt. Aber der Geistbeck wollte davon nichts hören. Er fürchtete, dass es nach der Hitze der letzten Tage am Abend ein Gewitter geben könnte, und trieb seine Leute deshalb an, noch schneller zu arbeiten. »Dafür habt ihr den restlichen Tag dann frei, sobald wir das Heu im Stadel haben!«, rief er.

Es fiel ihm nicht schwer, die Knechte und Mägde damit anzustacheln, denn in Erntezeiten wurde jeden Tag gearbeitet. Sogar am Sonntag hatten sie mehrere Stunden auf den Feldern zugebracht.

Gern hätte Zenzi den Vater auf ein Gespräch für sich gehabt. Aber der Geistbeck war umringt von seinen Erntearbeitern, sodass er sie kaum zur Kenntnis nahm. Seufzend sammelte sie die Eimer und Dosen, in denen sie die Brotzeit herausgebracht hatte, wieder ein, die Blechteller dazu und alles, was sonst noch zurück auf den Hof musste, machte ein großes Bündel, das sie sich über die Schulter warf, und versuchte ein letztes Mal ihr Glück. »Papa? Kann ich mit dir sprechen?«

»Du sprichst doch schon«, stellte der Geistbeck amüsiert fest. »Was gibt's denn?«

»Es geht um …« Sie zögerte. Neben dem Bauern saß eine der Frauen aus Hohenwart, die sich zur Erntezeit auf den umliegenden Höfen als Helferinnen verdingten. »Das wär was unter vier Augen.«

»Ah so?« Der Geistbeck seufzte. Er hatte es ja schon lange kommen sehen. Ein Gespräch unter vier Augen hatte das Mädel noch nie mit ihm gesucht. Er wusste schon, wo der Hase langlief. »Dann wart bis heut Abend. Da is Ruhe, da lässt sich's besser reden.«

Zenzi nickte. Natürlich hatte er recht. Dies war nicht die Zeit und nicht der Ort für ein so wichtiges Gespräch. »Nach dem Abendessen?«

»Nach dem Abendessen. Is recht.«
»Pfiat di, Papa«, grüßte sie und machte sich davon.
»Ja«, murmelte der Geistbeck. »Pfiat di.«

※※※

Die Zeit bis zum Abend verging für den Bauern wie im Flug: das Heu aufzuladen, es heil zum Hof zu bringen, es vom Wagen und in den Stadel zu schaffen, das alles brauchte Zeit und Kraft. Es war anstrengend und schön zugleich – schön, weil es bedeutete, dass alles gut gegangen war, das Wetter bis zum Schluss mitgespielt hatte und das Vieh für den Winter versorgt sein würde. Freilich, ein wenig Kraftfutter würde er dazugeben müssen. Aber im Großen und Ganzen konnte der Winter für den Stall kommen.

Mit schmerzenden Gliedern trat der Geistbeck in die Schankstube. Es war gerade erst die Vesperstunde, als alles erledigt war. »Ein Bier wär jetzt recht«, sagte er statt eines Grußes.

»Habt ihr alles schon erledigt?«, fragte die Geistbeckin und nahm einen Krug, um ihn ihm zu füllen.

»Alles heil drin.«

»Gott sei Dank.« Eine Sorge weniger. »Und morgen?«

»Morgen geht's ans Hopfenernten.«

»Magst du ihn nicht noch eine Woch stehen lassen? Es hat so viel geregnet im Frühjahr, die Sonne tät ihm schon noch gut, denk ich.«

»Das tät sie«, stimmte ihr der Bauer zu und nahm seiner Frau den Krug aus der Hand. »Aber wenn der Regen kommt, dann kann er uns auf dem Feld verfaulen, dann haben wir gar nix.«

Die Bäuerin nickte nachdenklich. Es war immer dasselbe Lied: Entweder war man zu früh dran mit der Ernte oder zu spät. Nur gerade richtig war es praktisch nie. »Hast schon recht, Georg«, seufzte sie. »Dann ruh dich ein bisserl aus. Es dauert noch bis zum Abendessen.« Sie wusste, wie schwer die Hopfenernte war.

»Hab eh noch was vor«, erklärte der Geistbeck und nahm seinen Krug mit nach draußen.

Für einen kurzen Moment fürchtete seine Frau schon, er könnte sich noch auf einen »Ratsch« mit einer der Erntehelferinnen davonstehlen, da gab es einige Kandidatinnen, die ganz nach seinem Geschmack gewesen wären, das hatte sie schon erkannt. Aber dann sah sie doch, wie er sich nur auf die Bank neben dem Stall setzte und hinüberblickte in Richtung Hohenwart, wo die Sonne gerade hinter einigen prächtigen Wolken verschwand. Und sie sah, dass wenig später die Zenzi bei ihm auftauchte und sich neben ihn setzte.

※※※

»Magst einen Schluck?«, fragte der Geistbeck und hielt seiner Ältesten den Krug hin. Ein sauberes Mädel war sie geworden, die Zenzi, stellte er einmal mehr fest. Auch wenn sie nicht sein eigen Fleisch und Blut war, passte sie gut in seine Familie. Gescheit war sie auch und fleißig. Sie würde eine gute Ehefrau sein, das stand fest. Er konnte den Horch Peter schon verstehen, dass er sich in das Mädel verschossen hatte.

»Nein, danke«, sagte Zenzi freundlich und strich sich das Kleid über den Knien glatt. »Ich wollt mit dir sprechen, Vater.«

»Ich weiß schon.«

»Du weißt schon?« Erschrocken und erleichtert zugleich blickte Zenzi ihren Vater an. »Und auch, um was es geht?«

»Heiraten tätst gern, hab ich recht?«

Zenzi nickte.

»Findst du nicht, dass du ein bisserl zu jung bist dafür?«

»Ich bin siebzehn, Papa! Die Mama war ...« Zenzi unterbrach sich, schluckte. Keine gute Idee, dem Geistbeck vorzuhalten, wie jung seine Frau gewesen war, als sie sich mit Josef Zellner verlobt hatte.

»Bist du vielleicht auch schon guter Hoffnung?«, fragte der Bauer prompt.

»Guter Hoffn ... Nein! Natürlich nicht. Ehrlich nicht! Wir haben überhaupt noch nicht ... Also ...«

Der Geistbeck lächelte wissend. Dann seufzte er. »Es hat deiner Mama kein Glück gebracht«, sagte er schließlich und nahm einen Schluck von seinem Bier. »Schau nur.« Er nickte hinüber in Richtung Hohenwart. »So ein Abendrot sieht man selten.«

Zenzi folgte seinem Blick und mochte kaum glauben, wie blutrot der Himmel an diesem Abend war. Wie ein Menetekel schienen die Wolken über dem Land zu stehen. Sie spürte, wie sie trotz der Hitze dieses Tages eine Gänsehaut bekam. »Das ... das schaut wirklich ... wirklich seltsam aus.«

»Seltsam«, wiederholte der Geistbeck und wiegte den

Kopf. »Was du für Wörter benutzt.« Er sah zu seiner Ziehtochter. »Aber es stimmt. Seltsam schaut das aus.«

Zenzi wollte gerade auf ihr Anliegen zurückkommen, da polterte eine Kutsche auf den Hof und blieb nur ein paar Schritte vor ihnen stehen.

»Hans!«, rief der Bauer, stellte seinen Krug weg und stand auf. »Was führt dich her?«

Hans Lechner aus Freinhausen gehörte zu den ältesten Freunden Geistbecks. Die Familien waren über Generationen verbunden, auch über allerlei Ehen. »Hast du es schon gehört, Georg?«, rief der feiste Mann und sprang vom Bock.

»Gehört? Was soll ich gehört haben?«

»Krieg is!«

»Krieg?« Sie hatten es alle gewusst. Es hatte irgendwann Krieg geben müssen. Nicht, dass einer der Bauern sich darüber gefreut oder den Kampf herbeigesehnt hätte, wie es so viele Dummköpfe in den Städten offenbar taten. Aber dass das Säbelrasseln überall in Europa unweigerlich früher oder später in einen Waffengang münden würde, das war lange schon klar, und jetzt war es also passiert.

»Der Österreicher hat den Serben den Krieg erklärt.«

Finster blickte der Geistbeck in den blutroten Himmel. »Dann werden wir ihn auch bald haben, den Krieg.«

Da wusste Zenzi, dass ihr Traum vom Heiraten erst einmal ausgeträumt war.

III.
Herbststurm

Hallertau 1916

7.

Es war im dritten Kriegsjahr, als eines Tages ein Abgesandter des Wehramtes in Deimhausen auftauchte. Die Bauern wurden zum Postwirt einbestellt und hatten nicht nur Rechenschaft abzulegen über ihre Ernte, sondern auch neuerlich Auskunft zu geben über ihre Familien und die Dienstboten.

»Ich muss Ihnen hier nicht erklären, dass sich dieser Landkreis nicht besonders hervorgetan hat für Kaiser und Vaterland!«, sagte der Mann, ein kleiner, drahtiger Bürokrat, dem man ansah, dass er mit der Lebensart der hiesigen Menschen nicht viel anzufangen wusste. Er hatte eine Liste bei sich, auf der alle Höfe des Dorfes vermerkt waren, und rief nun nacheinander die Bauern auf: »Rieder!«

Karl Rieder trat vor und stellte sich breitbeinig vor dem Tisch auf, hinter dem der Beamte Platz genommen hatte.

»Name?«

»Rieder, wie der Hof«, erwiderte der Bauer, denn es kam häufig vor, dass die Höfe nach früheren Besitzern benannt waren oder dass sie überhaupt nur in Pacht von der dort ansässigen Familie bewirtschaftet wurden.

»Söhne?«

»Vier.«

Der Mann blickte auf. »Davon im Krieg?«

Karl Rieder beugte sich vor und stemmte seine Hände auf den Tisch. »Einer«, knurrte er. »Geblieben.«

Der Beamte räusperte sich. »Alter der verbliebenen Söhne?«

»Ihr kriegt keinen mehr für euern Krieg. Die Buben bleiben hier.« Und um nicht in den Verdacht der Sentimentalität zu geraten, fügte der Rieder hinzu: »Die brauch ich auf dem Hof. Denn wenn wir keine Arbeiter haben, dann hat eure saubere Armee ganz schnell nix mehr zum Essen!«

Der Beamte erhob sich, starrte den Bauern kurz aus zornigen Augen an und erklärte dann mit Blick in die Runde der anwesenden Männer, die wie eine finstere Truppe vor ihm standen: »Meine Herren, damit das klar ist: Ob ein Mann eingezogen wird, entscheidet nicht sein Vater und auch nicht sein Dienstherr, sondern einzig und allein das Kriegsministerium! Die Regularien sehen vor, dass der zweite Sohn mit Erreichen der Volljährigkeit zum Kriegsdienst einrücken muss, wenn er wehrfähig ist. Knechte sind ebenfalls zum Kriegsdienst verpflichtet. Es geht nicht an, dass ...«

»Und wie soll die Arbeit auf'm Hof erledigt werden, bitteschön?«, unterbrach ihn einer der Anwesenden.

»Genau!«, pflichtete ihm ein anderer bei. »Wir arbeiten von früh bis spät. Ein jeder von uns! Da wird jede Hand gebraucht!«

Der Beamte hob die Hände, um die Männer zum Schweigen zu bringen. »Schluss jetzt! Wer es wagt, die Entscheidungen des Kriegsministeriums in Zweifel zu ziehen, kann sich gleich persönlich einen Marschbefehl bei mir abholen, damit das klar ist! Für Arbeitskräfte wird gesorgt. Wer einen Mann für den Kriegsdienst abzustellen hat, hat Anspruch auf eine Ersatzkraft …«

»Was soll denn das sein, eine Ersatzkraft?«, wollte der Hirtreiter wissen.

»Ein Russe, Franzose oder Pole«, erklärte der Beamte. »Das wird je nach Zuteilung geregelt.«

»Kriegsgefangene?«, fragte der Geistbeck skeptisch. Er hatte davon schon gelesen. Überall im Reich wurden jetzt verschleppte feindliche Soldaten zum Arbeiten in Fabriken und in der Landwirtschaft gezwungen.

»Kriegsgefangene, jawohl«, bestätigte der Mann und funkelte den Geistbeck an. »Höre ich da einen defätistischen Unterton?«

»Was Sie hören, das weiß ich nicht«, erwiderte der Geistbeck. »Aber was ich weiß, ist, dass ein Kriegsgefangener nie so arbeiten wird wie ein Einheimischer oder gar ein Verwandter.«

»Und was *ich* weiß, ist, dass es darauf ankommt, wie man die Burschen hernimmt!«, bellte der Beamte. »Wenn einer nicht weiß, wie er sie zum Arbeiten bringt, dann ist er selber schuld.« Einen Augenblick herrschte Schweigen, dann fuhr er fort: »Name?«

»Geistbeck.«

»Geistbeck, soso«, sagte der Beamte. »Söhne?«

»Einen.«

»Alter?«

»Vierzehn Jahre.« Der Geistbeck blickte ihn triumphierend an. »Den kriegen Sie nicht, und Sie können ihn sich auch nicht holen.«

»Knechte?«

»Zwei«, presste der Bauer hervor.

»Seit wann im Dienst?«

Der Geistbeck holte Luft. »Vier Jahre der Alfred. Sechs Jahre der Rupp.«

»Rupp wie?«

»Rupprecht Holzer.«

»Soll sich heute noch bei mir melden.« Der Beamte machte sich eine Notiz, dann nahm er einen Zettel und hielt ihn dem Geistbeck hin: »Ihr Berechtigungsschein.«

»Berechtigungsschein?«

»Für eine Ersatzkraft. Sie müssen sie ja nicht anfordern, wenn Sie meinen.«

***

Natürlich forderte der Geistbeck die »Ersatzkraft« an, nachdem man ihm den lieben, guten Rupp genommen hatte, um Krieg gegen Leute zu führen, die dem Geistbeck nichts genommen hatten und die ihn auch sonst nicht interessierten. »Eine Schand ist's«, hatte er sich am Abend bei seiner Frau beschwert.

»Wenn man einen saudummen Krieg anfängt, dann muss man viele saudumme Entscheidungen treffen«, stimmte ihm seine Frau zu.

»Bist eine sehr weise Frau«, stellte der Bauer fest und legte seine Hand auf ihre.

Selten hatten sie Zeit, so auf der Ofenbank beisammen zu sitzen. Aber an jenem Abend war ihnen beiden nicht mehr nach Arbeit zumute. Der Geistbeck war nach Ingolstadt gefahren und wegen des Berechtigungsscheins vorstellig geworden. Den Rupp würden sie schmerzlich vermissen auf dem Hof. Keiner konnte zupacken wie er, keiner kannte sich mit Vieh und Feld so aus – und keiner war so treu und ehrlich wie der Knecht, dem der Geistbeck gern hier und da eine kleine Zulage gewährt hatte, manchmal auch eine größere.

Und jetzt würden sie ihren Kriegsgefangenen zugeteilt bekommen. »Ein Zwangsarbeiter is er«, schimpfte der Geistbeck. »Weil wir uns wegen der hochmögenden Herren in Wien und Berlin mit dem Rest der Welt die Köpf einschlagen müssen, muss jetzt ein Franzos bei uns auf dem Hof den Stall ausmisten. Wer weiß, was das überhaupt für ein Mensch ist und wo er herkommt!«

Es klärte sich bald, wer er war und wo er herkam: Er war ein Bäckergeselle aus einer Stadt nördlich von Paris, von der in ganz Deimhausen noch keiner je gehört hatte. Zur Überraschung aller konnte er sogar ein paar Brocken Deutsch. Er grüßte mit »Guten Tag!« und »Auf Wiedersehen!«, ganz vornehm, sagte »Bitte«, »Danke« und »Jawohl!«. Als Übersetzungen von Grüß Gott, Pfia Gott, Bittschön, Dankschön und Freilich reichte das hin. Auch nahm es den Geistbeck für den Franzosen ein, dass der Mann trotz des erbärmlichen Zustands seiner Kleider offenbar sehr reinlich war und sowohl einen stolzen Schnauzbart als auch im Übrigen eine gute Rasur hatte. Er wies seinen Sohn Steff an, dem Franzosen ein wenig mehr von der Landessprache beizubringen, damit dieser verstand, was er zu tun hatte, und führte ihn höchstpersönlich über den Hof, in Stall und Scheune, zeigte ihm das Haus, die Obstwiesen und blieb schließlich oben am Hang stehen, der sich hinter dem Anwesen der Geistbecks erhob, um die Hand auszustrecken. »Das ist alles unser Land. Unsere Felder, Äcker, Weiden.«

Der Franzose nickte verständnislos und wartete, was als Nächstes käme.

Der Bauer seufzte. »Das wird ein hartes Stück Arbeit mit dir, guter Mann.« Er deutete auf sich und erklärte: »Geistbeck, Georg. Ich. Geistbeck. Georg.«

»George?«, sagte der Franzose fragend. Er sprach es französisch aus.

»Georg«, verbesserte der Geistbeck.

»George«, wiederholte der Kriegsgefangene, unverändert französisch im Ton.

»Von mir aus auch Schorsch.« Der Bauer seufzte.

Dem Franzosen schien es recht zu sein. Er deutete auf sich und sagte: »Jean.«

»Schon?«, versuchte es der Bauer seinerseits.

»Jean«, korrigierte der Franzose. Er beugte sich nieder und hob ein kleines Zweiglein auf, das zu seinen Füßen lag, dann schrieb er seinen Namen in den Staub: J-E-A-N.

»J-e-a-n«, las der Geistbeck und staunte. Das hatte ganz anders geklungen. »Also gut, Jean. Dann wissen wir jetzt wenigstens, wie du heißt.«

***

In der Wirtsstube, wo der Neuankömmling zunächst einmal eine Suppe und einen Krug Bier bekam, stellte der Bauer den Ersatzarbeiter mit wenigen Worten vor. »Das hier ist unser Franzos. Er heißt Jean ...« Er sprach es sehr hochdeutsch aus. Keiner hatte diesen Namen jemals zuvor gehört. »Solang unser Rupp im Krieg is, wird uns der Jean hier auf dem Hof helfen. Ich hab lang überlegt, ob wir einen Kriegsgefangenen bei uns hier brauchen können. Aber erstens brauchen wir hier jedes Paar Hände, das zupacken kann, und zweitens muss ein jeder Kriegsgefangene froh sein, wenn er auf einen Hof kommt, auf dem er anständig behandelt wird. Deshalb hab ich die Ersatzkraft angefordert. Ich möchte, dass der Jean sich hier nicht beschweren muss. Geht also ordentlich mit ihm um.«

Alfred hob die Hand.

»Ja?«

»Der Franzos is doch unser Feind«, sagte der Knecht. »Warum sollen wir den jetzt besonders gut behandeln, bittschön?«

»Von besonders hab ich nix gesagt. Aber anständig, das schon. Und wenn du mich fragst, warum, dann kann ich dir nur sagen, dass der Rupp drüben bei den Franzosen genauso in Gefangenschaft kommen könnt. Da sind wir auch froh, wenn er anständig behandelt wird. Hab ich recht?« Er blickte in die Gesichter der anderen, von denen ihm niemand widersprach.

»Recht hast du, Herr«, erklärte Alfred. »Das war eine dumme Frage.«

»Passt schon. Mir is wichtig, dass wir alles jetzt geklärt kriegen und nicht erst, wenn's Ärger gibt.« Der Geistbeck winkte seinem Sohn. »Steff? Du hast eine wichtige Aufgabe. Du arbeitest die nächsten Tage mit dem Jean zusammen und bringst ihm bei, wie alles heißt.«

»Nämlich was zum Beispiel?«, fragte der Bub arglos.

»Mei. Dass eine Kuh Kuh heißt zum Beispiel und Melken Melken. Das Heu Heu und der Stadl Stadl. So was halt, verstehst?«

»Freilich, Papa, das bring ich ihm bei. Bald spricht er genauso gut Bairisch wie Französisch.«

»Brav.« Der Geistbeck hob seinen Krug und hielt ihn dem Franzosen hin: »Prost«, sagte er und wartete, bis der Kriegsgefangene verstanden hatte, dass er anstoßen musste. Es war der Beginn einer respektvollen Männerfreundschaft.

***

Steff erwies sich als mäßig begabter und vor allem sehr ungeduldiger Lehrmeister. Auch wenn Jean sich redlich Mühe gab, das Bairische wollte ihm nur schwer über die Lippen gehen. Umso mehr beeindruckte der Franzose schon bald bei der sonntäglichen Messe, da er die lateinischen Lieder nicht nur allesamt auswendig konnte, sondern sie auch noch mit einem Bariton vortrug, der mancher Magd und auch mancher Bäuerin das Herz höher schlagen ließ.

Pfarrer Moßbacher nahm den Mann nach der Messe zur Seite und ließ ihn die Heilige Kommunion einnehmen, zu der sich der Franzose aus Respekt nicht zu gehen getraut hatte.

»Wer so singt, der kann kein böser Mensch sein«, erklärte der Geistliche später beim Braten in der Wirtschaft, zu dem ihn der Geistbeck wie eh und je einlud, weil gute Beziehungen zur Kirche wertvoll waren und das persönliche Seelenheil ohnehin.

»Is auch ein braver Arbeiter«, erklärte der Bauer. »Gestern hat er den ganzen Stall allein ausgemistet.«

»Recht so. Wenn der Krieg gewonnen ist, wird es den Franzosen gut anstehen, sich nicht unbeliebt gemacht zu haben.« Der Pfarrer nahm einen kräftigen Schluck von seinem Bier.

»So? Glauben Hochwürden noch an einen Sieg über die Franzosen?«

»Wenn es die Generalität tut, dann kann es wohl keinen Zweifel geben«, erklärte der Geistliche.

»Da bin ich gespannt, ob sich das ausgeht, was sich die Generalität überlegt hat«, gab der Geistbeck zurück, der nicht viel für die Militärs übrig hatte und den Krieg mit jedem Monat, den er andauerte, noch überflüssiger fand als ohnehin schon. »Geh, Jean, spiel uns was auf deiner Harmonika!«, forderte er den Kriegsgefangenen auf, der zur Freude aller nicht nur zu singen, sondern auch hübsch zu musizieren wusste.

Der Franzose verstand und holte seine Mundharmonika aus der Hosentasche. Es waren fremde Lieder, aber solche mit eingängigen Melodien, die er gern spielte, und alle wussten, dass es Stücke aus seiner Heimat sein mussten. Meist waren es melancholische Melodien, manchmal aber auch heitere Tänze, zu denen es einen geradezu in den Haxen zwickte, sodass mancher Gast gar das Tanzbein schwang, auch wenn die Deimhauser gewiss nicht berühmt waren für ihre tänzerischen Talente.

Zenzi hatte Jean auch eine besonders beliebte bairische Weise vorgesungen, die er trefflich auf seiner Harmonika zu spielen verstand – er hatte sofort heraus, wie es vorzutragen war, das »Schnaderhüpfl«, auch wenn er das Wort nicht auszusprechen vermochte. So kam es, dass er die große Tochter der Geistbecks bisweilen auf der Mundharmonika begleitete, wenn sie zum Vergnügen aller ein paar Verse vortrug. Das »Schnaderhüpfl« war ein Spottgedicht, das gesungen vorgetragen und in jeder Strophe mit einem kleinen Jodler abgeschlossen wurde:

Im Winter ist es kalt und im Sommer ist's warm,
Und wenn man kein'n Schatz hat,
dann is man recht arm.
Holladiria holladio, holladiria holladio.

Drei Wochen vor Ostern, da geht der Schnee weg,
da heirat' mein Schatzl und i hab an Dreck.
Holladiria holladio, holladiria holladio.

Manchmal sang auch Wally, die inzwischen ein kräftiges Mädel geworden und vor allem in die Schule gekommen war. Es stellte sich bald heraus, dass es half, wenn die beiden gemeinsam lernten: der Franzose, der der Sprache noch nicht mächtig war, und das Kind, das Lesen und Schreiben lernen musste. Da sich Jean mit seiner Arbeit Mühe gab, war's der Bauer zufrieden, wenn er sich am Abend mit der Wally hinsetzte und ebenfalls die Fibel zur Hand nahm. So gab sich die Kleine noch mehr Mühe in der Schule, weil sie nun ihrerseits Jeans Lehrerin war und alles schnell und gut lernen musste, um es ihm auch beibringen zu können.

Wenn keine Schule war, begleitete Wally den Kriegsgefangenen auch zum Holzschlagen in den Wald oder zum

Pilzesammeln auf die Wiesen. Dann brachte sie ihm die Lieder bei, die sie schon konnte, und er sang für sie Melodien, die sie noch nicht kannte.

Kein Vierteljahr, nachdem Jean auf den Hof gekommen war, hatten alle längst vergessen, dass er ein Kriegsgefangener war, ein Fremder, ein Feind gar, wenn man die hohen Herren in Berlin gefragt hätte. Ob er selbst es vergessen hatte, darüber dachte auf dem Hof niemand nach. Der Herbst war rau, die Ernte dürftig, die Arbeit hart und lang, für Sentimentalitäten gab es keinen Raum.

***

Gelegentlich studierte Georg Geistbeck die Zeitung und sah sich in seinen Befürchtungen bestätigt. Das Hurra, mit dem die Kriegstreiber auf allen Seiten den Waffengang begrüßt hatten, war längst verklungen. Die ganze Welt schien inzwischen an dem Morden teilzunehmen, und dass sich auch noch die Amerikaner herüberwagten, schien nur noch eine Frage der Zeit.

»Verrückt geworden sind sie allesamt«, murrte er und legte die Zeitung weg. Längst hatte auch Deimhausen die ersten Toten zu beklagen. Jeden Tag, wenn das Postauto kam, warteten sie auf Nachricht – und hofften doch, dass keine für sie dabei war. Denn die Briefe besagten oft Schreckliches: Den Schellkopf Xaver hatte es gleich im ersten Kriegsjahr erwischt, den Kugler Josef ebenso. Und dass der Weber Simon, mit dem er so eng befreundet gewesen war, im Krieg geblieben war, das konnte der Geistbeck nur schwer verwinden. In Frankreich war der Amann Anton zu Tode gekommen; jetzt stand der Hof seiner Eltern ohne Erben da.

»Wohin soll das alles in Gottes Namen führen?«, klagte der Geistbeck wieder und wieder. Manchen Abend ertränkte er seine Trauer in Bier, was ihm den Zorn seiner Frau eintrug. Manchmal fuhr er nach München, obwohl er dort eigentlich nichts zu erledigen hatte. Es war eine Flucht vor der Wahrheit, dass nichts mehr war wie früher; dass die Welt aus den Fugen war; dass der Hof vor die Hunde ging.

Die Ernten waren schlecht, die Preise noch schlechter, weil immer größere Anteile vom Komiss »aufgekauft« wurden. Wer sich auflehnte, wurde eingezogen. Wer nicht eingezogen werden konnte, musste seine Knechte hergeben oder, schlimmer noch, seine Söhne …

Jeden Tag dankte der Geistbeck dem lieben Gott, dass sein Sohn Steff noch minderjährig war. Und jeden Tag verfluchte er ihn für den Krieg, den sich hier heraußen in Deimhausen kein Mensch gewünscht hatte. Wirklich keiner.

»Morgen fahr ich nach München«, murmelte der Geistbeck, als er abends in die Schlafkammer trat. Er hoffte, dass seine Frau schon schlief. Aber den Gefallen tat sie ihm nicht. »Willst du das bisserl Geld, das wir noch haben, auch noch aus'm Fenster werfen?«

Der Bauer erwiderte nichts. Was sollte er auch sagen. Seine Frau ahnte mehr, als sie beide auszusprechen wagten. Es tat ihm auch leid. Aber er hielt es nicht mehr aus, wollte seine kleinen Fluchten. Die Stadt mit ihren Vergnügungen, gerade für ein rechtes Mannsbild …

»Nimm die Mädel mit«, sagte die Bäuerin. Es war keine Frage, sondern eine Anweisung.

»Die Mädel? Welche Mädel?«

»Die Wally und die Resi.«

»Geh. Was sollen denn die zwei in der Stadt?«

»Für die zwei ist das auch interessant. Sie waren ja noch nie dort.«

»Aber München! Das is doch kein Pflaster für zwei kleine Mädel!«

»Du wirst schon auf sie aufpassen, dass sie nirgends hinkommen, wo es nix für sie is«, sagte die Geistbeckin leise, und beide wussten sie, dass es genau andersherum war: Die Mädchen würden auf den Vater aufpassen, dass der nirgends hinkam, wo es nichts für ihn war – jedenfalls, wenn es nach seiner Frau ging.

Ja, die Geistbeckin mochte Kummer gewöhnt sein, aber sie hatte auch gelernt, ihn sich immer wieder einmal vom Leib zu halten. Rückblickend war sie froh, nicht noch ein fünftes Kind bekommen zu haben. Ihr Mann hatte nie von der Schwangerschaft erfahren. Ehe es noch der rechte Zeitpunkt gewesen wäre, war die Frucht abgegangen. Ganz sanft. Im Schlaf. Als hätte das Kindlein ein Einsehen gehabt und es der Mutter leichter machen wollen. Walburga Geistbeck hatte das bisschen Leibesfrucht am Morgen unter dem großen Holunderbusch neben dem Stall vergraben, allein, für sich. Aber manchmal ging sie hin und betete für die winzige Seele, die dort ihre letzte Ruhe gefunden hatte.

Schweigend ging der Geistbeck zu Bett. Die zwei Mädel sollte er also mitnehmen. Nun gut. Er hatte nicht mehr die Kraft zu streiten. In Gottes Namen würde er die Mädchen mitnehmen. Vielleicht war es sogar besser so.

8.

Die Stadt war riesig. Dass es so viele und so große Häuser überhaupt geben konnte, hätten sich die beiden Mädchen niemals vorstellen können. Dass es so viele Automobile gab, erst recht nicht. Am Hauptbahnhof waren sie mit dem Vater angekommen und wussten erst einmal nicht, wohin sie schauen sollten, so viel gab es zu sehen.

Georg Geistbeck mochte München. Die Stadt war abwechslungsreich und lebhaft, es gab gute Wirtshäuser und sogar ein einigermaßen gutes Bier, auch wenn es natürlich mit dem Hohenwarter nicht mithalten konnte.

Nachdem er seinerzeit dem Amerikaner seine gesamte Hopfenernte verkauft hatte, ließ sich Graf Toerring sehr bitten, ihm etwas abzunehmen – und er machte ihm stets einen schlechten Preis. Also musste sich der Geistbeck um andere Abnehmer kümmern. Der Löwenbräu wäre ihm recht gewesen oder der Spatenbräu, gern auch die Augustiner-Brauerei, deren Bier er in München am liebsten mochte. Die hatten auch einen Sinn für Qualität.

Aber zuerst mussten sie einkehren, das stand fest. Die beiden Mädchen jammerten schon seit Ingolstadt, dass sie etwas zu essen wollten. Wenn eine damit anfing, steckte sie die andere an. Es war wie beim Gähnen.

»Wisst ihr, was's in München ganz besonders Gutes gibt?«

»Nein, Papa. Aber du sagst es uns, gell?«, fragte Resi.

»Freilich. Weißwürscht! Das ist das Münchner Nationalgericht.«

»Würscht möchte ich schon gern haben«, sagte Wally. Aber ob sie Weißwürste mochte, würde abzuwarten sein.

Sie mochte sie nicht, doch das machte nichts, weil der Geistbeck ihre Würste ohne Not auch noch hinunterbrachte. Wally ließ sich eine Breze schmecken, ihre größere Schwester auch. Aber die aß immerhin auch eine der legendären Würste und beklagte sich nicht.

Im Hofbräuhaus waren sie eingekehrt. Der Geistbeck wäre gern in den Ratskeller gegangen, ein ehrwürdiges Lokal, unter dem Rathaus gelegen. Gotische Bögen wölbten sich dort über den Tischen und Bänken, dass man hätte meinen können, das Gebäude stammte aus dem tiefsten Mittelalter. Dabei war es nur ein paar Jahre, bevor der Geistbeck zur Welt gekommen war, errichtet worden. Auch im Ratskeller hatte man aber in diesen Zeiten eine »Kriegskarte« – wer Weißwürste essen wollte, musste suchen –, so waren sie am Platzl gelandet.

Ja, die Münchner waren schon ein sehr selbstbewusstes Völkchen. Beim Löwenbräu am Stiglmeierplatz hatte man leider keine Zeit, den Herrn aus der Hallertau vorzulassen. Beim Spatenbräu nahm man das Angebot des Bauern aus dem Schrobenhauser Land freundlich, aber reserviert zur Kenntnis. Beim Augustiner bot man ihm an, er könne eine Probe seiner Ernte vorbeibringen, und stellte einen Termin »in vier Wochen« in Aussicht.

»In vier Wochen?«, rief der Geistbeck. »Ja seid's ihr narrisch? Bis dahin ist mir ja der Hopfen verfault!«

»Dann werden wir ihn wohl nicht nehmen können«, erklärte der Kontorist, den sich der Geistbeck eher bei den Pfeffersäcken in Hamburg hätte vorstellen können als in einer ehemaligen Klosterbrauerei in München.

»Passt schon«, erwiderte er. »Wir haben unsere eigenen Brauereien. Die machen sowieso das bessere Bier.«

Verdrossen zog er mit seinen beiden Töchtern davon und murrte eine Weile, bis sie auf einmal auf einer angenehm großen Fläche standen, wie man sie sonst in der Stadt gar nicht zu sehen bekam. An einigen Stellen wurden Bretterbuden aufgestellt, an anderen seltsame Bühnen und Gerüste errichtet. Da wusste er plötzlich, wo sie gelandet waren.

»Kinder«, sagte er, »das is die Wiesn.«

»Das is aber keine schöne Wiesn«, stellte Wally fest und blickte zweifelnd drein. »Da gibt's ja fast kein Gras. Was fressen denn da die Rindviecher?«

»Hier gibt's keine Rindviecher, hier gibt's ein großes Volksfest!«, erklärte der Geistbeck. »Einmal im Jahr für ein paar Tage wird hier gefeiert.«

»Und was wird dann da gefeiert, Papa?«, wollte Resi wissen.

»Dass vor hundert Jahren der Kronprinz seine Prinzessin geheiratet hat«, sagte der Geistbeck mit bedeutungsvoller Miene.

»Die müssen aber ganz schön alt sein«, meinte Wally nur und trat von einem Bein aufs andere. »Aufs Klo muss ich, Papa.«

An einer Seite dieser »Wiesn« gab es ein eindrucksvolles Gebäude, vor dem eine noch viel eindrucksvollere Statue stand. Dorthin gingen sie, damit sich Wally ins Gebüsch hinter dem Gebäude hocken und ihr Geschäft machen konnte. Dann besahen sie sich das Bauwerk: eine Wandelhalle, in der Büsten bedeutender Personen ausgestellt waren. Die Mädchen waren weniger beeindruckt, als der Bauer gedacht hätte. Offenbar leuchtete ihnen nicht ein, wozu diese Köpfe gut sein sollten. Aber die Bavaria, die über der Theresienwiese thronte, die verfehlte ihre Wirkung nicht! Mit offenen Mündern standen die Kinder vor der mächtigen Bronzefigur und staunten.

»Für was is denn die gut?«, wollte Resi wissen, als sie sich wieder gefangen hatte.

»Das sieht man doch«, erklärte ihre kleine Schwester. »Die steht da, weil sie so schön is!«

Man konnte sie sogar besteigen. Und weil er solch eine Freude an der Begeisterung seiner Töchter für dieses eindrucksvolle Sinnbild seines lieben Bayernlandes hatte, beschloss der Geistbeck, mit den beiden hinaufzusteigen und aus dem Kopf der Bavaria auf die Theresienwiese zu blicken und hinüber zu den stolzen Patrizierhäusern, die diese weite Fläche säumten, und den unzähligen Kirchtürmen, die sich dahinter in jeder Richtung erhoben.

»So, Kinder«, erklärte der Bauer, als sie lange genug in dem engen, stickigen Bronzekopf gewesen waren. »Jetzt müssen wir aber noch auf den Markt gehen und für die Mama ein paar Sachen einkaufen, sonst schimpft sie mit mir, wenn wir mit leeren Händen heimkommen.«

Resi jammerte bald, weil ihr die Füße wehtaten. Wally taten die Füße zweifellos genauso weh, aber die kleinere der beiden beschwerte sich trotzdem nicht, sondern marschierte klaglos an der Hand des Vaters über die Wiesn und dann die Lindwurmstraße bis zum Sendlinger Tor hinab, bis sie schließlich auf dem Viktualienmarkt landeten und noch viel mehr staunten. Denn dort gab es nicht nur alles zu kaufen, was Wally oder ihre Schwester jemals gesehen hatten, sondern noch viel mehr! Sachen gab es da, die die Mädchen gar nicht kannten. Mit großen Augen liefen sie neben dem Vater her zwischen den Ständen hindurch, blieben immer wieder stehen und fragten, was dieses sei und was jenes. Zum Leidwesen des Bauern fingen sie beide schon nach kürzester Zeit an, ihn anzubetteln. Bald wollten sie roten Sirup in Flaschen, bald kreisrund geflochtene Hefezöpfe. Südfrüchte waren ihnen so verlockend wie Marillen oder Tomaten. »Die, Papa!«, rief Resi. »Die will ich haben!«

»Ja, Papa!«, pflichtete Wally ihr bei. »Bitte, bitte, kauf uns so eine Frucht.«

»Geh, die schmeckt euch doch nicht.«

»Bestimmt, Papa!«, beharrte Wally. »Ich weiß s' ganz genau, dass mir die furchtbar schmecken wird.«

»Ja, ich glaub's gleich«, lachte der Geistbeck, »dass dir die furchtbar schmecken wird.«

»Bitte, Papa!« Resi hatte offenbar beschlossen, keinen Meter weit mehr zu gehen, wenn sie nicht eine von diesen Früchten bekam, die auf der Tafel »Paradiesäpfel« genannt wurden.

»Also gut.« Der Geistbeck seufzte. »Weil ihr so brav wart, den ganzen Tag lang.« Er kaufte zwei Tomaten. Prall und glänzend und rot waren sie und leuchteten die Mädchen so verlockend an, dass die es kaum erwarten konnten, sie zu essen.

»Aber erst, wenn wir daheim sind«, erklärte der Bauer streng und dachte bei sich, dass er sie ihnen vielleicht auch schon im Zug geben würde, damit er seine Ruhe hatte.

※※※

Natürlich hatten sie sich kaum auf ihre Plätze gesetzt, der Zug stand noch im Bahnhof, da ging es schon los. »Papa, ich hab schon so einen Hunger!«, jammerte Resi und hielt sich den Bauch, dass der Vater lachen musste.

»Ja, freilich«, erwiderte er. »Hast doch vorhin erst eine große Brezen gegessen.«

»Aber jetzt hab ich schon wieder so einen Hunger. Wir sind ja auch viel gelaufen!«, beharrte Resi, und die kleinere Wally warf ihrem Vater einen ernsthaften Blick zu und griff sich ebenfalls an den Bauch. »Ja, Papa, die Resi hat recht.«

»Also dann, von mir aus«, sagte der Vater mit einem Schmunzeln und griff nach seinem Rucksack, in dem er die Einkäufe verstaut hatte, nicht nur die Paradiesäpfel und verschiedene Gewürze, sondern auch eine Rolle mit einem schönen Spitzenband, mit dem er seine Walburga überraschen wollte. »Aber sie wer'n euch eh nicht schmecken, werdet's schon sehn.«

Mit großer Geste überreichte er jedem der Mädchen eine der saftigen Früchte. Wally hielt sie sich unter die Nase und stellte fest, dass sie nach gar nichts roch. Resi biss gleich hinein, dass es spritzte und der Bauer johlte. Wally war vorsichtiger und nagte mit den Zähnen zuerst ein bisschen an der Haut, ehe sie einen zaghaften Biss wagte. Im ersten Moment schmeckte es nicht nach viel. Warum sollten das denn Paradiesäpfel sein? Da war nicht viel Paradiesisches dran, fand sie. Der nächste Bissen war größer. Die Frucht war vor allem nass. Wally wusste jetzt schon, dass sie keine Freundin dieser Apfelsorte werden würde. Da schmeckten die Äpfel aus dem eigenen Garten tausendmal besser.

»Und?«, fragte der Vater neugierig, während der Zug anfuhr. Aus seinen Augen blitzte der Schalk.

»Mmmh«, machte Resi und biss noch einmal ab. »Guat!« Und zum Beweis biss sie gleich noch ein Stückchen ab, während ihr der Saft über die Hand troff. Zum Glück hatte ihr der Vater ein Taschentuch gereicht, sonst hätte die Mama sehr geschimpft, wenn sie mit einem ganz verfleckten Dirndl zurückgekommen wäre. Immerhin hatten die beiden Mädchen für die Reise mit der Bahn ihren Sonntagsstaat anziehen dürfen!

»Ja, gaaanz guat!«, stimmte auch Wally zu, weil sie sich dachte, wenn sie jetzt maulte, dann würde sie beim nächsten Mal bestimmt nichts gekauft bekommen. Draußen flogen die Häuser immer schneller vorbei.

»Na, dann ist mir's recht«, erklärte der Bauer und stand auf. »Ich geh ein bisserl auf und ab, mir tut mein Fuß weh.« Er riss die Tür des Abteils auf und verschwand auf dem Gang.

»Schnell«, sagte Resi und sprang auf. »Bevor er wieder zurück ist!« Sie trat ans Fenster und zog es herunter. Im nächsten Moment flogen zwei rote Tomaten über die Böschung neben den Gleisen und waren schon Augenblicke später nicht mehr zu sehen.

***

»Weißt du, Mama«, erklärte Wally an jenem Abend, nachdem sie mit der Mutter das Gutenachtgebet gesprochen und dem Herrgott für die weite Reise und die gesunde Heimkehr gedankt hatte, »wenn ich groß bin, dann zieh ich nach München.«

»Wirklich?«, fragte die Mutter amüsiert. »So gut hat's dir da gefallen?«

»Mhm. In der Stadt, da sind alle Menschen reich.«

»Ah, geh. Das hab ich ja gar nicht gewusst!«

»Doch. Die haben alle viel größere Häuser. Und wenn sie auf den Markt gehen, dann können sie alles dort kaufen.«

»So is das«, sagte die Geistbeck leise und streichelte Wally über das blonde Haar. »Dann komm ich dich ganz oft besuchen, wenn du in der Stadt bist.«

»Das musst du auch, Mama«, erklärte das Mädchen mit heiligem Ernst. »Und dann darfst du jeden Tag Weißwürscht essen. Und Paradiesäpfel. Aber vielleicht hab ich auch noch was viel Besseres.«

9.

Es war die Zeit der Walnussernte. Jeden Tag lief Wally zu den mächtigen alten Bäumen, die ein kleines Stück oberhalb der Kirche und des Schulhauses am Waldrand lagen. Drei Walnussbäume standen dort eng beieinander, und ein jeder von ihnen neigte sich weit über die Straße nach Freinhausen. Noch hingen viele der Früchte an den Ästen, und das war gut, weil die heruntergefallenen oft bereits faulten. So aber konnte Wally mit einem kurzen, kräftigen Stock nach ihnen werfen und sie frisch vom Baum holen, um sie in einem Korb, den ihr die Mutter mitgegeben hatte, zu sammeln und später mit nach Hause zu nehmen.

Sie hatte es allerdings nicht eilig. Denn erstens mochte sie diesen Ort, der ihr an manchen Tagen, vor allem, wenn der Nebel aus der angrenzenden Wiese stieg, geradezu verzaubert vorkam, und zweitens wusste sie, dass der Auffacher Ludwig an diesem Nachmittag nachsitzen musste. Der Herr Laubinger war streng und hieß die Burschen oft bis zum Abend im Schulhaus bleiben. Manchmal mussten sie dreimal die ganze große Schultafel vollschreiben, manchmal rechnen, manchmal laut vorlesen. Es kam immer darauf an, wer der Missetäter war und was er ausgefressen hatte. Der Ludwig war keiner von den Schlimmen. Aber er ließ sich von seinen Freunden Beppi und Toni gern in etwas hineinziehen, und dann war er auf einmal wieder mit Nachsitzen dran, und die andern waren draußen beim Spielen.

Zu gern hätte sie den Ludwig getroffen! Er saß nur zwei Plätze weiter in der Schule. Zu weit weg, als dass sie auch einmal mit ihm hätte reden können, aber nah genug, dass sie ihm immer zuschaute, wie er sich mit seinem Griffel abmühte oder verzweifelt in seiner Fibel nach der richtigen Seite suchte. Wally selbst konnte auch noch nicht sehr gut lesen und schreiben, aber sie war schon viel weiter als der Ludwig – wahrscheinlich, weil sie immer mit dem Jean zusammen lernte.

Es war ein windiger Tag. Wally mochte das. Nicht nur dass die Blätter rauschten, auch dass die Äste knackten, gefiel ihr. Dann war es an diesem Ort am Waldrand noch verzauberter. Manchmal stieg sie in eine der Buchen. Es gab einen Platz, den man gut erreichen konnte und von dem aus man – unsichtbar für andere – die Straße beobachten konnte. Dort setzte sie sich in eine Astgabel und beobachtete die Fuhrwerke, die von den Feldern hereinkamen oder aus den anderen Ortschaften oder die auf dem Weg nach irgendwo waren. Manchmal überlegte sie, wohin der Riederbauer wohl fuhr oder der Hirtreiter. Manchmal konnte sie die Gespräche der Mägde hören, die zu Fuß unterwegs waren. Manchmal gab es auch einen Vogel zu beobachten oder sogar ein Reh. Wally hatte einen guten Blick für Rotwild, das war schon ihrem Vater aufgefallen, als er mit ihr im Wald unterwegs gewesen war. Sie wusste, dass sie nach dem Spiegel Ausschau halten musste, der hellen Stelle am Hinterteil der Rehe und Hirsche.

Jetzt allerdings war kein Reh oder Hirsch zu sehen. Dafür konnte Wally einen Habicht beobachten, der über der angrenzenden Wiese kreiste. Leichtes Spiel hatten die Raubvögel, seit das Heu gemäht und die Felder abgeerntet waren, denn es gab keine Deckung mehr für die Feldmäuse und für die Hasen.

Über dem Mädchen war ein leises, hektisches Geräusch zu hören. Als Wally hinaufblickte, entdeckte sie zwei Eichhörnchen, die im Kreis um den Baumstamm nach oben kletterten. Als hätten die Tiere sie bemerkt, hielten sie kurz inne, lauschten, zuckten und rannten dann weiter: ein paar Meter noch nach oben, dann – ebenso flink wie geschickt – auf einen Ast und binnen eines Wimpernschlags auf den nächsten Baum.

Wally hätte ihnen ewig zusehen können, wäre ihre Aufmerksamkeit nicht in dem Moment von einer Stimme, die ihr wohlbekannt war, abgelenkt worden: Der Lehrer Laubinger war vor dem Schulhaus auf die Straße getreten. Neben ihm stand der Ludwig mit gesenktem Kopf. »Und dass du dir das endlich hinter die Ohren schreibst!«, schalt der hagere Mann den Jungen. »Wenn ich sag, jetzt ist Ruhe, dann ist Ruhe! Es geht nicht an, dass ein jeder redet, wie es ihm gerade passt. Ich weiß, dass du eigentlich ein braver Bursche bist, Ludwig. Aber trotzdem muss ich deinem Vater Bescheid geben.«

»Der Papa …«, wollte der Bub einwerfen, doch der Lehrer hob die Hand, sodass Ludwig schwieg.

»Geh jetzt heim und denk darüber nach, was du falsch gemacht hast«, mahnte der Lehrer. »Und wenn dir dein Vater eine runterhaut, dann tut er nur seine Pflicht. Das macht ihm genauso wenig Freude wie dir, verstehst du mich?«

Der Junge nickte.

»Und morgen in der Schule, da reißt du dich zusammen, dann wird das schon. Du bist ein heller Kopf, Ludwig. Lass dich nicht von den Dummköpfen mitreißen.«

»Jawohl, Herr Laubinger«, murmelte Ludwig und wartete, dass der Lehrer ihn entließ.

»Also dann, geh jetzt.«

Und weg war er, der Ludwig. Und Wally auf ihrem Baum ärgerte sich ein bisschen, weil sie jetzt ganz umsonst gewartet hatte.

✻✻✻

Wally ging gern in die Schule. Zuerst hatte sie einen eigenen Griffel bekommen, einen ganz neuen, den ihr der Vater eines Abends mit den Worten hingelegt hatte: »Jetzt fängt er bald an, der Ernst des Lebens. Da muss man gut ausgerüstet sein.«

Zu dem Griffel gehörte auch ein Griffelkasten. Eine Schiefertafel hatte sie und dazu einen kleinen Schwamm und einen weißen Häkellappen zum Trockenwischen. Mit anderen Worten: Wally Geistbeck war über Nacht reich geworden!

Entsprechend stolz ging sie an ihrem ersten Tag in die Schule. Dass man nicht reden durfte, fand sie allerdings genauso blöd, wie dass man immer etwas sagen musste, wenn man gefragt wurde. Das schien ihr unsinnig. Viel sinnvoller erschien es ihr, dass man etwas sagte, wenn man etwas zu sagen hatte, und dass man schwieg, wenn man keine Ahnung hatte. Aber die Schule hatte ihre ganz eigenen Regeln.

Dazu gehörte, dass sie jeden Morgen vor dem Unterricht ein Gebet sprachen. Die jüngeren Kinder lernten es schnell, die meisten von ihnen hatten es schon zu Hause beigebracht bekommen, von den älteren Geschwistern oder von den Eltern. Alle Fächer wurden von Herrn Laubinger unterrichtet, außer Religion – um die kümmerte sich der Herr Pfarrer. Wally mochte den Religionsunterricht besonders. Pfarrer Moßbacher ließ oft eines der älteren Kinder aus der Bibel vorlesen, manchmal auch aus einem Buch, das »Heiligenlegenden« hieß. Dann saßen die jüngeren Kinder da und lauschten, wie es einst im Heiligen Land oder beim bösen Pharao in Ägypten zugegangen war. Besonders gefesselt war Wally von der Geschichte mit den biblischen Plagen. Als sie an jenem Tag nach Hause kam, marschierte sie schnurstracks zu ihrem Vater und erklärte ihm: »Papa, du musst einen großen Speicher bauen.«

»Aha? Und wieso das?«, wollte der Geistbeck wissen, der über den Eifer seiner Tochter sichtlich amüsiert war.

»Das ist dann unser Kornspeicher«, sagte Wally. »Da musst du ganz viel Korn einfüllen. Und wenn der liebe Gott dann wieder eine Plage schickt und die Ernte nix wird, dann haben wir ganz viel Korn und leiden keine Not!«

Der Geistbeck zog seine Tochter auf den Schoß und blickte sie mit freundlichem Ernst an. »Weißt du was, Wally? Gerade so einen Speicher bau ich uns. Wir haben schon angefangen!«

»Ehrlich? Mei, Papa, da bin ich aber froh!«, erklärte das Mädchen zur Erheiterung aller anderen, die gerade in der

Wirtsstube waren. Und von dem Tag an erzählte sie jedem, der es hören wollte, dass ihr Vater der schlaueste Vater von allen sei.

***

Als die Adventszeit näher kam, begleitete Jean das Mädchen zum Nüssesammeln. Inzwischen konnte er recht gut Bairisch. Angesichts seines außergewöhnlich melodischen Gesangs hatte ihn Lehrer Laubinger in den Kirchenchor eingeladen, wo er nun seine Baritonstimme beisteuerte, und wenn es abends die Zeit erlaubte, dann übte er mit den großen Geistbecktöchtern gemeinsam die Lieder für die kommende sonntägliche Messe.

Zu gern hätte auch Wally im Kirchenchor gesungen. Aber bisher hatte Herr Laubinger sie noch nicht gefragt. Dabei kam nun die Zeit der Weihnachtslieder, und die mochte Wally ganz besonders. Einige konnte sie längst auswendig.

»Und welches Lied magst du sehr?«, wollte Jean wissen.

»Ganz besonders gern mag ich ›Still, still, still, weil's Kindlein schlafen will‹«, sagte das Mädchen und sang es ihm vor, während sie Walnüsse aufklaubten.

Der Kriegsgefangene tat sich zwar schwer, den Text zu verstehen, aber die Melodie hatte er nach der ersten Strophe im Kopf und sang sie schon bei der zweiten mit, sodass das Herz seiner kleinen Begleiterin geradezu hüpfte.

»Das lob ich mir aber«, sagte der Herr Pfarrer, der die beiden vom Kirchhof her gehört hatte und nun zu ihnen trat. »Bringst du unserem französischen Gemeindemitglied unsere schönen Weihnachtslieder bei!« Er streichelte dem

Mädchen über den Kopf und blickte den Geistbeck'schen Zwangsarbeiter respektvoll an. »Ich hoffe, dieser vermaledeite Krieg ist bald zu Ende und Sie können wieder heim.«

Jean zuckte die Schultern. Der melancholische Ausdruck in seinen Augen war Antwort genug.

»Und du?«, sagte der Pfarrer und beugte sich zu Wally. »Du bist doch die kleine Geistbeck! Magst du nicht mitsingen im Kirchenchor?«

»Freilich möcht ich das, Hochwürden«, antwortete Wally schnell. »Aber es hat mich ja noch niemand gefragt!«

Da lachte der Pfarrer und richtete sich auf. »So ist's recht«, sagte er. »Ist das gnädige Fräulein noch gar nicht gefragt worden! Ich sprech einmal mit dem Herrn Schullehrer, der fragt dich gewiss.«

Und so kam es dann auch. Am nächsten Freitag hieß Lehrer Laubinger seine Erstklässlerin Wally nach dem Unterricht noch dableiben. Aber statt mit ihr zu schimpfen, weil sie ihre Übungen so schlampig niedergeschrieben hatte, gab er ihr ein Liederblatt mit und sagte: »Das übst du heute Abend noch ein bisschen mit Zenzi, die kann das nämlich gut. Morgen möcht ich dich dann bei der Chorprobe sehen, gell?«

»Ganz bestimmt, Herr Lehrer!«, rief Wally mit roten Ohren und klopfendem Herzen, »und dann sing ich lauter als alle andern!«

Der Lehrer lachte. »Nein, Wally. Nicht lauter. Aber gern schöner. Denn ein paar schöne Stimmen könnten wir gut gebrauchen.«

***

Die Tage wurden nun schon früh empfindlich kalt. Während Zenzi und Steff im Stall mit anpackten, durften die jüngeren Schwestern der Mutter in der Küche oder im Schankraum helfen. Resi machte sich schon recht ordentlich beim Bedienen der Gäste, wobei ihr zugutekam, dass sie ein hübsches Mädchen geworden war und die Leute zu nehmen verstand. Wally half beim Teigrühren, beim Plätzchenausstechen, brachte den Männern, die auf den Obstwiesen die Apfel- und Kirschbäume schnitten, etwas Warmes und hoffte jeden Abend darauf, dass es Bratäpfel gab. Denn Bratäpfel liebte sie! Sie liebte den Duft, sie liebte die Säure und die Süße – und sie liebte es, dass sie mit den von ihr gesammelten Walnüssen zubereitet wurden.

Die Geistbeckin verstand sich aber auch auf Bratäpfel. Sie wählte unter den vielen Sorten, die die Obstwiesen des Gutes hergaben, zu jeder Zeit die richtigen aus und geizte nicht mit den teuren Zutaten. »Schau, Mädl«, sagte sie einmal zu Wally: »Das is ein Roter Boskoop. Der hat Zeit. Der wird sogar noch besser, wenn man ihn ein bisserl aufhebt. Deswegen nehmen wir den Jonathan. Der hat eine ganz feine Säure und ergibt auch einen sehr guten Bratapfel. Aber mein allerliebster ist die Wintergoldparmäne. Magst du einmal probieren?« Sie schnitt von oben eine schmale Scheibe ab und reichte sie ihrer Tochter. Die knabberte genüsslich den Apfelring, ehe sie von ihrer Mutter einen weiteren bekam und dann noch einen. Und jeder schmeckte ganz apfelig und süß und sauer und doch ganz anders als die jeweils anderen.

Gefüllt wurden die Äpfel mit einer Mischung aus zerstoßenen Walnüssen, Rosinen und ein wenig Rohrzucker.

Zwanzig Äpfel passten in die große Auflaufform, die die Mutter in den Herd schob. Und Wally schaute fasziniert zu, wie die Flammen an der Form hochzüngelten, bis die Klappe vorn wieder geschlossen war. Dann blieb sie in der Nähe und sog voller Vorfreude den Duft dieser Köstlichkeit ein.

»Die mach ich meinen Kindern später jeden Tag«, beschloss sie.

Die Geistbeckin lachte. »Das ist keine Kunst. Brauchst nur die richtigen Zutaten.« Sie lächelte ihre Tochter an, der eine Locke aus dem Zopf gerutscht war und die für sie aussah wie ein kleines Engelchen. »Ich hoff, dass du einmal genauso liebe Mäderl bekommst, wie ich sie bekommen hab«, sagte sie leise und dankte dem lieben Gott, dass er ihr die Wally und die Resi und den Steff geschenkt hatte – und davor schon die Zenzi, die es immer ein bisschen schwerer hatte als die anderen und die trotzdem so eine herzensgute junge Frau geworden war.

✽✽✽

Jean und Wally mussten ihre Weihnachtslieder für den Chor jetzt immer am Abend in der Gaststube proben, damit die anderen auch etwas davon hatten. Für manchen Dörfler waren die beiden eine kleine Sehenswürdigkeit, die gut als Grund herhielt, noch auf ein Bier oder zwei zum Geistbeck zu gehen oder gar auf einen Glühwein, den die Wirtin mit viel Zimt und Nelken machte.

So nahte das Christfest, und der erste Schnee kam über Nacht. Am Zweiten Advent lag eine weiße Decke über

Deimhausen, dass die Kinder noch vor dem Frühstück jubelnd nach draußen liefen und mit Schneebällen warfen.

Jean, der schon geahnt hatte, dass es schneien würde, war in der Nacht auf den Hof gegangen und hatte ein paar Eimer Wasser neben der Auffahrt auf den Weg geschüttet, dorthin, wo die Räder der Fuhrwerke zwei kleine Gräben gebildet hatten. Am Morgen waren daraus perfekte Eisbahnen geworden. Vor allem die Buben konnten gar nicht genug davon bekommen, übers Eis zu sausen, sodass manch einer von ihnen mit blauen Flecken zur Messe kam. Und weil sie alle trotz mehrerer Mahnungen so lange nicht nach drinnen kamen, mussten sie auch ohne Frühstück zur Messe gehen, weil die Zeit nicht mehr reichte.

In der Kirche war es eisig, aber sehr feierlich. Der Schnee ließ ein milchig weißes Licht durch die hohen Fenster fallen. Pfarrer Moßbacher hatte viel mehr Kerzen aufgestellt als an gewöhnlichen Sonntagen, außer vielleicht an St. Pantaleon. Über den Köpfen stiegen kleine Dampfwölkchen auf, sodass Wally an den Heiligen Geist denken musste, wenn sie von der Chorempore herunterblickte. Ihre Familie, die ganz vorn saß, konnte sie nicht gut sehen. Aber den Auffacher Ludwig, den konnte sie genau beobachten, weil er ganz am Rand in einer der mittleren Reihen saß. Unter seiner Mütze spitzten knallrote Ohren hervor, und er knetete unablässig seine Hände, weil er so durchgefroren war. Das war Wally aber auch, und sie tat es ihm gleich, weil sie zum Glück nicht das Liederblatt halten musste – sie konnte alle Stücke auswendig, und sie liebte ein jedes davon.

»Wer klopfet an« sangen sie und »Es wird scho glei dumpa«. Da musste Wally immer ein bisschen weinen, obwohl sie nicht wusste, warum. Auch lateinische Lieder sangen sie, deren Texte sie zwar nicht verstand, die aber umso geheimnisvoller und zauberhafter klangen. Und die Orgel hatte auch einen ganz besonderen Klang, wenn die Kirche nicht leer, sondern unten das ganze Dorf zusammengekommen war.

Bei vielen Liedern sang die Gemeinde mit. Andere trug der Chor allein vor. Zenzi durfte ab und zu ein Solo singen, das bewunderte Wally sehr. Und Jean füllte bei manchem Stück den ganzen Kirchenraum mit seiner Stimme ganz allein. So jedenfalls schien es dem Mädchen, das in diesen besonderen Stunden alles so genau beobachtete und auf alles so sorgsam lauschte, als wollte es jede winzigste Kleinigkeit niemals mehr vergessen.

Resi war von den Geistbecktöchtern die einzige, die nicht im Chor sang, weil sie einfach die Töne nicht traf. Herr Laubinger hatte das sehr bedauert, denn er fand, dass auch sie eine sehr schöne Stimme hatte. Nur nützte das nichts, wenn sie einfach falsch sang.

»Aber woran kann das liegen?«, hatte Resi verzweifelt gefragt, denn sie wäre schon gern bei ihren Schwestern oben im Chor gewesen und hätte sich anschließend für die schönen Lieder bewundern lassen.

»Ich weiß es auch nicht, Resi. Manche haben halt das Gehör, und andere haben es nicht.«

»Dann liegt's gar nicht an der Stimme, sondern an den Ohren?«

»Vielleicht. Ob man das jemals herausfinden wird …« Er

hatte eine vage Geste gemacht. »Aber du hast andere Talente, Resi.«

»Mhm.« Sie war nicht überzeugt gewesen, zumal sie keine Idee gehabt hatte, was das für Talente sein sollten.

Der Lehrer, der ein guter Beobachter war, hatte gelächelt und erklärt: »Du bist im Rechnen gut, und du hast einen Sinn fürs Praktische.«

»Fürs Praktische?«

»Allerdings! Ich denk mir, du wirst im Leben bestimmt nicht unter die Räder kommen«, hatte Lehrer Laubinger geheimnisvoll gesagt. »Du magst keine Künstlerin sein wie deine beiden Schwestern. Aber du kannst gut mit den Leuten, und du bist blitzgescheit.«

Blitzgescheit. Das hatte sie verstanden. Und dass sie gut mit Leuten konnte, das wusste sie sogar selbst. Das war ihr nämlich noch nie schwergefallen. Deshalb bekam sie schon jetzt immer wieder ein Trinkgeld, wenn sie in der Gaststube bediente. Lustig musste man sein. Mit den Leuten reden. Lachen. Ja, das Lachen war am allerwichtigsten! Die Bauern, die sich beim Postwirt auf ein Bier trafen, machten gern ihre Witze, oft solche, die Resi nicht wirklich verstand. Aber es gefiel den Männern, wenn sie mitlachte.

Daran musste sie denken, als sie mit der Mutter in der Kirche saß, auf der rechten Seite, wie alle Frauen und Mädchen, während auf der linken Seite die Männer und Jungen saßen. Vielleicht war sie am meisten wie die Mama, dachte sie. Mehr als Zenzi und Wally. Denn die Mama, die hatte auch einen »Sinn fürs Praktische«. Auch wenn sie nicht ganz sicher war, was der Herr Lehrer damit genau gemeint hatte, so viel wusste sie: Er hatte recht. Und sie hatte mit Blick auf ihre Mutter auch recht. Das tröstete sie darüber hinweg, dass es bei ihr für den Chor nicht gereicht hatte.

***

Am Morgen vor Heiligabend kam Georg Geistbeck mit einem kleinen Tannenbaum aus dem Wald nach Hause. Er zog ihn auf dem Schlitten hinter sich her, schüttelte den Schnee von den Zweigen und nahm den Baum mit in die Gaststube.

»Geh, Alfred, hol uns den Holzklotz aus dem Stadel.« Dort gab es einen mannsdicken Block, in den die Rechen und Harken gesteckt wurden, um nicht im Weg zu stehen.

Der Knecht tat, wie ihm geheißen, und wenige Minuten später stand der Baum in der Wirtsstube. »Jetzt müsst ihr ihn nur noch schön schmücken«, erklärte der Bauer.

Das war leichter gesagt als getan, denn Christbaumschmuck gab es im Geistbeck'schen Haushalt nicht. Also saßen die Mädchen den ganzen Tag beisammen und flochten Strohsterne, wie sie es in der Schule gelernt hatten, um den Christbaum in der Kirche zu schmücken. Die Mutter hatte ein paar bunte Bänder übrig, die sie als Schleifen an die Zweige schnürte. Jean fertigte aus Draht eine Vorrichtung, mit der sie den schönsten und größten Strohstern auf die Spitze des Baumes stecken konnten. Und an den kräftigeren Zweigen ließen sich sogar kleine rote Äpfel aufhängen, die Leni noch mit einem Tuch kräftig abgerieben hatte, sodass sie blitzen und funkeln würden im Schein der Kerzen, die die Mutter rings um das Kunstwerk aufstellte, aber noch nicht anzündete.

»Da müsst ihr noch bis morgen warten!«, erklärte sie lachend und warf dem Geistbeck einen dankbaren Blick zu, dass er sich so etwas Schönes ausgedacht hatte. Einen Weihnachtsbaum hatten sie auf dem Hof noch nie gehabt.

✻✻✻

Der Heiligabend begann wie jeder Tag auf dem Hof: In tiefster Nacht hieß es aufstehen, in den Stall gehen, das Vieh füttern, die Kühe melken. Die Natur kümmerte sich nicht um das Kirchenjahr. Aber die Knechte und Mägde, die Bauersleute und ihre Kinder, sie alle kümmerten sich darum, an diesem ganz besonderen Tag so schnell wie möglich mit der Arbeit fertig zu werden, um den Nachmittag zusammen in der Stube verbringen zu können, sich schön herauszuputzen und schließlich am späten Abend, wenn eigentlich schon fast Schlafenszeit war, hinüberzugehen in die Kirche, die in tiefem Frieden auf der Anhöhe lag und ihre Pforte weit geöffnet hatte.

Wally durfte an der Hand der Mutter gehen. Sie liebte die steile Treppe, die das Kirchbergerl hinaufführte, vorbei an der hundert Jahre alten Winterlinde, die wie eine riesige schwarze Hand in den Himmel ragte. Es war ein wenig schaurig, aber auch sehr verheißungsvoll. Im Inneren der Kirche flackerten nur zwei kleine Kerzen, es war beinahe ganz dunkel. Neben dem Eingang führte eine schmale Holzstiege zum Chor hinauf. Dort kletterten Wally und Zenzi hoch und fanden sich auf der engen Bank neben der Orgel ein. Lehrer Laubinger hatte sich bereits an seine Register gesetzt und die Notenblätter aufgestellt.

Die Dörfler unten grüßten einander leise und wünschten eine frohe Weihnacht. Ihre gedämpften Stimmen zeugten von der Ehrfurcht, die sie dieser ganz besonderen Nacht entgegenbrachten. Es dauerte nicht lange, bis die kleine Kirche bis auf den letzten Platz besetzt war, und doch kam es Wally oben auf der Empore ewig vor. Gerade wollte sie die Zenzi fragen, ob sie sich ihre Handschuhe ausleihen dürfte, denn ihre Hände waren inzwischen eisig kalt und sie hatte die zerrissenen, hässlichen alten Fäustlinge nicht zu ihrem Sonntagsstaat anziehen wollen, da wurde unten die Pforte mit einem Ruck geschlossen, und der Herr Lehrer straffte sich, blickte noch einmal zu den Kindern, nickte gleichermaßen gütig und streng und ließ dann einen Akkord erklingen, variierte ihn ein wenig, ließ ihn beinahe ersterben, ehe er überleitete in ein wunderschönes Stück, das Wally noch nie gehört zu haben glaubte. Und während sie noch ganz ergriffen dieser bezaubernden Musik lauschte, traten zwei der Ministranten zu den kleinen Kerzen und bliesen sie aus, sodass die Dorfkirche von Deimhausen unvermittelt in tiefer Finsternis lag, nur erfüllt von den himmlischen Tönen der Orgel und dem ergriffenen Atmen der Gemeinde.

Wally spürte, wie sie eine Gänsehaut bekam, und drückte sich noch enger an ihre große Schwester. Sie hatte die Zenzi so lieb wie sonst nur ihre Mutter, und sie war froh, dass sie heute neben ihr einen Platz hatte, weil der Horch Peter ministrieren musste. Mit großen Augen starrte sie in die Dunkelheit. Nur wenig Licht fiel durch die Kirchenfenster.

Aber ausgerechnet das Kruzifix, das neben der Kanzel aufgesteckt war, wurde vom Mond so geheimnisvoll erleuchtet, als würde es in der Nacht schweben.

Und dann, die Musik war dabei zu verklingen, trat der Pfarrer aus der Sakristei und hielt eine Kerze in der Hand, ein einsames kleines Licht, das er behutsam mit der anderen Hand schützte, damit es nicht ausging. In dem Moment standen unten die Gläubigen auf. Es war ein ganz seltsames Geräusch, so im Dunkeln. Der Lehrer griff in die Tasten, Zenzi stieß Wally an, sich auch zu erheben, und im nächsten Moment ertönte aus vielen Kehlen das Lied »Adeste fideles«, und Wally konnte kaum singen, so schlug ihr das Herz bis zum Hals. Niemals in ihrem Leben hatte sie etwas Schöneres gehört, und niemals hatte sie etwas Schöneres gesehen als dieses einsame Lichtlein in der Finsternis, das jetzt vom Pfarrer Moßbacher zum Altar getragen wurde und dort nacheinander eine Reihe von anderen Kerzen entzündete, sodass die Kirche nach und nach in immer goldeneres Licht getaucht wurde.

Die Ministranten nahmen die so entzündeten Kerzen vom Altar und schritten damit durch den Mittelgang, um die dort aufgesteckten Kerzen ebenfalls anzuzünden. Und zu den Ministranten gehörte in dieser Heiligen Nacht auch der Ludwig, weshalb Wally sich bald ganz besondere Mühe beim Singen gab. Vielleicht hörte er sie ja?

Als sie mit ihrer Aufgabe fertig waren, traten die Ministranten wieder an den Altar und platzierten ihre Kerzen zu Füßen der Muttergottes, die dort mit dem Christuskindlein auf dem Arm auf einem Sockel stand und so schön war wie noch nie. Ihr goldener Umhang glänzte im Kerzenschein ebenso wie der goldene Apfel, den der kleine Heiland in der Hand hielt. Wallys Wangen waren so rot wie die Wangen der Maria, und von den Wänden blickten die Statuen der anderen Heiligen auf die Gemeinde und spendeten ihren Segen: St. Joseph und St. Gregorius, St. Jakobus und St. Paulus, St. Mattias und St. Petrus mit seinem Himmelsschlüssel. Sie hatten die Gläubigen in ihren Kreis aufgenommen, und über allen erklangen die Stimmen des Chors und die Orgel in ihrem himmlischen Glanz.

※※※

Auf dem Weg nach Hause schien es gar nicht mehr kalt zu sein. Der Schnee unter den Füßen schien weicher, der Mondschein heller und die Stimmung fröhlicher als sonst. Alle waren sie erfüllt von der Frohen Botschaft, niemand war müde, niemand dachte an die Mühsal der zurückliegenden Monate und die Plackerei der kommenden.

»Schön habt ihr gesungen«, sagte die Geistbeckin zu ihrer Jüngsten, und Wally strahlte stolz. »Gell, Mama? Und hast du mich auch gehört?«

»Ganz genau hab ich dich gehört, Wally. Du hast ja die allerschönste Stimme von allen gehabt.«

Da fragte sich das Mädchen, warum nicht alle Tage so sein konnten. Hätte man nicht jeden Abend in die Kirche gehen und so gut zueinander sein können? Wenn man dann zurückkam, würde man noch etwas essen und vielleicht auch zu Hause noch ein wenig singen und dann glücklich zu Bett gehen und sich schon auf den nächsten Tag freuen … Aber so war es nicht, und so würde es auch nie sein, das wusste Wally. Sie wusste nur nicht, warum es nicht ging.

In der Wirtsstube war es angenehm warm. Es gab Plätzchen und Punsch, für die Erwachsenen Glühwein, und auch die Wirtsstube war von vielen Kerzen erleuchtet. Unter dem Baum lagen einige kleine Päckchen, sorgfältig verschnürt und mit Namen versehen: »Steff« stand auf einer Schachtel, »Zenzi« auf einem größeren, flachen Päckchen, auf anderen »Resi«, »Wally« und »Burgl« – so nannte der Vater die Mutter manchmal.

»Ich krieg auch was?«, fragte die Geistbeckin ganz überrascht.

»Warst, scheint's, recht brav dies Jahr«, bemerkte der Bauer mit einem Augenzwinkern.

»Dürfen wir die jetzt auspacken?«, wollte Steff wissen.

»Nur, wenn ihr schon neugierig seid. Sonst könnt ihr auch noch bis morgen warten«, erklärte der Geistbeck schmunzelnd.

Es wollte aber niemand warten. Stattdessen riss Steff das Papier ab und fand eine längliche Schatulle und in der Schatulle zu seinem Leidwesen gar nichts, was er sich jemals gewünscht hätte. »Ein Graphitstift«, sagte er enttäuscht.

»So ein Zufall!«, verkündete der Geistbeck. »Wo dir der deinige doch neulich erst zerbrochen ist, als du dich so bei den Einträgen ins Wirtschaftsbuch geärgert hast! Da hat das Christkindl aber ganz genau gewusst, was du wirklich gut brauchen kannst.«

Steff nickte zähneknirschend. Ans Christkind als Gabenbringer glaubte er schon lange nicht mehr. Aber er wollte den Kleineren auch nicht den Spaß verderben und behielt es deshalb für sich.

»Mama!«, rief Zenzi und fiel ihrer Mutter um den Hals. »So ein schöner Schal!« Denn in der Tat, es war ein ganz besonders schönes Stück, das sie bekommen hatte: ein weißer, großer Schal, aus Baumwolle gehäkelt, leicht und wärmend zugleich für frische Nächte, damit man im Dirndl nicht fror. Das also hatte die Mutter in den letzten Monaten abends heimlich erledigt, wenn sie nicht gestört werden wollte!

»Ich krieg meines nicht auf!«, klagte Wally und hielt ihr kleines Päckchen Resi hin, die es rasch mit flinken Fingern öffnete. »Da!«

Mit angehaltenem Atem wickelte Wally den Inhalt aus und strahlte. »So schöne Handschuh!« Es waren himmelblaue Wollhandschuhe, und zwar Fingerhandschuhe, nicht bloß Fäustlinge, wie sie sie bisher immer gehabt hatte. »Bei mir hat das Christkindl auch genau gewusst, was ich besonders gut brauchen kann«, stellte sie fest und streifte die Handschuhe über, um sie den ganzen restlichen Abend nicht mehr auszuziehen.

Resi hatte ein Paar Socken zu Weihnachten bekommen und ein Buch: »Hauffs Märchen«. So recht konnte sie sich nicht freuen. Die Socken waren schön, aber es waren eben doch bloß Socken. Und das Buch … nun, das Buch war eben ein Buch. Man hätte es lesen müssen, um sich daran zu erfreuen. Und was die Resi nicht gern tat, war lesen.

Besonders neugierig war die Bäuerin selbst, was in ihrem kleinen Päckchen war. Richtiggehend aufgeregt war sie, als sie die Schnur aufzupfte und das Papier auseinanderfaltete. Darin lag eine Schachtel, etwa so groß wie ein Kirchweihkrapfen und ebenso rund. Sie ließ sich aufklappen. »Ein Rosenkranz!«

»Kannst ihn auch als Halskette tragen«, stellte der Bauer fest.

Geschliffene Granate reihten sich aneinander, dazwischen sechs filigrane, etwas größere Kugeln, die aus feinstem Silberdraht gearbeitet waren.

»Gefällt's dir nicht?«, fragte der Bauer, weil seine Frau nichts mehr sagte.

Da sah er, dass eine Träne auf die Schachtel fiel. »Doch«, presste die Geistbeckin hervor und wischte sich über die Augen. »Doch, Schorsch. So schön is er, der Rosenkranz. Das is … das is das schönste Weihnachtsgeschenk …« Und wie sie darüber nachdachte, bemerkte sie, dass es nicht nur das schönste Weihnachtsgeschenk war, das sie in ihrem Leben bekommen hatte, sondern auch das erste. Sie blickte auf und flüsterte: »Ich fürcht, das Christkindl hat gar nix für dich dabei gehabt.«

Der Geistbeck winkte ab. »Ich war ja nicht so brav wie du. Das passt schon.«

Und so kehrte an jenem Heiligabend zu Deimhausen nicht nur der Frieden in die Gemeinde ein und erfüllte die Seelen vieler ihrer Mitglieder, sondern auch in die Ehe der Bauersfamilie, die ein langes und schweres Jahr hinter sich gebracht hatte und ein weiteres langes und schweres Jahr vor sich wusste.

Zumindest an diesem Abend würden sie nicht mehr daran denken, sondern dankbar sein für alles Gute, was trotz all der Mühsal, all der Arbeit und Sorgen Platz in ihrem Leben hatte.

***

Der Januar und auch der Februar waren Monate, in denen es auf dem Hof weniger Arbeit gab, das war auch im Jahr 1917 nicht anders. Entsprechend große Fortschritte machte Wally mit dem Lernen – und auch Jean, der inzwischen so gut Bairisch sprach, dass man ihm alles auftragen konnte, ohne Gefahr zu laufen, dass er etwas ganz anderes erledigte. Manchen Abend saßen die beiden in der Wirtsstube beisammen und lasen abwechselnd Hauffs Märchen vor, und Resi war's zufrieden – so musste sie das Buch nicht selbst lesen.

Wenn Wally vorlas, dann stopfte sich der Franzose eine Pfeife, die er sich aus einem Stück Wurzelholz geschnitzt hatte und für die ihm der Bauer zur Weihnacht ein Säckchen voll Tabak geschenkt hatte. Manchmal lieh er sich von den Mädchen die Schreibsachen und schrieb einen Brief an seine Familie in Frankreich, den der Geistbeck adressierte und abgab, damit er nicht als Feindpost gelesen wurde.

Der Krieg würde ohnehin früher oder später ein Ende haben, da waren sich die Bauern einig. Die Meldungen, die von den Fronten kamen, ließen keine rechte Hoffnung auf Sieg zu. Inzwischen galt es auch unter den weniger zimperlichen Bauern als klüger, die Kriegsgefangenen anständig zu behandeln, denn die Gefangenen von heute waren womöglich die Sieger von morgen.

Entsprechend begegnete man dem Franzosen vom Geistbeckhof zunehmend mit Respekt. Jean hatte seinerseits längst auch mit einigen der verbliebenen Knechte Freundschaft geschlossen. Er hatte es gut getroffen, das wusste er wohl. Aber dennoch sehnte er sich zurück in seine Heimat, zu seiner Familie und seiner Sprache. Zugleich ließ er keine Gelegenheit vorüberziehen, mit seiner Musik ein wenig Heiterkeit zu verbreiten. Seine Mundharmonika hatte ihm buchstäblich die Herzen geöffnet, und jedermann hörte ihm gern zu, sei es auf dem Feld oder am Abend in der Wirtsstube.

Wally, die ihm Bairisch beigebracht hatte, durfte jetzt auch öfter auf seinem Instrument spielen. Man musste dafür keine Noten lesen können! Eigentlich ging es sogar ganz einfach, man blies hinein oder sog die Luft hindurch. Dadurch konnte man zweimal so viele Töne erzeugen, als wenn man bloß hätte pusten können. Und wenn ein ganz bestimmter Ton nicht zu finden war, so konnte man einen ganz ähnlichen spielen, indem man etwas breiter hineinblies oder zog. Alles, was man wirklich brauchte, war ein Ohr für Musik.

Das hatte Steff anscheinend nicht. Denn der hätte auch gern ein wenig auf der Mundharmonika spielen gelernt. Doch nach wenigen kurzen Versuchen erklärte ihm Jean: »Tut mir leid, Steff, es geht nicht. Du brauchst eine andere Instrüment. Eine Tüba vielleischt oder eine Trompete.«

Damit war die musikalische Karriere des Geistbeck'schen Stammhalters beendet, ehe sie begonnen hatte. Denn eine Tuba oder eine Trompete gab es im Dorf gar nicht – und jemanden, der Steff hätte beibringen können, wie man sie spielte, erst recht nicht.

10.

An einem strahlenden Tag im April 1918, etwas mehr als ein Jahr nach dem Kriegseintritt der Amerikaner, saß Georg Geistbeck mit seiner Zeitung vor dem Haus und machte ein Gesicht, als wäre der jüngste Tag angebrochen.

»Alles in Ordnung, Herr?«, fragte Alfred, der Knecht, der die Stimmung des Bauern über all die Jahre, die er inzwischen hier Dienst tat, sehr gut zu erahnen gelernt hatte.

»Nix is in Ordnung, Alfred. Gar nix«, erwiderte ihm der Geistbeck.

»Was is denn passiert?« Alfred blickte auf die Zeitung, die der Bauer in geballten Fäusten hielt, sodass sie fast zerriss.

»Den roten Baron haben sie vom Himmel geholt.«

»Den Richthofen? Is er gar gefallen?«

»Freilich is er gefallen. In Frankreich.« Der Bauer stierte vor sich hin. »Achtzig erfolgreiche Einsätze.«

»Das hat sich aber gelohnt«, gab der Knecht zu bedenken. »Achtzig zu eins!«

Doch der Geistbeck schüttelte den Kopf. »Erstens lohnt sich das nie, Alfred«, sagte er. »Weil's ein Schmarrn is, dass sich einer für den Kaiser umbringen lässt, und zweitens ist es ja nicht irgendeiner, den sie vom Himmel geholt haben, sondern der Richthofen. Der rote Baron!«

In der Tat war der Tod dieses allseits bewunderten Fliegerhelden für die Menschen landauf, landab ein Menetekel. Freiherr von Richthofen war vielleicht der letzte echte Held, an den man überall im Reich noch geglaubt hatte. Sein Ende galt vielen als Ende aller Hoffnung auf einen Sieg. Der Krieg war verloren, das wussten die Menschen nun. Kein Richthofen würde das Blatt nun noch wenden.

Dennoch dauerte es noch über ein halbes Jahr, bis das Elend ein Ende hatte: Im November wurde endlich ein Waffenstillstand unterzeichnet – und auf dem Geistbeckhof traf ein Schreiben der Militärverwaltung ein, wonach der Kriegsgefangene Jean Desnais unverzüglich zu entlassen sei. Er habe sich in Ingolstadt zu melden, um in seine Heimat verbracht zu werden.

So hieß es Abschied nehmen von einem Menschen, den ein ungünstiges Schicksal in Feindesland verschlagen hatte und den eine glückliche Fügung dort hatte Freunde finden lassen. Alle waren gerührt, dass es auf dieser Welt, in der sich die Kaiser, Könige und Präsidenten die Köpfe einschlugen und millionenfach Menschen in den Tod geschickt wurden, doch möglich war, das Gute im anderen zu sehen, dass sie einen Weg gefunden hatten, als Gefangener und Nutznießer anständig zusammenzuleben, und dass sie nun einen Weg fanden, als Sieger und Besiegte anständig voneinander Abschied zu nehmen.

Auch wenn der 11. November 1918 ein Montag war, rief der Pfarrer die Gemeinde zu einem Gottesdienst, um für die unzähligen Opfer des Krieges zu beten, vor allem aber für die Gefallenen des Ortes – und auch für eine glückliche

Heimkehr des längst allseits geschätzten Kriegsgefangenen Jean, der ein letztes Mal den Chor mit seiner wunderschönen Stimme bereicherte, ehe er sich von Hochwürden segnen ließ und dann ging, um seine wenigen Habseligkeiten zu packen und die Reise anzutreten.

Der Geistbeck hatte es sich nicht nehmen lassen, ihn persönlich nach Ingolstadt zu kutschieren, auch weil er sich Auskunft erhoffte, was mit seinem guten alten Knecht Rupp geschehen war. Ob er wohl noch lebte oder ob er auch in der Fremde dem lieben Gott seine Seele hatte anbefehlen müssen.

Am meisten trauerte Wally um den scheidenden Freund. Dass Jean jetzt nie mehr wieder mit ihr lernen würde, dass sie einander nie mehr Märchen vorlesen oder auf der Mundharmonika spielen würden, dass er nicht mehr im Kirchenchor singen und sie ihn nicht mehr seine lustigen Wörter mit den vielen »Ü«s sagen hören würde, das konnte sie gar nicht glauben. Aber sie wusste, dass es so war.

Nachdem sie dem Wagen mit dem Vater und Jean hinterhergewinkt hatte, bis er nicht mehr zu sehen war, lief sie den Kirchberg hoch und hinüber zum Wald, um sich auf ihre liebe alte Buche zu setzen und allein zu sein.

Die Blätter waren schon fast alle am Boden, ein rötlich brauner Laubteppich säumte den Weg. Die Bucheckern knackten beim Darüberlaufen. Es roch nach Herbst und Nässe. Ein paar Meter weiter hatten sie Walnüsse gesammelt, jetzt fuhr der Freund nach Frankreich und würde nie wiederkehren. Wally musste ein bisschen weinen. Sie schnäuzte sich in die Hand, wischte sie an einem Bündel Blätter trocken und kletterte hinauf in ihre Lieblingsastgabel, hockte sich hin und heulte noch ein bisschen mehr. Es war ja keiner da, der sie gesehen oder gehört hätte.

Als sie sich wieder etwas beruhigt hatte, es dämmerte schon, holte sie Luft und beschloss, jetzt ganz stark zu sein. Außerdem hatte sie ja noch Ludwig. Der würde nicht weggehen.

Ein Fuchs erregte ihre Aufmerksamkeit. Mucksmäuschenstill schlich er unter den Farnen am gegenüberliegenden Straßenrand entlang und streckte nur ab und zu seine Schnauze ein paar Fingerbreit hinaus. Er schien etwas zu wittern. Sie konnte es nicht sein, denn Mädchen waren ja keine Beute für Füchse, das wusste Wally. Sie wagte kaum zu atmen. Einen Fuchs bekam auch sie nicht oft zu sehen. Dabei liebte sie diese Tiere. Sie waren so elegant, und angeblich waren sie auch ganz besonders schlau! Wenn man sie sich so ansah, konnte man das leicht glauben …

Prompt hielt der Fuchs inne, richtete sich auf und blickte direkt zu dem Mädchen herüber. Mit tiefschwarzen Augen starrte er sie an, während sein buschiger Schwanz lautlos über den Boden schwebte und neben seinen Vorderpfoten liegen blieb.

»Grüß Gott, Herr Fuchs«, sagte Wally leise.

Er wartete einen Moment, schien dann zu beschließen, dass ihn dieser kleine Mensch auf dem Baum nichts anzugehen hatte, und war mit einem Satz im Dickicht verschwunden.

Seufzend machte sich Wally daran, wieder vom Baum herunterzusteigen. Und gerade als die Astgabel schon wieder auf Augenhöhe war, sah sie etwas blitzen. Sie zog sich noch einmal hoch und betrachtete die Stelle ungläubig.

Aber es war keine Einbildung. Dort, in ihrer geliebten Astgabel, steckte, in einem Loch in der Rinde festgeklemmt, etwas unendlich Wertvolles. Etwas ganz Besonderes. Das schönste Geschenk, das sie sich vorstellen konnte: Jeans Mundharmonika.

IV.
Frühlingsstürme

Hallertau 1922

11.

»Zweitausend Mark für einen Sack Aussaat!«, polterte der Geistbeck. »Narrisch sind sie alle geworden! Narrisch!«

»Immerhin bekommen Sie für Ihre Produkte ja auch entsprechende Preise«, gab der Lehrer zu bedenken und fügte leise hinzu: »Anders als andere Leute, die nur ihren Lohn bekommen, der nix mehr wert ist.«

»Da haben Sie freilich recht«, lenkte der Bauer ein. »Entschuldigen S', dass ich daran nicht gedacht hab.« Der Lehrer war ja selbst betroffen. »Ich weiß gar nicht, was diese Menschen machen.«

»Hungern tun sie«, erklärte Lehrer Laubinger. »Manche verhungern gar. Weil man Geld nicht essen kann. Auch die Tausender nicht, die es jetzt überall bündelweise gibt. Und wenn ein jeder erst Millionär ist, dann wird er trotzdem noch immer nicht satt, wenn er nur Geld hat. Weil nichts weniger wert ist als Geld.«

Während der Lehrer dumpf vor sich hin brütete und so langsam wie möglich das kostbare Bier trank, das ihm der Geistbeck spendiert hatte, dachte der Bauer über seine Worte nach. Es war eine verrückte Welt! Nachdem das Deutsche Reich den Krieg verloren hatte, hatten ihm die Siegermächte Reparationszahlungen diktiert, die kein Land hätte aufbringen können, schon gar keins, das alle seine

Schätze in einem vier Jahre dauernden Krieg buchstäblich verbrannt und seine fähigsten und tüchtigsten jungen Männer verheizt hatte. Also hatte man einfach Banknoten gedruckt, so viele, dass sie irgendwann nur noch das Papier wert waren, aus dem sie bestanden. Schon bis zum Ende des Krieges war die Mark auf nur noch ein Viertel ihres Vorkriegswerts gefallen. Aber nach dem Krieg ging die Inflation erst richtig los – und ein Ende war nicht abzusehen.

»Wenn Sie meinen Rat hören wollen …«, sagte der Lehrer, und der Geistbeck merkte auf. »Ja, bitte«, erwiderte er. »Was raten Sie mir?«

»Ich rate Ihnen, nehmen Sie gar kein Geld an. Lassen Sie sich in Naturalien bezahlen! Tauschen Sie, wie man es früher gemacht hat.«

»Früher«, warf der Bauer ein. »Das war in der Steinzeit, Herr Laubinger. Heute kann ich doch nicht ein Dutzend Eier mit einem Pfund Butter bezahlen.«

»Wenn es einer kann, dann sind Sie das.« Der Lehrer warf einen Blick aus dem Fenster. »Immer noch ist es eisig kalt draußen«, stellte er fest. »Ich versteh mich zwar nicht auf die Landwirtschaft, aber mir scheint, dass Sie noch ein wenig Zeit haben für Ihre Aussaat.«

»Dann kostet der Sack Hafer viertausend Mark!«, warf der Geistbeck ein. »Oder zehntausend!«

»Und Ihre Butter auch, Herr Geistbeck. Es mag ja sein, dass Sie doppelt so viel Geld für die Ware zahlen müssen. Aber eine halbe Sau bleibt eine halbe Sau, wenn Sie verstehen, was ich meine.«

Der Geistbeck verstand. Und er verstand noch etwas anderes. Wenn er es geschickt anstellte, konnte er am Ende sogar von dieser vermaledeiten Inflation profitieren! Denn er hatte Schulden. Hohe Schulen. Und die waren in Geld zu zahlen!

»Ich muss nach München, Walburga«, erklärte er seiner Frau am selben Abend.

»Schorsch, für so was haben wir kein Geld«, erwiderte die Geistbeckin nur müde. Sie war es leid, mit ihrem Mann über seine Eskapaden zu streiten.

»Du wirst dich noch wundern, was wir auf einmal für Geld haben!«, entgegnete der Bauer, ohne auf die unausgesprochenen Vorwürfe seiner Frau einzugehen.

»Ja. Millionen wahrscheinlich«, sagte die Bäuerin. »Das Geld is ja gerade gut genug, um sich damit auf dem Häusl abzuwischen.«

»Ich hab eine bessere Idee«, erklärte der Geistbeck und umarmte sie zu ihrer Überraschung. Nicht nur das: Er küsste sie, und zwar lang und innig, sodass Walburga auf einmal gar nicht mehr so sicher war, ob sie ihm mit ihrem bösen Verdacht nicht am Ende gar unrecht getan hatte. Wenn auch nur ausnahmsweise. »Und wann kommst du wieder zurück?«

»Wenn alles gut geht, vielleicht sogar noch morgen Abend. Aber bestimmt übermorgen. Ich hab viel zu viel zu tun hier, als dass ich lange in der Stadt bleiben könnte.«

»Meinst du, dass das Wetter hält?« Die letzten Tage hatte es noch einmal ordentlich geschneit. In manchen Senken lag noch Schnee.

»Is doch fast alles weggetaut jetzt«, erwiderte der Bauer. »Heut is der zweite April!«

»Hat oft schon bis in den Mai hinein geschneit.«
»Es wird schon passen. Mit ein bisserl Glück bin ich schnell wieder da.«

***

Tatsächlich dauerte es zwei Tage, bis der Geistbeck wieder auf den Hof kam.

Während er am folgenden Morgen noch zügig vom Hof und über Pfaffenhofen und Ilmmünster vorangekommen war, hatte hinter Hohenkammer ein heftiges Schneegestöber eingesetzt. Zum Umkehren war es zu spät, also trieb der Geistbeck die Pferde an und bedauerte, dass er nicht mit der Eisenbahn gefahren war. Aber auch die Fahrkarten waren inzwischen so teuer, dass es der reinste Hohn war. Außerdem hätte er am Schalter sicher nicht mit einem geräucherten Wammerl oder mit einem Stück Geselchten zahlen können.

Der Schnee blieb zwar nicht mehr liegen, sondern schmolz schnell weg, aber die Straßen waren in einem erbärmlichen Zustand. Als er endlich in München ankam, war es schon dunkel. Er würde das Geschäftliche also am nächsten Tag erledigen müssen. Immerhin konnte er sich noch um einen Termin kümmern, sodass er tags darauf nicht würde warten müssen. Und so ging es denn am nächsten Vormittag überraschend schnell bei der Münchner Kredit- und Hypothekenanstalt. Und wären nicht die Wege aus der Stadt allzu sehr vom Schnee verweht gewesen, so wäre er am nämlichen Tag wieder zurück nach Deimhausen gefahren. So aber blieb er noch eine weitere Nacht in der großen

Stadt und genoss ihre kleinen Freuden, ehe er sich wieder auf den Weg machte und zu später Stunde zwei Tage, nachdem er aufgebrochen war, wieder zu Hause anlangte.

Die Geistbeckin war froh, dass er heil zurückgekommen war. Die Straßen waren tückisch, es war ganz und gar nicht die Zeit, mit der Kutsche bis nach München zu fahren. »Hoffentlich hat sich's wenigstens gelohnt«, sagte sie zweifelnd.

»Und wie sich das gelohnt hat, Burgl!«, sagte der Bauer triumphierend. »Ich war nämlich bei der Bank!«

»Auweh. Haben's dich hinzitiert?«

»Ganz und gar nicht, mein liebes Weib«, erwiderte ihr der Geistbeck. »Überrascht hab ich sie. Du hättest sehn müssen, was die für Augen gemacht haben!«

Die Geistbeckin seufzte. »O mei, sei mir nicht bös. Aber wenn's um die Bank geht, dann hab ich immer das Gefühl, dass ich überrascht werd. Und leider is das dann immer gar keine schöne Überraschung.«

»Dann wird's Zeit, dass du einmal eine erlebst!« Er stellte sich in die Mitte der Wirtsstube und erklärte jedem, der es wissen wollte: »Von heut an ist der Geistbeckhof schuldenfrei!«

»Geh, Schmarrn«, erwiderte die Bäuerin. »Wie soll denn das gehen?«

»Zurückgezahlt hab ich. Auf Heller und Pfennig. Die ganzen Schulden. Alles zurückgezahlt. Mit einem einzigen Geldschein! Siebenundvierzigtausend Mark!« Er lachte seiner Frau ins Gesicht. »Die Bank wollte Geld, jetzt hat sie ihr Geld.« Er winkte seiner Tochter. »Resi, schenk mir ein Bier ein und sag den andern Bescheid, es gibt was zu feiern.«

An diesem Tag war der Geistbeck Schorsch, wie man ihn jetzt nannte, der Held des Ortes. Die Bank mit ihrem eigenen Geld aufs Kreuz zu legen, das war gewitzt. Und viele gönnten es ihm. Denn der Schorsch war immer ein echter Kerl gewesen.

Natürlich gab es auch Neider. Dass ausgerechnet der größte Bauer am Ort so einfach aus seinen Schulden herausgekommen war, das passte nicht jedem. Und so mancher hatte sich durchaus Hoffnungen auf einen Teil des Guts gemacht, auf die Hopfenfelder vor allem. Bier wurde schließlich immer und überall gebraucht. Oder auf den Fischweiher hinter dem Geistbeck'schen Anwesen, in dem die fetten Karpfen schwammen, mit denen an Ostern und Weihnachten die Gäste bewirtet wurden.

Als Walburga Geistbeck vom Husarenstück ihres Mannes hörte, war mit einem Mal aller Kummer wie weggeblasen. Sie stürzte sich auf ihn und umarmte ihn so heftig, dass die Umsitzenden in lautes Lachen ausbrachen und der Huberbauer sogar zu klatschen begann.

Wally verstand nicht viel von dem, was passierte. Aber sie verstand, dass etwas Gutes geschehen war und dass ihre Mutter endlich wieder einmal glücklich war. Als sie ihre Eltern so beisammensitzen sah, musste sie sich die Augen wischen.

»Ein Freibier für alle!«, rief der Geistbeck und erntete Jubel – bis die Tür aufgestoßen wurde und Karl Rieder mit einer Miene im Raum stand, als wäre ihm der Leibhaftige begegnet. »Tot«, sagte er mit Grabesstimme. »Alle sind sie tot.«

※※※

Es war erst ein paar Tage her, dass Andreas Gruber aus Hinterkaifeck seine Schauergeschichten in der Geistbeck'schen Wirtschaft zum Besten gegeben hatte. Alle hatten sie es noch im Ohr, wie er erzählte: »Vom Wald bis zu mir an den Hof hab ich sie gesehen, die Fußabdrücke. Aber keinen einzigen Schritt zurück, das schwör ich bei Gott!«

»Ja freilich, Gruber«, hatte der Geistbeck gesagt, der wusste, wie gern der Gruber einen über den Durst trank, und der sich amüsierte, wie vor allem die Frauen dem Einödbauern an den Lippen hingen. »Magst noch einen Krug?«

»Glaubst mir's am End nicht?«, stieß der Gruber aufgebracht hervor. »Und was ist mit den Schlüsseln, die gefehlt haben?«

»Verloren wirst die Schlüssel haben.«

»Auf dem Dachboden hab ich Schritte gehört«, beharrte der Bauer. »Frag die Viktoria, die hat's auch gehört.«

Die Viktoria würde der Geistbeck gewiss nicht fragen. Dass der Einödbauer überhaupt den Namen seiner Tochter hier in den Mund nahm, behagte ihm schon nicht. Die beiden waren schließlich amtlich wegen Inzucht verurteilt worden. »Is vielleicht besser, du gehst jetzt heim, Gruber«, beschied er den Gast. »Hast doch genug gehabt.«

Der Gruber hatte genickt, seine Zeche bezahlt, war aufgestanden und hatte sich unter der Tür noch einmal umgewandt. »Es geht was um, das sag ich euch«, hatte er geraunt, und selbst der Geistbeck, der an vieles glaubte, aber nicht an Gespenster, hatte eine Gänsehaut bekommen.

Und nun stand der Rieder Karl an der nämlichen Stelle,

das Grauen im Gesicht, und berichtete, dass der Gruber samt seiner Familie grausam ermordet worden war. »Erschlagen worden sind sie, allesamt. Mit einer Spitzhacke!«

»Allesamt?«, fragte der Geistbeck. »Was meinst du denn damit? Der Bauer und die Bäuerin?« Er mochte nicht nach der Tochter fragen, mit der der Bauer in Sünde zusammengewesen war.

»Die Grubers, der Alte und seine Frau«, erklärte der Rieder. »Die Tochter, die Magd und die zwei Kinder.«

»Geh, das Jüngste is doch erst ein Jahr alt.«

»Zwei«, sagte der Rieder mit Grausen in der Stimme und ließ sich auf die Bank am nächstgelegenen Tisch sinken. »Zwei Jahr war er, der Josef. Im Stubenwagen hat er gelegen. Erschlagen wie die andern.«

Alle starrten den Nachbarn an, der aussah, als hätte er direkt in die Hölle geblickt. Und alle schwiegen, weil sie es nicht fassen konnten. Der Gruber samt seiner ganzen Familie erschlagen? Ermordet? Es war, als schwebte die Stimme des Toten noch im Raum. *Vom Wald bis zu mir an den Hof hab ich sie gesehen, die Fußabdrücke. Aber keinen einzigen Schritt zurück, das schwör ich bei Gott!*

»Zuletzt war ihm die Magd weggelaufen, die zweite, die Martha«, sagte der Rieder.

Der Geistbeck nickte. »Sie hat sich auch bei uns um eine Stelle beworben. Aber wir brauchen grad niemanden.«

»Ich weiß. Bei uns war sie auch. Der Hirtreiter hat sie genommen, aber sie kann erst nächsten Monat anfangen, wenn auf dem Feld mehr zu tun ist.«

»Der Gruber hat was geahnt«, stellte der Geistbeck fest. Er spürte, wie sich seine Jüngste an ihn klammerte, und schickte sie weg: »Wally, das is nix für Kinder. Geh lieber ins Bett.«

Folgsam lief das Mädchen die Treppe hoch, blieb aber oben stehen und hockte sich hin, um dem Gespräch in der Gaststube weiter zu lauschen.

»Sechs Leichen, stell dir vor, Schorsch.« Der Rieder schüttelte den Kopf, als könnte er es immer noch nicht glauben. Dann endlich nahm er einen Schluck von seinem Bier, das ihm die Wirtin gereicht hatte, wischte sich mit dem Handrücken den Schaum vom Bart, und nickte. »Weißt du, was das Seltsame is?«

»Also für mich is das alles seltsam«, erklärte der Geistbeck.

Doch der Rieder hörte ihn gar nicht, sondern fuhr fort: »Das Seltsame is, dass vier im Stall gelegen haben: der Gruber, seine Frau, seine Tochter und das Mädel. Abgeschlachtet in der Ecke. Und dann hat der Mörder eine Tür auf sie draufgelegt.«

»Eine Tür? Was denn für eine Tür?«

»Keine Ahnung. Eine Tür halt. Auf die vier Toten. Und dann hat er Heu drübergestreut.«

»Damit sie nicht entdeckt werden«, mutmaßte der Geistbeck.

Doch sein Gast schüttelte nur den Kopf. »Es haben ja unten noch die Füße rausgeschaut! Nein, das is und bleibt seltsam.«

»Und die Magd?«, wollte die Geistbeckin wissen. »Und der Bub?«

»Ja, wie gesagt, der Bub is in seinem Stubenwagen erschlagen worden und die Magd in ihrem Bett. Und das is auch ganz seltsam. Die Magd hat er schön mit der Bettdecke zugedeckt und den Buben mit einem Rock von seiner Mutter.«

»Unfassbar«, stieß die Geistbeckin hervor und presste sich eine Faust auf den Mund.

Oben an der Treppe saß Wally und zitterte, weil es sie so grauste. Einen Menschen umzubringen, das war eine Todsünde. Dafür kam man in die Hölle, das stand fest. Aber sie konnte sich nicht vorstellen, was mit jemandem geschah, der eine ganze Familie umbrachte. Die Cecilia hatte sie sogar gekannt! Sie war ein schüchternes Mädchen von sieben Jahren gewesen mit langen Zöpfen und dunklem Haar. Und jetzt ... jetzt war sie tot!

»Wollt's euch nur sagen«, erklärte der Rieder unten und stand auf, nicht ohne noch einmal einen tiefen Zug von seinem Bier zu nehmen. »Was bin ich schuldig?«

»Geht aufs Haus«, sagte der Geistbeck. »Dank dir schön, dass du vorbeigekommen bist.«

»Ja«, erwiderte der Rieder. »Ich hab's ja selber gehört, was er hier alles erzählt hat, der Gruber, von den Fußspuren im Schnee und dem Schlüssel, der verschwunden war, und von ...«

»Vom Dachboden«, murmelte der Wirt, »... auf dem er Schritte gehört hat.«

»Grausig.«

»Jawohl. Grausig.«

»Sind übrigens ein Haufen Leut drüben.«

»In Hinterkaifeck?«

»Beten«, erklärte der Rieder ein bisschen spöttisch. »Für die armen Seelen.« Er rang sich ein Lächeln ab. »Aber in Wirklichkeit sind sie natürlich nur neugierig. Müssen ihre Nasen immer in anderer Leut Angelegenheiten stecken.«

»Da sagst du was, Rieder. Da sagst du was.«

***

In den folgenden Tagen schien es kein anderes Thema mehr als den Mehrfachmord vom Einödhof zu geben. Gerüchte gingen, dass es ein verschmähter Liebhaber der Tochter gewesen sei, die lieber mit ihrem Vater in tiefster Sünde zusammengelebt hätte, als einen anständigen Burschen aus Waidhofen zu erhören. Dann wieder zerriss man sich das Maul darüber, dass es ausgerechnet der Ortsführer im nahen Gröben war, der die Leichen entdeckt hatte. Hatte er nicht ebenfalls einige Zeit mit der Bauerstochter Viktoria ein Techtelmechtel gehabt? Überhaupt: Was hatte er eigentlich auf dem Hof zu suchen gehabt?

Nach und nach kam heraus, dass die kleine Cecilia schon vier Tage nicht mehr in der Schule gewesen war. In der sonntäglichen Messe war die Familie auch nicht aufgetaucht. Je mehr man erfuhr, umso mysteriöser wurde die Tat. Die Polizei schien ebenfalls völlig überfordert – vor allem aber auch nicht sonderlich interessiert. Der Kommissar aus dem fernen München reiste schon am selben Tag, an dem er gekommen war, wieder ab.

»Und jetzt stell dir das vor«, sagte die Bernbäuerin hinter vorgehaltener Hand zur Geistbeckin, als sie sich auf dem Friedhof begegneten. »Sie haben die Köpfe nach Nürnberg geschickt.«

»Die Köpfe? Welche Köpfe?«, fragte Walburga Geistbeck verwirrt.

»Von den Toten! Sie haben alle sechs Köpfe abgenommen und nach Nürnberg geschickt.«

»Geh. Wer sagt denn so was?«

»Glaub mir's! Das is gewiss!«

»Kannst du dir so was vorstellen?«, fragte die Geistbeckin ihren Mann, als sie später beisammensaßen.

Der Bauer seufzte. »Ich kann's selber nicht glauben, aber es scheint wahr zu sein«, sagte er. »Ich hab's auch schon gehört. Angeblich wollen sie die Köpfe den Parapsychologen vorlegen.«

»Para-was?«

»Psychologen. Spezialisten sind das, für übernatürlichen Schmarrn.«

»Wer will denn das?«

»Die Polizei.«

»Und für was? Glauben die vielleicht an Gespenster auf dem Gruberhof?«

»Wenn du mich fragst, sind sie entweder zu dumm oder zu faul, anständige Polizeiarbeit zu tun. Oder beides.«

***

Auch die Messe in der Dorfkirche zu Deimhausen stand ganz im Zeichen der Bluttat. Pfarrer Moßbacher hatte statt der Glocken des Kirchturms nur die kleinere, so bitter klingende Totenglocke geläutet, als er zum Gottesdienst rief. Schweigsam kamen die Deimhausener zur Kirche, schweigend nahmen sie ihre Plätze ein. Die Chorempore war geschlossen, die Kinder des Kirchenchors mussten sich zu ihren Familien setzen. Sie würden an diesem Tag nicht singen.

Und als auch noch die Orgel schwieg und stattdessen der Geistliche vor die Gemeinde trat und zuallererst aus der Heiligen Schrift las, war es den Dörflern, als hätte der Mörder in ihrer eigenen Gemeinde gewütet und ihre eigenen Brüder und Schwestern grausam ums Leben gebracht.

»Jeder, der die Sünde tut, tut auch die Gesetzlosigkeit, und die Sünde ist die Gesetzlosigkeit. Und ihr wisset, dass Er geoffenbart worden ist, auf dass Er unsere Sünden wegnehme; und die Sünde ist nicht in Ihm. Jeder, der in Ihm bleibt, sündigt nicht; jeder, der sündigt, hat Ihn nicht gesehen noch Ihn erkannt.«

Der Pfarrer hob den Blick und ließ ihn über die Frauen, die Männer und Kinder schweifen, ehe er weiterlas.

»Kinder, dass niemand euch verführe! Wer die Gerechtigkeit tut, ist gerecht, gleichwie Er gerecht ist. Wer die Sünde tut, ist aus dem Teufel, denn der Teufel sündigt von Anfang. Hierzu ist der Sohn Gottes geoffenbart worden, dass er die Werke des Teufels vernichte.«

Der Geistliche klappte seine Bibel zu und schwieg eine kleine Weile, so wie seine Gemeindemitglieder schwiegen, ergriffen von der Wucht dieser Worte, noch mehr aber von der Erkenntnis, dass der Pfarrer mit einer einzigen Bibelstelle beide verurteilte: den Täter und die Opfer!

»Ihr wisst, wie schwer die Verstorbenen in Sünde gelebt haben«, sagte Pfarrer Moßbacher, immer noch den heiligen Furor in der Stimme, mit dem er aus dem ersten Brief des Johannes zitiert hatte. »Als ich von der grausamen Tat gehört habe, war mein erster Gedanke, dass ein Gottesgericht über die Familie hereingebrochen ist, eine Vergeltung, die schon längst hätte geschehen müssen. Und ja, das war es auch. Und dennoch war es eine unverzeihliche, fürchterliche Tat, die ebenfalls eine schwere Sünde ist, eine Todsünde.« Er ließ seine Worte für einige Augenblicke wirken, während in der Kirche das Schluchzen mancher Frau zu hören war, die die Toten gekannt hatte.

»Es heißt in der Bibel: Auge um Auge, Zahn um Zahn. Aber es heißt auch, dass Christus den Sündern verzeiht. Die Untat von Hinterkaifeck fordert von unserem Herrn große Bereitschaft zu verzeihen: den Toten und dem Menschen, der sich so frevlerisch an Gottes Werk vergangen und diese Familie zu Tode gebracht hat. Wenn wir deshalb heute an die Vorgänge denken, die nur einen kleinen Fußmarsch von unserem schönen, friedlichen Dorf entfernt sechs Menschenleben ausgelöscht haben, dann möge uns dies mahnen. Es möge uns mahnen, nicht zu verurteilen, sondern zu verzeihen – und nicht in Sünde zu leben. Denn es mag das Werk eines Menschen gewesen sein, dass diese Familie auf so schreckliche Weise zu Tode gekommen ist. Aber es war doch auch die Folge der Sünde, die diese Familie auf sich geladen hatte.« Wieder hielt er ein wenig inne, um seine Worte wirken zu lassen. Dann gab er den Anwesenden ein Zeichen, sich zu erheben. »Lasset uns beten!«

Und sie beteten. Für die Seelen der Verstorbenen, für die verlorene Seele eines Mordgesellen, für die armen Sünder, von denen sie alle wussten, dass sie selbst dazugehörten. Und dafür, dass es in Gottes Namen bei diesem einen Fall bliebe, bei diesem einen Hof und dieser einen Familie, die hatte sterben müssen.

※※※

In den Nächten, nachdem die Bluttat bekannt geworden war, konnte Wally schlecht schlafen. Immer wieder fuhr sie aus dem Schlaf hoch, aber noch schwerer als zu schlafen fiel es ihr, einzuschlafen. Stunden lag sie wach und musste wieder und wieder daran denken, wie ein Unbekannter sich auf den Gruberhof geschlichen und die ganze Familie mit einer Spitzhacke erschlagen hatte. Sie wusste nicht, warum, aber dass es nicht einfach ein Ziegelstein war oder ein Holzklotz, das machte es für sie noch schlimmer. An die geheimnisvollen Fußspuren musste sie denken, die aus dem Wald gekommen waren – dem Wald, in den sie selbst so gern ging!

Und an die Schritte auf dem Dachboden. Immer, wenn ihr diese Geschichte in den Sinn kam, lauschte sie. Jedes Geräusch ließ sie zusammenzucken, jeder Schritt im Haus ließ sie erschaudern. Ob eine solche Bluttat auch ihrer Familie drohen konnte? Was, wenn der Mörder sich schon den nächsten Hof für seine Untaten ausgesucht hatte? Was, wenn es der Geistbeckhof war?

Es fiel Wally schwer, in den folgenden Wochen in den Wald zu gehen, auf ihren Lieblingsbaum zu steigen oder gar die Mundharmonika dort zu spielen. Sie hätte ja einen Mörder auf sich aufmerksam machen können.

Einmal sah sie Ludwig mit einem Bündel in Richtung Freinhausen spazieren. Dazu musste er durch das kurze

Waldstück, an dem Wallys Buche lag. Zuerst wollte sie ihn rufen, dann blieb sie doch lieber still und kletterte einfach hinunter, um ihm nachzulaufen. Sie hatte Zeit, vielleicht konnte sie ihn begleiten.

Als sie unten ins Moos sprang, war er schon hinter der kleinen Anhöhe verschwunden. Hastig lief sie hinterher. Immer noch mochte sie nicht rufen, um nur ja keinen Bösewicht auf sich aufmerksam zu machen – oder auf Ludwig! Denn auch ihn wollte sie beschützen.

Doch als sie ihrerseits auf der Anhöhe anlangte, war der Ludwig nicht mehr zu sehen. Verlassen lag die Straße vor ihr. Sie führte am Wald entlang. Auf der anderen Seite befand sich ein großer Kartoffelacker und dahinter eine Weide. Kein Mensch war zu sehen, kein Tier graste hier oben. Sie drehte sich um. Von Deimhausen war an dieser Stelle nur das Schulhaus und ein Stück von der Kirche auszumachen. Alles andere war hinter Bäumen verborgen.

Vorsichtig ging sie ein paar Schritte. Wie konnte das sein? Der Ludwig war doch eben noch hier entlanggegangen!

»Ludwig?«, sagte sie, obwohl sie doch wusste, dass niemand da war, der es hätte hören können.

Der Weg nach Freinhausen war nicht sehr weit, zwei Kilometer, das wusste sie. Man konnte in kurzer Zeit hinlaufen. Aber doch nicht so schnell ...

Über ihr flog eine Krähe auf, und Wally zuckte zusammen. Dann war es wieder so still, als hielte alles den Atem an. Auch Wally selbst hielt die Luft an. Ob sie lieber wieder umkehren sollte? *Der Mörder*, dachte sie, *der Mörder ist aus diesem Wald gekommen.* Dem Wald, an dessen Rand ihr Lieblingsbaum stand. Mit zusammengekniffenen Augen studierte sie den Waldrand gegenüber von Acker und Weide. Aber der Ludwig war auch nicht dort entlanggegangen. Er war einfach …

»Ach, du bist es!«, rief hinter ihr die Stimme des Jungen, und Wally erschrak so sehr, dass sie unwillkürlich aufschrie und zurückstolperte. Sie fiel über einen Ast am Wegesrand und dann der Länge nach in den Schmutz.

»Wally!« Ludwig Auffacher ließ sein Bündel fallen und stürzte zu ihr.

Stöhnend richtete sie sich auf und rieb sich den Arm.

»Ist alles gut?«

»Mein Arm tut weh«, jammerte Wally.

»Lass schaun.« Er nahm ihren Arm und tastete ihn ab. »Scheint aber nix gebrochen«, meinte er fachmännisch.

Auch wenn der Arm schmerzte, fühlte sich Ludwigs Fürsorge doch auf ganz eigentümliche Art gut an. Sehr gut sogar. »Ich … ich wollt mit dir kommen«, murmelte Wally.

»Und ich hab dich erschreckt«, erkannte Ludwig schuldbewusst. »Das tut mir wirklich leid, Wally.«

»Is schon gut, ich bin ja selber schuld.«

»Nein, nein, ich bin schuld.« Ludwig half ihr hoch und sammelte sein Bündel wieder ein. »Weil ich so einen Schiss gehabt hab.«

»Vor mir?«

»Vor dir?« Jetzt lachte er laut und befreit. »Nein, gewiss nicht vor dir.« Er wurde auf einmal wieder ganz ernst. »Vor dem Mörder«, sagte er leise und blickte sich um. »Weißt schon, der die Grubers umbracht hat.«

Wally nickte. »Ja. Ich weiß. Vor dem hab ich auch Angst.«

»Jetzt magst du wahrscheinlich nicht mehr mitkommen, gell?«

Wally zuckte die Schultern. »Na ja, jetzt hätt ich ja dich. Zum Auf-mich-Aufpassen.«

»Ha!«, rief Ludwig. »Da wär ich nicht so sicher, wer da auf wen aufpasst. Aber wenn du mitkommst, dann würd ich mich jedenfalls zusammenreißen.«

Wally blickte an sich herab und stellte fest, dass ihr Kleid über und über voll Dreck war. »Und so, wie ich ausschau, hat der Mörder sowieso Angst vor mir.«

»Dann kann ja nix mehr schiefgehen«, sagte Ludwig, und dann nahm er einfach ihre Hand und ging mit ihr los. Und als sie beide merkten, dass sie Hand in Hand gingen, da taten sie so, als wäre es ihnen gar nicht aufgefallen, sodass sie einander nicht loslassen mussten.

12.

Gegen Sommer gab es auf dem Gut so viel Arbeit, dass niemand mehr an die Vorgänge auf dem Einödhof dachte. Wally war jetzt fürs Melken zuständig, während Resi die Tiere mit Futter versorgte. Steff fuhr schon in aller Frühe mit den Knechten auf die Felder hinaus, während Zenzi ihrer Mutter in der Wirtschaft zur Hand ging. Bald würde sie heiraten! Deshalb saß sie auch jeden Abend mit ihr zusammen und besprach Dinge, die nicht für die Ohren der anderen gedacht waren. Nach langem Warten hatten sie und der Horch Peter endlich die Zustimmung ihrer Väter bekommen und konnten eine Familie gründen. Zum Geistbeck'schen Anwesen gehörte auch ein altes Austragshäusl, das schon lange leer stand. Der Geistbeck hatte sich bereit erklärt, es dem Brautpaar zum Geschenk zu machen. Sebastian Horch würde für die Instandsetzung aufkommen und zwei Morgen Land dazugeben, sodass die jungen Leute ein Auskommen hatten.

Es herrschte deshalb eine Stimmung der gespannten Vorfreude auf dem Hof, zumal Zenzi ihre jüngeren Schwestern gebeten hatte, Brautjungfern zu sein. Wally konnte es kaum aushalten, bis es endlich so weit war. Sogar ein neues Dirndl hatte sie für diesen Anlass bekommen, das sie nun jeden Abend anzog, um sich in dem kleinen Spiegel zu betrachten, den sie in dem gemeinsamen Zimmer mit Resi an der Wand hängen hatte.

»Sei nicht so eitel«, mahnte die Ältere.

»Bist ja bloß neidisch«, erwiderte Wally.

»Hätt schon auch gern ein neues Dirndl gekriegt«, bestätigte Resi.

»Aber deines is ja fast noch ganz neu!«

»Letztes Jahr hab ich's gekriegt«, stellte Resi fest.

»Siehst du?«

Schmollend warf sich Resi in ihrem Bett herum und starrte an die Wand. »Wenn du damit fertig bist, dich zu bewundern, dann kannst du ja das Licht ausmachen.«

»Mach ich«, sagte Wally und seufzte. Sosehr sie sich über das neue Gewand freute und darüber, dass es ihr so gut passte, so wenig konnte sie es leiden, wenn es zwischen ihr und Resi schlechte Stimmung gab. Rasch zog sie das Dirndl wieder aus, hängte es in den Schrank und huschte dann zur Kommode, wo die Lampe stand. Kurz darauf war sie im Bett und zog sich die Decke bis zum Kinn, obwohl es inzwischen schon ziemlich warm war in den Nächten.

Der Mond schien in dieser Nacht besonders hell. Hätte sie es nicht selbst gesehen, sie hätte es auch so gewusst, weil die Tiere im Stall unruhig waren. Das waren sie bei Vollmond gern. Resi schien das viele Licht nichts auszumachen, sie begann schon nach wenigen Augenblicken zu schnarchen. Auch Wally war rechtschaffen müde, sie hatte am Morgen die Kühe gemolken, war den Vormittag über in der Schule gewesen, hatte dann beim Ausmisten geholfen und am Abend noch ihre Hausaufgaben gemacht. Einen Aufsatz zum Thema »Was ich einmal werden will« hatte sie schreiben sollen. Jetzt war sie so erschöpft, dass ihr direkt ein bisschen schwindelig war. Aber das mochte sie, es fühlte sich an wie Fliegen, oder zumindest stellte sie es sich so ähnlich vor.

So schwebte sie sanft in einen erholsamen Schlummer hinüber und träumte davon, wie ihr Dirndl plötzlich zum Brautkleid wurde und sie vor dem Herrn Pfarrer stand, neben ihrem Ludwig, wie der Herr Pfarrer sie fragte, ob sie denn den Ludwig zum Manne nehmen wolle und ihm ein paar Kälber gebären wolle, und wie sie auf einmal gar nicht wusste, wie sie antworten sollte, denn den Ludwig wollte sie natürlich heiraten, aber ein paar Kälber wollte sie ihm auf gar keinen Fall gebären. Und auch sonst niemandem und …

In dem Moment fuhr sie aus dem Schlaf hoch und strampelte sich die Decke vom Leib, weil ihr so warm war, dass sie schrecklich schwitzte.

»Resi? Resi?« Die Schwester hatte zwar aufgehört zu schnarchen, aber sie schlief so fest, dass Wally sie schon hätte schütteln müssen, um sie zu wecken.

Immerhin beruhigte Wally sich schnell wieder. Nur dass sie jetzt dringend aufs Klo musste. Sie angelte unter dem Bett nach dem Nachttopf, nur um festzustellen, dass Resi ihn schon benutzt und dann unter ihr Bett geschoben hatte.

Leise tapste Wally hinüber und zog die Schüssel hervor, seufzte, als sie erkannte, dass sie schon ziemlich voll war, und fügte sich dann ins Unvermeidliche: Sie musste nach unten, den Topf leeren und am besten auch gleich ihr Geschäft unten machen. Sie war froh, dass man auf dem Geistbeckhof nicht mehr nach draußen musste, weil der Vater für die Wirtschaft ein anständiges Klo hatte bauen lassen.

Also erledigte sie, was zu erledigen war. Doch dann entschied sie sich, doch noch einmal ein kleines bisschen frische Luft zu atmen.

❊❊❊

Sie ging hinten hinaus und blickte hinauf zum Mond. Im Stall muhte die Emmi. Wally konnte sie an der Stimme erkennen. Die Emmi war die musikalischste unter den Kühen, das jedenfalls sagte sie immer, wenn sie sie hörte. Ihre Mutter war die Berta gewesen, an der Wally das Melken gelernt hatte. Wally ging hinüber und öffnete den Stall. Auch hier schien der Mond so hell herein, dass man gar keine Lampe brauchte. »Na, Emmi? Kannst du auch nicht schlafen?« Sie streichelte der Kuh über die Stirn, das mochte die Emmi besonders gern. »Hab leider nix zu fressen da, aber es dauert ja nimmer lang, bis …«

Die Kuh muhte und trat einen Schritt zur Seite. Da entdeckte Wally, was im Stroh hinter ihr lag. »Du … Du hast ein Kind gekriegt?« Wally merkte, wie ihr Tränen in die Augen schossen. Sie schob die Kuh zur Seite, um zu dem Neugeborenen zu gelangen, hockte sich daneben und streichelte das Fell, das noch ganz nass war.

Das Kälbchen versuchte sich aufzurichten, während es gleichzeitig den Kopf hin und her bewegte und am Stroh rieb. »Da ist noch eine Haut«, erkannte Wally und half dem Tier, die Fruchtblase ganz vom Kopf zu bekommen. Zum Glück waren Maul und Nase frei gewesen, sonst wäre das Kleine am Ende gar erstickt.

Kaum war der Kopf des Tiers befreit, fand es auch schon

auf die Hufe. Mit wackeligen Beinen stand es wenig später da und stolperte zu seiner Mutter, suchte und fand das Euter und trank begierig, während sich Wally die Tränen aus den Augen wischte und die beiden allein ließ.

Es war nicht das erste Mal, dass Wally das Kalben einer Kuh mitbekommen hätte. Im Gegenteil, einmal hatte sie sogar geholfen, weil sich die Geburt als schwierig erwies. Sie erinnerte sich gut, wie die Kuh – es war die Gerdi gewesen, die es jetzt nicht mehr gab – gebrüllt hatte. Schreckliche Schmerzen hatte sie ausstehen müssen. Die Männer waren alle auf dem Feld gewesen, so hatte die Mutter mit der Christl der Kuh beim Kalben helfen müssen. Wally sah es noch vor sich, wie die Mutter die Hand und fast den halben Arm hinten in die Gerdi reinschob und das Kälbchen bewegte. Schrecklich war das gewesen. Aber dann, auf einmal, hatte sich anscheinend etwas gelöst, und das Kalb schob sich nach draußen, während Christl der Kuh auf den Bauch drückte und die Mutter zog.

Hilflos und mit heftig pochendem Herzen hatte Wally danebengestanden und die Geburt beobachtet und lange geweint. Erst, weil es so schrecklich gewesen war, dann vor Erleichterung, weil es am Ende doch gut gegangen war. Sie wusste, dass manches Kalb auch tot zur Welt kam und manche Kuh beim Kalben verendete. Aber dass es eine so grausige Angelegenheit war, das hatte sie bis dahin nicht gewusst.

Auf einmal stand Zenzi bei ihr und folgte Wallys Blick in den Stall. »Ui!«, sagte sie. »Jetzt ist's aber schnell gegangen mit dem Kalben.«

»Ich hab gar nicht gewusst, dass die Emmi trächtig ist.«

»Geh, das hat man doch gesehen.«

»Also ich hab's nicht gesehen.« Auf einmal war es Wally kalt, und sie trat ganz nah an ihre große Schwester, die verstand und den Arm um sie legte. »Hast du am Ende geholfen?«

»Nein«, sagte Wally wahrheitsgemäß. »Das Kalb war schon da, als ich gekommen bin.«

»Und?«, fragte Zenzi. »Du hast es als Erste gesehen. Jetzt darfst du einen Namen aussuchen.«

»Ehrlich? Hm.« Wally überlegte ein bisschen. Dann ging sie noch einmal hinein in den Stall und betrachtete das Kälbchen, das eifrig am Euter seiner Mutter saugte, noch einmal sorgfältig. Als sie wieder nach draußen kam, sagte sie entschieden: »Freischütz.«

»Was meinst du denn damit?«, wollte Zenzi wissen.

»Freischütz. So soll er heißen. Es wird nämlich ein Ochs.«

Zenzi musste lachen. Erst ganz leise, dann so laut, dass im Haus ein Licht anging. »Freischütz!«, rief sie lachend, während sie mit ihrer jüngsten Schwester wieder nach drinnen ging. »Wie kommst du denn auf so was?«

»Das is meine Lieblingsoper«, erklärte Wally zum Erstaunen ihrer großen Schwester.

»Lieblingsoper?« Zenzi, die selbst von dererlei keine Ahnung hatte, schüttelte den Kopf. Dass Wally schon einmal von einer Oper gehört hatte und dann auch noch deren Namen kannte, das konnte sie sich nicht recht vorstellen. »Und von wem soll die sein, diese Oper?«

»Carl Maria von Weber«, erklärte Wally. »Das weiß doch ein jeder.«

»Freilich weiß das ein jeder«, flunkerte Zenzi. »Ich wollt nur wissen, ob du's auch weißt.«

Sie standen schon an der Treppe nach oben, da fasste Wally ihre große Schwester noch einmal an der Hand. »Zenzi?«

»Hm?«

»Kriegst du auch einmal Kinder?«

»Bestimmt! Und du auch, Wally«, sagte Zenzi mit einem freudigen Lächeln, als wäre es das Schönste von der Welt. »Jetzt, da ich bald heirate …«

»Aber wir kriegen die nicht so, oder?«

»Wie die Emmi, meinst du?« Zenzi seufzte und nahm ihre jüngste Schwester in den Arm. »Zumindest kriegen wir sie nicht im Stall und ganz allein mitten in der Nacht.«

Aber ein wirklicher Trost war das für Wally nicht. Wenn der Rest so war wie bei den Kühen und Sauen und Schafen, dann wollte sie vielleicht doch lieber keine Kinder bekommen.

***

Zenzi hatte sich den Pantaleonstag für ihre Hochzeit ausgesucht, weil dann das ganze Dorf geschmückt und in feierlicher Laune sein würde. Pfarrer Moßbacher lobte die Entscheidung sehr, weil er sie für eine besondere Würdigung des Schutzheiligen von Deimhausen hielt.

Unterdessen half Peter Horch viel auf dem Geistbeck'schen Hof mit, weil er seinem zukünftigen Schwiegervater zeigen wollte, wie er anpacken konnte und dass Zenzi einen guten Mann bekommen würde. Die beiden verstanden sich so gut, dass Zenzi manchmal sogar ein wenig eifersüchtig war, wenn Peter mit dem Geistbeck abends noch in der Wirtsstube saß und beim Bier über den Hopfenanbau fachsimpelte, statt noch einen Spaziergang mit ihr über die Wiesen zu machen. Aber sie wusste auch, dass es gut war, ihren Vater auf ihrer Seite zu wissen. Es hatte lange genug gedauert, ihn zu überzeugen, dass der Zweitgeborene vom Hackerbauerhof der Richtige für sie war – und auch sie die Richtige für ihn!

Es war inzwischen von frühmorgens bis spätabends wieder unendlich viel Arbeit auf dem Gut der Geistbecks zu tun. Während sich die Frauen um Haus und Hof kümmerten, waren die Männer jeden Tag draußen, um auf den Feldern zu arbeiten, erste Ernten einzufahren, die Pflanzen von Schädlingen zu befreien, Zäune zu reparieren und dergleichen mehr. Der Hopfen war seit Mitte Mai in die Höhe geschossen und hatte, seit die Sonne das ihre dazu getan hatte, fast überall die Spitze der Drähte erreicht, an denen er emporwuchs. Acht Meter reichten die Ranken nun in die Höhe. Zufrieden inspizierte der Geistbeck seinen Besitz und lobte den Herrn, dass er nach dem eisigen Winter und dem nassen und kalten Frühjahr zumindest in den letzten Wochen nicht mit Licht und Wärme gegeizt hatte – auch wenn ihn inzwischen schon fast wieder die Sorge umtrieb, es könnte zu lange dauern, bis der nächste Regen kam. Es war ein immerwährendes Hoffen und Bangen, dass es nicht zu trocken war und nicht zu nass, nicht zu heiß und nicht zu kalt, vor allem aber, dass der Herrgott das Land vor schweren Gewittern verschone, denn die waren das Schlimmste, was kurz vor der Ernte passieren konnte. So manche Bauernexistenz war vom Hagel buchstäblich zerschlagen worden.

Auf einem Hopfenfeld bei Schwaig hatten sich einige Drähte losgerissen und waren zu Boden gefallen. Auf die paar Ranken hätte man verzichten können, aber der Geistbeck fürchtete, dass die Kräfte von Zug und Gegenzug aus dem Gleichgewicht kommen könnten und bestimmte, als sie eines Morgens in der Wirtsstube waren und über das anstehende Tagwerk sprachen: »Die Drähte müssen wieder hinauf, damit das alles nicht aus dem Lot kommt und uns am Ende zusammenbricht.«

Steff murrte. »Is doch eh bald Ernte, Vater. Für die vier oder fünf Wochen brauchen wir das doch jetzt nicht mehr reparieren.«

»Und wenn's nur ein Tag ist!«, widersprach der Geistbeck. »Ein Unwetter, und das ganze Hopfenfeld liegt am Boden. Außerdem kann's bei der Ernte gefährlich werden. Das muss gemacht werden.«

Peter Horch stand auf. »Ich kümmer mich drum, Herr Geistbeck.«

Sein älterer Bruder Paul, der an diesem Tag mit ihm zum Postwirt gekommen war, hob die Hand. »Lass mich das machen, Peter, ich hab mehr Erfahrung damit.«

»Aber ich …«

»'s is schon gut. Ein andermal hilfst du mir. Vielleicht kann mir ja der Rupp zur Hand gehen oder der Jakob«, schlug Paul Horch vor.

»Der Jakob soll dir helfen, Paul«, ordnete der Geistbeck mit einem zornigen Blick auf seinen Sohn an. Er mochte vielleicht kein mustergültiger Bauer sein, aber er wusste, was Disziplin war, und er hasste es, wenn jemand sich die Arbeit sparen wollte. »Und du fährst auch mit, Steff, dass du was lernst.«

Verdrossen stand auch Steff auf und ging schweigsam mit dem zukünftigen Hackerbauern nach draußen, um gemeinsam mit ihm und dem neuen Knecht nach Schwaig hinüberzufahren. Sie hätten gewiss beide lieber Rupp dabeigehabt, der erfahren war wie kein anderer. Aber Rupp war inzwischen in einem Alter, in dem er gewisse Dinge besser nicht mehr tat. Eines davon war, in die Hopfendrähte hinaufzusteigen. Seit er aus dem Krieg nach Hause gekommen war, hinkte er außerdem und litt oft heftige Schmerzen, auch wenn er es sich nicht anmerken lassen wollte. Zusammen mit dem Schweiger Leonhard war er nach Rumänien befohlen worden – und allein wieder zurückgekehrt, während der Schweiger-Sohn in den letzten Kriegswochen noch gefallen war. Was wirklich geschehen war, dort unten, hatte Rupp niemandem erzählt. Aber die Art, wie er sich verändert hatte, besagte viel und ließ alle anderen sein Schweigen akzeptieren.

Es war eine schwere und gefährliche Arbeit in den Drähten. Steff, Paul und Jakob, der Knecht, warfen lange Seile, Leitern und das Stupfeisen, mit dem das herabhängende Ende des Drahtes im Boden verankert würde, auf den Wagen und fuhren hinaus aufs Hopfenfeld, das in frischem, saftigem Grün schon von Weitem leuchtete. Es würde eine schöne Ernte und ein großartiges Bier geben, so viel stand fest.

Dennoch ärgerte sich Steff, dass das alles nicht viel nützte, weil die Preise inzwischen in astronomische Höhen geschossen waren. Zwar wurde man mit jedem Sack Kartoffeln, mit jedem Scheffel Weizen und mit jeder Kiste Hopfen Millionär, doch war das Geld schon in dem Moment nichts wert, in dem man es bekam – und am nächsten Tag konnte man sich vom Ertrag eines ganzen Feldes gerade noch zwei Laib Brot und ein Stück Käse kaufen.

Behalten konnten sie den Hopfen nicht, weil sie keine eigene Brauerei hatten, und auch die restlichen Ernten konnten nicht in der Hoffnung auf bessere Zeiten auf dem Hof aufbewahrt werden, weil es gar keine Möglichkeit gab, alles zu lagern. Also mussten sie es verkaufen. Und am Ende würden sie mit der ganzen Ernte, mit der ganzen Arbeit seit letztem Herbst, noch Verluste machen. Eine verfluchte Zeit war das, und es wollte einfach nicht besser werden.

»Brrrrr, Alois«, bremste Jakob die Haflingerstute ab, die inzwischen auch recht in die Jahre gekommen war, aber immer noch zuverlässig ihre Pflicht tat. Er lenkte den Wagen an den Wegesrand und stellte die Bremse fest. Dann gingen die drei Männer die Schäden inspizieren. Es waren drei Drähte, die am Boden lagen, und einer, der aussah, als wollte er sich als Nächster lösen. »Wie das nur passieren kann?«, murmelte Steff.

»Es passiert halt. Zum Glück haben wir es rechtzeitig bemerkt«, erwiderte Paul Horch. »Geh, Jakob, fahr den Wagen ein Stück hier herüber, dann können wir die Leiter auf die Ladefläche stellen. Das spart uns einen guten Meter.«

Natürlich hatte er recht. Acht Meter Höhe, das ließ sich mit keiner Leiter erklimmen. Die längste, die sie dabeihatten, war drei Meter lang. Mit dem Wagen darunter kamen sie auf viereinhalb Meter. Den Rest mussten sie am Holzpfosten hochklettern. Schwer und gefährlich war diese Aufgabe. Aber Paul kannte sich damit aus, er hatte es schon öfter gemacht, vor allem auf den Hopfenfeldern des Hackerbauerhofs. Mit geübten Griffen wickelte er sich ein Seil um die Hüfte, während Steff die Leiter aufstellte und Jakob die heruntergerissenen Drähte von den Ranken befreite. Dann stieg Paul hinauf, warf, als er am oberen Ende der Leiter angekommen war, das Seil, an dessen Ende ein Gewicht hing, in weitem Bogen nach oben und schaffte es beim dritten Versuch, dass es über den Querdraht flog und von dem Gewicht auf der anderen Seite wieder herabgezogen wurde.

Augenblicke später war der erste Längsdraht wieder oben befestigt. Wenig später der zweite. Am dritten mussten sie länger arbeiten. Danach galt es noch, den gelockerten Draht wieder festzuzurren, ehe auch dieser sich unter dem Gewicht der Dolden losriss. Sie hätten diesen Draht herunterreißen und wie die anderen einfach neu befestigen können. Doch stattdessen kletterte Paul die letzten Meter an dem Pfosten hoch, der bedenklich wackelte, sodass ihn Steff mahnte: »Der eine Draht wird schon nicht alle herunterreißen, Paul. Komm lieber wieder auf den Boden.«

»Bin gleich fertig, dann passt das alles wieder, und dann kann dein Vater bis zur Ernte ruhig schlafen.« Er beugte sich weit hinüber, um den losen Steigdraht zu fassen zu bekommen, hängte sich mit der anderen Hand an den Querdraht und klammerte sich mit den Beinen weiter an den Pfosten ... der auf einmal um einige Handbreit zur Seite kippte. Nicht genug, um umzufallen, aber genug, um Paul aus dem Gleichgewicht zu bringen. Er ließ den Querdraht los und versuchte, den Pfosten wieder zu greifen zu bekommen, verfehlte ihn aber.

»Paul!«, riefen von unten Steff und Jakob gleichzeitig und sprangen nach vorn, um ihn abzufangen, falls er fiel.

In dem Moment aber riss der Steigdraht und ließ das gesamte Gefüge erzittern und sich um zwei oder drei Meter zur Seite neigen.

Das war der Augenblick, in dem Paul Horch endgültig den Halt verlor.

※※※

Am selben Morgen war Zenzi mit ihrer Mutter in Hohenwart, um sich Brautschuhe auszusuchen. Es gab ein Modegeschäft im Ort, das auch Damenschuhe führte. »Pertinger« verdiente sein Geld vor allem mit Schneidereiaufträgen, aber das eine oder andere Kleid für besondere Anlässe war eben auch erhältlich und ab und an ein Paar elegante Damenschuhe oder, wie an diesem Tag, schöne Haferlschuhe zum Brautdirndl. Denn auf dem Land heirateten viele nicht in Weiß, sondern in einem neuen Sonntagskleid. So auch Zenzi.

Walburga Geistbeck nämlich hatte zwar ein Hochzeitskleid, das sie von ihrer Mutter selig bekommen hatte, aber das sollte Resi tragen, wenn sie heiratete, weil die Zweitgeborene nun einmal die älteste Tochter des Hofs war. Manchmal verfluchte die Bäuerin diese alten Traditionen, für die es keinen vernünftigen Grund gab und die allen nur das Leben schwer machten, vor allem den Frauen, und jetzt eben ihrer Zenzi.

Sie traten ein und fanden sich in einem schönen, gediegenen Laden wieder, mit einer langen, breiten Theke und Regalen voller Stoffballen.

»Grüß Gott«, sagte die Inhaberin. »Frau Geistbeck, gell? Was kann ich für Sie tun?«

»Es geht um meine Zenzi hier. Sie heiratet in ein paar Tagen. Den Peter Horch.«

»Ja, dann gratulier ich recht herzlich. Und jetzt sucht's ihr ein Hochzeitskleid?«

»Ehrlich gesagt, haben wir schon ein Kleid. Aber Schuhe bräuchte meine Tochter noch.«

»Schuhe. Freilich.« Sofern die Schneiderin enttäuscht war, dass sie kein Hochzeitskleid verkaufen würde, ließ sie es sich zumindest nicht anmerken, sondern trat sogleich auf Zenzi zu. »Magst du mir einen von deinen Schuhen geben, damit ich schauen kann, was für eine Größe wir brauchen?«

Verlegen stieg Zenzi aus ihren alten, ausgetretenen Halbschuhen und reichte einen davon der Modehändlerin.

»Das dürft schon bald neununddreißig sein«, stellte die fest und erklärte mit verständnisvollem Blick: »Das is bei den Bäuerinnen nix Ungewöhnliches. Da muss man viel auf den Beinen sein, das macht die Füße ein wenig größer.«

Frau Pertinger verstand sich darauf, die richtigen Schuhe zu finden. Schon das erste Paar passte Zenzi wie angegossen. »Wenn das kein gutes Omen is!«, sagte Walburga Geistbeck erfreut.

»Ja, wirklich!« Die Schneiderin zwinkerte Zenzi zu »Wirst sehen, dass alles passt bei euch.«

Zenzi, die nicht recht wusste, wie sie das gemeint haben

mochte, schlug die Augen nieder und murmelte verlegen: »Bestimmt.«

Als die Mutter allerdings zahlen wollte, eröffnete ihr die Modehändlerin: »Geld nehm ich leider keines mehr an.«

»Ja, wie soll ich dann die Schuh zahlen?«, fragte die Geistbeckin.

»Für das Paar, und es is wirklich ein sehr schönes Paar aus reinem Schweinsleder, doppelt vernäht und gewachst, mit Stahlschnallen, nicht bloß mit Zink«, erklärte die Händlerin, sodass sich die Bäuerin schon langsam Sorgen machte, was dafür wohl der Preis sein sollte, »dafür nehm ich einen Zentner Kartoffeln und einen halben Zentner Weizenmehl, wenn's recht wär.«

Das war einerseits weit mehr, als die Geistbeckin erwartet hätte, andererseits konnten sie ihren Ernteertrag ohnehin kaum mehr absetzen, weshalb ihr eine Bezahlung in Naturalien überaus gelegen kam. »Das passt schon, Frau Pertinger«, erwiderte sie deshalb. »Nur, dass ich das grad nicht dabeihab.«

»Nein, freilich nicht«, sagte die Schneiderin lachend. »Aber Sie können mir ja den Herrn Geistbeck vorbeischicken, wenn er wieder was in Hohenwart zu erledigen hat.«

Es klang ganz harmlos, versetzte der Bäuerin aber dennoch einen Stich. Was der Geistbeck in Hohenwart »zu erledigen« hatte, mochte sie sich lieber nicht vorstellen. Seit ihr Mann die Schulden los war, ließ er keine Gelegenheit aus, sich mit anderen Halodris zu treffen und das bisschen Geld, das noch übrig war, für Dinge auszugeben, die weder ihm guttaten noch der Geistbeck'schen Ehe.

»Ich werd's ihm auftragen«, sagte die Bäuerin und legte

die neuen Schuhe, die ihr die Modehändlerin, in Papier eingeschlagen, überreichte, in ihren Korb, um sie mit nach Hause zu nehmen.

Draußen wartete schon Rupp mit der Kutsche, der sie heraufgefahren hatte und nun wieder nach Hause bringen würde. »Und? Seid ihr fündig geworden?«

»So schöne Schuhe hab ich gekriegt, Rupp«, jubelte Zenzi mit leuchtenden Augen.

»Wirst die schönste Braut sein, die wir je zu Deimhausen gehabt haben«, erklärte der Knecht. »Wirst es sehen.« Er ließ die Zügel schnalzen und lenkte den Wagen die Anhöhe hinunter, auf der die Ortschaft lag, und ins Paartal. Bis hinüber nach Schwaig konnte man sehen. Die Sonne strahlte durch die hohen Birken, die die Straße auf beiden Seiten säumten. Es war, als würde der ganze Tag jubeln und Zenzis Vorfreude auf das große Ereignis teilen.

Immer wieder musste sie die Hand ihrer Mutter nehmen und sie drücken. »Ich freu mich so, Mama«, sagte sie.

»Ich mich auch, Kind«, erwiderte die Geistbeckin und dachte zurück, wie es ihr ergangen war in den Tagen und Wochen vor der Hochzeit, wie sie der Feier entgegengefiebert hatte. Und der Hochzeitsnacht. »Aber ihr wartet noch«, flüsterte sie ihrer Tochter ins Ohr.

»Warten?«, fragte Zenzi verständnislos.

»Weißt schon«, sagte die Geistbeckin. »*Damit*. Bis zur Hochzeit.«

Jetzt begriff auch Zenzi und lachte. »Freilich, Mama. Die paar Tage kann ich jetzt auch noch warten.«

Die Bäuerin atmete beruhigt durch. *Eine* Schwangerschaft vor der Ehe war mehr als genug. Sonst wäre es der

Zenzi am Ende noch ergangen wie ihr selbst. Wobei das Schicksal sich glücklich gefügt hatte für sie. Aber man konnte nicht immer auf ein gutes Ende hoffen.

Als sie auf den Hof fuhren, stand dort das fesche rote Automobil von Dr. Reinbold.

»Schau an, der Herr Doktor is im Dorf. Das is ja schön, dass er bei uns einkehrt.« Die Geistbeckin sprang vom Wagen und eilte zum Haus.

Zenzi jedoch blieb hinten sitzen wie versteinert und konnte sich nicht rühren. Mit einem Blick hatte sie erfasst, dass auch der Wagen wieder da war, mit dem ihr Bruder, der Knecht und Peters älterer Bruder hinaus aufs Hopfenfeld gefahren waren. Dass der Haflinger noch eingespannt war, obwohl man die Pferde immer aus dem Geschirr nahm. Vor allem aber, dass auf dem Wagen ein blutgetränktes Lager aus Sackleinen lag. Da wusste sie, dass etwas Schreckliches geschehen war.

※※※

Es war eine ergreifende Beerdigung. Der Hackerbauer war einer der angesehensten Männer des Ortes und weit über Deimhausen hinaus bekannt und geschätzt. Dass sein Ältester auf so tragische Weise ums Leben gekommen war, konnte niemand aus der Gemeinde fassen. Paul Horch war ein freundlicher, hilfsbereiter junger Mann gewesen. Er hatte im letzten Kriegsjahr noch gedient und wäre bei der Offensive an der Marne beinahe umgekommen, als ihn die Franzosen mit einigen Kameraden eingekesselt und unter Dauerfeuer genommen hatten.

»Da hat einer den Krieg mit Glück überlebt, und dann fällt er vom Hopfenpfosten und is nimmer zu retten«, stellte der alte Bernbauer kopfschüttelnd fest, als er neben Walburga Geistbeck auf dem Gottesacker stand, um dem Verstorbenen das letzte Geleit zu geben.

»Gottes Wege sind unergründlich«, wusste Hans Hirtreiter mit einem Seufzen.

»Ja, freilich«, murrte der Bernbauer, der seinen Hof vor mehr als zehn Jahren an seinen Sohn übergeben hatte und sich wunderte, dass er immer noch da war und den Jungen zur Last fiel. »Aber was G'scheites is ihm nicht eingefallen, dem lieben Herrgott.«

»Geh, Bernbauer«, mahnte die Geistbeckin. »Versündige dich nicht.«

Der alte Mann zuckte die schmalen Schultern. »Wird mir schon nix passieren«, bemerkte er. »Ich würd gern mit ihm tauschen.« Er nickte zu dem Grab. »Statt dass er mich holt, holt er den jungen Burschen. So eine Schand …« Er schüttelte den Kopf und schwieg.

Der Pfarrer hielt eine berührende Ansprache, lobte Paul Horch und erinnerte daran, wie er schon als kleiner Bub immer alles besonders gut hatte machen wollen. Es flossen reichlich Tränen, und sogar der Geistbeck musste sich die Augen wischen.

Zenzi war nicht nur über den Tod des Bruders ihres Zukünftigen bestürzt. Sie litt überdies, weil die Hochzeit natürlich nun auf unbestimmte Zeit verschoben war. Den vorgesehenen Termin an St. Pantaleon hatten sie gleich abgesagt, über einen neuen hatte noch niemand mit dem Hackerbauern reden wollen. Zenzi war froh, dass sich ihr

Vater bereit erklärt hatte, diese Aufgabe zu übernehmen. – Sie konnte ja kaum einen Satz sprechen, in dem Paul vorkam, ohne in Tränen auszubrechen.

Peter stand vorn am Grab bei seinen Eltern und den vier Schwestern. Von Zeit zu Zeit suchte er Zenzis Blick und schenkte ihr ein wehmütiges Lächeln. Dann zwinkerte sie, damit er getröstet war, und hatte so sehr den Wunsch, ihn in den Arm zu nehmen und ganz fest zu halten. Aber seit der Tragödie vor drei Tagen war Peter nicht mehr bei ihr gewesen und sie auch nicht bei ihm. »Das gehört sich jetzt nicht«, hatte der Geistbeck bestimmt, und er hatte natürlich damit recht gehabt. Liebesdinge hatten in der tiefen Trauer nichts zu suchen. Neben Paul Horchs Tod passte keine Romanze seines jüngeren Bruders, wie wohlgelitten die junge Frau auch immer sein mochte in der Familie des Hackerbauern.

So zog Kreszentia Geistbeck mit ihrer Familie wieder zurück zum eigenen Anwesen, ein wenig vorneweg, weil die Trauergemeinde sich zum Leichenschmaus beim Postwirt einfinden, also bei Geistbecks zu Gast sein würde. Nachdem Paul bei Arbeiten für das Geistbeck'sche Gut zu Tode gekommen war, war es dem Vater ein Anliegen gewesen, diesen Leichenschmaus auszurichten. Es war das Mindeste, was er hatte tun können.

Weil die Gaststube für die große Gesellschaft nicht ausreichte, hatten die Mägde zusätzliche Tische in der Scheune aufgestellt und eingedeckt. Der ganze Hof war voll mit der Trauergemeinde, und Walburga Geistbeck hatte alle Hände voll zu tun, die Leute zu verköstigen. Alle Knechte und Mägde und natürlich auch die vier Kinder der Geistbecks halfen mit. Der Hardt aus Freinhausen, der die dortige Wirtschaft betrieb, hatte sein Gasthaus an diesem Tag zugesperrt und war mit seinen Leuten ebenfalls herübergekommen, um zu helfen.

Erst am fortgeschrittenen Nachmittag begannen sich die Ersten zu verabschieden. Das erlaubte dem Hackerbauern endlich auch, nach Hause zu gehen und sich in seiner tiefen Trauer vor der Welt zurückzuziehen. Er schien in den drei Tagen seit dem Unglück um Jahre gealtert. »Wastl«, sprach ihn der Geistbeck an.

»Was?«

»Ich bin froh, dass wir das bei uns hier gemacht haben. Den Leichenschmaus, mein ich.«

Der Hackerbauer nickte nur. »Wenn er nicht mit auf dein Feld gegangen wär …«

»Ich weiß, Wastl«, erwiderte der Geistbeck. »Aber es hat wirklich keiner von ihm erwartet.« Er seufzte. »Wenn ich's ungeschehen machen könnt …«

»Ja, wenn …«, murmelte der Hackerbauer. »Wenn, wenn …«

»Darfst es mir glauben, Wast …«

»Ich glaub dir's schon, Schorsch.« Sebastian Horch blickte auf. »Das weiß ich wohl, dass du nicht wolltest, dass mein Sohn stirbt.« Er musste schlucken. »Aber jetzt … jetzt is's zu spät.«

Der Geistbeck griff den Hackerbauern am Arm. »Was machen wir denn jetzt mit dem Peter. Und der Zenzi.«

»Wie?«

»Wegen der Hochzeit.«

»Hochzeit? Du denkst doch nicht, dass die jetzt noch

stattfinden kann.« Die Augen des Hackerbauern wurden schmal.

»Freilich nicht so bald«, entgegnete der Geistbeck. »Aber was meinst du, auf wann wir die verschieben sollten? Auf nächstes Jahr?« Natürlich hatte er im Sinn, dass für die engsten Angehörigen ein Trauerjahr die Regel war.

»Oh mei, Schorsch«, sagte der Hackerbauer. »Da muss ich dich enttäuschen. Ich kann doch jetzt den Peter nimmer an deine Zenzi verheiraten.«

Wie vom Donner gerührt, hielt der Geistbeck inne. »Wie jetzt?«, entfuhr es ihm schließlich lauter, als er es sich gewünscht hätte. »Was willst du denn damit sagen?«

»Keine Hochzeit gibt's«, erklärte Sebastian Horch wie selbstverständlich. »Der Peter is jetzt mein einziger Sohn. Er wird den Hof erben. Da werd ich ihn nicht an deine uneheliche Tochter verheiraten. Ohne Mitgift. So einfach is das. Tut mir leid, Schorsch. Aber das hättst du auch nicht anders gemacht.«

V.

Sommerspatzen

Hallertau 1925

13.

Auf ihre Schulhefte war Wally stolz. Allerdings würde sie nicht mehr lange zur Schule gehen. Sie hatte, weil die Eltern ihre aufgeweckte Jüngste auf Anraten des Lehrers so früh hatten einschulen lassen, jetzt schon neun Jahre Unterricht bekommen. Das war mehr, als die meisten Kinder im Dorf erhielten. Sie hatte lesen und schreiben gelernt, konnte passabel rechnen, hatte viel über Geschichte und noch viel mehr über Religion gelernt, dazu einiges aus der Biologie und der Heimatkunde.

Vor wenigen Wochen hatte ihr letztes Schuljahr angefangen. Im nächsten Jahr würde sie nicht mehr die Vormittage im Schulhaus neben der Kirche zubringen, das ihr so lieb geworden war. Längst ging sie dem Lehrer Laubinger bei der Unterrichtung der jüngeren Kinder zur Hand, wie es von den größeren Mädchen erwartet wurde.

Wally mochte den Schullehrer. Er war ein freundlicher, feinsinniger Mann, dessen Stimme immer noch ein wenig das Schwäbische anzuhören, der aber längst zu einem der Hiesigen geworden und im Ort und weit darüber hinaus akzeptiert und angesehen war. Dass er mit dem Kirchenchor Stücke einstudierte, die man nie zuvor in der kleinen Dorfkirche gehört hatte, beeindruckte zumindest diejenigen, die ein Ohr dafür hatten.

Der Geistbeck freilich gehörte nicht dazu. Als ihm Wally aufgeregt erzählt hatte, dass sie in Zukunft den Ersten Sopran singen dürfe, hatte er kaum aufgeblickt und im Übrigen nur gebrummt: »Musst du dann noch mehr üben und kannst noch weniger helfen auf dem Hof?«, und er hatte damit durchaus richtiggelegen.

Es war ein Glück, dass sich gegen den Kirchenchor nichts sagen ließ. So kam es, dass Wally manchen Tag, statt noch im Stall beim Ausmisten zu helfen, mit Lehrer Laubinger auf der Chorempore von St. Pantaleon zubrachte und besondere Lieder einübte. »Jesu bleibet meine Treue« war eines ihrer Lieblingslieder, »Bist du bei mir« ein anderes. Letzteres allerdings konnte sie nie zu Ende singen, weil sie jedes Mal in Tränen ausbrach, so sehr rührte es sie.

Es war aber nicht nur Bach und es war nicht nur Kirchenmusik, die den Lehrer begeisterte und an der er Wally Anteil haben ließ. Seit er erkannt hatte, wie hingebungsvoll Wally Musik machte, ließ er sie gelegentlich auch etwas anderes hören. Mal war es der Gefangenenchor aus Verdis »Nabucco«, mal die Ouvertüre des »Freischütz«, dann wieder Mozarts »Zauberflöte«. So lernte Wally Geistbeck nach und nach allerlei große Komponisten und ihre Hauptwerke kennen und bekam ein Ohr für klassische Musik. Am liebsten hätte sie ihre ganze Zeit bei Herrn Laubinger verbracht, hätte mit ihm musiziert oder sich von ihm auf dem Grammofon Schallplatten vorspielen lassen. Je mehr sie aus dieser wundervollen Welt der Kultur von ihm erfuhr, umso weniger fand sie sich auf dem Hof am rechten Platz. Dass ihr Vater ihrer Lernfreudigkeit mit zunehmender Ablehnung begegnete, verstärkte dieses Gefühl nur.

Hausaufgabe für diesen Tag war es gewesen, ein Gedicht von Ludwig Hölty abzuschreiben, das im Schulbuch abgedruckt war:

Üb immer Treu und Redlichkeit
Bis an dein kühles Grab,
Und weiche keinen Finger breit
Von Gottes Wegen ab.

Dann wirst du wie auf grünen Au'n
Durchs Pilgerleben geh'n,
Dann kannst du sonder Furcht und Grau'n
Dem Tod ins Antlitz seh'n ...

Wally hatte es nicht nur in ihrer allerschönsten Schrift niedergeschrieben, sie hätte es auch gerne mit einer kleinen Zeichnung verziert. Aber das war verboten: Die Schulhefte hatten ordentlich zu sein.

Am meisten berührte sie die letzte Strophe. Sie hatte das ganze Gedicht schon beim Aufschreiben auswendig gelernt. Bei den Schlussversen aber musste sie immer ein bisschen weinen:

Dann suchen Enkel deine Gruft
Und weinen Tränen drauf,
Und Sonnenblumen, voll von Duft,
Blüh'n aus den Tränen auf.

Auf ihre Schrift war Wally stolz. Nichts war verkleckst, nichts schief und krumm. Gerade und ebenmäßig reihten sich die Buchstaben aneinander. Als Kontoristin hätte sie arbeiten können oder als Apothekerin mit einer solchen Handschrift. Und liebend gern hätte sie auch einen so feinen Beruf ausgeübt – unter gut gekleideten Menschen in der Stadt, wohin sie ja sowieso am liebsten gegangen wäre, seit sie zum ersten Mal den Vater hatte nach München begleiten dürfen. Vielleicht könnte der Ludwig dann als Tischler arbeiten, er verstand sich gut aufs Holz, oder als Kutscher, denn auch mit Tieren konnte er ausgezeichnet, während sie jeden Tag in ihre Apotheke ging und die Bücher führte und Rezepturen notierte …

Hastig packte sie ihr Schulheft und den Griffelkasten, das Buch und die Schiefertafel in ihren Ranzen und machte sich auf den Weg. So freundlich Lehrer Laubinger war, Zuspätkommen wurde bei ihm empfindlich bestraft. »Pünktlichkeit ist die Tugend der Könige!«, sagte er immer. Aber so ein König hatte es wohl auch wesentlich leichter, pünktlich zu sein. Er musste schließlich nicht jeden Morgen vor dem Schulanfang zehn Kühe melken.

»Üb immer Treu und Redlichkeit«, sang Wally, als sie die Talstraße entlang Richtung Kirchberg lief. Ja, so wollte sie es halten. Sie sah den Ludwig ein kleines Stückchen voraus, wie er ebenfalls zum Schulhaus lief. Vielleicht … vielleicht ja mit ihm.

**

Resi war es ganz recht, dass sie, da sie die Schule inzwischen nicht mehr besuchte, jetzt fast jeden Tag in der Gastwirtschaft helfen sollte. Sie mochte die Arbeit auf den Feldern nicht besonders und die im Stall noch weniger. In der Gaststube war es lustiger, man machte sich nicht die Finger schmutzig, und es gab immer wieder ein bisschen Trinkgeld.

Seit einiger Zeit kam auch ein junger Bursche, der Hardt Korbinian aus Freinhausen, des Öfteren vorbei, um auf einen Humpen Bier einzukehren. Er war ein schmucker Kerl, nicht sehr groß, aber mit breiten Schultern und feurigen Augen. Resi mochte ihn. Wenn sie ehrlich war, mochte sie ihn sogar sehr. Er machte immer einen Scherz, wenn er mit ihr sprach, aber nicht so einen ordinären, wie mancher Bauer, sondern eher einen netten. Überhaupt fragte er sie, wie es ihr ging, lobte ihr Kleid, selbst wenn es das älteste und schäbigste war, und neulich hatte er sogar ihre Frisur gelobt! Dabei hatten sich aus ihrem Zopf lauter Strähnen gelöst.

»So is er am schönsten«, hatte er behauptet.

»Geh! Ich schau aus wie eine Vogelscheuche!«, hatte Resi protestiert.

»Dann wärst du aber die schönste Vogelscheuche im ganzen Land.«

Und sie hatten beide gelacht.

Eigentlich hätte der Korbinian bei seinen Verwandten einkehren sollen, die eine kleine Gastwirtschaft an der Straße nach Gadenhof hatten. Aber er kam lieber zu Geistbecks. Ein bisschen hoffte Resi, dass es ihretwegen war, dass er sich immer hier zum Bier hersetzte, und manchmal, wenn sonst keiner da war, setzte sich Resi auch zu Korbinian. Sie plauderte mit ihm, fragte ihn ein bisschen aus, was er machen würde, wenn er einmal den elterlichen Hof übernahm, und staunte, was er an Plänen hatte.

Langsam, ganz langsam, dämmerte ihr, dass der junge Mann nicht nur über seine Zukunft sprach. Sie alle hatten eine Zukunft! Sie alle, die jetzt noch so jung waren, waren die Menschen, denen irgendwann dieses Land gehören würde mit seinen Höfen und Feldern und Gasthäusern.

14.

Pfarrer Herold war ein weitaus strengerer Mann als sein Vorgänger, der verstorbene Pfarrer Moßbacher. Er war im vorletzten Jahr neu nach Deimhausen gekommen und ließ keinen Zweifel daran, dass er sich von der Kirchengemeinde mehr Frömmigkeit wünschte.

Der Geistbeck war überzeugt, dass Jakob Herold den Sprengel, den man ihm zugewiesen hatte, als unter seiner Würde erachtete. »Er hätt gern eine größere Gemeinde gehabt. Deswegen ist er so ungenießbar«, räsonierte er, wenn er sich wieder einmal Ermahnungen des Geistlichen hatte anhören müssen, weil er seine Kinder, seine Knechte und Mägde zur Erntezeit lieber aufs Feld schickte, als sie in die Kirche gehen zu lassen, oder wenn er bei der Kollekte, nach der Währungsumstellung von Ende 1923, nur ein paar Groschen in den Klingelbeutel warf.

Ungnädig waren sie beide, der Pfarrer und der Bauer. So wie es Hochwürden drückte, dass er in eine sehr unvollkommene Gemeinde versetzt worden war, kniff es den Land- und Gastwirt, dass es immer schwerer wurde, mit dem Gut die nötigen Einnahmen zu erwirtschaften. Die Einführung der Rentenmark hatte zwar das Finanzsystem wieder etwas stabilisiert und geholfen, die Inflation einzudämmen, aber die Vermögen der Bürger waren weg – und damit auch deren Kaufkraft als wichtige Abnehmer von Waren. Eine Brauerei jedoch, die nur noch ein Viertel ihres Biers absetzte, nahm auch nur noch ein Viertel der Hopfenernte ab. Wo sich die Menschen kein Brot mehr leisten konnten, brauchten die Bäcker auch kein Mehl mehr – und damit die Mühle keinen Weizen oder Roggen. So fanden sich die Bauern in einer absurden Situation: Sie waren zwar die Einzigen, die sich jederzeit satt essen konnten, verarmten aber am Ende doch. Dem Geistbeck ging es so, dem Auffacher, dem Kellner … Halb Deimhausen wusste nicht, womit die Pachten bezahlen, das Saatgut oder gar die Steuern.

Oft saß der Geistbeck am Abend so lange allein in der Wirtsstube, bis er am Tisch einschlief und erst nach einigen Stunden oder manchmal gar erst am nächsten Morgen mit steifem Rücken wieder aufwachte. Die schwere Arbeit, das viele Bier und die großen Sorgen hatten ihn niedergezwungen. Und seine Frau wusste nicht, wie sie ihm hätte helfen können, zumal sie selbst haderte. Immer noch war Zenzi nicht verheiratet, das Geld für den Haushalt war stets schon Mitte des Monats aufgebraucht. Die Lieferanten weigerten sich, noch mehr anzuschreiben, und die Schuldner der Geistbecks zahlten einfach nicht.

So kam es, dass der Geistbeck eines Freitags bei der Beichte in einen Streit geriet mit dem neuen Pfarrer, der darin gipfelte, dass der Bauer erklärte, er wisse nicht, warum er sich dauernd zurückhalten solle mit dem Sündigen, wenn alle Anstrengungen und Mühen ja doch nichts brächten, woraufhin der Geistliche ihm die Absolution verweigerte.

Die Auseinandersetzung zwischen dem Bauern und dem Pfarrer blieb auch für Wally nicht ohne Auswirkungen. Als sie am nächsten Tag im Religionsunterricht die Seligpreisungen aus der Bergpredigt aufsagen sollte, genügte es dem Pfarrer nicht, dass sie einige davon vorzutragen wusste, und am Ende gab er ihr eine Fünf.

Die bekam man in Religion eigentlich nie! Schon gar nicht Wally. Sie hatte in ihrer ganzen Schulzeit in keinem Fach einen Fünfer gekriegt. Vor Scham und Empörung flossen ihr die Tränen.

Doch damit nicht genug – als sie nach Hause kam und ihren Eltern davon erzählte, verpasste ihr der Vater eine Ohrfeige.

»Wie kannst du uns nur so blamieren?«, schimpfte er und holte noch einmal aus. Er schlug seine Kinder nicht oft, und wenn, dann meist eher symbolisch. Aber wenn er einmal richtig wütend war, dann konnte er zuhauen, dass einem die Wange noch am nächsten Tag wehtat. Sein Sohn Steff konnte ein Lied davon singen. Er hatte am meisten Schläge abbekommen.

Diesmal jedoch fiel die Bäuerin ihrem Mann in den Arm und hielt ihn zurück. »Jetzt hör schon auf, Schorsch!«, schimpfte sie mit ihm. »Du weißt genau, dass das gar nicht ihre Schuld war.«

»Und wer war dann schuld, bittschön?«

»Du natürlich mit deinen Sprüchen bei der Beichte.«

»Sie hätt ja bloß was lernen brauchen!«, ereiferte sich der Geistbeck.

»Und? Kannst du die Seligpreisungen alle auswendig?«, fragte seine Frau angriffslustig.

Das brachte den Bauern zum Einlenken. »Ab mit dir!«, herrschte er Wally an und schickte sie auf die Kammer. »Ich will dich heut nicht mehr hier herunten sehen!«

Dankbar machte sich Wally davon. Dass sie nun ohne Abendessen würde schlafen gehen müssen, machte ihr nichts aus. Der Tag war vermurkst genug. So hörte sie nicht, wie der Geistbeck unten in der Gaststube murmelte: »Selig seid ihr, wenn ihr um meinetwillen beschimpft und verfolgt werdet.«

※※※

Am nächsten Tag hatte Lehrer Laubinger Wally nach dem Unterricht zur Seite genommen und ihr mit großem Ernst in die Augen gesehen. »Was ist denn heute mit dir los?«, hatte er wissen wollen. »Mir scheint, du warst gar nicht da.«

»Ich war schon da, Herr Lehrer. Ich hab die ganze Zeit auf meinem Platz gesessen!«, hatte Wally erklärt.

»Aber dein Geist war woanders. Ist irgendetwas vorgefallen? Hat dich jemand von deinen Mitschülern geärgert?«

Wally schüttelte den Kopf. »Die Mitschüler waren alle nett zu mir.«

»Aha? Das klingt, als wäre jemand anders nicht nett gewesen.«

»Muss ich das sagen, Herr Lehrer?«

Anton Laubinger schüttelte den Kopf. »Ich möchte nur, dass du weißt, dass du jederzeit zu mir kommen kannst, wenn was ist.«

»Danke«, murmelte Wally.

»Weißt du«, fuhr er fort, »wenn jede Schülerin und jeder Schüler so fleißig und aufgeweckt wäre wie du, dann wär es viel leichter hier.«

»Aufgeweckt?«

»Gescheit!«

Wally schüttelte den Kopf. »Ich bin nicht gescheit.« Auf einmal kamen die Tränen wieder hoch. »Gestern hab ich einen Fünfer in Religion gekriegt.«

»Einen Fünfer?«, rief der Lehrer überrascht. »In Religion?« Es war nicht recht auszumachen, worüber er mehr staunte: über die Note oder über das Fach. Aber dann legte er Wally die Hand auf die Schulter und sagte: »Fast jedes Kind hat wenigstens einmal in seiner Schulzeit einen Fünfer, weißt du?«

»Aber ich hab noch nie einen gehabt.«

»Ich weiß. Ich war ja dabei. Was ich sagen will, ist: Nimm den Fünfer als Andenken. Und weißt du was? Damit er dich nicht so drückt, schreib ich dir für heute eine Eins ins Notenbuch.«

»Aber ich hab doch gar nix gesagt im Unterricht.«

»Für gutes Betragen«, erklärte der Lehrer schmunzelnd. »Dann wiegt der Fünfer nicht mehr so schwer.«

***

Dem Vater war der Einser freilich wurscht. Er sah nur den Fünfer und die Schande. Umso überraschter war er, als der Lehrer am nächsten Tag schon früh in die Gaststube kam und ihn um ein kurzes Gespräch unter vier Augen bat. Nachdem von seinen Kindern inzwischen nur noch Wally die Schule besuchte, konnte er sich schon denken, dass es um sie ging. »Was ist denn um alles in der Welt jetzt schon wieder los, Himmelherrgott?«, wollte er wissen. Als hätte er nicht schon Sorgen genug am Hals!

»Nichts, worüber Sie sich ärgern müssten, Herr Geistbeck«, erwiderte der Lehrer beruhigend.

»So?« Der Geistbeck atmete durch. Immerhin. »Ein Bier?«

»Gern.«

Der Wirt zapfte es selbst und stellte zwei Krüge auf den Tisch. »Also dann, Herr Lehrer, was gibt's? Ich sag's Ihnen gleich: Wenn Sie Geld fürs Schulhaus brauchen, dann muss ich Sie enttäuschen. Wir sind genauso blank wie die anderen Bauern.«

»Es geht nicht ums Schulhaus, Herr Geistbeck, sondern um Wally. Sie ist ein kluges Mädchen. Ich frage mich, ob Ihnen das eigentlich bewusst ist.« Der Lehrer sah den Bauern eindringlich an.

»Hm«, brummte der Geistbeck. »Freilich ist sie ein gescheites Mädel. Sie is schließlich meine Tochter.«

Mit einem etwas rätselhaften Lächeln nickte Anton Laubinger und fuhr fort: »Sie lernt gut …«

»Grad hat sie mir einen Fünfer heimgebracht«, murrte der Bauer.

»Ich weiß. Und ich glaub, wir beide wissen auch, wofür sie den gekriegt hat.«

Der Geistbeck warf dem Lehrer einen mürrischen Blick zu und zuckte dann die Schultern.

Herr Laubinger ging darauf nicht weiter ein. »Wie gesagt: Sie lernt gut, sie hat eine gute Auffassungsgabe, sie ist interessiert ... Ich wünschte, das könnte man von mehr Kindern sagen.«

»Sie is ja schon gar kein Kind mehr. Das Mädel ist vierzehn und sollt längst nicht mehr in die Schule gehen«, erklärte der Bauer und trank von seinem Bier.

»Sehen Sie, Herr Geistbeck, da bin ich wiederum ganz anderer Meinung.«

»Aha? Und welcher Meinung sind dann Sie, Herr Lehrer?«

»Ich bin der Meinung, Wally könnte viel mehr lernen. Und sie sollte viel mehr lernen.«

»Soll sie vielleicht noch ein Jahr länger zu Ihnen kommen?« Es war offensichtlich, dass der Bauer diesen Gedanken absurd fand.

Aber der Lehrer schüttelte ohnehin den Kopf. »Da würde sie auch nicht mehr lernen. Was ich ihr beibringen kann, das beherrscht sie tipptopp.« Anton Laubinger seufzte. »Im Grunde lernen die meisten der Kinder in den letzten vier Jahren immer nur das Gleiche. In der Hoffnung, dass es am Ende doch hängen bleibt. Zumindest teilweise.«

»Dann hätt die Wally nicht so lang auf Ihre Schule gehen brauchen«, erwiderte der Geistbeck ungnädig.

»In Wallys Fall ist das anders. Sie hat nicht nur den Schlechteren viel geholfen, sie hat auch selbst noch viel in den letzten Jahren gelernt.«

Der Geistbeck stand auf. »Herr Lehrer«, sagte er. »Mit Verlaub. Wollen Sie zur Sache kommen? Ich hab noch einen Haufen Arbeit.«

Auch der Lehrer erhob sich. »Freilich, lieber Herr Geistbeck. Was ich vorschlagen wollte, ist, dass Sie Wally auf eine weiterführende Schule schicken. Sie hätte das Zeug dazu. Sie ist lernwillig und neugierig. Ich glaube, sie könnte es …« Seine Stimme wurde leise. »Und ich glaub übrigens auch, sie *möchte* es.«

»Auf eine weiterführende Schule. Und wofür? Dass sie den Goethe lesen kann? Oder französisch reden?«

»Um mehr aus ihrem Leben zu machen, Herr Geistbeck! Sie müsste ja nicht auf ein Gymnasium gehen.« Natürlich wusste der Lehrer, dass Wallys Vater die Kosten scheute. Jahrelanges Lernen, weit weg von zu Hause, das kostete – und nicht zu knapp! »Sie könnte zum Beispiel auf eine Wirtschaftsschule gehen!«, schlug er deshalb vor. »Das würde sich für Sie auch auszahlen, wenn sie dann in der Lage wäre, Ihre Bücher zu führen und Ihre Korrespondenz zu erledigen …«

»Korrespondenz.« Der Geistbeck lachte. »Ja freilich. Weil ich zweimal im Jahr einen Brief schreiben muss, schick ich meine Tochter auf die Wirtschaftsschule.«

Anton Laubinger griff nach seinem Krug, nahm einen kräftigen Zug, nickte anerkennend und legte dem Bauern eine Hand auf den Arm. »Ein gutes Bier habt ihr«, sagte er. »Das beste weit und breit. Ich mag es, wenn die Menschen ihre Dinge besser machen wollen als dringend nötig. Sie sind der größte Bauer am Ort, Herr Geistbeck. Sie sind der größte Wirt hier. Sie haben Ehrgeiz und wissen, worauf es ankommt. Deshalb …«

»Deshalb?«

»Deshalb möcht ich Sie einfach bitten: Überlegen Sie es sich. Sie müssen doch jetzt gar nicht Ja sagen. Ich möcht nur, dass Sie nicht gleich Nein sagen. Warten Sie bis nächstes Jahr, nach der Firmung. Wenn Sie dann immer noch dagegen sind, dann ist es Ihre Entscheidung. Aber für Wally, da bin ich sicher, wäre es das Beste, Sie würden sie lernen lassen. Sie bringt das Nötige mit. Sie ist eine echte Geistbeck.«

Damit verabschiedete sich der Lehrer und war schon zur Tür hinaus, ehe der Geistbeck noch etwas erwidern konnte.

15.

Die Firmung fand auch 1926, wie in jedem Jahr, in der ehemaligen Klosterkirche St. Georg zu Hohenwart statt. Aus Augsburg war der Weihbischof gekommen, ein knöcherner alter Mann, der sich an seinem Bischofsstab festhielt und dem die Mitra beinahe vom Kopf rutschte. Dennoch war es ein erhabener Moment, als er zum Klang der Orgel die bis auf den letzten Platz gefüllte Kirche betrat und durch den Mittelgang zum Altar schritt. Anders als in Deimhausen, saßen Geistbecks hier nicht in der ersten Reihe. Auch nicht in den vorderen Reihen. Die waren den Hohenwarter Familien vorbehalten. Wer aus den umliegenden Dörfern kam, musste mit den hinteren Plätzen vorliebnehmen oder gar hinter den Bankreihen stehen. Nur die zu firmenden Kinder saßen alle ganz vorn. Sie waren in ihren besten Sonntagsstaat gekleidet und knieten fromm auf den harten hölzernen Brettern.

Wally liebte die Hohenwarter Kirche. Sie war weit größer als die Deimhausener, und sie war auch prächtiger. Etwas geradezu Heiliges herrschte in diesen Mauern, und das passte ja auch. Schließlich ging es bei der Firmung darum, den Heiligen Geist zu empfangen!

Doch obwohl sie das Eröffnungsgebet mit großer Inbrunst sprach und sich über diesen ganz besonderen Tag in ihrem Leben von Herzen freute, wurde es Wally schon bald arg lang. Der Bischof murmelte seine Predigt so, dass man kaum ein Wort verstand. Zwischendurch glaubte sie einmal gar, er wäre eingeschlafen. Die Gemeinde in den Bänken war unruhig. Einmal setzte die Orgel ein, als es noch viel zu früh war.

Als Wally schließlich an der Reihe war und nach vorn trat, und als der Bischof seine Hände über ihr ausbreitete und um die Herabkunft des Heiligen Geistes für sie bat, spürte sie zu ihrem unendlichen Schrecken nichts. Alles, was ihr in diesem Augenblick auffiel, war, dass der Bischof roch. Er roch nach altem Mann. Oder war es etwa das Salböl, das so roch? Mit zitternden Fingern zeichnete der Bischof mit dem Chrisam ein Kreuz auf ihre Stirn und murmelte: »Sei besiegelt durch die Gabe Gottes, den Heiligen Geist.«

Das heißt, Wally wusste, dass er das sagte. Verstanden hätte sie es sonst nicht. Der sachte Schlag gegen ihre Wange, den der Bischof ausführte, war wie die kalte Berührung durch etwas Lebloses. Während sie die Hand ihres Firmpaten, ihres Onkels Johann, des Bruders ihrer Mutter, auf der rechten Schulter spürte, starrte sie die Bartstoppeln des Geistlichen an.

Mit einem Gefühl von Bitterkeit trat Wally wieder in die Kirchenbank und kniete sich hin. Nein, es war nicht das, was sie erwartet hatte, auch wenn sie gar nicht so genau wusste, was sie sich eigentlich erhofft hatte.

Das anschließende Gebet erlebte sie wie durch einen Schleier, ebenso den Segen, den der Bischof den Firmlingen erteilte. Als sie endlich zur Eucharistie schritten, war Wally schon ganz weit weg – daheim, auf ihrem Baum am Waldrand, am Weiher, mit dem Vater auf der Jagd …

»Wir feiern bei euch«, flüsterte jemand neben ihr.

In der Jungenreihe war Ludwig neben sie getreten. Sie lächelte ihm zu und fing dabei ausgerechnet den Blick von Pfarrer Herold auf, der natürlich auch an der Zeremonie teilnahm. *Auweh*, dachte sie. *Wenn er mich nur nicht wieder schikaniert.*

***

Die meisten Deimhausener feierten das Ereignis der Firmung ihrer nun zumindest für die Kirche als erwachsen geltenden Kinder im Gasthaus »Zur Post«, allerdings in kleiner Runde, weil für große Einladungen kaum einer die nötigen Mittel hatte. Immerhin würde an diesem Tag wieder einmal ein bisschen Geld in die Kasse kommen, das konnten Geistbecks sehr gut gebrauchen.

Der Bauer war stolz auf seine Kinder und froh, dass mit Wallys Firmung diese Angelegenheit auch endlich erledigt war. Jetzt mussten sie bloß noch alle gut verheiratet werden. Dass Zenzi den Hackerbauer-Buben nicht bekommen hatte, hatte er lange nicht verwunden. Um das Verhältnis zwischen ihm und Sebastian Horch stand es heute noch nicht besonders gut. Sicher, er hätte es nicht anders gemacht als der Hackerbauer. Aber nun war er es, der den Schaden hatte – oder vielmehr Zenzi, die jetzt noch schwerer einen Ehemann bekommen würde. Eine ausgefallene Hochzeit, selbst wenn die junge Frau nicht das Geringste dafür konnte, war eine gewaltige Last.

Am liebsten hätte Georg Geistbeck die älteste Tochter ins Kloster geschickt. Aber erstens erwarteten auch die Klöster ein ordentliches Eintrittsgeld, auch wenn sie es nicht an die große Glocke hängten, und zweitens war die Zenzi ein fleißiges Weibsbild. Sie konnte anpacken, verstand sich auf alles in Haus und Hof, war sauber und brav ... Der Geistbeck brauchte sie ganz einfach! Zumal er es auch selbst genoss, dass sie ihm immer mehr zur Hand ging. Denn so viel gehörte zur Wahrheit: Der stolze Bauer war nicht mehr der starke Mann, der er noch vor wenigen Jahren gewesen war. Oft kam er kaum aus dem Bett, so sehr schmerzte ihn der Rücken. Die Beine waren steif geworden, und er konnte auch nicht mehr so gut sehen wie früher. Die Jagd würde er deshalb bald aufgeben. Was nutzte es schon, wenn er dauernd danebenschoss? Er machte sich ja noch zum Gespött der Leute. Er seufzte. Ja, die Zenzi half ihm mehr als irgendjemand sonst auf dem Hof.

Anders als die Wally, die sicher eine genauso patente Frau sein würde wie ihre älteste Schwester, nur dass die Jüngste leider seit jeher Flausen im Kopf hatte. Wally hätte am liebsten immerzu gesungen und musiziert. Kürzlich hatte sie sich gar vom alten Auffacher zeigen lassen, wie man die Zither spielte! Georg Geistbeck schnaubte, als er daran dachte. Nicht, dass er nicht auch gern Musik gehört hätte. Aber noch viel lieber hätte er das Geld in seinem Beutel klingeln hören – und vom Liedersingen und Zitherspielen würde der sich nicht füllen.

»Was sitzt du denn so griesgrämig da, Geistbeck?«, fragte ihn sein Schwager, Johann Schleibinger.

»Is alles grad nicht ganz einfach, Johann«, erwiderte der

Bauer, ohne sich Mühe zu geben, es – wie er es sonst gern tat – möglichst launig klingen zu lassen.

»Ich weiß schon«, erwiderte der Schwager. »Geht uns ja drunten in Tegernbach auch nicht anders.« Er hob seinen Krug und stieß mit dem Geistbeck an. »Aber wenn wir an einem solchen Tag nicht feiern würden, dann bräuchten wir am Morgen ja gar nimmer aufstehen, findest du nicht?«

»Doch, doch, Johann, hast schon recht.«

»Ein fesches Mädl ist sie geworden, eure Wally. Hab schon gemerkt, wie ihr die Burschen hinterherschauen.«

Der Geistbeck lächelte müde. »Ich weiß. Und der Resi erst recht.«

»Die wär ja schon im besten Alter«, gab Johann Schleibinger zu bedenken.

»Fürs Heiraten meinst du? Schon, ja. Sie bräucht bloß eine anständige Mitgift.«

»Ja, da habt ihr leider ein Problem«, stellte der Schwager fest. »Mit drei Mädeln und nur einem Buben ... Aber zum Glück is doch euer Anwesen so groß. Wie viele Morgen Land hast du jetzt?«

»Hundert«, sagte der Geistbeck und unterschlug dabei fünfzig, weil er auch seinen Schwager lieber nicht zum Neid verleiten wollte. »Aber du weißt es ja eh: Je größer der Hof, desto größer die Sorgen.«

»Ha! Und ich hab immer gemeint, es heißt: Je größer die Kinder, umso größer die Sorgen.«

»Beides, mein Lieber. Beides. Deswegen wachsen mir die Sorgen zurzeit wirklich manchmal übern Kopf.«

Der Schleibinger Johann legte ihm die Hand auf die Schulter, wie er es vorhin als Firmpate bei Wally getan hatte, und tröstete ihn. »Wart's ab, Schorsch. Es kommen auch wieder einfachere Zeiten.«

»Dein Wort in Gottes Ohr, Johann. Dein Wort in Gottes Ohr.«

***

Nach dem Mittagessen wollte Wallys Firmpate noch eine kleine Ansprache halten. Er lobte die Geistbeck'sche Gastfreundschaft, die legendären Knödel, das erstklassige Bier und zu guter Letzt auch noch die junge Frau, derentwegen sie alle versammelt waren, bis ihn jemand daran erinnerte, dass auch noch andere Firmlinge mit ihren Familien anwesend waren – woraufhin er auch diese lobte. Dann schlug er zu Georg Geistbecks Verdruss vor: »Wally! Magst du uns nicht ein bisserl auf der Zither vorspielen, die ich dir geschenkt hab? Ich hab dich noch gar nicht damit gehört!«

Wally zierte sich zwar ein wenig, gab dann aber nach und zupfte zum großen Vergnügen der Gäste den Erzherzog-Johann-Jodler, woraufhin die Gesellschaft nicht nur die Musikantin hochleben ließ, sondern ihren Firmpaten gleich noch dazu.

Auch Ludwig Auffacher war ja mit seinen Eltern, seinem Firmpaten und dessen Frau beim Postwirt, und als Wally das Lied spielte, blickte sie öfter zu ihm hinüber, damit er merkte, dass sie es auch für ihn spielte. Eigentlich vor allem für ihn.

Keinem fiel auf, dass die beiden im Laufe des Nachmittags irgendwann verschwanden.

***

Ludwig wartete auf sie an der alten Linde an der Freinhausener Straße. Es war ein Ort, an dem man jederzeit zufällig aufeinandertreffen konnte, sodass nichts Auffälliges daran gewesen wäre, wenn sie hier zusammen gesehen worden wären – außer an diesem Tag, an dem sie eigentlich bei ihren Familien hätten sein sollen.

Wally grüßte ihn mit einem rätselhaften Lächeln, fast als wollte sie sich ein wenig über ihn lustig machen.

»Is was?«, fragte er.

»Ich hab mich nur gefragt, ob du jetzt vom Heiligen Geist erleuchtet bist. Also, ob man was sieht«, erklärte Wally.

»Ja, freilich«, erwiderte Ludwig lachend. »Wenn der alte Zausel den Heiligen Geist in Bewegung setzen kann, dann kommt der liebe Gott persönlich, wenn unsere Hauskatz ihn drum bittet.«

»Luggi!« Ein bisschen erschrak Wally bei diesen Worten dann doch. »Das ist gotteslästerlich.«

»Ah geh!«, widersprach der junge Bursche, dessen dunkler Haarschopf unbezähmbar schien, denn selbst an diesem Tag stand er in alle Richtungen. »Ich hab den Alten schon nicht verstanden. Wie soll ihn denn da der Heilige Geist gehört haben?« Ludwig streckte die Hand aus. »Komm! Muss uns ja keiner hier sehn.«

Sie liefen ein Stück in den Wald hinein und sahen sich um. Natürlich waren sie allein um diese Zeit. »Schön hast du ausgeschaut in deinem Kleid«, sagte Ludwig. »Ich hab gar nicht wegschauen können.«

Wally spürte, wie ihr Herz schneller schlug. »Und jetzt?«

»Jetzt schaust du immer noch schön aus«, flüsterte er, um mit rauer Stimme hinzuzufügen: »In deinem Kleid.«

»Komisch, wie du das sagst«, befand Wally.

»Ich frag mich einfach …« Er zögerte.

»Was fragst du dich?«

»Ich frag mich …« Er streckte die Hand nach ihr aus, berührte sacht die Borte an ihrem Ausschnitt, sodass Wally zurückzuckte. »Wie du ohne das Kleid …«

»Pfui!«, rief Wally und schlug seine Hand zur Seite, allerdings nur sanft. Denn eigentlich hatte sich die Berührung angefühlt wie … wie … Sie wusste es selbst nicht recht. Es war einfach schön gewesen. »Schäm dich!«

»Aber Wally …«

»Nein, ehrlich …«

Ludwig griff nach ihren Händen. »Entschuldige«, sagte er. »Weißt du … ich mag dich. Das weißt du doch, oder?«

Wally zögerte. »Schon«, sagte sie dann leise. »Freilich.«

»Und du? Magst du mich auch?«

»Ja schon«, gab Wally zu. »Aber deswegen zieh ich noch längst nicht mein Kleid aus, wenn du das meinst.«

»Und wenn wir beide …«, sagte Ludwig so leise, dass sie ihn kaum verstand.

Dennoch riss sie sich los. »Ich geh lieber wieder zurück!« Im nächsten Augenblick hatte sie schon die ersten Schritte getan.

Da hörte sie ihn sagen: »Wenn wir erst einmal verheiratet sind, dann seh ich dich eh jeden Tag!«

Sie wäre beinahe gestolpert, hielt inne und wandte sich um. »Wenn wir …«

Er kam zu ihr. »Das möchte ich nämlich, Wally. Dass wir zwei … dass wir heiraten.« Auf einmal war er so ernst geworden, wie sie ihn noch nie gesehen hatte.

»Aber Ludwig«, sagte sie. »Ich bin erst fünfzehn. Und du, du bist grad sechzehn.« Erst mit einundzwanzig Jahren war man volljährig. Vorher bedurfte es der Zustimmung der Eltern zu einer Heirat.

»So lang kann ich warten«, erklärte der Freund und zog sie an sich. »Auf dich könnt ich ewig warten, Wally.« Er kam mit seinem Gesicht noch näher. Ganz nah …

Im nächsten Augenblick hatte er sie geküsst. Einfach so. Ohne zu fragen. Auf den Mund. Und es war … es war wie ein Traum gewesen.

»Du möchst doch auch, oder?«

»Heiraten?«

Er nickte.

Sie nickte ebenfalls. »Aber wir müssen warten.«

»Dann warten wir eben«, sagte Ludwig und ließ sie los. »Das ist es wert.« Und mit einem Juchzer sprang er in die Luft, drehte sich um die eigene Achse und rannte den Kirchberg hinunter ins Dorf.

***

Wally konnte an diesem Abend lange nicht einschlafen. Der Ludwig wollte sie heiraten! Sie war so glücklich, dass sie am liebsten laut gejubelt hätte. Auf der anderen Seite schmerzte ihr Herz, und sie fragte sich, ob das war, weil sie noch so lange warten mussten.

»Resi?«, fragte sie vorsichtig in die Dunkelheit. »Schläfst du schon?«

Die Schwester seufzte. »Jetzt nimmer.« Wally hörte, wie sich die größere Schwester in ihrem Bett rührte. »Was is?«

»Hast du einen Liebsten?«

Resi schwieg. Es dauerte eine Weile, dann hörte Wally die nackten Füße auf dem Holzboden. Sie rückte ein wenig in ihrem Bett, um der Schwester Platz zu machen. »Hast du vielleicht einen?«, wollte Resi wissen.

Jetzt war es Wally, die einen Moment schwieg. »Und wenn«, sagte sie, »dann würdest du's aber niemandem verraten, gell?«

»Dass du mit dem Auffacher Luggi was hast?«

»Woher weißt du das?«

Resi kicherte. »Jetzt weiß ich's. Hast dich selbst verraten.«

Wally gab ihr einen Stoß in die Seite.

»Au!«

»Schsch ...« Beide lauschten sie. Aber es hatte anscheinend niemand etwas gehört. »Und?«, flüsterte Wally. »Hast du einen Schatz?«

Resi seufzte. »Hätt ich schon«, sagte sie zögernd. »Wenn er mich endlich einmal fragen würde.«

»Oh. Und wer is es?«

»Kennst ihn eh nicht.«

»Vielleicht ja doch?«

»Hm. Der Hardt Korbinian.«

»Von den Freinhauser Hardts? Und warum fragt er dich nicht?«

Resi lachte auf. »Das musst du schon ihn fragen. Ich glaub, er mag mich nicht. Leider. Dabei is er immer so nett.«

»Das glaub ich nicht, dass er dich nicht mag.« Die Resi war eine ziemliche Schönheit geworden, jedenfalls, wenn man Wally fragte. Sie hatte recht weibliche Formen und ein sehr hübsches Gesicht, viel hübscher als ihres. Zum Glück war die Resi ein paar Jahre älter. Sonst hätte sich der Ludwig am Ende noch in sie verschossen. »Und was machst du jetzt?«

»Was soll ich schon machen?«, erwiderte Resi. »Ich kann ihn nicht gut fragen, ob er mich vielleicht gern als … als …«

Als Gspusi hätt, führte Wally den Gedanken zu Ende. Ein Gspusi hätten sie alle gern, die jungen Burschen, eine Frau für das Vergnügen. Und heiraten würden sie dann eine andere, eine jungfräuliche. Und das Gspusi musste dann sehen, wo es blieb. »Wie alt is er denn, dein Korbinian?«

»Er ist zwei Jahr älter als ich«, erklärte Resi. »Und er ist nicht mein Korbinian.«

»Wenn er zwei Jahr älter ist, dann könnt er doch gut heiraten.«

Eine Weile lagen sie schweigend nebeneinander und hingen ihren Gedanken nach. »Weißt du was?«, sagte Wally schließlich. »Ich glaub, er wird dich heiraten.«

»Wenn du meinst …« Resi seufzte noch einmal, diesmal aber aus tiefster Brust, sodass Wally tröstend den Arm um sie legte.

Wenig später waren sie beide eingeschlafen.

***

»Die Firmung ist vorüber, Herr Geistbeck«, sagte der Lehrer, als er dem Bauern am Kirchberg begegnete.

»Ihnen auch ein herzliches Grüß Gott, Herr Lehrer«, brummte der Geistbeck und lupfte seinen Hut gerade einen Fingerbreit.

Anton Laubinger, der gern blanken Hauptes des Weges kam, lachte. »Sie wissen schon, was ich meine, gell? Wenn die Firmung vorbei ist, haben Sie gesagt, dann wollten Sie eine Entscheidung treffen, ob Wally weiter auf die Schule gehen darf.«

»Ganz recht, Herr Lehrer, das hab ich gesagt. Und was ich sag, daran halt ich mich auch.«

Nun war Herr Laubinger doch ernst geworden. »Sie wissen auch, um wie viel es geht.«

»Freilich«, entgegnete der Bauer säuerlich und dachte an das Schulgeld.

»Auch für die Wally. Gerade für die Wally!«

»Hm. Sicher. Auch für die Wally.«

»Das beruhigt mich«, sagte der Lehrer. »Dann bin ich zuversichtlich, dass Sie eine gute Entscheidung getroffen haben.«

»Und jetzt würden S' gern wissen, wie die Entscheidung ausgefallen ist, richtig?«

»Nicht weil ich neugierig bin, Herr Geistbeck«, verwahrte sich der Lehrer. »Sondern weil mir Wally am Herzen liegt.«

»Wissen S' was, Herr Laubinger? Das glaub ich Ihnen sogar. Und es spricht für Sie.« Der Geistbeck setzte eine versöhnliche Miene auf. »Sie sind ein guter Mann, Herr Lehrer. Da können unsere Kinder froh sein, dass sie so einen Lehrer gekriegt haben. Wenn ich da an meine Schulzeit zurückdenke ...«

Anton Laubinger lächelte unverbindlich. Er wollte keine Komplimente. Er wollte eine Entscheidung. »Und?«

»Sie darf noch eine Zeit auf die Schule gehen.«

»Auf die Wirtschaftsschule?«

Der Geistbeck wiegte den Kopf. »Ja«, sagte er. »Nächstes Jahr. Auf eine ganz bestimmte.«

VI.
Herbstschwalben

Indersdorf 1927

16.

Auch Hohenwart war einst eine Abtei gewesen, die Pfarrkirche St. Georg thronte stolz über dem Land. Wally liebte den Blick vom Hügel hinter ihrem Hof hinüber zum ehemaligen Kloster und dem außergewöhnlichen Kirchturm. Der Anblick der Klosterkirche von Indersdorf war geradezu erhebend! Gewaltig ragten die beiden Spitztürme in die Höhe, umgeben von mächtigen Mauern, wuchtigen Bauwerken und einem vorgelagerten Bogengang. Das Kloster allein schien so groß wie ganz Deimhausen. Gewiss, der Ort war trotz allem das, was er im Namen trug: ein Dorf. Aber dieses Dorf hatte ein prächtiges Kloster, dessen Kirche wahrlich Ehrfurcht einflößend war.

Mit bangem Herzen stieg Wally vom Wagen. Der Vater hatte eigens den Landauer anspannen lassen. Sie waren auch nicht mit Alois gekommen, der alten Haflingerstute, die sie einst in Schrobenhausen gekauft hatten, sondern mit Gustl, den der Vater erst im letzten Jahr als Bezahlung für die Ernte eines ganzen Hopfenfeldes akzeptiert hatte. Und nun waren sie gegenüber der riesigen Klosterkirche stehen geblieben, wo ein Schild anzeigte, dass man beim »Klosterwirt« angelangt war, und es würde viele Wochen dauern, bis Wally und Resi von hier wieder fortkamen.

»Wir gehen aber zuerst hinüber zur Schule und in die

Kirche«, stellte Walburga Geistbeck mit Blick auf die Gaststätte fest.

»Freilich«, erwiderte ihr Mann. »Erst die Arbeit, dann das Vergnügen. Auf geht's, Mädel, schickt's euch!«

Während er die Kutsche versorgte und Gustl unterstellte, betraten die Geistbeckin und ihre beiden Töchter das Gotteshaus.

Innen war die Kirche Mariä Himmelfahrt über und über mit Gold und Stuck verziert. Der Altar war so überwältigend, dass Wally sprachlos davor stehen blieb. Doch noch mehr beeindruckte sie die riesige Orgel. Die Deimhausener Orgel hätte in dieses Exemplar wahrscheinlich zehnmal hineingepasst. Wie sich das wohl anhören mochte? Und ob sie hier wohl würden singen dürfen? Sie verspürte einen nahezu übermächtigen Wunsch, ihre Stimme in diesem Raum erklingen zu lassen. Aber natürlich tat sie es nicht.

Die Mutter hatte sich gleich in eine der Bänke gekniet und ihren geliebten Rosenkranz herausgenommen, um einige Vaterunser und Ave Maria zu beten. Resi war kurz darauf zu ihr getreten und murmelte die Gebete mit, während Wally sich noch ein wenig in der Kirche umsah, überrascht feststellte, dass es neben dem Hauptaltar noch sechs weitere Altäre gab, und die Heiligenfiguren bestaunte, die unvergleichlich kunstvoller gearbeitet waren als die, die sie in Deimhausen an den Wänden von St. Pantaleon hatten. Alles hier war so ergreifend und heilig, dass sie sich auf einmal richtig freute, an diesem besonderen Ort sein zu dürfen.

Den Hut in der Hand, kam der Vater durch die Kirchenpforte und kniete kurz nieder, den Kopf gesenkt, wie es der

Brauch war. Dann trat er zu seiner Familie und nickte. »Auf geht's.«

Die Geistbeckin bekreuzigte sich und stand seufzend auf. »Es wird mir schon schwerfallen, meine beiden Mädel hierzulassen«, sagte sie leise, während sie die Kirche wieder verließen, nicht ohne sich noch mit etwas Weihwasser bekreuzigt zu haben. »So weit weg.«

»So weit?« Der Geistbeck lachte. »Ist doch nur eine Stunde Fahrt mit der Kutsche!«

»Nur dass die Mädel keine Kutsche haben.«

Der Geistbeck hatte drüben in der Wirtschaft gefragt, wohin sie sich wenden mussten für die Anmeldung zur Schule, und führte seine Familie jetzt die Straße entlang zu einem kasernenartigen Bau, der um die Ecke an einer Steigung der Straße lag. Hier sprachen sie vor und wurden in den ersten Stock geschickt. »Superior Pfaffenbüchler wird Sie gleich empfangen.«

Dennoch dauerte es fast eine halbe Stunde, bis sie endlich aufgefordert wurden, einzutreten. Der Superior, ein kantiger, ernster Mann, bot dem Geistbeck einen Stuhl an, während die drei Frauen danebenstanden.

»Geistbeck«, sagte der Bauer, den Hut auf dem Schoß. »Ich bring meine zwei Töchter, Resi und Walburga. Sie sind angemeldet für Ihre Hauswirtschaftsschule.«

Der Schulvorsteher schlug eine Mappe auf, fand darin zur Erleichterung der Eltern Geistbeck die Anmeldung, machte sich eine Notiz an den Rand eines Blattes, nahm dann eine andere, schmalere Mappe und legte sie vor den Vater der beiden Mädchen. »Das ist unsere Satzung, Herr Geistbeck. Sie sollten die Regeln kennen, nach denen dieses

Institut geleitet wird. Alle unsere Zöglinge haben diese Satzung abzuschreiben und müssen ihren Inhalt aufs Genaueste kennen. Das ist die wichtigste Voraussetzung für ein gedeihliches Zusammenleben und für eine ordentliche Ausbildung.«

»Verstehe«, erwiderte der Geistbeck und nahm die Mappe, ohne sie aufzuschlagen.

»Das Schulgeld ...«

»Ist bereits bezahlt«, fiel der Bauer dem Superior ins Wort.

Der blickte leicht brüskiert auf, studierte abermals seine Unterlagen und machte sich erneut eine Notiz. »Korrekt.« Er nickte beifällig. »Das Schulgeld ist bereits bezahlt. Wenn Sie darüber hinaus ...«

Der Geistbeck holte scharf Luft, sodass der Schulvorsteher sich selbst unterbrach und ihn fragend ansah.

»Tut mir leid, Herr Superior. Darüber hinaus können wir uns nix leisten. Die Zeiten ...« Der Geistbeck machte eine vage entschuldigende Geste.

»Verstehe. Wir müssen uns alle nach der Decke strecken. Dennoch sollen Sie wissen, dass jeder noch so kleine Beitrag eine gute Tat darstellt. Viele unserer Zöglinge kommen aus bitterster Armut und verbringen hier etliche Jahre, um zu gottesfürchtigen, ehrenwerten Mitgliedern unserer Gesellschaft zu werden.«

Der Bauer nickte, sagte aber nichts.

»Nun gut«, fuhr der Superior fort. »Dann warten Sie hier bitte, bis Schwester Agathe Ihre Töchter übernimmt und sie in die Örtlichkeiten einweist.«

»Ich würde gern ...«, warf Walburga Geistbeck zur

Überraschung des Schulvorstehers ein. »Also, wenn es nicht zu viele Umstände macht, dann würde ich mir diese Örtlichkeiten gern ebenfalls anschauen.«

»Tut mir leid«, erwiderte der Superior und stand auf. »Das ist nicht vorgesehen. Sie können Ihre Töchter besuchen, wobei Sie sich bitte an die freien Zeiten halten mögen. An Sonntagen und an Feiertagen ist es den Zöglingen erlaubt, das Schulgelände mit Zustimmung der Aufsichtführenden Schwester zu verlassen, wenn sie Besuch von Angehörigen bekommen. Mit Beginn der Ruhezeiten haben sie aber wieder an ihrem Platz zu sein.« Er nickte zu der Mappe, die der Geistbeck in Händen hielt. »Steht alles in unserer Satzung.«

»Verstehe«, murmelte Walburga Geistbeck. »Vielen Dank.«

Der Superior nickte, verließ den Raum, und Wally, die wie ihre Schwester dem Gespräch schweigend gelauscht hatte, musste sich eingestehen, dass sie auf einmal ein bisschen Angst vor dieser Einrichtung hatte. Eine Schule, das hatte für sie geklungen wie ein wundervoller Ort, an dem man von morgens bis abends lernte und interessante Dinge erfuhr. Natürlich wusste sie, dass es in einer Hauswirtschaftsschule nicht um Geschichte und Erdkunde ging, sondern um Kochen, Nähen oder Bügeln. Aber im Laufe der Ausführungen des Superiors hatte es ihr gedämmert, dass es noch um etwas ganz anderes ging: um Zucht und Ordnung.

✽✽✽

Schwester Agathe erschien Wally im ersten Augenblick wie ein Engel. Über dem tiefschwarzen Habit, der bis auf die Füße hinabreichte, trug sie eine blütenweiße Haube, die zu beiden Seiten Flügeln gleich bis auf die Schultern reichte und über dem Scheitel spitz nach oben zulief. Nonnen hatten die Mädchen schon öfter gesehen, aber so heiligenmäßig gekleidete noch nie. Hinzu kam, dass Schwester Agathe eine ganz sanfte, leise Stimme hatte, die bewirkte, dass man besonders genau hinhörte, um sie zu verstehen.

Während sie einen schier endlosen Gang hinabgingen, um schließlich in einen anderen Trakt des Klosters zu gelangen, erklärte ihnen die Nonne, was sie auf der Landwirtschaftlichen Haushaltungsschule zu Indersdorf in den nächsten Monaten erwarten würde. »Wir haben einen sorgfältig geregelten Tagesablauf, an den sich alle Kinder halten müssen, die älteren Hauswirtschaftsschülerinnen ebenso wie die jüngeren Mädel und Buben, die bei uns die Volksschule besuchen.« Die Schwester blickte auf ihre neuen Schülerinnen. »Ihr kommt vom Bauernhof?«

»Jawohl, Schwester Agathe«, erwiderte Resi.

»Dann seid ihr frühes Aufstehen gewöhnt, das ist gut. Die Zöglinge stehen täglich um fünfdreiviertel Uhr auf. Unser Tag beginnt mit dem Morgengebet. Im Anschluss gibt es das Frühstück, das wir – Mädel und Buben getrennt – wie alle Mahlzeiten gemeinsam einnehmen. Um sieben Uhr ist heilige Messe, von acht bis elf Schule – mit einer Viertelstunde Pause um zehn Uhr. Von Viertel nach elf bis zwölf Uhr ist Mittagstisch, danach eine Dreiviertelstunde frei.« Die Schwester blickte zu den Mädchen, ob sie ihren Ausführungen folgten, schien's zufrieden und fuhr fort: »Nach einer kurzen Vorbereitungszeit auf den Unterricht geht die Schule um eins weiter und dauert dann bis drei Uhr, wenn es Vesperbrot gibt.«

Wally staunte über diese dritte Mahlzeit, so mitten am Tag. »Und das Abendessen?«, entfuhr es ihr aus Sorge, das Vesperbrot könnte wohl schon das Letzte sein, was es zu essen gab.

Die Schwester hob eine Augenbraue und musterte sie. Doch sie schimpfte nicht, dass sie unterbrochen worden war, sondern erklärte nur: »Bis dahin gibt es noch einiges zu tun! Wir folgen hier den heiligen Regeln. Ora et labora.« Und für den Fall, dass die Bauerntöchter das noch nicht gehört haben sollten, übersetzte sie: »Bete und arbeite. Um Viertel vor vier geht es weiter, und zwar abwechselnd mit Gesangsunterricht, Nachhilfestunden und Fertigung der Schulaufgaben.«

Gesangsunterricht! Wally konnte ihr Glück kaum fassen. Dass sie hier auch würde singen dürfen! Sie wollte schon etwas sagen, da fing sie den Blick der Nonne auf und nickte nur errötend, um den Ausführungen von Schwester Agathe weiter zu lauschen.

»Von Viertel nach vier bis Viertel nach fünf erhalten die Mädchen Unterricht in Handarbeit, danach ist Freizeit bis sechs Uhr. Nach der Andacht um Viertel nach sechs gibt es Abendbrot und dann noch einmal Freizeit bis Viertel nach acht.«

»Und dann?«, entfuhr es Wally, die sich sogleich auf die Zunge biss, weil sie so vorlaut war.

»Andacht und Ruhe«, erwiderte die Schwester knapp. »So, wir sind da.« Sie öffnete eine Tür, von der sich Wally unvermittelt fragte, ob sie sie jemals wiederfinden würde angesichts dessen, wie viele Korridore es gab und wie viele Türen auf all diesen Korridoren.

Die Schwester ging voran, die Mädchen folgten ihr und fanden sich in einem großen Schlafsaal wieder, wie sie ihn noch nie gesehen hatten. Bestimmt drei Dutzend Betten standen in Reih und Glied neben- und hintereinander, ein jedes mit strahlend weißem Kopfkissen und einem schwarzweiß karierten Plumeau. In der hinteren Ecke befand sich ein Kachelofen, ähnlich dem in der elterlichen Gaststube zu Deimhausen, und eine einsame Glühbirne hing von der Decke. Schön war es: aufgeräumt und sauber. »Hier werdet ihr schlafen.« Schwester Agathe deutete auf zwei Betten, eines nah an der Tür, eines bei den Fenstern.

»Das nehm ich«, sagte Resi und trat auf das Bett am Fenster zu. Sie blickte hinaus und staunte. »Ist das der Klostergarten?«

»Das ist unser Schulgarten«, erklärte die Nonne. »In dem werdet auch ihr arbeiten. Legt eure Sachen unter den Nachttisch und folgt mir.«

Rasch verstauten Resi und Wally ihre Bündel und gingen hinter der Schwester her wieder hinaus auf den Flur, von wo eine Treppe sie nach unten brachte. Dort lag der Speiseraum, in dem eine lange Tafel stand, an der sich Stuhl an Stuhl reihte. Auf einer weißen, akkurat gebügelten Tischdecke war bereits für das nächste gemeinsame Essen eingedeckt. Schwester Agathe, die den bewundernden Blick der Mädchen bemerkte, erklärte: »Prägt es euch ruhig schon ein. So muss die Tafel aussehen, und zwar an jedem Tag viermal. Ihr werdet sie zu decken helfen.«

Daheim in der Wirtsstube hatte es auch oft große Tafeln gegeben. Aber so vornehm gedeckt waren die nie gewesen. Auf jedem der weißen Porzellanteller lag eine sorgfältig gefaltete Serviette, Messer und Gabel rechts und links und oberhalb der Teller ein Löffel. Sogar Blumen standen auf dem Tisch – auch auf einem kleineren Tisch neben der Tür, über dem eine Figur mit Kreuz in der Hand hing. »Dort sitzen die Aufseherinnen«, erklärte Schwester Agathe, die Wallys Blick gefolgt war.

Es war nicht prächtig hier, aber wohlgeordnet. Wally liebte die Schule schon jetzt, auch wenn ihr bewusst war, dass hier Strenge herrschte. Zu arbeiten hatte sie auf dem Hof gelernt, frühes Aufstehen fiel ihr nicht schwer, sie lernte ohnehin gern – und wenn sie auch noch singen durfte, dann würde ihr vielleicht nicht einmal die Zeit lang werden, bis sie im Herbst wieder in ihr Dorf zurückkehren durfte. Nur den Ludwig, den würde sie schrecklich vermissen, das wusste sie jetzt schon.

»Eure Mitschülerinnen werden bald zur Vesper hierherkommen. Wenn ihr euch noch einmal frisch machen wollt, dann könnt ihr das jetzt tun«, erklärte Schwester Agathe. »Der Waschraum ist direkt neben dem Schlafsaal. Unterricht ist heute, am Tag des Herrn, nicht. Aber es gibt einen Vespergottesdienst in der Kirche, an dem wir teilnehmen werden. Und es gibt heute Abend ein Theaterstück im großen Saal.« Sie lächelte. »Die Schnecken. Von einigen Mitschülerinnen einstudiert.« Unvermittelt wurde sie wieder ernst und hob mahnend die Augenbraue. »Aber glaubt bloß nicht, dass hier allezeit nur Belustigung ist! Ihr werdet hier drei solche Ereignisse erleben. Das ist einmal der Schülerinnentag heute und dann der Herren- und der Frauentag, an dem wir unsere Wohltäter und unsere Wohltäterinnen einladen, die Schule zu besichtigen, damit sie uns auch weiterhin möglichst großzügig unterstützen.«

Sie nickte, als wäre damit alles gesagt, dann huschte sie aus der Tür und ließ die beiden Mädchen stehen. Resi und Wally sahen ihr hinterher, wie sie den Flur hinablief mit ihrem schwarzen Habit und der weißen Haube. »Wie ein Engel«, flüsterte Wally.

»Also mich erinnert sie eher an eine Schwalbe. Eine alte«, erwiderte Resi leise. Denn in der Tat war Schwester Agathe schon in einem Alter, in dem sie gut hätte Großmutter sein können.

»Eine Herbstschwalbe«, meinte Wally und vergewisserte sich, dass sie auch niemand hörte.

※※※

Herbstschwalben gab es etliche in dem Schulheim. Es mussten wohl ein gutes Dutzend sein und zehnmal so viele Zöglinge. Auch wenn diese keine Uniformen trugen, benahmen sie sich so diszipliniert, dass sie wie eine kleine Armee wirkten, die perfekt funktionierte. Jeder Handgriff im Speisesaal saß. Es gab Kinder, die das Essen austeilten, solche, die die Teller abtrugen, zwei Mädchen gingen reihum und schenkten aus großen Krügen Wasser ein … Wally staunte. Sie hatte die elterliche Gastwirtschaft vor Augen, in der es im Vergleich ganz anders zuging.

Das Essen war einfach, aber gut. Die Schülerinnen selbst hatten es zubereitet. Es gab eine gebundene Pastinakensuppe und Hühnerfrikassee mit Serviettenknödeln sowie, weil Sonntag war, ein Stück Apfelstrudel zum Nachtisch – und alles war ausgezeichnet gelungen! Gewiss, die Knödel konnten es nicht mit denen der Mutter aufnehmen und der Strudel auch nicht, und doch war Wally ein wenig getröstet.

Inzwischen war ihr bewusst geworden, dass sie die Eltern an diesem Tag nicht mehr sehen würden – und damit wohl den ganzen Sommer nicht mehr. Dabei hätte sie sich so gern noch verabschiedet, vor allem von ihrer Mutter. Stattdessen saß sie hier, hatte noch gar nichts getan und durfte dennoch schon an diesem fein gedeckten Tisch essen und nachher sogar noch ein Theaterstück ansehen, das erste überhaupt! Sie hatte gar keine Vorstellung davon, wie ein Theaterstück auf einer Bühne wohl aussehen mochte. Bisher hatte sie nur zweimal auf dem Barthelmarkt in Oberstimm ein paar Schausteller gesehen, die ihre Späße vor Publikum aufgeführt hatten, und einmal ein Hirtenspiel in Hohenwart.

Vor und nach dem Mahl wurde gebetet, danach räumten die Schülerinnen gemeinsam die Tafel ab und spülten das Geschirr, ehe sie den Tisch für den nächsten Morgen neu deckten und dann für einige Zeit in den Gemeinschaftsraum gehen durften.

Dort standen Tische und Bänke, und eine Ordensschwester hatte sich mit einem Buch in eine Ecke gesetzt, um die Mädchen von allzu großem Übermut abzuhalten. Als die Nonne die beiden Neuankömmlinge bemerkte, stand sie auf und kam zu ihnen, um sie zu begrüßen. »Grüß Gott, wen haben wir denn da?«

»Geistbeck Resi«, sagte die Resi.

»Geistbeck Wally«, sagte ihre Schwester.

»Wally? So heißt du bei uns Walburga«, erklärte die Nonne. »Und du Theresia. Ich bin Schwester Chantal. In eurer freien Zeit dürft ihr diesen Aufenthaltsraum benutzen oder mit Erlaubnis einer Schwester oder des Superiors den Klostergarten betreten. Herumstehen in den Gängen oder auf den Stiegen ist ebenso untersagt wie der Aufenthalt in den Schlaf- oder Schulräumen, wenn nicht Schlafens- oder Schulzeit ist. Auch der Obst- und der Gemüsegarten werden nicht ohne ausdrückliche Erlaubnis der zuständigen Schwestern betreten, habt ihr das verstanden?«

Die Mädchen nickten pflichtschuldig.

»Gut. Es wird kein Lärm gemacht. Es wird sich nicht auf die Fensterbretter gesetzt oder gar auf die Tische. Ansonsten seid ihr beide groß genug, dass ich annehme, ihr wisst, wie anständiges Betragen geht.«

»Ganz bestimmt, Schwester Chant…«, sagte Resi.

»Schwester Chantal«, erinnerte sie die Nonne. »Das will ich hoffen. Was ich sicher weiß, ist, dass ihr es gelernt haben werdet, wenn ihr die Schule wieder verlasst.«

17.

Viele der Kinder an der Indersdorf'schen Klosterschule stammten aus schwierigen Verhältnissen. Es gab etliche dauerhafte Zöglinge der Anstalt, die als Waisen aufgegriffen worden waren. Andere waren zwar von ihren Familien auf die Schule geschickt worden, aber nach einiger Zeit hatten die Angehörigen das Schulgeld nicht mehr entrichtet oder waren ganz fortgezogen und hatten die Kinder in der Obhut der Schwestern zurückgelassen. So kam es, dass auch manch eines der Mädchen der Hauswirtschaftsschule sehr unter der Abwesenheit der Eltern und Geschwister litt und einem Leben hinterhertrauerte, das es so schön, wie es ihnen rückblickend erschien, vermutlich nie gegeben hatte.

Resi und Wally wurden von manchem beneidet, weil sie zu zweit gekommen waren und also jemanden hatten. »Hast dich nicht allein kommen trauen«, zischte Lisa vom Nebenbett, als das Licht gelöscht und die Vorhänge zugezogen waren, »dass du deine große Schwester mitgebracht hast.«

»Ich wär lieber daheimblieben«, erwiderte Wally, wobei sie durchaus ein wenig schwindelte. Denn nach der Aufführung der Theatergruppe hatte sie beschlossen, dass es keinen besseren Ort auf der Welt gab als eben diese Klosterschule. Sosehr sie sich nach ihrer Mutter sehnte, so dankbar war sie ihr, dass sie zugestimmt hatte, als der Vater auf die Idee gekommen war, die Töchter alle beide hier den Sommer über ausbilden zu lassen. Sie hatte das Gespräch damals belauscht.

»Können wir uns das denn leisten, Schorsch?«, hatte die Mutter gefragt.

»Nein, leisten können wir uns das nicht. Aber wir müssen es uns leisten, verstehst du? Die Resi wird bald dem Hardt die Wirtschaft führen müssen, und bei uns hätt sie zwar alles lernen können, aber sie tut sich halt schwer und is zu faul. Das werden sie ihr in der Klosterschule schon austreiben.«

»Und die Wally?«

Der Vater hatte geseufzt und der Mutter eine seiner schweren, schwieligen Hände auf den Arm gelegt. »Schau, es find't sich ja doch kein Mann für sie. Eine ordentliche Aussteuer bräuchte sie. Aber wir dürfen ja schon froh sein, wenn wir Haus und Hof für den Steff zusammenhalten.«

»Du könntst doch auch ein paar Felder verkaufen, Schorsch. Wir haben doch die größte Landwirtschaft weit und breit.«

»Freilich. Aber merk dir das, Burgl: Die Kleinen gehen unter. Das war schon immer so, und das is heut auch noch so. Wenn wir erst einmal anfangen, dass wir hier ein Stück Land verkaufen, da eine Wiese, dort einen Acker, da eine Pacht abgeben, dann is's ganz schnell aus mit uns. Nein, die Großen überleben, und die Kleinen gehen unter.«

»Und was soll dann die Wally mit der Ausbildung überhaupt anfangen, wenn sie sowieso keinen Mann find't?«

»In die Stadt wird sie gehn!«, hatte der Geistbeck seiner Frau erstaunt erklärt. »Eine Herrschaft sucht sie sich, wenn sie erst einmal alles gelernt hat.«

»Als Dienstmagd?«

»Als Dienstmädchen«, hatte der Vater korrigiert. »Sie kann bei vornehmen Leuten arbeiten, wenn sie alles nach dem Handwerk sauber gelernt hat.«

So war die Zukunft der jüngsten Geistbecktochter beschlossen worden, und Wally hatte erfahren, was die Eltern für sie vorgesehen hatten. Die beiden konnten ja auch nicht wissen, dass es sehr wohl einen jungen Mann gab, der sie heiraten würde! Ludwig Auffacher hatte ihr sogar Vergissmeinnicht gebracht am Tag vor ihrer Abfahrt nach Indersdorf. »Ich freu mich schon jetzt narrisch, wenn du wiederkommst«, hatte er gesagt und sie schnell geküsst, bevor jemand sie hatte entdecken können. Und Wally hatte das kleine Sträußchen in ihr Gebetsbuch gelegt, um es dort zu pressen.

»So feine Fräuleins seid ihr?«, stichelte Lisa von nebenan weiter.

»Wir sind nicht fein, und wir sind auch keine Fräuleins«, flüsterte Wally und richtete sich auf. »Und damit du's weißt: Ich hab nix gegen dich. Du musst also auch gar nix gegen mich haben. Oder gegen meine Schwester.«

In dem Moment öffnete sich die Tür, und Schwester Arkadia erschien im Schlafsaal. »Walburga?«, rief sie.

Wally stand auf, strich sich das Nachthemd glatt und senkte den Kopf. »Jawohl, Schwester Arkadia?«

»Auf den Flur mit dir.«

Draußen hieß die Nonne das Mädchen niederknien und

vier Vaterunser beten. Dann sollte sie in ihr Bett zurückkehren und unverzüglich schlafen.

Für einen kurzen Augenblick war Wally versucht, der Schwester zu erklären, dass sie nicht angefangen und dass sie sich nur verteidigt hatte. Aber dann erkannte sie, dass es klüger wäre, die Gebete zu sprechen und die Angelegenheit nicht noch größer zu machen, als sie es war.

Als sie wieder zurückkam, konnte sie im Halbdunkel erkennen, wie Lisa sie schadenfroh angrinste.

Da seufzte Wally genüsslich. »Hmmm. So ein Kakao vor dem Schlafengehen ist wirklich was ganz was Feines«, murmelte sie, als führte sie Selbstgespräche – und gerade so laut, dass die Bettnachbarin es hören konnte. »Jetzt sprech ich doch noch ein Gebet für die liebe Schwester Arkadia.« Und damit drehte sie sich zur Seite und achtete nicht mehr auf Lisa, sondern freute sich, dass sie Zweifel in der gehässigen Mitschülerin gesät hatte.

※※※

Jeden Morgen nach dem Aufstehen richteten die Mädchen ihre Betten selbst, und es wurde streng kontrolliert, ob die Arbeit sauber und auf die übliche Weise ausgeführt worden war. Obwohl Wally auch zu Hause ihr Bett stets selbst gemacht hatte, war es doch gar nicht so leicht für sie, es in der Art zu richten wie die anderen, sodass alles ganz akkurat und gleichmäßig war. Immerhin bewies Schwester Arkadia Geduld und betrachtete die Bemühungen des Mädchens zwei Tage lang mit Wohlwollen, bis Wally es am dritten Tag dann endlich so schaffte wie die anderen.

Zu ihrem Verdruss musste Wally feststellen, dass ihr nicht nur im Schlafsaal ein Platz neben Lisa Porzner zugewiesen worden war, sondern auch im Klassenraum. Obwohl sie dem Mädchen nichts getan hatte, schien Lisa immerzu Streit mit ihr zu suchen und sie herabsetzen zu wollen. In der Schulbank stieß sie Wally am Arm, sodass diese schon die ersten Zeilen ihres ersten Hefteintrags verschmierte. Wenn Lisa sich meldete und etwas Richtiges sagte, flüsterte sie anschließend gerade laut genug, dass die Schulschwester es hören musste: »Bitte schön, ich hab's dir gleich gesagt.« Beim Austeilen der Suppe verschüttete sie ein wenig auf Wallys Platz, sodass es aussah, als hätte diese beim Essen gepatzt.

Als sie während der Freizeit beide im Aufenthaltsraum saßen, erklärte Lisa laut: »*Ich* finde die Hanna schon nett«, blickte zu dem besagten Mädchen und nickte ihr zu: »Gell, Hanna?«

»Ich hab doch gar nix gesagt!«, protestierte Wally.

»Ich hab ja auch gar nix verraten«, erwiderte Lisa, scheinbar empört.

»Da gibt's auch gar nix zu verraten«, rief Wally und spürte, wie sie richtig zornig wurde – und laut!

Sogleich stand Schwester Marcialis vor ihr, die kurz aus dem Raum gewesen war. »Ruhe!«, rief sie. »Was ist hier los?«

»Ich hab bloß die Hanna verteidigt«, sagte Lisa mit schüchterner Stimme. »Bitte um Verzeihung.«

Die Schwester blickte sich um. »Es ist freilich Christenpflicht, sich für Schwächere einzusetzen«, sagte sie. »Aber es ist auch eine Regel in diesem Haus, dass wir nicht schreien. Im Aufenthaltsraum hat Ruhe zu herrschen, haben wir uns verstanden?«

»Jawohl, Schwester Marcialis«, lispelte Lisa.

»Wo jemand verteidigt werden muss, muss auch jemand angegriffen worden sein«, stellte die Nonne fest. »Hanna? Wer hat dich angegriffen?«

»Niemand«, flüsterte das Mädchen unsicher. »Glaub ich.«

»Die Wally hat es bestimmt nicht bös gemeint«, erklärte Lisa und blickte so fromm, dass man sie für völlig unschuldig halten musste.

Schwester Marcialis musterte Wally streng. »Soso«, sagte sie. »Das will ich hoffen. Denn man ist hier schneller wieder weg, als man gekommen ist, wenn man sich nicht an unsere Regeln hält.« Und als Wally nichts erwiderte, fügte sie hinzu: »Hast du das verstanden, Walburga? Du gehst heut nach der Vesper zum Beichten.« Die Nonne klatschte in die Hände. »So. Die Freizeit ist um!«, rief sie. »Alle Mädchen jetzt hinüber zum Gesangsunterricht!«

※※※

Es war Pfarrer Eckel, der sämtliche Kinder im Gesang unterwies, denn es ging dabei nicht nur um die Ausbildung der Zöglinge im Vortrag frommer Lieder, sondern auch um die Unterstützung des Kirchenchors bei besonderen Anlässen. Ein solcher Anlass stand nun bevor, nämlich die Jubiläumsfeier anlässlich des 60. Herrentags und des 10. Frauentags der Anstalt. Zu dem Ereignis würden sich Münchner Bürgerinnen und Bürger im Kloster Indersdorf versammeln, um der Anstalt Spenden zu überreichen, die vornehmlich den Waisen zugutekommen sollten, die aber auch die Schule insgesamt maßgeblich unterstützten. Die Kinder hatten an diesem besonderen Tag ihr erworbenes Wissen und Können unter Beweis zu stellen. Es gab allerlei Tanz- und Theateraufführungen, und vor allem die Buben turnten vor. Das Schulorchester brachte einstudierte Stücke zum Vortrag, die Schneiderarbeiten der Mädchenklassen wurden ausgestellt … und dergleichen mehr. Schon seit Tagen herrschte im ganzen Kloster große Vorfreude.

Auch Wally ließ sich von der Aufregung anstecken, zumal sie schnell erkannt hatte, dass der Schulchor weitaus glanzvoller war als der Kirchenchor in Deimhausen und dass sie dennoch eine strahlendere Stimme hatte als die meisten hier. Auch Pfarrer Eckel hatte ihr Talent erfreut zur Kenntnis genommen. Er hatte sie und Resi vor der ersten Stunde nach vorn gebeten und aufgefordert, etwas vorzusingen, um die Stimmen der beiden zu prüfen. Resi hatte dem Singen noch nie sehr viel abgewinnen können und trug eher lustlos das »Ave Maria« vor.

»Brav«, lobte der Pfarrer müde und winkte ihr, sich wieder unter die Mitschülerinnen einzureihen. »Und nun du, Walburga.«

Wally stimmte »Ich weiß nicht, was soll es bedeuten« an. Während sie sang, bemerkte sie, wie sich die Augenbrauen des Chorleiters immer weiter hoben, er aber auch immer strenger dreinblickte. Sie vermochte sich nicht so recht einen Reim darauf zu machen und verhaspelte sich am Schluss dann doch.

Als sie geendet hatte, räusperte sich Pfarrer Eckel und

stellte fest: »Nun, deine Stimme ist ja wirklich erfreulich. Höchst erfreulich, hm. Aber dein Liedgut passt nicht hierher, Walburga. Da wäre mir ein Kirchenlied schon lieber gewesen.«

»Entschuldigen Sie, Hochwürden«, erwiderte Wally. »Das hab ich nicht gewusst.«

»Na, wir werden schon was für dich finden, was passt«, erklärte der Pfarrer, dessen rundliches Gesicht Wally ein bisschen an ihren Vater erinnerte – nur dass der Geistbeck noch alle Haare auf dem Kopf hatte, während der Geistliche eine spiegelnde Glatze über dem Haarkranz trug.

In der Hauskapelle des Klosters wurden neben frommen Kirchenliedern durchaus auch Volkslieder einstudiert, weil sich die Gönnerinnen und Gönner des Instituts daran erfreuten, wenn die Zöglinge nicht nur in Fragen der Moral, sondern auch in Fragen der Tradition glänzten.

Für Wally aber hatte der Pfarrer das »Ave Maria« ausgewählt und sehr erfreut vernommen, dass sie es bereits auswendig konnte und auch kein Notenblatt dafür brauchte. »Beib nach der Vesper heute Abend noch kurz in der Kirche, dann gehen wir es einmal durch.«

Alle Mädchen und Buben des Chors wurden examiniert an diesem Tag, mit jeder und jedem durchgesprochen, wer welchen Part bei der Jubiläumsfeier zu singen haben würde.

Wally fiel auf, dass Lisa sich beim Gesang nicht sonderlich hervortat, sondern eher unauffällig zu bleiben versuchte. »Herr Pfarrer«, sagte sie deshalb nach der Stunde, »ich find, die Lisa hat so eine schöne Stimme, und man hört sie gar nicht. Könnt sie nicht auch ein Solo singen?«

»Die Lisa?«, überlegte der Geistliche. »Da bin ich nicht so sicher. Aber es ist ein sehr löblicher Vorschlag, Walburga. Und ich finde, es ist eine schöne Geste, dass du dich für deine neu gewonnene Schulfreundin so einsetzt.« Er blickte milde auf Lisa Porzner, die sich vergeblich unsichtbar zu machen versuchte. »Vielleicht hat Walburga recht, und du musst einfach auch einmal eine Gelegenheit kriegen, dich zu beweisen. Ich lass dich in der Messe das ›Heilig, heilig, heilig‹ singen. Wir machen einen Wechselgesang. Du fängst mit einem Solo an, dann stimmen alle mit ein. Wir üben das in unserer nächsten Probe. Und du übst es jeden Tag nach der Vesper hier in der Kapelle.«

»Das hast du absichtlich gemacht«, zischte Lisa in Wallys Richtung, als sie hinter ihr den Flur entlang zum Klassenzimmer ging.

»Ich find nur, du singst so schön.«

»Ich hab gar nicht gesungen«, knurrte Lisa.

»Oha«, sagte Wally. »Dann muss ich mich wohl verhört haben.«

※※※

Zur Vorbereitung des großen Festtages wurde die ganze Schule prächtig geschmückt. Aus dem Klostergarten, aber auch von Spaziergängen über die Wiesen hinter dem Klosterbräu brachten die Kinder ganze Körbe voll Blumen mit, die sie zu Girlanden wanden, in Vasen hübsch arrangierten oder in kleinen Sträußchen an die Türen hängten. Die Böden wurden geschrubbt, die Fenster geputzt, die Türen gewaschen. Truhen und Schränke wurden inspiziert, alle

Wege gefegt, die Sträucher im Blumengarten geschnitten, alle Gläser in den Anrichten ebenso poliert wie alle Spiegel – von denen es allerdings nicht viele gab im Kloster.

Vor dem Büro des Superiors wurde ein Schaukasten aufgehängt, in dem ein Informationsblatt ausgestellt wurde. Da Wally zum Schrubben der Flure eingeteilt war, konnte sie einen Blick darauf werfen und lesen, was dort über die Hauswirtschaftsschule mitgeteilt wurde:

Die Haushaltungsschule in der Marienanstalt zu Kloster Indersdorf bezweckt, katholische Mädchen aus bäuerlichen Familien, in erster Linie aus dem Bezirk Dachau, zu pflichtgetreuen christlichen Hausfrauen und fachverständigen Landwirtinnen heranzubilden. Sie wird ihnen darum jene Kenntnisse und Fähigkeiten vermitteln, die zur erfolgreichen Führung eines ländlichen bzw. bäuerlichen Haushaltes notwendig sind. Besonderes Augenmerk wird man darauf richten, die Schülerinnen an allseitige Reinlichkeit, Pünktlichkeit, Gewissenhaftigkeit, an Fleiß und Ordnung, ebenso an Sparsamkeit und Einfachheit zu gewöhnen …

»Walburga?«

»Schwester Chantal!«

»Ein Exemplar dieser Informationsschrift liegt für dich heute Abend auf deinem Nachttisch.«

»Danke, Schwester Chantal«, stotterte Wally, die nicht recht wusste, wie sie das verstehen sollte.

»Ich will morgen früh alles von dir abgeschrieben sehen. Fehlerfrei und sauber wie gedruckt.«

»Jawohl, ehrwürdige Schwester«, erwiderte Wally und seufzte.

»Die Regel lautet?«

»Das Herumstehen auf Gängen, Stiegen, in Schlafsälen und Schulräumen ...«, sagte Wally auf und stockte dann.

»Das Betreten ...«, half die Schwester.

»Das Betreten des Obst- und Gemüsegartens, des Kellers, Speichers ... der Waschküche, des ... des Stadels und der Stallgebäude sowie der Re ... Remise und Holzschupfe ist strengstens untersagt.«

»Du hast hier Arbeit zu tun und nicht herumzustehen und Schriften zu lesen, die sich nicht an dich richten, hast du das verstanden, Walburga?«

»Jawohl, ehrwürdige Schwester.«

»Ich hab's dir gleich gesagt«, ertönte leise von der Seite Lisas Stimme, obwohl sie vorher ganz und gar nichts gesagt hatte.

Doch die Schwester kannte ihre Schützlinge gut genug, um zu wissen, was gespielt wurde, und erklärte: »Lisa! Paragraf drei unserer Satzung?«

Das Mädchen, das sich wie alle erhoben hatte, als die Schwester hinzugetreten war, stand stramm und ratterte herunter: »Die Zöglinge haben sich gegenseitiger Beschimpfungen, des Lügens, Stehlens und Tauschhandels, aller Unlauterkeit in Reden und Handlungen zu enthalten. Zanken, Herumbalgen ...«

»Gut«, unterbrach die Nonne sie. »Von dir will ich bis morgen früh zehnmal Paragraf drei unserer Satzung niedergeschrieben haben. Fehlerfrei und sauber wie gedruckt.«

Lisa nickte und murmelte: »Jawohl, ehrwürdige Schwester.«

In dem Moment hatte Wally das Gefühl, dass es doch eine Art höhere Gerechtigkeit auf der Welt gab. Da wurde ihr das Herz auf einmal ganz leicht, und es machte ihr nichts mehr aus, dass sie am Abend noch so viel schreiben sollte.

18.

Lisas »Heilig, heilig, heilig« war eine Schmach für die Solistin, sodass Pfarrer Eckel unmittelbar vor der Messe entschied: »Das Solo singt lieber doch die Wally.«

Er war der Erste, der zu diesem Namen übergegangen war. Überhaupt hatte der Geistliche eine herzliche Zuneigung zu den beiden Mädchen aus Deimhausen gefasst, die ihm von einer natürlichen Freundlichkeit und Hilfsbereitschaft beseelt schienen, wie er sie sonst nicht oft unter den Zöglingen erlebte. So ermunterte er Wally, in ihrer freien Zeit neue Lieder einzuüben, die sie dann bei der nächsten Chorprobe vortragen sollte, während er Resi die ehrenvolle Aufgabe übertrug, sich um die Notenblätter und Gesangsbücher zu kümmern, sie einzusammeln, auszuteilen, aufzuräumen – und ihm selbst das Nötige auf dem Pult zurechtzulegen.

Auch wenn Resi mit der Singerei nicht viel anfangen konnte, war ihr wohl bewusst, dass sie eine besondere Würdigung erfuhr, und sie war stolz darauf, ohne deshalb eingebildet zu sein. Wally indes blühte durch das Vertrauen, das der Chorleiter in sie setzte, geradezu auf. Sie bedauerte lediglich, dass es bei der Arbeit verboten war, zu singen. Am liebsten hätte sie beim Pflegen des Gemüsegartens, beim Walken der Wäsche und beim Teigkneten ihre neuen Lieder angestimmt und so ganz nebenbei auch noch geübt. Manchmal geschah es auch, dass sie, ohne sich dessen bewusst zu sein, die Melodien mitsummte, die sie im Kopf hörte. Dann musste sie sich ermahnen lassen und bisweilen auch eine Strafaufgabe hinnehmen. Doch die ehrwürdigen Schwestern drückten bei aller Strenge immer wieder auch ein Auge zu, schritten lediglich an dem arbeitenden Mädchen vorbei und räusperten sich, sodass Wally gewahr wurde, dass sie gerade gegen die Regeln verstieß, und sogleich wieder still war.

Von Lisa war einige Tage lang nichts mehr zu hören. Sie ignorierte ihre Bett- und Banknachbarin, verhielt sich völlig unauffällig und schien Wally gar nicht mehr zur Kenntnis zu nehmen. Vielleicht hatte sie ja nach der Blamage mit dem Solo ihre Lektion gelernt. Wally hoffte es sehr, denn sie mochte mit niemandem zerstritten sein. Sie hatte Lisa ja eigentlich nichts getan, das musste das Mädchen doch auch irgendwann einsehen.

Der Herrentag am 3. Juli war ein großer Erfolg gewesen. Vor allem die Aufführung der »Königin Caritas«, in der Lisa die Rolle einer Bettlerin spielte, und das Schauturnen der Buben und die Vorstellung der »Drei Pfeifferlbuam« waren Glanzpunkte dieses großartigen Ereignisses gewesen.

»Du hast fei sehr gut gespielt«, sagte Wally zu ihrer Nachbarin am nächsten Morgen, als sie die Betten machten.

»Weil ich die Bettlerin war, gell? Wenn ich die Königin gewesen wär, hättest du das nicht gesagt.«

»Die Bettlerin is viel schwerer zu spielen«, stellte Wally

fest und meinte es sogar ernst, denn die Königin Caritas war eine langweilige Gestalt, die immer nur ganz getragen sprach und recht heilig dreinblickte. »Und das hast du wirklich gut gemacht. Das wollt ich nur sagen.«

Lisa zuckte die Achseln und wandte sich ab.

Natürlich war es Wally vor allem darum gegangen, endlich doch vielleicht so etwas wie Frieden mit dem Mädchen zu schließen, mit dem sie immerhin viele Wochen lang zurechtkommen musste. Ob es etwas geholfen hatte, würde man sehen müssen.

***

Der Frauentag wurde geradezu ein Triumph. Der 10. Juli war ein ebenso prachtvoller Tag, die Sonne strahlte schon am frühen Morgen. Die Kinder hatten die Schule mit frischen Blumen erneut geschmückt. Alle Kleider waren frisch gewaschen und gebügelt, auf den Anrichten im Speiseraum und im geschmückten Festsaal standen die Kuchen, die die Mädchen unter Anleitung der Schwestern Arkadia und Hortensia gebacken hatten. Resi und Wally hatten sogar ein Rezept ihrer Mutter vortragen dürfen, nach dem, mit Billigung der Nonnen, Rohrnudeln gebacken wurden, die schließlich bei den Gönnerinnen heiß begehrt waren.

Die heilige Messe, in der Wally ihr Solo singen durfte, war gut besucht. Die Chorempore befand sich so hoch über den Bänken, dass Wally beim Hinabsehen beinahe ein bisschen schwindelig wurde. Aber eigentlich wollte sie sowieso lieber hinaufschauen zu den Fresken, mit denen die Decke geschmückt war und die so wunderschön gemalt waren, dass man das Gefühl hatte, als würde man unmittelbar ins Himmelreich blicken. Niemals zuvor hatte Wally etwas so Schönes gesehen.

Und nicht nur das. Die Singstimme trug hier oben viel weiter, klang noch viel heller und reiner als an jedem anderen Ort. Es war fast, als würde sie schweben! Als die Orgel mit der Melodie des »Ave Maria« begonnen hatte, hatte Wally die mächtigen Pfeifentöne in den Beinen und in ihrem Bauch spüren können, so durchdringend waren sie. Sie hatte unvermittelt zu zittern begonnen und hätte beinahe ihren Einsatz verpasst. Doch die Winzigkeit, die sie zu spät anhob, machte das Lied sogar noch ein bisschen schöner: Es klang nach einer ganz eigentümlichen Traurigkeit und nach Ferne. Weit weg, in den Tiefen der Vergangenheit hatte sich die Geschichte ja zugetragen, als der Engel der Heiligen Jungfrau verkündet hatte, dass sie gebenedeit sei unter den Weibern. Und Wally sang mit einer Inbrunst, dass für einen Augenblick sogar Herr Zollinger an der Orgel aufzumerken schien.

Ave Maria, gratia plena;
Dominus tecum;
benedicta tu in mulieribus,
et benedictus fructus ventris tui, Iesus.

Sancta Maria, Mater Dei,
ora pro nobis peccatoribus
nunc et in hora mortis nostrae.
Amen.

»Amen« sang die Kirchengemeinde bei der Wiederholung, dass Wally ein Schauder über den Rücken lief und sie ihr Lied unwillkürlich mit einem Schluchzen beendete. Sie spürte, wie Resi ihre Hand drückte, und erwiderte den Händedruck. Erst nach einigen Momenten konnte sie zu ihr sehen – und erkannte, dass es Lisas Hand gewesen war und dass ihre Bett- und Banknachbarin sie mit Tränen in den Augen anblickte.

***

Nach der Messe waren die Gönnerinnen der Hauswirtschaftsschule noch zu Kaffee und Kuchen im festlich geschmückten großen Saal geladen. Das bedeutete für die Mädchen, dass sie nach dem letzten Lied hastig die Kirche verlassen mussten, um vorauszueilen und alles vorzubereiten. Wie es sich gehörte, marschierten sie in Zweierreihen nach draußen und unter den Arkaden hindurch hinüber zur Schulpforte. Vor dem Klosterwirt auf der anderen Straßenseite hatten sich einige Neugierige versammelt, an mancher Droschke und an manchem Automobil wartete der Kutscher oder der Chauffeur auf die gnädige Frau – und ganz am Rand, sehr unauffällig, aber dennoch mit einem Grinsen, stand ein junger Mann und blickte herüber zu den Schülerinnen.

Im ersten Moment konnte Resi nicht glauben, was sie sah. Er war hiergekommen? Sie spürte, wie ihr Herz wie verrückt klopfte und ihre Hände feucht wurden. Unwillkürlich griff sie nach Wallys Hand. »Schau«, flüsterte sie. »Da drüben. Der Korbinian.«

Tatsächlich erkannte nun auch Wally, dass dort der junge Hardt stand, und er zeigte ein strahlendes Lächeln. Wally wusste, dass es einige Mädchen gab, die für ihn schwärmten. Dass er sich ausgerechnet in Resi verschossen hatte, die doch recht brav war, überraschte sie. Jetzt lupfte er unauffällig den Hut. Etwas Weißes blitzte darunter hervor. Wally spürte, wie sich der Druck von Resis Hand verstärkte, aber sie verstand nicht, was vor sich ging. »Was will er denn?«

»Nix, Wally. Sei still.«

Resi war völlig durcheinander, Wally dagegen vor allem neugierig, was es mit dem Papier auf sich hatte. Denn ein Papier war es gewesen, das immerhin hatte sie erkannt. Nur … wie sollte er das seiner Liebsten zukommen lassen? Der Empfang von Besuch war streng reglementiert, und dass ein junger Mann eine der Schülerinnen aufsuchte, der nicht einmal eng mit ihr verwandt war, das war schon gar nicht vorgesehen!

Als sie an der Pforte angekommen waren, stand der junge Hardt plötzlich neben dem Eingang und grüßte Schwester Chantal, die voranging, indem er seinen Hut zog und sich tief verbeugte. »Grüß Gott, ehrwürdige Mutter!«

Die Nonne zögerte und musterte Korbinian. »Kennen wir uns?«

»Freilich, ehrwürdige Mutter! Ich wollt Ihnen nur das hier geben.« Er hielt ihr einen Brief hin und ließ ihn fallen. »Hoppla!« Als er sich niederbeugte, rempelte er gleich zwei der Schülerinnen zur Seite und drehte sich umständlich. Er streckte die Hand nach Resi aus, sagte: »Ach, dankeschön, Fräulein!«, drehte sich wieder zu der Nonne um und reichte ihr endlich den Brief. »Jetzt muss ich aber weiter. Gott zum Gruß, ehrwürdige Mutter!« Und ehe sich's die Schwester versah, war er schon zwischen den Leuten auf der anderen Straßenseite verschwunden.

Schwester Chantal schüttelte ungläubig den Kopf und wies ihre Zöglinge an: »Jetzt aber Abmarsch in die Schule! Wir haben viel zu tun!«

Dass auch Resi ein klein gefaltetes Blatt Papier in der Hand hielt, das sie hastig in ihrer Schürze verschwinden ließ, bemerkte sie nicht.

***

»Briefe dürfen nur nach eingeholter Erlaubnis geschrieben werden und sind der Schwester zur Einsichtnahme vorzulegen«, flüsterte Wally.

»Ich hab aber gar keinen Brief geschrieben«, flüsterte Resi zurück.

»Einlaufende Briefe werden von den Vorgesetzten geöffnet.«

»Ja, ja. Das weiß ich schon«, sagte Resi, so leise sie konnte. Inzwischen waren sie erfahren genug, um zu wissen, welche Unterhaltung wo und wie geführt werden musste, um keinen Ärger hervorzurufen. Heikler war die Frage, wo Resi den Brief ihres Verehrers aufbewahren konnte, ohne dass ihn eine der Schwestern entdeckte. Solange sie die Schürze trug, konnte sie ihn bei sich führen. Aber wenn sie in den Waschraum ging und sich für die Nacht fertigmachte …

»Was hat er denn geschrieben?«

Resi zögerte. Sie hatten sich mit zwei Büchern an einen

Tisch im Aufenthaltsraum gesetzt, ein wenig abseits von den anderen, und vorgegeben zu lesen, um nicht gestört zu werden. »Heiraten will er mich«, flüsterte sie schließlich und fragte sich, ob man ihr Herz hören konnte, so laut, wie es pochte.

»Ui! Und du? Willst du ihn auch heiraten?«

»Freilich.«

Im Grunde wollten fast alle den Korbinian heiraten. Er war ein gut aussehender Bursche, lustig, aufgeweckt und selbstbewusst wie kein anderer. Nur Wally konnte nichts an ihm finden. Sie fand seine Witze zu ordinär, sein Lachen zu laut, und seine Angebereien mochte sie auch nicht. Sicher, Hardts waren angesehene Leute in Freinhausen, dem Nachbarort. Sie hatten eine kleine Landwirtschaft, ein kleines Gasthaus und eine Jagd. Jedes für sich war nicht viel, aber alles zusammen ergab ein gutes Auskommen. Trotzdem war der alte Hardt als Geizkragen weit über Freinhausen hinaus verschrien. Er bezahlte seine Knechte und Mägde schlecht, hatte seine Kinder oft grün und blau geschlagen und kümmerte sich nicht um sein Anwesen, an dem es viel zu tun gegeben hätte. Wenn der Apfel nicht weit vom Stamm fiel, dann würde Korbinian womöglich irgendwann genauso sein wie sein Vater. Andererseits … Die vier Geistbeckkinder waren so unterschiedlich. Das mit dem Apfel schien keine zwangsläufige Angelegenheit zu sein.

»Und was meinst du, was der Papa dazu sagt?«, flüsterte Wally.

»Wenn er keine so große Mitgift zahlen muss, dann gibt er mich schon her«, befand Resi und erschrak zugleich, weil sie an den alten Hardt denken musste, dem doch das Geld über alles ging.

»Dann wird der Korbinian bestimmt bald um deine Hand anhalten«, flüsterte Wally aufgeregt und fragte sich, ob das der Ludwig dann auch für sie tun würde. *Musste* er ja wohl. Bei dem Gedanken wurde ihr ganz warm. »Und? Schreibst du ihm jetzt auch einen Brief?«, wollte sie wissen.

»Bist du narrisch? Wenn die mich hier erwischen, flieg ich von der Schule, so schnell kann ich gar kein Vaterunser beten.«

※※※

Resi schrieb keinen Brief, und sie erhielt auch keinen mehr. Einmal meinte Resi, Korbinian in der heiligen Messe am Sonntag entdeckt zu haben, aber dann war er verschwunden, ehe sie auch nur einen Blick hätten wechseln können, geschweige denn ein Wort. Aber dennoch spürte sie das Glück durch ihren Körper strömen, auf eine ganz angenehme Art, wie sie das vorher so noch nicht gekannt hatte.

19.

Unterricht erhielten die Schülerinnen in elf Fächern: Ernährung, Gesundheitslehre, Kleidung/Wäsche, Wohnung, Hausgarten, Tierzucht und -pflege, Milchwirtschaft, Geflügelzucht, Gemeinschaftskunde, Buchführung und Anstandslehre, wobei Letztere nur sporadisch im Klassenraum gelehrt wurde, dafür aber in buchstäblich jeder Minute, die die Zöglinge im Institut zubrachten, sei es am Tag oder in der Nacht, im Umgang miteinander oder mit den Nonnen.

Am meisten mochte Wally das Fach Ernährung, in dem es nicht nur um Bedeutung und Nährwert der wichtigsten Nahrungsmittel, sondern auch um ihre Zubereitung und Aufbewahrung ging. Der Unterricht umfasste das Einmachen von Obst und Gemüse, die Behandlung des Obstes, die Herstellung einfacher Kost sowie Tischdecken, Auftragen und Austeilen der Speisen.

Schon von zu Hause waren Wally besonders das Kochen und Backen vertraut, und sie konnte manches Mal Vorschläge einbringen, die von den Schwestern mit Anerkennung zur Kenntnis genommen wurden. Jede Schülerin erhielt zu Beginn des Kurses ein mit der Schreibmaschine verfasstes Heft von neunzig Seiten, in dem alles niedergelegt war, was in den folgenden Monaten gelehrt werden würde. Zu Beginn allerdings stand in jedem der Manuskripte das Gebet:

Wir wollen danken für unser Brot.
Wir wollen helfen dem, der in Not.
Wir wollen schaffen, die Kraft gibst Du.
Wir wollen lieben, Herr, hilf dazu.

Jede Schülerin hatte alle Rezepte, die im Unterricht vorgestellt wurden, aufs Säuberlichste zu notieren und in ihrem Heft zu sammeln, sodass schon bald ein ansehnliches Kochbuch der »einfachen bürgerlichen Kost« zustande gekommen war. Wobei für jede Schülerin etwas anderes als »einfach« gelten mochte. Die Einbrennsuppe aus 100 g Fett, 1/2 Pfund Mehl, 1 l Wasser sowie nach Geschmack Essig und Salz kannten sicherlich alle und hatten sie auch selbst schon oft gegessen, denn gerade in den ärmeren Familien kam dergleichen überall auf den Tisch. Doch auf der Haushaltungsschule lernten die Mädchen auch, solche billigen Gerichte erheblich zu verfeinern. So konnte in einem besseren Haushalt die Einbrenne auch mit Zitronenschale, Kümmel, fein geschnittenem Porree oder Lorbeerblättern aufgewertet werden. Statt mit Wasser ließ sie sich auch mit Fleischbrühe löschen, und wer gar Wein zur Hand hatte, konnte damit verfeinern – oder mit einem frikassierten Ei.

Gerade diese Raffinessen waren es, die Wally besonders faszinierten. Bisher hatte sie gelernt, wie etwas zu machen war. Darauf, dass man vieles daran ändern könnte, war sie nie gekommen. Natürlich kannte sie Biersuppe. Doch Bisquitwürfel hineinzugeben, wäre ihr nie in den Sinn gekommen. Auch dass Blaukraut mit Äpfeln und Nelken gewürzt werden konnte wie Weihnachtsgebäck und trotzdem herzhaft und »richtig« schmeckte, hätte sie nicht gedacht. So fieberte sie immer schon neugierig dem Kochkurs entgegen, der ihr, vom Chor abgesehen, eindeutig am meisten Spaß machte.

Außerdem merkte sie, wie zunehmend ausgeruht sie sich fühlte. Erst jetzt wurde ihr klar, dass sie in den letzten zwei Jahren praktisch keine freie Zeit mehr gehabt hatte. Ständig hatte sie auf dem Hof oder auf den Feldern helfen müssen. Und wenn am Abend endlich alle Arbeit getan war, war sie oft nur noch völlig übermüdet ins Bett gefallen und sofort eingeschlafen. Hier hingegen gab es täglich mehrmals freie Zeit! Es war nicht viel, aber es war Zeit, die nur dafür gedacht war, sich zu vergnügen und Kräfte zu sammeln für die nächsten Stunden. So etwas hatte es auf dem Hof für Wally seit Langem nicht gegeben, und Resi ging es nicht anders. Im Gegenteil: Da sie die Ältere war, hatte sie sich schon länger nützlich machen müssen, wenngleich eher in der Gastwirtschaft als im Stall oder auf den Feldern des Geistbeck'schen Guts. Und so war, was manch anderer Schülerin als eine unablässige Schinderei erschien, für diejenigen ein Leichtes, die vom Bauernhof kamen und sich oft heimlich wünschten, die Schule würde nie enden.

***

Seit der Begebenheit im Chor zählte Lisa zu Wallys besten Freundinnen im Kloster. Das »Ave Maria« schien etwas in ihr verändert zu haben, weshalb sie nun oft in der Freizeit Wallys Nähe suchte, ihr bei den Mahlzeiten gern das schönste Stück Fleisch oder den größten Knödel auffüllte und auch sonst so freundlich geworden war, wie es nur möglich war. Wally dankte es ihr, indem sie mit anpackte, wenn sich Lisa beim Putzen oder Wäschemachen schwertat, denn das Mädchen war von seinem Wuchs her eher zierlich. So entstand zwischen den beiden eine freundschaftliche Beziehung, wie es nur wenige an der Schule gab.

Beim Kochen ging Lisa Wally zur Hand, bei der Rechtschreibung Wally umgekehrt ihr. »Nockerl mit ck«, flüsterte etwa Wally, als die Freundin das Rezept für Lebernockerlsuppe notierte, oder »Frikassee nur mit k, nicht mit ck, aber dafür mit zwei s und zwei e.« Wobei sie sich selbst damit schwergetan hatte, das Wort richtig zu buchstabieren – fast so schwer wie mit »Bœuf à la mode«.

»Das müsst ihr euch einfach merken«, hatte Schwester Irmgard festgestellt. »Gesprochen heißt es Böfflamott.« Und als sie in die ratlosen Gesichter der Mädchen blickte, musste sie lachen und schob hinterher: »So sind sie halt, die Franzosen. Dafür haben sie den Krieg gewonnen.«

Die gespickte Kalbsleber oder die Rindsrouladen hatten es Wally besonders angetan. Überhaupt mochte hier zwar »einfache bürgerliche Küche« gekocht werden, aber die Gerichte waren doch weit vielfältiger als das, was sie von zu Hause kannte. Den Schweinebraten machten die Nonnen gefüllt, ebenso die Tauben. Es gab Fisch im Pfannkuchenteig, allerlei raffinierte Methoden der Soßenzubereitung. Sie lernte Hasenöhrchen und Pfarrer-Käpperl kennen. Und sie durfte zum ersten Mal Torten backen! Punschtorte und Prinzregententorte! »Dabei achten wir darauf, dass es sieben Böden sind«, mahnte Schwester Irmgard. »Wer weiß, warum?«

Magdalena aus Weichs meldete sich. »Weil eine jede für einen bayerischen Regierungsbezirk steht.«

»Richtig, Magdalena. Und welche Bezirke wären das? Resi?«

Völlig überrumpelt, stotterte Wallys Schwester: »Also, das wären dann ... Dachau ... und Ingolstadt. München natürlich ...«

»Natürlich«, sagte die Nonne und schüttelte den Kopf. Sie wandte sich an Wally: »Weißt du es besser als deine Schwester?«

»Oberbayern und Niederbayern«, erklärte Wally, die im ersten Moment wahrscheinlich genauso perplex gewesen wäre, sich inzwischen aber hatte besinnen können, was sie von Herrn Laubinger gelernt hatten. »Schwaben und Franken ...«

»Franken?«

»Oberfranken«, verbesserte sich Wally. »Und Unterfranken. Und ...« Aber dann fiel ihr nichts mehr ein.

Die Schwester seufzte. »Mittelfranken und die Oberpfalz. Das schreibt ihr mir bis morgen schön ordentlich auf ein Blatt, und zwar jede von euch fünf Mal.«

Getröstet wurden die Mädchen später dadurch, dass sie von den selbstgebackenen Torten kosten durften, auch wenn der größte Teil für Pfarrer Eckel und die Schwestern beiseitegestellt wurde.

»Ich glaub, jetzt haben wir Zaubern gelernt«, flüsterte Wally und verdrehte die Augen.

»Wenn wir die auch so hinkriegen ohne die Schwestern ...«, gab Resi zu bedenken.

»Die merk ich mir schon«, erklärte Wally. »Das wird einmal die Lieblingstorte von meinem Lu ...«

»Von deinem was?«

»Von meinem Mann.«

»So! Komisch hat das grad geklungen.«

»Hab mich bloß verschluckt.«

✱✱✱

Besuch von zu Hause gab es für Resi und Wally nicht. Einmal schrieb die Mutter einen Brief, der den Schwestern im Büro des Superiors Pfaffenbüchler vorgelegt wurde – er war bereits geöffnet. »Ihr könnt ihn hier lesen«, erklärte der Schulvorsteher. »Ausgehändigt wird er euch dann mit dem Abschlusszeugnis.«

Resi durfte zuerst lesen, anschließend setzte sich Wally an den Tisch, auf dem wie jederzeit ein Sträußchen Blumen stand.

Liebe Töchter!
Hoffentlich geht es euch gut in der Haushaltungsschule. Wir vermisen Euch hier sehr. Es gibt vil Arbeit und die Tag sind lang. Betragts Euch nur recht gut und seids allweil brav und folgsam.
Der Steff läst schön grüßen und Euer Vater auch.
Schöne Grüß
Eure Mama

Wally musste schlucken, als sie dem Superior den Brief zurückreichte. Sie hätte ihn gern gleich behalten. Denn jetzt, da sie die liebe Schrift der Mutter gelesen hatte, fehlte sie ihr schon sehr.

Der Schulvorsteher nahm den Besuch der Geistbecktöchter zum Anlass, darauf hinzuweisen, dass sie eine große Verantwortung trugen: »Denkt daran, dass eure Eltern sich das Geld für diese Schule vom Munde abgespart haben. Für eine jede von euch mussten sie fünfzig Mark zahlen. Das ist für uns wenig Geld, weil wir viel damit bezahlen und vieles dafür leisten müssen. Aber hundert Mark für zwei Mädchen ist für die meisten Eltern sehr viel. Deshalb lernt gut, damit sich diese Ausgaben auch lohnen!«

»Jawohl, Herr Superior«, erwiderte Resi, und Wally bekräftigte: »Jawohl«, und nickte tapfer.

※※※

So schön es für Wally in der Schule war, so sehr hatte sie mit jedem weiteren Tag Heimweh. Es fehlte ihr, dass sie die vertrauten Stimmen hörte, dass sie die Tiere im Stall besuchen konnte, dass sie mit Lis spielen konnte, einer der Katzen, oder mit Lumpi, dem jungen Hofhund, der nach seinem Vorgänger benannt war. An Ludwig musste sie natürlich auch immer denken. Heimlich betete sie jeden Abend für ihn. Ja, eigentlich dachte sie jetzt, da sie so weit weg war, noch viel öfter an ihn als vorher, und sie sehnte den Tag herbei, an dem sie ihn endlich wiedersehen würde – auch wenn das bedeutete, dass die schöne Zeit des Lernens und Nur-für-die-eigenen-Dinge-Daseins dann vorüber wäre.

※※※

Am letzten Tag des Kurses hatten sich die Schülerinnen nach dem Frühstück alle im großen Saal zu versammeln, ehe es zu einem letzten Gottesdienst in die Kirche ging. Superior Pfaffenbüchler sprach einige Worte, nach ihm Schwester Agathe und zuletzt auch noch Pfarrer Eckel, der den Mädchen noch einmal ins Gewissen redete.

»Es ist kein Zufall, dass die Haushaltungsschule zu Indersdorf in der Marienanstalt unseres ehrwürdigen Klosters beheimatet ist«, erklärte er. »Es sind die Barmherzigen Schwestern, die diese Schule führen, und barmherzig ist ihr Werk ja wahrlich. Denkt daran, wenn Ihr an diesen Ort zurückdenkt! Heute geht Ihr von hier fort. Aber wenn Ihr recht gelernt habt, so wird Euch diese Anstalt Euer ganzes Leben lang begleiten. Sie wird immer für Euch da sein, wenn Ihr wichtige Aufgaben zu erledigen habt. Denn hier habt Ihr gelernt, wie Ihr sie richtig macht.« Der gütige Blick des Pfarrers schweifte über die Mädchen. »In unserer Satzung heißt es, Geist und Gemüt sollen so geschult werden, dass die Mädchen mit wahrer Freude allen Arbeiten, die einer tüchtigen bäuerlichen Hausfrau obliegen, nachkommen, mit der Anhänglichkeit an die eigene Scholle die Liebe zum Land und zur Landwirtschaft verknüpfen und diese Liebe und Wertschätzung der landwirtschaftlichen Arbeit weiter vertiefen. Damit ist gemeint, dass Ihr wisst, wo Euer Platz auf dieser Welt ist und wie Ihr ihn ausfüllen sollt, um ein gutes und gottgefälliges Leben zu führen.

Solange Ihr hier wart, war ich Euer Beichtvater. Falls eine von Euch einmal den Wunsch haben sollte, die heilige Beichte bei uns zu besuchen, stehe ich Euch gern dafür zur Verfügung. Wisset, dass Ihr hier nicht nur eine Schule zurücklasst, sondern eine Familie im Geiste und vor allem eine Familie im Glauben!«

»Fehlt noch, dass er *Gehet hin in Frieden* sagt«, flüsterte Resi und Wally wurde ganz blass, als sich Schwester Chantal zu ihnen umdrehte, die ganz in der Nähe stand.

Wally hatte die Ansprache gemocht. Als die Zeugnisse ausgeteilt wurden, trat sie dennoch mit wackeligen Beinen nach vorn und nahm das Papier aus der Hand des Superiors entgegen, knickste leicht, hörte kaum, wie er sagte: »Brav. Ein gutes Zeugnis!«, und ging dann wieder an ihren Platz.

Lisa weinte nach der Zeugnisverteilung auf dem Weg zur Messe hemmungslos und war kaum zu beruhigen. Wally ließ sich das Dokument zeigen und las:

Jgfr. Lisa Porzner, geboren am 6. April 1912 zu Thalhausen, B.-A. Dachau, besuchte 1927 den dreimonatlichen Sommerkurs der Landfrauenschule in der Marienanstalt zu Kloster-Indersdorf.
Die Schülerin verstand es, die Kurszeit mit unermüdlicher Schaffensfreude auszunützen zur Aneignung sehr vieler Hausfrauenkenntnisse. Ihr freundliches, zuvorkommendes Wesen verdient besonderes Lob. Das Betragen war stets musterhaft.

Unterschrieben war das Zeugnis vom Ordenssuperior.
»Aber das is doch ein sehr schönes Zeugnis!«, stellte Wally fest. »Da musst du doch nicht weinen!« Ihr eigenes Zeugnis las sich fast wortwörtlich genauso, nur dass auch noch ihr besonderes Gesangstalent im Kirchenchor hervorgehoben worden war.

»Aber deswegen wein ich doch nicht, Wally«, jammerte Lisa.

»Ja, warum weinst du denn dann um Himmels willen?«

»Verstehst du das denn nicht? Mit dem Zeugnis ... ist es vorbei.«

»Vorbei. Ja, freilich. Und jetzt dürfen wir wieder heimfahren!«

»Eben!«, rief die Freundin, schlug sich die Hände vors Gesicht und brach erneut in Tränen aus.

Da begriff Wally, dass es nicht nur für sie besonders schön gewesen war in der Klosterschule und dass es für manche Mitschülerinnen ungleich härter war, nach Hause zurückzukehren. Denn auch wenn das Leben auf dem Geistbeckhof geprägt war von Arbeit, war es ein gutes Leben, und sie hatte gute Eltern, die vielleicht streng waren, aber nie ungerecht oder gewalttätig.

Umso mehr freute sie sich, als sie nach dem Gottesdienst, in dem sie ein letztes Mal das »Ave Maria« gesungen hatte, nach draußen trat und gegenüber beim Klosterwirt schon ihre Eltern sah, die auf sie warteten. Ja, gut hatte sie es. Dankbar war sie. Und voll Vorfreude auf die Zeiten, die kommen würden.

***

Im Schlafsaal hatten die Schülerinnen ein letztes Mal Aufstellung zu nehmen. Die Betten hatten sie am Morgen frisch bezogen und gerichtet. Alles sah vollkommen unberührt aus und war bereitet für die kommenden Zöglinge. Eine jede von ihnen hatte ihre Tasche, ihr Bündel oder ihren Koffer gepackt, die Schränke und Truhen waren ausgeräumt und ausgewaschen. Mit frisch geputzten Schuhen standen die Mädchen in Reih und Glied; auch die Schuhsohlen hatten sie penibelst reinigen müssen, damit auf den frisch gewichsten Böden kein Stäubchen zu liegen kam.

Wer noch Post im Officium des Superiors liegen hatte, bekam sie jetzt ausgehändigt. Resi nahm den Brief der Mutter entgegen, und Wally erhielt zu ihrer Überraschung ebenfalls einen Umschlag, der an *Frl. Walburga Geistbeck, Haushaltungsschule zu Kloster-Indersdorf* adressiert war.

Als sie aufblickte, sah sie in die funkelnden Augen von Schwester Marcialis, die tief Luft holte, dann aber nichts sagte, sondern nur leicht den Kopf schüttelte und sich dann zur nächsten Schülerin begab, um ihr Schriftstücke auszuhändigen.

Als sie den Brief umdrehte, sah Wally den Absender: *Ludwig Auffacher, Deimhausen*

VII.
Regenbogenzeit

Hallertau 1927

20.

Er war weg. Fassungslos stand Wally vor dem Auffacherhof und starrte auf die leeren Fenster. Keine Vorhänge, keine Blumen, nichts. Geisterhaft wirkte das Anwesen.

»Wird nicht mehr lang dastehen«, bemerkte die Riederin im Vorübergehen.

»Wie bitte?«

»Der Hof. Is ein altes Anwesen. Noch nicht einmal elektrisches Licht ham's dringehabt. Da wird bestimmt bald ein neuer Hof stehen, ein moderner.«

»Aber die Auffachers ...«

»Die Auffachers, mei. Die werden ihr Glück woanders machen. Die Tochter haben's ja grad noch glücklich nach Ellenbach verheiratet.«

»Und der Sohn?«, fragte Wally, die hoffte, dass man ihr die Aufregung nicht ansah.

»Hast ihn gerngehabt, den Luggi, gell?«, sagte die Riederin. »Wird sich schon ein anderer finden, Mädel. Der Auffacherbub ist mit den Eltern weg. Aber wohin genau ... Irgendwo hinter Reichertshofen. Vielleicht gar bis Manching. Da kommt er ja ursprünglich her, der Auffacher.«

Wally nickte, murmelte: »Danke«, und ging ihrer Wege. Es waren Wege, auf denen sie auch schon mit Ludwig gegangen war. Den Kirchberg hinauf, am Schulhaus vorbei, hinüber zu ihrer lieben alten Buche. Sie konnte ein Schluchzen nicht vermeiden, als ihr einfiel, dass sie diese Wege nie wieder mit ihm gehen würde. Hier auf der oberen Straße nach Feinhausen hatte er zum ersten Mal ihre Hand genommen.

Wenn sie daran dachte, meinte sie fast, seine Hand in ihrer zu spüren. Sie wollte hinaufklettern in ihre Astgabel, wo sie so oft mit Ludwig gesessen hatte. Aber sie brachte es nicht über sich, sondern sank am Stamm auf den Boden und blieb einfach sitzen. Wieder und wieder hatte sie den Brief gelesen. Und auch wenn sie wusste, dass es wahrscheinlich nichts geändert hätte, konnte sie ihren Zorn nicht bändigen, dass man ihr das Schreiben im Kloster nicht gezeigt hatte. Den Brief der Eltern, den hatten sie bekommen, ja. Aber den Brief eines Freundes ...

Liebe Wally!
Leider gibt es keine guten Nachrichten von unserem Hof. Vater muss verkaufen. Es ging so schnell, dass wir schon in den nächsten Tagen ausziehen müssen. Ich werd versuchen, irgendwo Arbeit zu finden. Ich hab auch Deinen Vater gefragt. Aber der braucht niemanden, dem geht es selber schlecht, was mir sehr leidtut, das darfst du mir glauben.
Am Sonntag will ich nach Indersdorf kommen und den Gottesdienst besuchen. Wenn es eine Möglichkeit gibt, dass wir uns sehen, wäre ich der glücklichste Mensch auf der Welt. Ich werd an der Kirchenpforte auf dich warten.

Falls wir uns nicht mehr sehen, musst Du wissen, dass ich Dich nimmermehr vergessen werde.
In Liebe
Dein Ludwig

Wann immer sie die Zeilen las, brach sie in Tränen aus, und immerzu grämte sie sich, dass sie nichts von seinem Vorhaben gewusst hatte ... dass sie nicht nach ihm Ausschau gehalten hatte ... weil sie nicht gewusst hatte, dass er da sein würde ...

***

Sie hätte nicht zu sagen vermocht, wie lange sie, an ihren Baum gelehnt, dagesessen hatte. Irgendwann hörte sie jemanden ihren Namen rufen. Als sie aufblickte, winkte ihr jemand zu. »Ja grüß dich, Wally!«

Sie stand auf und winkte zurück. »Grüß Gott, Herr Lehrer.«

»Für dich bin ich aber jetzt nur noch Herr Laubinger«, erklärte dieser gut gelaunt. »Hast du ein bisschen Zeit?«

»Ein bisserl schon«, erwiderte Wally.

»Dann komm doch auf eine Tasse Tee mit zu mir, und erzähl mir von deiner Schule in Indersdorf«, forderte sie Lehrer Laubinger auf. »Da wär ich schon neugierig, wie's so war und was du alles gelernt hast.« Er hatte einen feinen Sinn für Stimmungen und gleich erkannt, dass Wally ein wenig Aufheiterung und Gesellschaft gut brauchen konnte.

Bei einem Haferl Lindenblütentee erzählte Wally ihrem ehemaligen Lehrer von der Hauswirtschaftsschule. Sie berichtete ihm, wie sie im Kirchenchor Soli hatte singen dürfen, wie sie mancherlei guten Beitrag zu den Kochrezepten hatte leisten können, wie sie fleißig gelernt und sich jederzeit gut betragen hatte. »Auch Briefeschreiben haben wir durchgenommen«, erzählte sie. »Aber das haben wir ja schon bei Ihnen gelernt, Herr Laubinger.«

»Das freut mich, Wally, dass dir der Unterricht an unserer kleinen Dorfschule nützlich gewesen ist. Was mich besonders interessiert, ist der Wirtschaftsunterricht. Was habt ihr denn da gelernt?«

»Ja, also ...« Wally zögerte. »Das Führen des Haushaltsbuchs natürlich. Und die Berechnung von Ausgaben und Einnahmen. Das vor allem.«

»Aha?«, hakte Herr Laubinger nach. »Konntest du das denn noch gar nicht?«

»Also ... das Haushaltsbuch war neu, aber wie wir es führen müssen, das war ganz einfach für mich, denn Rechnen haben wir ja sowieso bei Ihnen gelernt.« Sie lachte. »Besser als in Indersdorf!«

»Hm«, machte der Lehrer. »Verstehe. So hast du vor allem Kochen und Waschen und Putzen und alle diese Dinge gelernt.«

»Ja. Ich kann's jetzt alles besser als unsere Mama.«

Herr Laubinger schwieg eine kleine Weile, trank von seinem Tee, blickte aus dem Fenster hinüber zur Kirche und sagte schließlich: »Weißt du, Wally, ich hatte gehofft, dein Vater schickt dich auf eine Wirtschaftsschule. Du hättest dich sehr nützlich machen können. Gerade in diesen schweren Zeiten, in denen viele Bauern schauen müssen, dass sie nicht unter die Räder kommen!«

»Aber ich mach mich nützlich, Herr Laubinger!«, erklärte Wally nachdrücklich. »Von in der Früh bis spät am Abend!«

»Das weiß ich wohl, Wally.« Ihr ehemaliger Lehrer seufzte. »Aber mit Dingen, die jede weniger begabte junge Frau genauso gut lernen kann wie du. Du hättest mehr Möglichkeiten gehabt.« Er zuckte die Achseln. »Man hätte dich bloß lassen müssen.«

***

Auf die Weise brachte die Teestunde bei ihrem ehemaligen Lehrer Wally eine unglückliche Erkenntnis. Auch wenn sie die Zeit in der Klosterschule nicht hätte missen wollen, wurde ihr nun in erschreckender Deutlichkeit bewusst, dass die Ausbildung, die sie dort genossen hatte, nicht dazu führen würde, dass sie im Leben weiterkam, sondern im Gegenteil: Sie sollte eine einfache Frau bleiben, der man stets sagte, was sie zu tun hatte, und die immer genau das möglichst vollendet auch tun würde. Ob es ihr Ehemann wäre oder ihr Dienstherr, würde dabei keine Rolle spielen – sie wäre dazu verdonnert, zu dienen und zu gehorchen. So hatte ihr Vater es für sie geregelt.

***

Georg Geistbeck indes blieb immer öfter für Tage weg. Nachdem die Ernte eingebracht war, erklärte er, um Kunden nach München fahren zu müssen oder nach Ingolstadt – wobei seine Frau mutmaßte, dass er auch dann in die Landeshauptstadt fuhr. Denn München war die Stadt, in die es ihn am meisten zog. Dort ließen sich Kummer und Sorgen leicht vergessen, vor allem als Mann. Es gab Vergnügungen vielfältiger Art, und die Sitten waren weit lockerer als auf dem Land oder auch in Augsburg.

In feuchtfröhlichen Besäufnissen, beim Kartenspielen und in den Armen leicht zugänglicher Frauenzimmer suchte und fand Georg Geistbeck Trost und Ablenkung, bis das bisschen Geld, das er bei sich hatte oder das er hatte erwirtschaften können mit den Gütern, die er vom Land in die Stadt gebracht hatte – Eier, Speck, Eingemachtes und Kartoffeln –, zerronnen war und der Kater umso größer.

Manchmal ging er dann in den Liebfrauendom zum Beten, manchmal in die Peterskirche zum Beichten. Manchmal kniete er auch nur vor den Gebeinen der Heiligen Munditia, die dort ihre letzte Ruhestätte gefunden hatte, und bedauerte sich selbst, sein Schicksal und vor allem seine Dummheit. Denn auch wenn der Geistbeck ein schwacher Mann war und wenn es ihm an der nötigen Moral fehlte – dumm war er nicht. Er wusste, dass er dabei war, nicht nur sich zu ruinieren: Mit seiner Zügellosigkeit und Genusssucht beschleunigte er das Ende der Geistbeck'schen Güter und besiegelte damit den Niedergang seiner gesamten Familie.

Wenn er nach einem solchen Ausflug übers Land zurückfuhr, betrachtete er die Dörfer, über die er kam, oft mit einer Melancholie, als wären sie schon Vergangenheit. Hohenkammer, Pörnbach, Reichertshofen … Alles Orte, an denen alte Freunde lebten. Orte, an die der Bauer schöne Erinnerungen geknüpft hatte. Orte, die ihm lieb waren.

Und doch: Orte aus einem anderen Leben. Einem Leben, das vorbei war – nur dass außer ihm es noch niemand wusste.

Denn natürlich ahnte Walburga Geistbeck, dass es schlecht um das Gut stand. Sie ahnte aber nicht, *wie* schlecht.

※※※

Der Herbst bescherte dem Gut noch einmal einige goldene Tage. Die Knechte waren jetzt auf den Feldern, um das Land auf den Winter vorzubereiten. Die Frauen auf dem Hof waren damit beschäftigt, Obst einzukochen, Fleisch zu pökeln, späte Früchte und Nüsse zu ernten. Georg Geistbeck ging oft auf die Jagd. Das ersparte ihm am Morgen die Gespräche mit seiner Frau und füllte außerdem die Vorratskammer. Steff half ihm beim Ausnehmen und Häuten der Tiere. Manchmal ließen sie die Tür offen stehen, wenn sie im Schlachtraum an den aufgehängten Tieren arbeiteten.

Wenn Wally im Vorbeigehen die blutigen, sehnigen Körper der abgezogenen Hasen und Rehe sah, grauste es ihr. Es grauste ihr aber auch, wenn sie Hühner oder Gänse rupfen sollte. Da war sie froh, wenn sie diese Arbeit ihrer Schwester Resi überlassen konnte.

Zenzi beschäftigte sich unterdessen viel mit Handarbeiten. Sie flickte und nähte, weil sie so in ihrer Kammer bleiben konnte. Seit Peter Horchs Frau ihr erstes Kind bekommen hatte, fand sie gar nicht mehr zurück in die Fröhlichkeit, die sie sonst immer ausgezeichnet hatte, und seit auch noch ein zweites Kind unterwegs war, mochte sie sich nicht einmal mehr unter Leute begeben.

»Du musst rausgehen, Kind«, drängte ihre Mutter. »Sonst findest du keinen Mann! Willst du denn eine alte Jungfer werden?«

»Das bin ich doch schon, Mama«, klagte Zenzi, und niemand vermochte ihr zu widersprechen, denn mit dreißig Jahren gehörte sie zu den Übriggebliebenen – zumal auf dem Land.

Manchmal setzte sich Wally am Abend zu ihr und sang Lieder für sie oder spielte ihr ein wenig auf der Zither vor. Manchmal hielten sie sich auch nur an den Händen und redeten leise.

»Meiner is auch weg, Zenzi«, flüsterte Wally eines Abends.

»Den Auffacher Luggi meinst du, gell? Das is schrecklich.«

»Ja. Ich vermisse ihn so.«

»Und trotzdem hast du es gut«, befand die große Schwester.

»Gut? Wieso hab ich es denn gut?«

»Deiner is weg«, erklärte Zenzi mit einem bitteren Lächeln. »Das ist hart. Aber man kann sich daran gewöhnen. Meiner ... meiner ist immer da! Er lebt im Ort, ich seh ihn in der Kirche, ich treff ihn auf der Straße ...«

Sie seufzte so abgrundtief, dass es Wally das Herz zuschnürte, und dann weinten sie gemeinsam ein wenig und fragten sich, ob es jemals noch Glück in ihrem Leben geben würde.

✶✶✶

Als es auf Weihnachten zuging, wurde es nicht einfacher für die Bewohner des Geistbeckhofs. Die kleine Brauerei in Hohenwart, in der Georg Geistbeck sein Bier brauen ließ, behielt die vereinbarte Lieferung ein. »Lieferung erst nach Zahlung« hieß es in dem Schreiben, das der Braugeselle dem Bauern und Gastwirt überreichte, statt die geordneten zehn Fässer Dunkles vorzufahren.

»Ja seid's ihr narrisch?«, brüllte der Geistbeck, außer sich vor Wut. »Was glaubt's denn ihr, was ich an meine Gäst ausschenken soll? Das Bier will ich haben, und zwar sofort! Unsere Keller sind leer, ich kann meine Wirtschaft zusperren, wenn ich kein Bier hab!«

Der Braugeselle nickte. »Das kann ich gut verstehen«, erwiderte er. »Aber sieh's doch einmal so: Wir können unsere Brauerei auch zusperren, wenn wir kein Geld haben. Denn vom Brauen und Liefern kann keine Brauerei leben, sondern nur vom Verkaufen.«

»Jahr für Jahr hab ich euch Bier abgenommen!«, polterte der Geistbeck, zerknüllte den Zettel und warf ihn dem Gesellen gegen die Brust. »Zwanzig Fass, dreißig Fass, und letztes Jahr waren's sogar zweiunddreißig Fass Bier!«

»Richtig, Geistbeck. Aber bezahlt hast du nur zweiundzwanzig. Zahl die zehn, die noch ausstehen, dann kriegst du deine Lieferung.«

»Und wovon soll ich die zehn Fass zahlen? Erst einmal brauch ich Einnahmen, verstehst du, Vinzenz? Einnahmen! Und die krieg ich nicht, wenn ich nix zum Ausschenken hab!«

Der Braugeselle nickte. »Versteh dich gut, Schorsch«,

sagte er leise und wandte sich zum Gehen. »Versteh dich gut. Bist nicht der Einzige. Es sind harte Zeiten.«

»Scheißzeiten sind's!«, brüllte der Geistbeck. »Scheißzeiten! Dann sauft euer Bier doch selber und verreckt dran, alle miteinander!« Er schleuderte die Tür der Schenke so heftig zu, dass die Butzenscheiben herausflogen und auf den Stufen vor dem Haus zerschellten. Dann schlug er sich die Hände vors Gesicht und ächzte. »Ruinieren wollen's mich. Ruinieren.«

※※※

Es war ein stiller Winter, in dem sich jeder auf dem Hof so weit zurückzog, wie es ihm nur möglich war. Der Bauer tauchte nur noch zu den Mahlzeiten und zum Schlafen auf und machte sich im Übrigen im Stall und im Schuppen zu schaffen. Die Geistbeckin sprach kaum noch ein Wort – und schon gar nicht mit ihrem Mann. Zenzi trauerte still in ihrer Kammer um ihre verlorenen Jahre. Steff schien eine Frau zu umwerben, weigerte sich aber beharrlich, irgendetwas dazu zu sagen oder gar zu verraten, wer seine Angebetete war. Jedenfalls war er neuerdings sehr auf sein Erscheinungsbild bedacht und außerdem ständig außer Haus. Resi träumte von ihrem Korbinian Hardt, und Wally hatte sich ein paar Bücher von Herrn Laubinger ausgeliehen und entdeckte das Lesen für sich. Besonders angetan hatten es ihr die Romane von John Knittel, einem Schweizer Schriftsteller, der so lebendig und nach der Natur zu erzählen wusste, dass sie manchmal ganz die Welt um sich her vergaß. Das waren die unbeschwertesten Augenblicke dieser

Wochen und Monate, in denen die Jüngste der Geistbecks am liebsten ganz ausblendete, wie karg und einsam das Leben auf dem elterlichen Gut geworden war – während ihr Vater insgeheim bedauerte, sie nicht noch vor Wintereinbruch nach München geschickt zu haben, damit sie sich dort als Dienstmädchen verdingte.

Die Gastwirtschaft blieb geschlossen, und das Jahr endete mit einer Christmette, die so schlecht besucht war wie keine, an die sich einer der Anwesenden erinnert hätte. Denn inzwischen waren vier Höfe verwaist, die Bauersleut, Mägde und Knechte fortgezogen. Düsterer Stimmung blickten die verbliebenen Dörfler in das neue Jahr. Daran, dass 1928 besser werden würde, glaubte kaum einer. Aber schlechter konnte es auch nicht werden.

Gerne hätte der Geistbeck seine Jüngste gleich nach den letzten Erntearbeiten in die Stadt geschickt, damit sie sich eine Stelle als Dienstmädchen suchte. Aber dann kam der Winter schneller als erwartet, und machte diese Pläne zunichte. Nun war beschlossen worden, dass Wally Anfang April nach München fahren sollte, um sich auf eine Stelle zu bewerben.

Immer noch wusste Wally nicht, wo genau der Auffacher Ludwig mit seiner Familie hingegangen war, und immer noch hoffte sie täglich darauf, dass er ihr noch einmal schreiben würde – nach Deimhausen, jetzt, wo sie wieder da war. Doch es kam kein Brief.

Tatsächlich allerdings geschah Anfang Februar 1928 an Mariä Lichtmess eine Tragödie, die sich als Hoffnungsmoment für Zenzi erweisen sollte.

Es war ein eisiger Tag, und auf dem Hackerbauerhof war

eine schwere Geburt im Gange. »Zwölf Stunden liegt sie schon in den Wehen, stell dir vor«, sagte die Bernbacherin zu der Geistbeckin, als sie einander auf dem Friedhof über den Weg liefen, »und es nimmt kein Ende. Inzwischen haben sie nach dem Doktor geschickt. Aber ob der noch helfen kann …«

Es ging um Franziska Horch, Peter Horchs Frau. So leicht ihre erste Geburt gewesen war, so schwierig verlief die zweite, und eine Hebamme gab es nicht am Ort.

»Hoffentlich is er schnell da«, erwiderte Walburga Geistbeck.

Sie hatte es kaum ausgesprochen, da sahen sie das rote Automobil unten auf der Talstraße vorbeifahren. »Gott sei Dank«, seufzte die Geistbeckin. Sie trat in die Kirche und nahm ihren Rosenkranz heraus, um für die junge Hackerbäuerin zu beten: dass alles gut ging mit der Geburt, dass Mutter und Kind wohlauf wären und dass es nicht mehr so lange dauerte. Sie wusste selbst am besten, welche Qualen eine Frau bei der Geburt auszustehen hatte.

Allein, ihre Gebete wurden nicht erhört. Als sie wieder ins Freie trat, hörte sie schon das Wehklagen. Der Hackerbauerhof stand direkt neben dem Kirchberg, man konnte von der Kirchpforte aus auf den Horch'schen Hof hinabsehen. Mit hängenden Schultern trat der Doktor aus dem Haus und wischte sich übers Gesicht. Da wusste die Geistbeckin, dass ein großes Unglück über die Hackerbauern gekommen war.

21.

Seit jeher gehörten die Hackerbauern zu den angesehensten Einwohnern Deimhausens. Entsprechend groß war die Anteilnahme am Schicksal von Peter Horch, der ein so hoffnungsvoller junger Mann gewesen war, beliebt und geachtet als ein besonders pflichtbewusster Erbe. Die Kirche war schwarz von Menschen. Der Pfarrer hatte Wally gebeten, ein besonderes Lied zu singen, das die Verstorbene sehr gemocht hatte: »Bist du bei mir« von Johann Sebastian Bach.

Anton Laubinger hatte seiner Sopranistin erklärt, dass es sich um ein Stück aus dem Notenbüchlein für Anna Magdalena Bach handelte, die zweite Ehefrau des Komponisten. »Und man hört in jeder Note die Liebe, die er zu seinem Eheweib empfunden hat und die Dankbarkeit. Sie war übrigens *auch* eine ganz ausgezeichnete Sängerin!«, sagte er so, dass Wally wusste, er meinte: wie sie. Und als er ihr auf dem Grammofon das Lied vorspielte, glaubte sie fast ins Jenseits zu blicken, wo schon die Engel sangen.

> *Bist du bei mir, geh ich mit Freuden*
> *Zum Sterben und zu meiner Ruh.*
> *Ach, wie vergnügt wär so mein Ende,*
> *Es drückten deine schönen Hände*
> *Mir die getreuen Augen zu.*

Es wurde viel geweint in St. Pantaleon an diesem bitteren Wintertag. Der Leichenschmaus fand auf dem Hackerbauerhof statt, weil es mit der Schließung des Postwirts keine Gaststätte mehr im Ort gab. Mehrere Frauen hatten sich bereit erklärt, der alten Hackerbäuerin in der Küche zu helfen, um die Trauergemeinde zu verköstigen.

Der alte Hackerbauer, der in den letzten Jahren gebrechlich geworden war und kaum mehr sehen konnte, war völlig in sich gekehrt und kaum ansprechbar. Erst war ihm der älteste Sohn bei jenem Unglück auf dem Hopfenfeld zu Tode gekommen, jetzt war ihm die Schwiegertochter im Kindbett gestorben. War denn nicht alles ohnehin schwer genug? Einen Hof zu führen in diesen Zeiten, ein Auskommen zu erwirtschaften für die Großfamilie, die Knechte und Mägde. Und jetzt hatte sein Peter nicht einmal mehr eine Mutter für seine Kinder. Das Kindlein war zwar zur Welt gekommen und schien auch bleiben zu dürfen, aber um welchen Preis? Nein, das Leben war nicht gerecht. Peter hatte die Verantwortung übernommen, hatte die richtige Frau geheiratet, hatte auf dem Hof angepackt, dass alle nur so staunten, hatte alles, alles, alles richtig gemacht – und dann strafte ihn das Schicksal so grausam.

Peter Horch, der junge Hackerbauer, war kaum gesprächiger als sein alter Vater. Wann immer er konnte, ging er nach draußen, um Luft zu holen, den Kopf frei zu bekommen vom Lärm und vom Geruch der Trauergäste. Er ertrug es einfach nicht mehr. In düsterster Stimmung stand er unter der alten Winterlinde, die schon mehr als hundert Jahre neben der Kirche in den Himmel ragte, wenige Schritte von seinem Hof entfernt. Weit hatte es seine Frau nicht gehabt auf den Herrgottsacker. Hätten die Gräber nicht auf der anderen Seite der Kirche gelegen, Peter Horch hätte von seiner Kammer aus zu ihr hinschauen können.

»Es tut mir so leid, Peter«, sagte leise eine Stimme neben ihm.

Er blickte auf. »Zenzi!«

»Sie war eine gute Frau.«

Er nickte. »Ja. Das war sie«, bestätigte er. »Nie ein böses Wort. Nie ein Vorwurf. Nie ein Streit.« Er seufzte und sah ungläubig seiner Jugendfreundin ins Gesicht. »Ich bin, scheint's, nur von ganz besonderen Frauen umgeben in meinem Leben.« Er zuckte hilflos die Achseln. »Na ja, jetzt nicht mehr.«

»Das ist lieb, dass du das sagst. Ich weiß schon, wie du's meinst. Und weißt du was? Du wirst auch wieder eine Besondere finden. Ganz bestimmt.«

Peter lachte bitter. »Gewiss nicht, Zenzi. Das is jetzt anders als früher. Jetzt bin ich ein Witwer. Einer mit zwei kleinen Kindern. Mit einem Haufen Arbeit und Verantwortung.«

Zenzi legte ihre Hand auf seinen Arm. »Aber Peter. Das ist doch nicht, worauf es ankommt.«

»Doch, Zenzi. Wenn ich eine Frau wär, ich würd mich auch nicht heiraten.« Er holte tief Luft. »Außerdem stellt sich die Frage nicht. Ich kann doch jetzt eh nicht gleich die Nächste heiraten.« Er schüttelte den Kopf. »Jetzt werd ich mich einfach irgendwie durchschlagen müssen.«

»Also ich würd dich sofort nehmen«, sagte Zenzi leise. Dann lächelte sie tapfer und erklärte: »Du wirst Hilfe brauchen. Wenn ich was tun kann … bitte frag mich. Ich würd mich glücklich schätzen, wenn ich irgendwas für dich tun dürfte. Du weißt, dass ich das ernst mein.«

»Ich weiß, Zenzi.« Er blickte sie wehmütig an. »Du bist die Beste. Ach …« Er rang um Worte, fand aber keine mehr.

Zenzi umarmte ihn rasch und lief dann zurück auf den Hof, um wieder zu helfen. Sie hatte es übernommen, die Trauergäste zu bedienen; das konnte sie als Wirtstochter so gut wie niemand sonst. Doch so bei der Sache wie vorhin war sie nicht mehr. *Bist du bei mir*, dachte sie, *geh ich mit Freuden.* Ja, die Wahrheit war, dass sie die Verstorbene beneidete: so viel Zeit hatte diese mit Peter verbringen dürfen, ihm zwei Kinder schenken, für ihn da sein, seine Zärtlichkeiten genießen dürfen … Wie gern wäre Zenzi dafür gestorben! Wie wäre sie mit Freuden zur Ruh gegangen, wären es Peters Hände gewesen, die ihr die Augen zudrückten.

***

Zumindest für Resi schien sich alles zum Besten zu fügen. Korbinian Hardt hatte um ihre Hand angehalten, nicht ganz im Einklang mit dem Willen seines Vaters, aber der alte Hardt hatte schlecht Nein sagen können angesichts der jahrzehntelangen Freundschaft der Familien. Zumal er offenbar darauf spekulierte, dass er seine Jüngste, Anna, an Steff verheiraten und sie so zur Großbäuerin machen könnte, obwohl er ihr keine nennenswerte Mitgift an die Hand zu geben gedachte. – Der Geistbeck würde aufgrund seiner misslichen wirtschaftlichen Situation ohnehin keine große Auswahl haben.

Auch Georg Geistbeck hatte seinen Segen zu Resis Vermählung gegeben. Für ihn war die Hochzeit zwischen seiner Zweitgeborenen und dem Erben des Hardt'schen Anwesens eine durch und durch gute Nachricht. Denn auch wenn der alte Hardt seine Landwirtschaft und seinen Gasthof mehr schlecht als recht führte, wog, was Resi hinzugewann, weit mehr als das bisschen Aussteuer, das sie von ihrem Elternhaus mitbekam: Zwei Felder gab der Geistbeck seiner Tochter mit in die Ehe, Wäsche, Geschirr und ein kleines Handgeld, das der Rede nicht wert war, aber so schon mehr, als die Familie in diesen Zeiten entbehren konnte.

Die Hochzeit würde im Juni stattfinden, nach der Aussaat und vor der Ernte. Resi befand sich im siebten Himmel. Dass eine Bauerntochter tatsächlich den Mann ehelichen durfte, den sie sich unter allen Männern ohnehin ausgesucht hätte, kam kaum jemals vor. Zu viele Dinge gab es zu berücksichtigen, zu viele Traditionen wollten beachtet, wirtschaftliche Überlegungen angestellt und Familienbeziehungen gepflegt werden. Doch nun würde sie also tatsächlich den Hardt Korbinian aus Freinhausen heiraten!

※※※

An einem Abend im April trat Zenzi zu ihr in die Kammer, ein Paar Schuhe in der Hand. »Resi?«

Die Jüngere blickte auf. »Was gibt's?«

»Wegen deiner Hochzeit … Du weißt, dass ich nix hab, was ich dir schenken könnt.«

»Das weiß ich, Zenzi. Musst dir keine Gedanken machen. Ich erwart doch keine Geschenke von dir. Oder gar von der Wally.«

»Es is mir aber arg. Du bist doch meine Schwester.«

Resi lachte. »Du wirst mir noch genug helfen müssen. Dann kann ich dich wenigstens dran erinnern, dass ich ja kein Hochzeitsgeschenk von dir gekriegt hab.«

»Das kannst du auf jeden Fall«, sagte Zenzi. Sie hielt ihrer Schwester die Schuhe hin. »Aber schenken möchte ich dir trotzdem was.«

Ungläubig starrte Resi auf das Paar Haferlschuhe in Zenzis Händen. »Die Schuhe meinst du? Aber das sind doch deine ... das sind doch deine eigenen Brautschuh.«

»Freilich. Wenn ich hätte heiraten können, wären sie's gewesen. Aber ohne Hochzeit keine Brautschuhe, das is eine klare Sache, Resi. Ich möchte, dass du sie trägst. Dir passen meine Schuhe doch auch sonst. Und sie sind nagelneu, ich hab sie kein einziges Mal getragen.«

»Das wär jetzt das erste Mal, dass man die Brautschuh von der Schwester g'schenkt kriegt.«

»Dann is es eben das erste Mal«, sagte Zenzi, stellte die Schuhe vor ihrer jüngeren Schwester auf den Boden, wischte sich kurz die Augenwinkel und verließ hastig Resis Kammer.

***

Für Wally waren es ebenfalls aufregende Tage, denn sie sollte sich nach der Feldarbeit des Frühjahrs in die Stadt begeben, um eine Stelle als Dienstmädchen zu suchen. Sie wäre gern nach Ingolstadt gegangen, weil es viel näher lag als München. Aber da war Georg Geistbeck stur: »Nach München gehst du, das is doch ganz klar. Da wohnt das Geld! Ich hab nicht fünfzig Mark für Indersdorf ausgegeben, damit du für einen Hungerlohn arbeitest.«

Der Bauer war in den letzten Jahren zunehmend jähzornig geworden. Immer seltener kam sein eigentlich fröhliches, manchmal spitzbübisches Naturell zum Vorschein. Meist bellte oder knurrte er seine Anweisungen, behandelte die Knechte und Mägde grob, fuhr seine Frau und seine Kinder an, sodass ihm alle immer öfter aus dem Weg gingen. Das fiel schon deshalb nicht schwer, weil sich die Bewohner des Guts vor Arbeit nicht mehr retten konnten. Von den Knechten war nur Rupp geblieben, aber der war alt und verbraucht und konnte kaum noch richtig zupacken, und von den Mägden war auch eine weggegangen – und ebenso wenig ersetzt worden wie die Knechte. Zwar hatten sich auch in diesem Frühjahr 1928 wieder viele Knechte und Mägde vorgestellt, die auf der Suche nach einem neuen Arbeitgeber waren, nur hatte der Geistbeck niemanden einstellen können – es fehlte einfach das Geld!

Es war ein Teufelskreis: ohne Geld keine Arbeitskräfte, ohne Arbeitskräfte weniger Ertrag. Weniger Ertrag und niedrige Preise bedeuteten noch weniger Geld, sodass es immer nur abwärtsgehen konnte mit einem Hof, der erst einmal aus dem Gleichgewicht gekommen war.

An manchen Abenden, wenn Georg Geistbeck nüchtern war, setzte sich seine Frau zu ihm und versuchte, nach vorn zu schauen, Pläne zu schmieden, ihn aufzurichten und einen Ausweg mit ihm zu suchen. Doch auch Walburga Geistbeck war längst nicht mehr die starke Frau, die sie einst gewesen war. Die viele Arbeit, der Kummer in ihrer Ehe und die tägliche Not mit dem lieben Geld hatten sie geradezu leer gesaugt. Manchmal stand sie nur da und blickte vor sich hin, ohne zu wissen, wozu sie überhaupt noch da war. Aber manchmal packte es sie doch, und sie wollte sich nicht dem Schicksal fügen und einfach nur klaglos untergehen.

»So, Schorsch, jetzt lass uns einmal miteinander in die Bücher schaun«, sagte sie am Vorabend von Wallys Abreise nach München. Sie hatte das Geschäftsbuch schon aus der Kammer geholt und legte es vor ihrem Mann auf den Tisch. »Wo stehen wir jetzt?«

Georg Geistbeck schaute müde auf und zuckte die Schultern. »Am Abgrund?«

»Darüber macht man keine Witze«, erklärte seine Frau. »Ich weiß, dass es nicht gut um uns steht. Aber wir müssen uns halt was überlegen. Du hast jetzt die zwei Felder bei Steinerskirchen als Mitgift verhandelt, aber gibt's darüber hinaus was, was wir verkaufen könnten? Oder verpachten?«

»Schau, Burgl«, sagte ihr Mann. »Die Hopfenfelder, die müssen wir behalten, weil sie uns noch am ehesten Einnahmen bescheren. Und wenn wir die übrigen Felder verpachten, dann bringt uns das grad so viel, wie wir an Zinsen auf die Schulden zahlen müssen.«

»Haben wir denn schon wieder so hohe Schulden?«

Der Bauer verdrehte die Augen, als wollte er sagen: *Das kannst du dir gar nicht vorstellen, wie viele Schulden wir haben.*

»Oh mei«, seufzte die Geistbeckin und presste sich die Faust auf den Mund. »Und die zwei Fischweiher?«

»Vielleicht. Das bringt ein paar Mark.«

»Damit könnten wir uns ein paar zusätzliche Kühe anschaffen«, schlug die Bäuerin vor. »Milch hat einen guten Preis.«

»Mhm. Und wer nimmt uns die ab?«

»Das musst du herausfinden, Schorsch!«, sagte die Geistbeckin. »Sitz nicht rum und stier vor dich hin, sondern rühr dich und schau zu, dass du neue Kunden findest!«

Georg Geistbeck nickte, aber es war ein resigniertes Nicken, und seiner Frau wurde ganz bang. Im tiefsten Herzen hatte sie das Gefühl, dass dieser Mann nicht mehr der war, den sie einst geheiratet hatte, und sie hatte Angst, weil die Zukunft sich wie ein schwarzes Loch vor ihr auftat, in dem es keinen Halt und keinen Platz mehr für sie beide gab.

※※※

Und dann war er auf einmal da. Sie war auf dem Hügel hinterm Hof, um Flieder für ihre Mutter zu schneiden und ihn ihr als Abschiedsgruß ans Fenster in ihrer Kammer zu stellen. Die prächtigen Büsche blühten so üppig, als wollten sie es Wally besonders schwer machen, wegzugehen. Schnell hatte sie ein paar Zweige zusammen und atmete den intensiven Duft ein, da merkte sie es plötzlich. Jemand beobachtete sie, und sie wusste im selben Augenblick, wer es war.

»Ludwig?«

»Wally!«

Rasch wandte sie sich um und sah ihn auf sich zukommen. Groß war er und kräftig. Kräftiger, als sie ihn in Erinnerung hatte. Sie konnte nichts sagen, sondern stand nur da und sah ihm zu, wie er den Hügel heraufkam.

»Wally. Endlich.« Er blieb nicht stehen, sondern streckte die Arme aus und zog sie an sich, als wären sie längst ein Paar. Aber im Herzen waren sie das ja auch. Wally schluckte. Sie atmete tief durch. »Ludwig. So lang.«

»Ja, Wally. So lang.« Er lächelte tapfer. »Aber jetzt bin ich wieder da.«

»Ich … ich hab so ein schlechtes Gewissen gehabt. Wegen dem Brief. Die Schwestern haben ihn mir erst gegeben, als die Schule zu Ende war. Am letzten Tag.«

Für einen Moment wurde der Freund ganz ernst. »Ich hab mir schon so was gedacht und mich die ganze Messe über nach dir umgeschaut. Aber ich hab dich nirgends gesehen.«

»Auf der Chorempore, Luggi. Ich war auf der Chorempore.«

»Das hätt ich mir eigentlich denken müssen.«

Ein Buntspecht segelte an ihnen vorbei in den typischen wellenförmigen Bögen. »Das bringt Glück. Weißt du das?«

Ludwig nickte. Ein Glitzern trat in seine Augen. »Ich hab eine Stelle beim Rupprecht angenommen. Als Knecht.«

»Beim Rupprecht!« Der Bauer war im Ort umstritten, denn er hatte sich entschlossen, die Bewirtschaftung seiner Felder umzustellen. »Wirst du dann jetzt Spargel stechen müssen?«

»Das macht mir nix, Wally«, erklärte Ludwig. »Solang ich wieder in deiner Nähe bin.«

»Und was ist mit deiner Familie?«

Ludwig zuckte die Schultern. »Was soll schon sein? Es

ist alles hin. Die Schulden waren so hoch, dass fast nix übrig geblieben ist. Der Vater hat selber eine Stelle annehmen müssen und arbeitet jetzt in einer Mühle bei Manching. Aber ich, ich bin wieder hier!« Er schien so glücklich über den Entschluss, nach Deimhausen zurückgekehrt zu sein, dass er Wallys umwölkte Stirn erst im zweiten Augenblick bemerkte. »Freust du dich denn gar nicht?«

»Doch. Schon. Aber ...« Wie sollte sie es ihm sagen?

»Es gibt einen andern«, schloss Ludwig haarscharf und ließ sie los.

»Nein!« Nun war sie es, die nach seiner Hand griff. »Aber *ich ... ich* werd ab morgen nicht mehr hier sein.«

Verständnislos blickte Ludwig sie an. »Du gehst weg?«

»Auf die Suche nach einer Stellung. In die Stadt. Weil wir auch ...« Sie holte tief Luft. »Weil wir auch bald bankrott sind. Das sagt der Vater zwar so nicht. Aber ich weiß es auch so.«

Bestürzt schüttelte Ludwig den Kopf. »Das tut mir furchtbar leid.«

Wally lächelte wehmütig. »Mir auch, das kannst du mir glauben. Aber es nützt ja nix. Jedenfalls muss ich jetzt nach München gehen und als Haushälterin arbeiten.«

»Nach München.« Das schien Ludwig zu imponieren. »Das ist weit weg.«

Sie schwiegen eine Weile. Dann sagte Wally: »Und? Gehst du jetzt wieder zurück nach Manching?«

Erstaunt blickte Ludwig auf. »Ganz und gar nicht! Was will ich denn in Manching? Hier will ich bleiben. Du wirst doch ab und zu wieder herkommen und deine Familie besuchen, oder? Und mich«, fügte er leise hinzu.

Wally nickte. »Ja, Ludwig. Das will ich. Und das werd ich. Hier, der ist für dich!« Sie streckte ihm den Flieder entgegen.

»Hast du etwa gewusst, dass ich komm?«

»Nein. Aber jetzt, wo du hier bist, möcht ich ihn dir schenken.«

»Mhm. Dankeschön«, murmelte Ludwig zögerlich, und auf einmal war es wieder da, sein Grinsen. »Ich hätt mir allerdings was anderes als Geschenk gewünscht. Also, wenn ich mir was hätt wünschen dürfen.«

»Aha? Was könnt das bloß sein?«, sagte Wally leise und sah sich um. Kein Mensch war weit und breit auszumachen. Da zog sie den jungen Mann an sich und küsste ihn heftig. »So was vielleicht?«, fragte sie, als sie ihn wieder losließ.

Ludwig atmete tief durch. »Also …« Er räusperte sich. »Also das wär jedenfalls ganz oben auf meiner Liste.«

※※※

Zusammen gingen sie hinunter zum Hof und spazierten von dort aus weiter hinüber zur Kirche, wo sie sich in eine der Bänke setzten und leise beteten.

»Ich hab für dich gebetet, Luggi«, sagte Wally anschließend, ohne sich vom Fleck zu rühren.

»Und ich für dich.«

Sie sah, dass er sie gern noch einmal so innig geküsst hätte wie vorhin hinter dem Hof, und schüttelte dezent den Kopf. »Nicht hier«, flüsterte sie.

»Musst du wirklich schon morgen weg?«

Wally seufzte. »Morgen. In aller Früh.«

»Ausgerechnet jetzt.«

»Ausgerechnet jetzt. Aber ich komm so bald, wie ich kann, wieder heim.«

Er nickte. »Pass gut auf dich auf Wally«, sagte er mit rauer Stimme. »Du bist das Wichtigste, was ich hab. Und du weißt, wo du mich findest.«

22.

Wally kannte München aus ihrer Kindheit. Sie hatte die Stadt mit ihren prächtigen Gebäuden, den eleganten Damen und Herren, den belebten Straßen und Plätzen und den bezaubernden Auslagen der Geschäfte immer bewundert. Schon auf den paar Hundert Metern zwischen dem Hauptbahnhof und dem Stachus, einem Platz, der allein so groß war wie ganz Deimhausen, gab es mehr zu sehen als auf dem Weg zwischen ihrem kleinen Heimatort und der Landeshauptstadt. Auch war hier alles schneller. Gewiss, es gab Herrschaften, die sehr vornehm spazierten, doch die meisten Menschen schienen es eilig zu haben. Laut war es außerdem. Das lag nicht nur an dem vielen Straßenverkehr, in dem nun, im Jahr 1928, kaum mehr Pferdefuhrwerke zu sehen waren, dafür aber unzählige Automobile, sondern auch an den Leuten, die diesen Verkehrslärm mit ihren Stimmen übertönen mussten.

Schon am Ausgang des Hauptbahnhofs, eines altehrwürdigen Backsteinbaus aus der Zeit Ludwigs I., war sie von fliegenden Händlern bedrängt worden, Obst, Zeitungen oder Illustrierte zu kaufen. Bei Letzteren war sie tatsächlich schwach geworden, und so lief Wally Geistbeck, angehendes Dienstmädchen aus Deimhausen, mit dem »Film-Kurier« unter dem Arm, der Tasche in der einen, dem Schirm in der anderen Hand, vom kopfsteingepflasterten Bahnhofsvorplatz die Schützenstraße hinunter zum Stachus und wusste schon im ersten Augenblick, was sie in München *auf jeden Fall* tun wollte: ins Kino gehen! Einen Film gesehen hatte sie in ihrem ganzen Leben noch nicht, wohl aber davon gehört und manchmal darüber gelesen.

Bevor sie sich dieses Vergnügen jedoch würde leisten können, musste sie zuerst einmal Arbeit finden und Geld verdienen. Das Kino sollte die Krönung ihres freien Tages sein, wenn sie den ersten Lohn ausbezahlt bekäme.

***

Als sie gegenüber vom Karlstor ankam, breitete sich das Rondell vor ihr aus, als wollte es sie umarmen und sagen: Jetzt bist du angekommen, hier bist du richtig! Wallys Glück hätte kaum größer sein können, denn in dem Augenblick wurde ihr bewusst, dass sie jetzt frei war. Es gab keine Eltern, die ihr gesagt hätten, was zu tun war, keine Kühe, die gemolken werden, keine Felder, die bestellt werden wollten. Es gab keine Schule, die besucht werden musste, und keine Schwester, mit der sie die Kammer teilte, keine Nonnen, die auf sie aufpassten. Nichts und niemand setzte ihr hier Grenzen. Sie war ihr eigener Herr! Zumindest, bis sie eine Stelle ergattert hatte.

Das allerdings würde schnell gehen müssen, denn sie hatte zwar eine billige Unterkunft gefunden, doch würden die paar Mark, die sie von zu Hause mitbekommen hatte, nur ein paar Tage für sie ausreichen. Danach musste sie untergekommen sein, um als Dienstmädchen Kost und Logis zu erhalten. Frühestens in zwei, womöglich erst in vier Wochen würde sie ihren ersten Lohn bekommen.

Auf dem Stachus blühten die Kastanienbäume, die Wally liebte. Als sie hinüberging zum Karlstor, rieselten einige der rosa-weißen Blütenblätter auf sie herab und verfingen sich in ihrem Haar. Unwillkürlich musste sie lachen und lief gleich noch beschwingter über den riesigen Platz, wobei sie sehr auf den Verkehr achten musste, denn es kamen buchstäblich von allen Seiten die Automobile herangeflitzt.

In ihrem adretten Dirndl zog sie manch bewundernden Blick auf sich, und zweimal lupfte gar ein vorübergehender Herr den Hut, sodass sie sich ganz seltsam vorkam und sich an die mannigfachen Mahnungen ihrer Mutter erinnerte: *Pass auf, dass du nicht in schlechte Gesellschaft gerätst. Gib dich nicht mit Menschen ab, die du nicht kennst. Geh nicht mit irgendwelchen Männern mit. Man verabredet sich nicht mit Unbekannten. Vorsicht vor unerwarteten Einladungen.*

Natürlich verstand Wally, dass sich die Mutter Sorgen um ihre jüngste Tochter machte. Aber Wally war kein Kind mehr, sie hatte etwas gelernt, sie konnte selbst auf sich aufpassen, und sie hatte ihren Liebsten – auch wenn Ludwig nun nicht bei ihr sein konnte.

Sie seufzte, als sie auf die Neuhauser Straße trat und der Elektrischen auswich. Mit der Trambahn würde sie ganz viel fahren, das hatte sie schon beschlossen, weil es wie Bahnfahren war, aber das auch noch mitten in der Stadt, wo es so viel zu sehen gab! Die Auslagen der Geschäfte in der Neuhauser Straße quollen über vor schönen Dingen, sodass Wally sich ein ums andere Mal dabei ertappte, wie sie stehen blieb und Kleider, Schuhe, Hüte, Stoffe oder Schmuck bewunderte. Und Blumen natürlich! Was die Blumenstände hier zu bieten hatten, übertraf sogar einen gut gepflegten Bauerngarten! Vor allem die Rosen, die Nelken und die eleganten Tulpen mit den spitz zulaufenden Blütenblättern hatten es ihr angetan. Die Palmkätzchen erinnerten sie an daheim, die Vergissmeinnicht an Ludwig.

Und so kam es, dass Wally, als sich endlich der Marienplatz vor ihr öffnete, ein ziemlich nass geweintes Gesicht hatte. Sie war schier überwältigt von ihren widerstreitenden Gefühlen: dem Glück der Freiheit, der Faszination, die diese hinreißende Stadt und das vibrierende Leben hier auf sie ausübten, und der Sehnsucht, all das mit dem Menschen zu teilen, den sie so sehr vermisste und von dem sie erneut nicht wusste, ob sie ihn je wiedersehen würde.

***

Das Kloster St. Bonifaz war ein altehrwürdiger, bescheidener Bau neben einer stolzen alten Kirche. Wally hatte beschlossen, zuerst eine Kerze anzuzünden und zu beten, ehe sie sich dort im Kloster vorstellte, wo sie dank der Vermittlung der Indersdorfer Schwestern eine Unterkunft für einige Nächte bekommen hatte. Eigentlich waren es nur Ordensmitglieder aus anderen Klöstern, Pilger und Menschen in Not, denen die Benediktiner in ihren Räumen Obdach boten. Doch dass eine junge Frau auf der Suche nach einer Stellung in München hier unterkam, war nichts Ungewöhnliches – es war vielmehr eine Selbstverständlichkeit, diese unbedarften Mädchen vor den Gefahren der Großstadt zu beschützen.

Die kühlen, langen Gänge des Klosters erinnerten Wally sehr an die Haushaltungsschule, die Regeln ebenfalls: frühes Aufstehen, Teilnahme an der Morgenandacht, ein karges Frühstück im Gemeinschaftsraum. Erst danach war alles anders: Wally war frei, ihren Tag selbst zu planen, sich um ihre eigenen Belange zu kümmern und zurückzukehren, wann es ihr beliebte – sofern es nur rechtzeitig zur gemeinsamen Abendandacht war.

Den ersten Nachmittag nutzte Wally, um sich mit der Stadt vertraut zu machen. Erst am nächsten Tag würde sie ihr erstes Vorstellungsgespräch haben. Zu diesem Termin war sie ebenfalls durch Vermittlung der Klosterschwestern in Indersdorf gekommen. Wohlhabende Münchner Familien meldeten sich häufig bei der Haushaltungsschule, um ein gut ausgebildetes Dienstmädchen zu finden. Eine Referenz der Marienanstalt war einiges wert!

Wally staunte, wie vieles sie noch nicht kannte. Die Stadt schien schier kein Ende zu nehmen. Besonders angetan hatte es ihr der Hofgarten, ein zauberhafter Park, der von Kolonnaden umgeben war und in dessen Mitte ein eleganter Tempel mit einer Frauenfigur auf dem kuppelförmigen Dach stand. Darin und darum herum waren hübsche Tischchen und Stühle aufgestellt, an denen Kaffee und Kuchen, Eis und sonstige Köstlichkeiten serviert wurden. Damen in den feinsten Kleidern saßen dort und ließen sich bedienen, die Herren trugen alle Anzug, Krawatte und Hut. Wally staunte, wie sehr das alles nach einem Theaterstück aussah.

Von der mächtigen Feldherrnhalle erblickte man in der

Ferne das Siegestor. Die ganze Straße bis dorthin war gesäumt von Prachtbauten. Es reihte sich ein Palais ans andere. Ob sie wohl einmal in einem solchen Haus arbeiten würde?

An der Residenz entlang führte ebenfalls ein Weg zum Marienplatz. Dabei kam Wally an der Oper vorbei und musste unwillkürlich an Herrn Laubinger denken, an die Zauberflöte, an den Freischütz, an den schrecklichen Wagner, den er ihr auch einmal vorgespielt hatte, und an Verdi mit seinen Melodien, die einem nicht mehr aus dem Ohr gingen.

Jenseits des Marienplatzes lag das Petersbergl. Dort war sie schon gewesen mit ihrem Vater und Resi, in der Peterskirche mit ihrem prächtigen Schmuck und ihrer geheimnisvollen Atmosphäre. Aber diesmal, das hatte sie sich vorgenommen, wollte sie nicht in die Kirche gehen, sondern den Turm besteigen! Der »Alte Peter«, wie der Turm genannt wurde, sollte einen wunderbaren Blick über die Stadt ermöglichen. Das hatte ihr Ludwig erzählt. Der war schon oben gewesen, als er München einmal besucht hatte.

»Da müssen Sie jetzt aber schnell machen, Fräulein!«, erklärte der Turmwärter, der unten in einem winzigen Häuschen saß und für zwanzig Pfennige Karten für den Aufstieg ausgab. »Wir schließen in einer halben Stunde!«

»Ich hab junge Füße«, erwiderte Wally und lachte, auch wenn ihr diese jungen Füße vom vielen Herumlaufen inzwischen ein bisschen wehtaten.

»Und immer schön festhalten beim Hinaufsteigen! Es ist steil. Wer das nicht gewöhnt ist, kommt leicht ins Stolpern.«

»Freilich!«, lachte Wally und hüpfte über die paar steinernen Stufen zum Eingang. Der Turmwächter hatte maßlos übertrieben: Es ging recht gemütlich hinauf auf einer festen Steintreppe zwischen weiß gekalkten, massiven Wänden.

Auf dem ersten Absatz begegneten Wally ein paar entgegenkommende Besucher, die die Aussicht bereits genossen hatten. »Grüß Gott«, sagte sie und lächelte freundlich, ohne aber eine Antwort zu bekommen. Daran würde sie sich anscheinend gewöhnen müssen, dass die Leute in der Stadt nicht einen jeden begrüßten, dem sie irgendwo begegneten. Es gab ja auch viel zu viele Menschen hier.

Weiter ging es mit einer deutlich steileren Holzstiege. Zum Glück war Wally solche halsbrecherischen Treppen gewöhnt. In vielen alten Bauernhäusern ging es steil hinauf zu den oberen Räumen, und im Stadel waren Leitern an der Tagesordnung. Allerdings ging es dort nur ein paar Meter in die Höhe. Hier dagegen reihte sich eine an die andere. Immer höher und immer noch steiler ging es hinauf. Zum Festhalten gab es lediglich eine wackelige Holzkonstruktion, und wenn man nach unten blickte, hatte man das Gefühl, als müsste man jeden Moment zwischen den Brettern hinabstürzen.

Nach einer Weile blieb Wally auf einem der Absätze stehen und überlegte, ob sie nicht wieder hinuntersteigen sollte. Wenn sie wenigstens hätte einschätzen können, wie weit es noch hinaufging! So hingegen wusste sie nicht, ob sie dem Ziel schon nah war oder noch weit davon entfernt. Es kam ihr vor, als müsste die halbe Stunde bis zur Schließung des Turms längst vergangen sein. Schweißüberströmt klammerte sie sich an ein Holzgitter, das die Stiege von dem Abgrund trennte, der in der Mitte klaffte. Vorsichtig lugte sie hinab und stellte fest, dass man nicht bis zur Erde schauen konnte, weil dazwischen immer wieder Plattformen und Absätze der Treppe die Sicht verwehrten. Aber sie war froh, dass es so war.

Tapfer stieg sie weiter hinauf und immer weiter, wich bisweilen entgegenkommenden Menschen aus, um irgendwann direkt vor sich eine gewaltige Kirchenglocke zu sehen. Und noch eine. Und noch einige kleinere. So also sah das Geläut einer großen Kirche aus der Nähe aus! Staunend starrte sie die riesigen und zugleich eleganten Kolosse an – und wäre beinahe rückwärts wieder hinuntergestürzt, als eine davon plötzlich mit einer Lautstärke schlug, dass es Wally durch und durch ging. Zitternd am ganzen Leib krallte sie sich an der Absicherung fest, während die Glocke ein zweites und noch ein drittes Mal schlug. Dabei blieb es. Natürlich. Dreimal bedeutete, dass es jetzt drei viertel sechs war. In einer Viertelstunde würde der Turm geschlossen. Wenn sie jetzt nicht schnell machte, würde sie nichts mehr sehen können.

Wally stolperte weiter. Sie achtete jetzt nicht mehr auf jede Treppe, schaute auch nicht mehr zurück und dachte nicht mehr darüber nach, wie steil und eng und gefährlich es hier war, sondern wollte nur noch so schnell wie möglich hinauf – und fand sich wenig später endlich in einem kleinen Raum mit zwei Türen wieder. Sie hatte es geschafft!

Auf einem Schild gegenüber der Treppe stand »Aussichtsplattform«. Wally atmete tief durch und entschied sich dann dafür, durch die Tür »Nordseite« zu gehen. Beherzt öffnete sie selbige und trat ins Freie, um im nächsten Moment aufzuschreien. Nur eine Armlänge vor ihr war der umlaufende Balkon des Alten Peter schon wieder zu Ende – und es ging unvorstellbar weit hinunter. Ihr wurde unvermittelt so schwindelig, dass sie sich hinsetzen musste auf den blanken Boden, um nicht … um nicht … Wally musste schlucken. Sie hatte das Gefühl, sich gleich übergeben zu müssen. Kalter Schweiß brach ihr aus, und sie hatte Schwierigkeiten, Luft zu bekommen.

»Is alles in Ordnung?«, hörte sie eine Stimme fragen. »Kann ich was tun? Geht's Ihnen nicht gut?«

Es war eine freundliche Stimme. Die Stimme eines jungen Mannes. »Ludwig?«

Der junge Mann lachte. »Nein. Tut mir leid. Ist Ihr Ludwig auch hier oben? Soll ich ihn rufen?«

Wally schüttelte den Kopf. »Nein, nein. Entschuldigung. Es geht schon wieder. Ich bin nur … Ich hab nur …«

»Ich weiß schon«, erwiderte der junge Mann und reichte ihr die Hand, um ihr aufzuhelfen. »Es geht ganz schön weit runter.« Er nickte zum Geländer hin.

Wally atmete ein paarmal tief durch und zog sich dann mit seiner Hilfe hoch. »Allerdings«, sagte sie. »Ich bin zum ersten Mal hier oben. Also so was hab ich noch nicht gesehen.« Sie blickte sich um, klammerte sich, ohne sich dessen bewusst zu sein, an dem jungen Mann fest. Was für eine unglaublich weite Sicht! »Man kann ja sogar bis in die Berge sehen«, flüsterte sie.

»Schon, ja«, bestätigte der freundliche junge Mann, dem es anscheinend nichts ausmachte, noch ein wenig ihre Hand zu halten. »Da drüben is der Wendelstein.«

»Was Sie alles wissen.«

Er lachte. »Also mehr als das weiß ich jetzt leider auch nicht. Aber ich glaub, die Berge schaut man sich sowieso lieber in den Bergen an. Und hier die Stadt.«

Die Stadt, ja. Da breitete sie sich aus, so weit, dass man das Ende gar nicht sehen konnte, obwohl der Turm so hoch über den Häusern aufragte! Das Rathaus, die Frauenkirche, gleich gegenüber die Heiliggeistkirche. Überhaupt: all die Türme. Dass eine Stadt so viele Türme haben konnte! Und so schöne noch dazu.

Wally bemerkte, dass sie sich immer noch an dem jungen Mann festhielt. »Oh! Entschuldigung.« Sie ließ seine Hand los.

»War mir ein Vergnügen«, sagte er und lachte.

Wally tastete sich an der Wand des Alten Peter entlang, als könnte sie dadurch mehr Sicherheit erlangen, und schritt vorsichtig, einen Fuß vor den anderen setzend, um den viereckigen Turm herum, den Blick abwechselnd auf den Boden und in die Ferne gerichtet. Sie überlegte, in welcher Richtung wohl Deimhausen liegen mochte. Sehen konnte sie es freilich von hier aus nicht – wenn ja nicht einmal das Ende der Stadt zu erkennen war …

Sie wandte sich um, um ihren Helfer von eben noch etwas zu fragen, doch der stand schon an der Tür zum südlichen Ausgang, winkte ihr fröhlich und war im nächsten Moment im Turm verschwunden.

Sie war allein. Allein über dieser wunderschönen, riesengroßen Stadt, unter ihr die Menschen so klein, dass man niemanden hätte erkennen können, selbst wenn man sie alle gekannt hätte. Die Automobile waren winzig, die Elektrische wirkte wie ein blauer Wurm, der sich durch die Straßen schob.

Erst jetzt spürte Wally, dass ein kühler Wind um den Turm jagte. Sie erschauderte. Und wenn sie daran dachte, dass sie gleich auch wieder hinuntersteigen musste, dann war ihr doch recht bang. Aber wert war es den Aufstieg gewesen. Denn so etwas Großartiges hatte sie in ihrem ganzen Leben noch nicht gesehen.

23.

Otto Weber war ein Privatier, der – wie manch anderer Bauer auch – ein paar Jahre vor der Jahrhundertwende mit dem Verkauf einiger Morgen Land zwischen den Villen rund um Schloss Nymphenburg und dem Brauereiviertel am Stiglmeierplatz reich geworden war. Nicht jeder dieser Großbürger aber hatte mit dem neu gewonnenen Reichtum auch die entsprechende Lebensart hinzugewonnen, und so musterte der Witwer, der schon in seinen Siebzigern war, Wally auf eine geradezu impertinente Weise.

»Und außer dem Schrieb von der Klosterschule hast du keinerlei Zeugnisse?«, fragte er skeptisch.

»Es ist meine erste Stelle, die ich such«, erwiderte Wally mit klopfendem Herzen.

»Aha. Und da soll dann ich derjenige sein, der dich quasi ausbildet, ja?«

»Überhaupt nicht!«, widersprach Wally nachdrücklich. »Das haben schon die Schwestern zu Indersdorf erledigt.«

Der Alte lachte abschätzig. »Aufs Maul gefallen bist du jedenfalls nicht. Also gut. Ich nehm dich. Aber erst einmal für zwei Wochen und ohne Lohn.«

»Ohne Lohn?«

»Ja freilich! Kommt ohne jede Referenz an und möcht

gleich Geld verdienen! Das wär ja noch schöner! Jetzt zeigst du, was du kannst, und dann sehn wir weiter. Wenn die zwei Wochen um sind, wird übers Geld gesprochen. Und keinen Tag früher, haben wir uns verstanden?«

Wally nickte pflichtschuldig. Wenn das die Sitten waren, musste sie sich wohl fügen, egal wie unsympathisch ihr dieser Mensch war, der hier so auf großem Fuße lebte. »Also gut«, sagte sie. »Dann werd ich bei Ihnen anfangen.«

Otto Weber nickte. »Ich zeig dir deine Kammer. Aufgestanden wird um halb sechs. Um sechs fängt die Arbeit an. Ich krieg mein Frühstück um halb sieben. Mittag ess ich um zwölf, eine Brotzeit gibt's am Nachmittag um drei, um sechs Abendessen. Das Nähere besprechen wir dann morgen.«

Wally knickste. »Sehr wohl, Herr Weber. Und wann soll ich anfangen?«

»Ja gleich, natürlich. Kannst deine Sachen holen und einziehen. Eine Uniform is noch von deiner Vorgängerin da. Morgen ist dein erster Arbeitstag.«

»Gern, Herr Weber«, sagte Wally und fand sich auf einmal ganz erleichtert. So schnell hatte sie eine Stelle gefunden! Und wenn es ihr nicht gefiel, dann konnte sie ja jederzeit wieder gehen. Wenn ihr der Dienstherr noch nicht einmal einen Lohn zahlte, war sie frei. Aber vielleicht würde es ja ganz nett sein. Die Wohnung war mit Salon, Arbeitszimmer, Schlafzimmer, Küche, Waschküche, Badezimmer, Abort und Dienstbotenkammer nicht sehr groß, da gab es vermutlich wenig Schmutz. Der Haushalt eines einzigen älteren Herrn verursachte gewiss nicht allzu viel Wäsche, und kochen würde sie auch nicht ungeheure Mengen. Gut möglich, dass sie hier einen richtigen Glücksgriff getan hatte! Auch lag die Wohnung ganz zentral im Tal. Ein paar Meter nur zum Marienplatz, ein Katzensprung zum Viktualienmarkt! Und wenn sie ihren freien Tag hatte …

»Herr Weber?«

»Hm?«

»Wann soll ich denn meinen freien Tag nehmen? Am Sonntag vielleicht?«

»Noch gar nicht angefangen und schon an die Freizeit denken? Das ist ja eine feine Einstellung«, murrte der neue Dienstherr. »Die zwei Wochen jetzt werden ja wohl ohne einen freien Tag gehen, oder? Und danach besprechen wir, wie es sein soll.«

»Is recht, Herr Weber«, fügte sich Wally in ihr Schicksal. Offenbar musste sie durch diese Frist erst einmal hindurch. Aber zwei Wochen vergingen schnell! Da machte sie sich keine Sorgen.

***

»So rasch?«, bemerkte der Hospitarius der Benediktiner, als Wally ihm am selben Mittag verkündete, dass sie ihre Kammer noch vor dem Abend wieder räumen würde, weil sie eine Stelle gefunden hatte.

»Ja, gleich der Erste hat zugesagt.«

»Verstehe«, erwiderte der Pater und betrachtete die junge Frau nachdenklich. »Und wie bist du auf diese Stelle gekommen, meine Tochter?«

»Schwester Chantal aus Indersdorf hat mir per Post eine Liste möglicher Dienstherren geschickt.«

»Nun, so wird es wohl alles recht und ordentlich sein. Ich wünsche dir viel Freude bei deiner neuen Arbeit.«

So warmherzig waren ihr die Benediktiner begegnet, dass es Wally fast ein bisschen leidtat, sie schon wieder verlassen zu müssen. Sie seufzte, als sie ihre Kleider faltete und in ihre Tasche legte, ehe sie sich noch einmal in die Waschräume begab, um sich frisch zu machen.

Wenig später packte sie die Sachen wieder aus und räumte sie in der Dienstbotenkammer von Otto Weber ein. Der alte Herr beobachtete sie sehr genau, wie sie sich einrichtete, stand in der Tür und sagte kein Wort. Ungut war das, weil sie sich so kontrolliert fühlte. Als wollte er sichergehen, dass die neue Haushälterin nicht etwas einsteckte, was ihr nicht gehörte.

Das Dienstmädchen, das vorher in dem Haushalt gearbeitet hatte, musste schon länger weg sein, denn es lag eine dicke hellgraue Schicht auf allem. »Ich könnt morgen gleich mit Staubwischen anfangen«, schlug Wally mit Blick auf die Kommode vor.

»Ist es dem gnädigen Fräulein nicht sauber genug bei mir?« Weber blitzte sie aus kleinen Augen an.

»Ich mein nur, das wär doch ein guter Anfang«, stotterte Wally. »Aber wenn ich lieber was anderes machen soll, dann …«

»Ich werd dir schon rechtzeitig sagen, was zu tun ist.«

※※※

Als der neue Dienstherr sie endlich allein ließ, betrachtete Wally stumm die zwei schwarzen Hausuniformen, die in dem schmalen Kleiderschrank der Dienstbotenkammer hingen. Für sie mit ihren etwas weiblicheren Formen waren sie eigentlich zu eng, doch als sie ihn darauf hingewiesen hatte, hatte Herr Weber sie lediglich aufgefordert, doch ihr Talent als Näherin unter Beweis zu stellen – schließlich habe sie seines Wissens an der Haushaltungsschule auch Nähunterricht gehabt.

Die nötigen Kurzwaren schien es allerdings in der Wohnung im Tal nicht zu geben, sodass Wally sich das nötige Garn und einen Satz Nadeln von ihrem eigenen Geld kaufen musste.

Bis sie sich in alles eingefunden hatte, war es Abend. Herr Weber speiste außer Haus, in der Küche waren nur etwas Brot und Marmelade zu finden. Morgen würde Wally erst einmal einkaufen gehen müssen.

In der Dienstbotenkammer roch es, als wäre seit Jahren nicht gelüftet worden. Allerdings stellte Wally schnell fest, dass sie nicht schlafen konnte, wenn das Fenster offen blieb. Denn obwohl es zum Hinterhof hinausging, war es schrecklich laut an diesem Ort. München schien in der Nacht genauso hektisch und aufgedreht wie am Tag. Immer wieder hörte Wally johlende Männer, laut lachende Frauen, und zweimal meinte sie, jemanden unten in den Hof kommen zu hören, der sich dort erleichterte. Irgendwann schlug sie das Fenster wieder zu und lag lieber im Mief als im Lärm.

Es musste bereits sehr spät sein, als Herr Weber schließlich nach Hause kam. Wally konnte seine schweren Schritte auf dem Flur hören. Er lief mehrmals hin und her. Einmal schien er vor ihrer Kammer stehen zu bleiben. Sie meinte sogar, ihn schnaufen zu hören. Dann wanderte er weiter, kehrte wieder zurück, hielt abermals vor der Dienstbotenkammer inne und war so leise, dass Wally es direkt mit der Angst zu tun bekam. Was, wenn er hereinkäme? Was, wenn er zudringlich werden wollte? Sie hatte solche Geschichten schon gehört. Das war hier in der Stadt nicht anders als auf dem Land für die Mägde. Wenn der Bauer sich nicht im Zaum hatte, konnte es gefährlich werden.

Aber Herr Weber schlurfte dann doch hinüber in sein Schlafzimmer und fiel hörbar ins Bett, wo er schon wenige Augenblicke später so laut schnarchte, dass Wally es sogar durch die Wände hören konnte. Erst gegen Morgen, als es schon fast wieder Zeit zum Aufstehen war, fiel auch sie in einen kurzen, traumreichen leichten Schlummer.

※※※

Ein ohrenbetäubender Lärm riss Wally aus dem Schlaf. Im Hinterhof wurden am frühen Morgen die Mülltonnen entleert. Scheppernd zerrten die Arbeiter die Blechbehälter nach vorn, wo sie sie auf einen Karren entluden. Ein elender Gestank stieg herauf zu den Wohnungen. Wally blickte hinunter, zog eilends den Kopf zurück und schlug das Fenster wieder zu. Gegen diesen Geruch war der Dampf vom Misthaufen auf dem elterlichen Hof wirklich harmlos. In der Stadt schien einfach alles extremer als auf dem Land.

Die Uhr zeigte kurz nach halb sechs. Wally erschrak. Am ersten Tag zu verschlafen wäre ein schlechter Einstieg gewesen.

Zu ihrem Ärger war sie in der Nacht ziemlich zerstochen

worden, obwohl sie gar keine Mücken gehört hatte, und die Stiche juckten schrecklich. Hastig machte Wally ihre Morgentoilette und zog eines der Hauskleider an, die für sie vorgesehen waren – an dem anderen hatte sie am Vorabend noch zu nähen begonnen. Aber sie würde sicher drei Abende brauchen, um es fertig zu bekommen.

Herr Weber hatte ihr aufgetragen, ihm zum Frühstück zwei frische Semmeln vom Bäcker auf der gegenüberliegenden Straßenseite, Marmelade und zwei »Frühstückseier wachsweich« zu bereiten, dazu Kaffee, »und zwar eine große Kanne und nicht zu stark«. Also lief sie zuallererst hinunter zur Bäckerei Lohmeyer, wo bereits andere Dienstmädchen in der Schlange standen.

»Na, da schau her«, sagte die junge Frau, die vor ihr anstand. »Bist du neu?«

»Ja«, antwortete Wally. »Beim Herrn Weber, im Haus gegenüber.«

»So.« Die Dienstmagd musterte sie. »Das is ja offensichtlich ein großer Haushalt.«

»Nein, überhaupt nicht«, erwiderte Wally. »Der Herr Weber ist alleinstehend. Ein älterer Herr«, ergänzte sie, um Missverständnisse zu vermeiden.

»Und trotzdem so viele Mitbewohner«, sagte die Dienstmagd und schickte ein spitzes Lachen hinterher. Dann war sie an der Reihe, nahm ihre Bestellung vom Vortag entgegen und verließ den Laden zu schnell, als dass Wally sie noch nach der seltsamen Bemerkung hätte ausfragen können.

»Beim Herrn Weber«, sagte die Bäckerin mit einem mitleidigen Lächeln. »Ja dann, grüß Gott im Tal.«

»Grüß Gott«, entgegnete Wally. »Ich bräucht ...«

»Zwei Semmeln, ich weiß. Der Herr Weber kauft seit Jahr und Tag immer zwei Semmeln. Und für seine Weißwürscht gelegentlich ein paar Brezen.«

»Weißwürscht! Und wissen Sie auch, wo er die immer kauft?«

»Wahrscheinlich beim Hutschenberger drüben. Aber da fragst du ihn besser selber, Mädel.«

»Freilich. Das mach ich.« Wally zahlte und beeilte sich, wieder hinüberzukommen und das Frühstück zu bereiten.

**

Ihr Dienstherr schien an diesem Tag gut aufgelegt zu sein. Er machte sogar ein paar Scherze. Einmal steckte er Wally zwanzig Pfennige zu. »Da«, sagte er und musterte seine neue Haushälterin.

»Für mich?«

»Ja«, sagte er. »Zum Zeitungkaufen.«

»Oh. Ja. Freilich. Das mach ich gleich ...«

»Das machst du, wenn alles abgeräumt ist und die Küche geputzt.«

»Sehr wohl, gnädiger Herr.«

Erst als sie etwas später am Marienplatz am Zeitungskiosk stand, fiel ihr ein, dass sie gar nicht wusste, welche Zeitung Herr Weber haben wollte. Also lief sie eilends zurück und musste sich Vorwürfe machen lassen, dass sie nicht gleich gefragt hatte.

Es sollte die »München-Augsburger Abendzeitung« sein. Eine Stunde lang vertiefte sich der ehemalige Bauer in die Berichte zum Weltgeschehen, wobei es ihm offenbar die Notizen zu Strafprozessen, Sittlichkeitsdelikten, tätlichen Auseinandersetzungen zwischen den politischen Parteien und Bekanntmachungen vom Heiratsmarkt besonders angetan hatten.

Wally hatte indes begonnen, die Wohnung zu putzen. Sie hätte gern mit Staubwischen angefangen, doch Herr Weber hatte sie angewiesen, zunächst die Böden feucht zu wischen und die Teppiche im Hof auszuklopfen.

Es war eine schwere und undankbare Arbeit. Die verstaubten Teppiche vom dritten Stock in den Hinterhof hinunterzutragen kostete viel Kraft. Unten schaffte Wally es kaum, sie über die Teppichstange zu wuchten. Und als sie endlich so weit war, mit dem Ausklopfen anfangen zu können, war sie schon am Ende ihrer Kräfte. Trotzdem mühte sie sich mit all den großen, verblassten Perserteppichen ab, die in der Wohnung auslagen, und brachte einen nach dem anderen wieder zu leuchtenden Farben.

Großzügig sah Herr Weber darüber hinweg, dass es mit dem Mittagstisch später werden würde. »Es kann ja am Anfang noch nicht alles perfekt laufen«, stellte er fest, wobei allerdings seine Miene weniger mild wirkte als seine Worte.

Wally nickte, knickste und hastete in die Küche, um das gewünschte Kalbsgeschnetzelte mit Spätzle zuzubereiten. Die Zutaten für den Teig hatte sie in der Vorratskammer gefunden, das Fleisch fürs Geschnetzelte eilig zwischendurch beim Hutschenberger am Viktualienmarkt besorgt.

Da sie keinen Rahm im Haus fand, musste sie die Soße mit Mehl andicken. Auch Pfeffer gab es keinen, aber den konnte sie nicht ersetzen. Dennoch schien es dem Dienstherrn zu schmecken. Er ließ sich nachservieren, bis die Pfanne ganz leer war, und gönnte sich anschließend einen Schnaps und ein Nickerchen auf dem Sofa im Salon, während Wally mit den wenigen übrig gebliebenen Spätzle die Pfanne auswischte und im Stehen ihren Hunger halbwegs stillte, ehe die nächste Aufgabe auf sie wartete: Sie sollte den Nachmittag über Herrn Webers Anzüge aufbügeln – eine heikle Angelegenheit. Ein Anzug war teuer. Wenn man unvorsichtig oder das Plätteisen zu heiß war, konnte schnell ein großer Schaden entstehen. Doch alles ging gut, und Wally war schneller mit den Anzügen fertig als gedacht.

Der Dienstherr quittierte es ihr mit einem Nicken und der Bemerkung: »Recht so. Dann kannst du jetzt auch noch die Hemden machen.«

Wally hatte die Hemden schon im Schrank hängen sehen – und sie vor allem gerochen. »Soll ich sie nicht erst waschen, Herr Weber?«

Einen Moment lang schien es, als überlegte der Dienstherr, ob er sie rüffeln sollte für die freche Bemerkung, aber dann stimmte er zu. »Doch, ja, das ist ein guter Vorschlag. Waschen und bügeln. Beides. Aber beeil dich, damit es mit dem Abendessen nicht wieder so spät wird.«

❊❊❊

Als Wally an diesem Abend ins Bett fiel, hatte sie das Gefühl, noch nie in ihrem Leben so viel gearbeitet zu haben. Selbst ein Erntetag auf dem Hopfenwagen war dagegen ein Kinderspiel. Sie war so müde, dass sie nicht einmal mehr ihr Nachthemd überstreifte, sondern direkt in der Unterwäsche unter die Decke schlüpfte.

Trotzdem wollte es ihr nicht gelingen, schnell einzuschlafen. Stattdessen musste sie an die seltsame Bemerkung der Dienstmagd beim Bäcker denken und daran, wie ihr Herr Weber das Geld zugesteckt und sie dabei beobachtet hatte, ehe er ihr erklärte, dass es für eine Zeitung sei. Alles war so verwirrend, so eigenartig, so ganz anders als daheim!

Und dann waren da auch wieder die Schritte ihres Dienstherrn, der zwar an diesem Abend nicht aus dem Haus gegangen war, aber dennoch unruhig auf dem Flur herumlief. Wally hatte ihm noch einen Krug Bier aus dem nahe gelegenen Hofbräuhaus geholt, einen Maßkrug sogar! So groß waren die Bierhumpen in Deimhausen nicht gewesen. Maßkrüge kannte Wally sonst nur von den Volksfesten, die es bei manchem Viehmarkt gab.

Einmal mehr meinte sie zu hören, wie ihr Dienstherr unvermittelt vor ihrer Kammer stehen blieb. Ja, sie glaubte gar, ihn schnaufen zu hören. Als sie sich aufrichtete und zur Tür blickte, war nicht nur der erhellte Spalt darunter zu sehen, sondern auch zwei Schatten. Das mussten seine Füße sein. Er stand wirklich da! In ihrer Kammer war es zwar dunkel, aber ein wenig Licht fiel durchs Fenster herein. Im fahlen Mondschein konnte sie erkennen, wie sich auf einmal die Türklinke bewegte. Und dann ging tatsächlich die Tür auf.

»Ja bitte?«, sagte sie, nein, rief sie. Es klang sogar in ihren Ohren schrill.

»Wally?«, sagte ihr Dienstherr mit heiserer Stimme.

»Ja, gnä … gnädiger Herr?«

»Schläfst du schon?«

Wally erinnerte sich plötzlich, dass sie nicht einmal ein Nachthemd anhatte. Sie raffte die Bettdecke um sich und tastete nach der Nachttischlampe, knipste sie mit zitternden Fingern an und sagte: »Brauchen Sie noch was, gnädiger Herr?«

Sie konnte an seinem Blick erkennen, dass er betrunken war. Und noch etwas sah sie in seinem Blick. Etwas, was ihr Angst einjagte.

»Was könnt ein ... ein einsamer Mann schon brauchen, mitten in der Nacht«, sagte er mit rauer Stimme und trat einen Schritt näher. Und noch einen.

»Eine warme Milch vielleicht?«, schlug Wally verzweifelt vor. »Oder ...«

»Eine was?«, fragte Otto Weber verdutzt. »Eine ... eine warme ...« Es schien ihn auf einmal innerlich zu schütteln. Er kicherte leicht und brach dann in schallendes Gelächter aus. »Eine warme ... Milch!«, rief er und hielt sich den Bauch vor Lachen.

Es dauerte eine Weile, bis er sich beruhigt hatte. Er wischte sich über die Augen – und war so plötzlich ernst, dass Wally erschrak. Todernst war er und starrte sie aus eisigen Augen an. »Mach dich nur lustig, Mädel«, flüsterte er. »Das wird dir aber nicht gut bekommen.« Er nickte, dann drehte er sich um und verließ die Kammer, ohne die Tür hinter sich zuzuziehen.

Schockiert wartete Wally, bis sie hörte, wie sich die Tür seines Schlafzimmers schloss, bevor sie hastig aufstand, ihre Zimmertür fest zumachte, sich ein Nachthemd überstreifte und dann wieder zu Bett ging.

Doch an Schlaf war auch in dieser Nacht nicht zu denken. Abermals gelang es ihr erst am frühen Morgen, endlich einzudämmern und ein klein wenig Erholung zu finden, ehe der nächste schwere Arbeitstag bevorstand.

※※※

Die Stiche brannten teuflisch. Es waren noch mehr als am Vortag, und es waren seltsamerweise immer mehrere nebeneinander. Es kostete Wally große Beherrschung, nicht zu kratzen. Sie musste sich unbedingt in der Apotheke eine Salbe holen, wenn sie nachher zum Einkaufen ging. In aller Herrgottsfrühe, wenn sie zum Bäcker musste, waren die Apotheken natürlich noch geschlossen.

Der Tag begann denkbar schlecht. Herr Weber schrie Wally ein ums andere Mal an. Nichts konnte sie ihm recht machen. Der Kaffee war zu dünn, die Semmeln waren zu dunkel, die Marmelade war zu wenig, das Ei zu hart – und als sie ihm ein neues machte, war es ihm zu weich.

Fenster sollte sie putzen, aber schneller machen als am Vortag, »damit ich nicht wieder zu Mittag essen muss, wenn schon fast Zeit fürs Abendessen wär!« Kasseler Rippchen hatte sich Herr Weber gewünscht, zwei Stück. Dazu frisches Sauerkraut und gedämpfte Kartoffeln. Vom Kraut und den Kartoffeln bekam Wally etwas ab. Aber auch an diesem Tag hatte sie kaum Zeit, es in Ruhe zu essen, denn die Fenster waren hoch und zahlreich, und sie waren schon lange nicht mehr geputzt worden.

Als ihr Dienstherr die Arbeit zwischendurch inspizierte, befand er sie als mangelhaft. »Da ist noch ein Streifen, dort

auch. Man sieht ja kaum raus, so schlampig ist geputzt.«
Bei der Gelegenheit stieß er auch noch den Eimer mit der Lauge um, sodass sich alles auf den Fußboden ergoss und Wally sich beeilen musste, es aufzuwischen, bevor es ins Holz eindrang und das Parkett Schaden nahm.

Schon am Mittag war ihr schwindelig vor Übermüdung. Sie war nur froh, dass sich Herr Weber auch an diesem Tag eine Zeitung holen ließ. Bei der Gelegenheit konnte sie noch schnell zur Storchenapotheke hinüberhuschen, um sich eine Salbe gegen die Stiche zu besorgen.

»Da wär ein Waschmittel nützlicher«, stellte der Apotheker trocken fest.

»Ein Waschmittel?«

»Das sind jedenfalls keine Mückenstiche«, erklärte er mit Blick auf Wallys geschundene Arme.

»Und was für Stiche sind das dann?«

»Gar keine Stiche. Sondern Bisse.«

»Bisse?«

»Ihr habt Wanzen. Am gescheitesten wär's, nicht nur die Bettwäsche und alle andere Wäsche auszukochen, sondern auch gleich die Matratze wegzuwerfen.«

»Wegzuwerfen? Ja, wie soll ich denn das machen?«, erwiderte Wally entgeistert. »Das is ja nicht einmal meine Matratze!«

Der Apotheker zuckte die Achseln. »Ich geb Ihnen eine Salbe mit. Aber das beeindruckt die Viecher nicht«, sagte er. »Wenn Sie nichts gegen die Wanzen unternehmen, dann bleibt Ihnen der Ärger mit den Bissen erhalten, Fräulein.«

∗∗

Als Wally wieder vor die Türe trat, schlug sie die Hände vors Gesicht. Sie war noch nicht einmal zwei ganze Tage da, und doch war sie am Ende ihrer Kräfte. Die viele Arbeit, die schlechte Behandlung, der schreckliche Besuch in der Nacht – und jetzt musste sie ihr Bett auch noch mit Wanzen teilen, die sie nie und nimmer aus der Kammer hinausbringen würde …

Sie sah sich um, sah das stolze Rathaus vor sich, die eleganten Herrschaften, die nebenan aus dem Feinkostladen traten, sie sah gegenüber die Türme der Frauenkirche und hörte nacheinander die Turmuhren ringsum zweimal schlagen.

Halb vier, dachte sie. *Es ist halb vier, und bald ist es wieder Abend, dann Nacht, und dann …*

※※※

Das Donnerwetter war gewaltig, mit dem Otto Weber sein Dienstmädchen verabschiedete. Zuerst hatte er sich sogar geweigert, Wally ihre Papiere wieder auszuhändigen, aber als sie gedroht hatte, ihn bei der Polizei wegen seines unsittlichen Angriffs anzuzeigen, gab er doch klein bei und ihr die Unterlagen zurück: den Pass, das Zeugnis aus Indersdorf, das Arbeitsbuch. Allerdings forderte er vier Mark Entschädigung für die zerstörte Haushälterinnenuniform.

»Vier Mark? So viel Geld hab ich nicht einmal!« Ganz abgesehen davon, kostete ein solches Kleid, das ohnehin längst nicht mehr nach der Mode war, neu kaum mehr als sechs oder sieben Mark.

»Also dann, wie viel hast du?«

»Zwei Mark«, erwiderte Wally. »Das is alles, was ich hab.«

»Zeig deinen Geldbeutel.«

»Fällt mir ja gar nicht ein, Herr Weber. Sie sind nicht mehr mein Dienstherr.«

»Wirst auch so schnell keinen neuen finden, du geschertes Luder«, giftete der Witwer.

»Zwei Mark geb ich Ihnen, und das Kleid nehm ich mit.«

»Das ist Diebstahl«, polterte Otto Weber.

»Im Gegenteil. Das is immer noch zu viel. Aber Sie können das Kleid auch behalten. Wenn Sie die Nähte wieder zusammennähen lassen in der Schneiderei, dann kostet es nur fünfzig Pfennig.«

Der ehemalige Bauer war schlau genug zu wissen, wann ein Blatt ausgereizt war. »Her mit dem Geld«, stieß er hervor, und seufzend zählte Wally ihm zwei Mark auf die Hand.

***

Als sie wieder vor dem Kloster St. Bonifaz stand und an die Pforte klopfte, wäre sie am liebsten vor Scham im Boden versunken.

Der Hospitarius, der ihr öffnete, nickte jedoch bloß und sagte: »So schnell? Na ja. Besser so, nicht wahr?«

Wally zuckte entschuldigend die Achseln. »Es tut mir leid, ich war ein bisserl zu blauäugig.«

»Du bist halt noch jung, meine Tochter«, sagte der Geistliche und hieß sie eintreten. »Wann soll man Fehler machen, wenn nicht in der Jugend.«

»Ach, Pater. Warum muss alles so schwer sein?«

»Wenn es leicht wär«, erklärte der Hospitarius und ging vor Wally her zu einer Zelle, die frei war, »dann wär es nichts wert. Der Herrgott weiß genau, was er von uns erwartet.«

»Dann weiß er mehr als ich«, murmelte Wally.

Der Pater, der die Bemerkung gehört hatte, wandte sich zu ihr um. »Hattest du daran etwa Zweifel? Die Wege des Herrn mögen unergründlich sein, Walburga. Aber sie sind nicht grundlos – und sie sind niemals sinnlos. Es ist an uns, den Sinn zu ergründen.«

Aber zuerst, dachte Walburga, würde sie wieder nach Hause fahren müssen. Denn wenn sie es jetzt nicht tat, würde ihr Geld nicht mehr für eine Fahrkarte reichen.

24.

»Angestellt haben wirst du dich!«, schimpfte Georg Geistbeck. Er war außer sich. Wie hatte Wally es nur wagen können, das sauer Ersparte für nichts und wieder nichts zum Fenster rauszuwerfen! »Eine Schande ist's!«

Wally kannte die Zornausbrüche ihres Vaters gut und hatte gelernt, sie an sich abperlen zu lassen. Doch an diesem Tag trafen sie die Vorwürfe zu hart. »Ich kann doch nix dafür, wenn das Haus voller Wanzen ist!«, verteidigte sie sich zaghaft.

»Ja, freilich. Und dein Dienstherr, dem macht's nix aus, stimmt's? Der lässt sich von den Wanzen fressen. Aber das gnädige Fräulein Dienstmagd, das möcht sich nicht zwicken lassen.«

Nun brach Wally in Tränen aus. »Ich hab mir das nicht ausgesucht, dass ich Dienstmagd werden muss!«, rief sie. »Und dass ich hart arbeiten kann, das weiß ein jeder, der mich kennt! Aber ich … ich …«

»Ja freilich«, polterte der Geistbeck. »Ich, ich, ich. So geht's, wenn man nur an sich selber denken kann.«

»Jetzt hör aber auf, Schorsch«, fuhr endlich seine Frau dazwischen. »Das Mädl hat's doch probiert. Und so einen schlamperten Dienstherrn, den willst du doch auch nicht für dein Kind. Außerdem hat er …«, fügte sie leise hinzu.

»Hat er was?« Georg Geistbeck stierte finster vor sich hin. Den Ton kannte er von seiner Frau. Wenn sie auf einmal ganz leise wurde, wurde es interessant.

»Er is ihr zu nahe getreten«, flüsterte Walburga Geistbeck, damit keiner von den anderen draußen es hören konnte. Es war schließlich schlimm genug, wenn die Vorwürfe ihres Mannes noch im letzten Winkel des Hauses zu verstehen waren. Wozu hatten sie sich denn in die Schlafkammer zurückgezogen?

»Zu nahe getreten?« Der Bauer blickte auf seine Tochter. »Hat er dich gar entehrt?«

»Nicht so«, murmelte sie.

»Was soll das heißen, *nicht so*? Is er in dein Bett gekommen?«

»Nein. Is er nicht.« Wally schniefte. »Aber er hat's versucht!«

»Hast du ihm schöne Augen gemacht?«

»Überhaupt nicht!«, protestierte Wally und brach erneut in Tränen aus. »Dem grausligen Mensch, dem«, schluchzte sie.

»So, jetzt is's aber gut, Schorsch!«, bestimmte die Geistbeckin. »Mit deinen Vorwürfen bringst du uns jetzt auch nimmer weiter.« Sie legte den Arm um ihre Tochter. »Die Frage is, was wir jetzt machen.«

»Das kann ich dir ganz genau sagen«, erwiderte der Bauer und stand auf, ohne die beiden Frauen eines weiteren Blickes zu würdigen. »Wally fährt morgen mit mir wieder in die Stadt. Ich stell sie dem Hochstätter vor. Vielleicht hat der eine Verwendung für sie.«

»Der vom Löwenbräu?«

»Genau.« Der Bauer verließ die Kammer und stapfte die steile Treppe nach unten. Die Geistbeckin wusste, dass er sich jetzt in der Gaststube ein Bier zapfen würde. Wie immer er es angestellt hatte, er hatte zwei Fässer von Hohenwart bekommen, die aber für einen Ausschank in der Wirtschaft zu wenig waren – das jedenfalls behauptete er. Deshalb kümmerte er sich selbst darum, dass das kostbare Getränk nicht verdarb.

»Mach dir nix draus, Kind«, sagte die Bäuerin und seufzte. »So is er halt. Weißt du, früher war er ein Lustiger und Netter. Aber die viele Arbeit und die vielen Sorgen, die haben ihm zugesetzt.« Und leise fügte sie hinzu: »Die haben ihn zu einem ganz anderen gemacht.« Denn das war er geworden: ein ganz anderer. An manchen Tagen meinte sie ihn kaum mehr wiederzuerkennen. Mit schwärzester Laune kämpfte sich ihr Mann am Morgen aus dem Bett, oder er ließ es und blieb liegen, bis ihn der Knecht um Hilfe bat. Mit finsterster Miene schritt der Geistbeck dann durch den Tag und bellte jeden an, der etwas von ihm wollte, bis keiner mehr ein Wort an ihn richtete. Und mit dunkelsten Gedanken brütete er durch den Abend, bis er sturzbetrunken ins Bett fiel, oft ohne sich richtig auszuziehen, weil's ohnehin gleich war. So jedenfalls schien es Walburga Geistbeck. Ihr Mann hatte aufgegeben – sich und das Gut.

Deshalb war sie nicht traurig, dass er jetzt zumindest für Wally noch etwas erreichen wollte. Dass er sich entsonnen hatte, wie viele Menschen er kannte. Dass vielleicht einer von diesen Menschen helfen konnte. Denn so viel stand für Walburga Geistbeck längst fest: Auch wenn sie sich nicht gewünscht hatte, dass ihre Jüngste als Dienstmädchen in die Stadt gehen musste, war es eine der wenigen richtigen Entscheidungen ihres Mannes gewesen, sie auf die Haushaltungsschule zu schicken, um ihr diese Möglichkeit zu eröffnen. So könnte Wally wenigstens ihr eigenes Geld verdienen und hätte ein Auskommen.

※※※

»Bleibst du jetzt übern Sommer da?«, fragte Ludwig hoffnungsvoll. »Bestimmt musst du bald bei der Ernte helfen, gell?«

Er schaute sie so verliebt an, dass Wally ganz wehmütig ums Herz wurde. »Nein, Ludwig«, sagte sie. »Leider nicht. Der Vater will schon morgen wieder nach München mit mir fahren. Er weiß jemanden, der vielleicht Arbeit für mich hat.«

»Morgen schon?« Bestürzt rieb sich der Freund übers Gesicht. »Warum denn so schnell? Das hätt doch noch ein paar Tage Zeit gehabt!«

Wally zuckte die Schultern. »Freilich«, sagte sie. »Aber der Vater hat sich das halt so in den Kopf gesetzt.«

Ludwig kannte den Geistbeck gut genug, um zu wissen, dass der Bauer stur war. Wenn ausgerechnet ein Knecht ihn bat, noch ein wenig zu warten, würde ihn das nicht scheren. Auch nicht, wenn es der Sohn vom Auffacher war, der noch vor kurzer Zeit zu den Bauern von Deimhausen gehört hatte. »Versteh's schon«, murmelte Ludwig und atmete durch. »Aber heut hast du noch Zeit für mich?«

»Heut schon«, erwiderte Wally und beugte sich vor, um ihn zu küssen.

Und er küsste zurück. Richtig gut küsste er! Für einen Moment befiel Wally der Verdacht, er könnte in der Zwischenzeit geübt haben, aber dann erkannte sie, wie sehr er ihr zugetan war. Ja, alles an ihm zeugte von seinem Bedauern, dass er nicht in der Lage war, um ihre Hand anzuhalten, weil er schlichtweg nichts besaß.

Solange der Geistbeck ein Großbauer war, würde er seine Tochter lieber ins Kloster geben, als sie an einen mittellosen Knecht zu verheiraten. Und Ludwig selbst würde seine Stelle verlieren, wenn er heiratete.

Nein, vorläufig hatten sie keine Möglichkeit, ein gemeinsames Leben zu beginnen. Erst musste er es irgendwie schaffen, auf eigenen Beinen zu stehen.

»Luggi? Bist du ganz woanders mit deinen Gedanken?«

»Nur bei dir«, flüsterte er und streichelte ihr Gesicht. »Aber grad nicht im Hier und Jetzt.«

Wally lächelte und nickte. »Das kenn ich«, sagte sie. »Das geht mir auch oft so.«

»Gehen wir ein Stück weiter?« Er streckte die Hand aus, und Wally flocht ihre Finger in seine. Der Wald duftete nach Harz und Moos. Sie spazierten ein wenig abseits des Weges, um niemandem zu begegnen. Irgendwo war ein Auerhahn zu hören.

»Den würd ich jetzt gern sehn«, sagte Wally.

»Ja.« Ludwig lachte. »Aber der ist ein gutes Stück entfernt. Bis wir da sind, is er weg.«

»Hauptsach, du bist da.«

Ludwig atmete tief ein. »Und du«, erwiderte er. Eine kleine Weile schritten sie schweigend nebeneinander her, dann blieb er stehen. »Wally?«

»Hm?«

»Weißt du, ich ... ich hab dich doch so gern ...«

»Ich weiß doch, Luggi.«

»Aber es is so schwer.«

»Was? Mich gern zu haben?«

»Nein.« Er zögerte. »Das Warten.«

»Ich komm doch wieder.«

»Das mein ich jetzt gar nicht, Wally.«

Natürlich wusste sie, was er wirklich meinte. Sie schenkte ihm ein Lächeln und nahm auch seine andere Hand. »Das weiß ich auch, Luggi«, sagte sie. »Und weißt du was? Für mich is's auch schwer.«

»Ehrlich?« Auf einmal leuchteten Ludwigs Augen. »Aber dann ... Ich mein ... dann könnten wir doch ...«

Wally ließ ihn los. »Tut mir leid, Luggi. Aber das geht nicht. Wenn was passiert, weißt du ...«

Ludwig nickte. »Ich weiß schon.«

So gingen sie weiter durch die Natur, die sich in diesem Frühling förmlich selbst übertraf. Das Leben brach aus allen Winkeln hervor, alles schien sich wie von Sinnen zu vermehren. *Nur ich nicht*, dachte Wally. *Wir nicht. Wir dürfen nicht tun, was doch jedes Reh darf und jede Katz.*

Aber dann musste sie daran denken, was Steff tat, wenn die Katze einmal mehr einen ungewollten Wurf zur Welt gebracht hatte, und sie fand, dass ihr Schicksal dann doch besser war als das von Mimi oder Lis, den beiden Hofkatzen, die schon so oft hatten erleben müssen, wie ihre Jungen sterben mussten.

»Weißt du«, sagte sie leise und dachte an den Pater im Benediktinerkloster zu München. »Die Wege des Herrn mögen unergründlich sein. Aber sie sind nicht grundlos – und sie sind niemals sinnlos.«

»Ich weiß«, erwiderte Ludwig und hatte seine Leichtigkeit wiedergefunden. »Und deswegen werden wir das auch alles schaffen. Ich find schon einen Weg, wart's ab, Wally.«

»Bestimmt, Luggi. Bestimmt schaffen wir das alles.«

Aber so recht zu glauben vermochte sie es dennoch nicht.

VIII.
Sommerfrische

München 1928

25.

Es war so früh am Morgen, dass Wally fröstelte, als sie vor die Tür traten. Rupp hatte bereits den Wagen angespannt. Die Rösser waren unruhig, weil sie nicht oft im Geschirr des alten Landauers standen. Wally wäre lieber mit der Bahn nach München gefahren, denn mit der Kutsche würde es in der Stadt nicht einfach werden zwischen den vielen Automobilen. Das wusste zweifellos auch ihr Vater, und er hätte sich ebenso zweifellos selbst gern ein Automobil gekauft, wenn er denn das Geld dafür gehabt hätte. So aber klopfte er dem Gustl den Hals, stieg dann schwerfällig auf den Kutschbock und hieß Wally, hinten einzusteigen.

Aber nach hinten setzen wollte sich Wally nicht. Schließlich war sie kein höheres Fräulein, das von einem Kutscher durchs Land gefahren wurde. Also legte sie nur ihre Tasche nach hinten und stieg zum Vater auf den Bock.

Der Geistbeck verstand und nickte. Es war ihm nicht nur recht, es machte ihn stolz, dass seine Tochter sich für die vordere Bank entschieden hatte. »Auf!«, rief er, wie er es immer tat, wenn sie losfuhren, und er klopfte mit den Zügeln auf die Rücken der Pferde, die sogleich vom Hof schritten und dann, wie sie es gelernt hatten, auf der Straße in Trab fielen.

Über Hohenwart würden sie fahren und über Pfaffenhofen. Resi mochte die Strecke lieber als die über Freinhausen und Pörnbach, vor allem, weil sie hoffte, dass der Vater in Ilmmünster kurz anhalten und etwas zu essen kaufen würde. Dort hatten sie beim Klosterwirt eine der besten Metzgereien im ganzen Landkreis!

Doch sie fuhren an Ilmmünster vorüber. Der Geistbeck hatte offenbar kein Interesse an einer Pause. Stattdessen trieb er die Rösser an, schneller zu laufen, vielleicht auch, weil er es leid war, unablässig von Automobilen überholt zu werden.

Wally störte sich nicht daran. Sie bedauerte zwar, nicht noch eine Handwurst oder ein Paar Wiener oder vielleicht ein halbes Radl Lyoner gekauft bekommen zu haben, aber dennoch genoss sie die Fahrt an diesem strahlenden Morgen im Mai. Gegen zehn erreichten sie Hohenkammer, gegen elf waren sie schon in Schleißheim. Der Vater lenkte die Kutsche an der wundervollen Schlossanlage vorbei. So war er noch nie mit Wally gefahren. Staunend betrachtete sie den riesigen Bau mit den unzähligen Fenstern, den weißgelb gestrichenen Fassaden und dem leuchtend roten Dach.

»So schön«, flüsterte Wally. Ihr war, als ob sie aus einem Märchenbuch vorgelesen bekäme.

Selbst der Geistbeck schien langsam aus seinen trüben Gedanken aufzutauchen. »Ja freilich. Das ist ein Schloss, in dem Könige gewohnt haben. Nicht bloß ein Graf Toerring wie in Pörnbach.«

»Die müssen sehr glücklich gewesen sein, die Könige«, vermutete Wally.

Der Vater lachte. »Vielleicht, Mädel, vielleicht. Aber ich

glaub's nicht«, erwiderte er. »Deine Mutter sagt immer ›Ein jeder Stand hat seinen Frieden, ein jeder Stand hat seine Last‹«, und ernster fügte er hinzu: »Das glaub ich aber auch nicht.«

»Aber wenn's doch die Mama sagt.«

»Mei, Kind. Die Mama muss sich halt auch ihr Leben zurechtlügen.«

Dass die Mutter lügen könnte, war für Wally schwer vorstellbar. Aber vielleicht war es gar nicht das, was ihr Vater meinte. »Warum soll sie sich denn was zurechtlügen, Vater?«

»Mei, Mädel. Du weißt doch, wie schwer wir es haben. Da braucht man halt manchmal einen Trost, verstehst du?«

Wally verstand nicht – und das wiederum verstand der Geistbeck und erklärte: »Was ich sagen möchte, ist: Es is eh schon alles schwer genug. Wenn man sich jetzt sagen muss, dass man selber schuld is, dann is das hart. Und wenn man sich sagen muss, dass man nix dran ändern kann, dann is das auch hart. Alles ist hart. Es is nur nicht ganz so hart, wenn man sich sagen kann, dass es andere auch schwer haben – nur halt anders schwer.«

»Du meinst, sogar ein König.«

»Richtig. Der hat vielleicht keine Geldsorgen. Aber der wird auch krank. Oder es stirbt ihm die Frau oder ein Kind. Oder die Politik setzt ihm zu. Was weiß ich? Es gibt so viel Gründe, dass man es schwer hat. Und wenn ich mir denk, sogar die, die's scheinbar ganz leicht haben, haben's im Grunde auch schwer, dann fühlt sich mein Schweres gar nicht mehr so schwer an.«

»Das versteh ich«, sagte Wally. »Aber dann hat doch die

Mama recht, wenn sie sagt, dass jeder Stand seinen Frieden hat und jeder Stand seine Last.«

Der Geistbeck lachte. »Es heult sich trotzdem besser, wenn's im Haus schön warm is und auf dem Tisch ein fetter Gänsebraten steht, als wenn man nicht weiß, was man am nächsten Tag beißen soll.«

***

Eine lange, schnurgerade Straße führte von Schleißheim nach München und dort durch ein paar kleine Vororte bis direkt zum Löwenbräukeller. Wally kannte das Gebäude schon. Bei ihrem ersten Besuch in der Stadt hatte sie es gesehen. Es erinnerte ein wenig an eine Burg mit seinem runden Turm, unter dem sich der Eingang in die riesige Gastwirtschaft befand. Wenn sie da an das elterliche Gasthaus dachte, war der Postwirt in Deimhausen die reinste Puppenstube.

Der Geistbeck lenkte den Wagen auf den Hof, erklärte einem der Knechte, dass er Lieferant von Löwenbräu sei und Herrn Braumeister Hochstätter sprechen wolle. Sie würden in der Schänke auf ihn warten. Der Knecht nickte, nahm sich der Pferde an, und Wally ging mit ihrem Vater hinüber ins Wirtshaus.

Unter dem von Dutzenden von Säulen getragenen Gewölbe standen bestimmt hundert große Tische. Jetzt, zur Mittagszeit, waren auch viele dieser Tische gut besetzt, und die Gäste bestellten reichlich.

Der Vater schien einen Stammtisch zu haben und zog Wally zielstrebig in eine Ecke, von der aus man einen guten

Blick auf den gesamten Schankraum hatte. »Das is jetzt dann der Herr Hochstätter, Urban, ein ganz ein feiner Mensch, Braumeister beim Löwenbräu und einer, der sich auskennt, verstehst du?«

»Aber hast du nicht immer gesagt, dass das Löwenbräu-Bier nix taugt, Papa?«

Der Geistbeck starrte seine Tochter an, als könne er nicht fassen, was sie da eben von sich gegeben hatte, und Wally befürchtete schon, sich eine Ohrfeige einzufangen, da begannen seine Mundwinkel zu zucken, und schließlich brach er in schallendes Lachen aus. Erst als sich vom Ausschank her ein Mann auf sie zu bewegte, fing er sich wieder. »Hast schon recht, Mädel. Aber das musst du dem Herrn Hochstätter nicht unbedingt unter die Nasen reiben«, erwiderte er, räusperte sich, strich sich über den Bart und raunte: »Wenn er was fragt, antwortest du ihm recht brav und ordentlich. Im Übrigen lässt du mich reden, gell?«

»Is recht, Papa«, flüsterte sie zurück.

Der Braumeister blickte mit Wohlwollen auf Wally und dann mit einem spöttischen Blick auf den Geistbeck. »Was hast denn da heut für ein fesches Derndl dabei, Schorsch?«

»Das is meine Jüngste, Urban!«, beeilte sich der Bauer zu sagen, ehe der Verdacht auf ihn fallen konnte, der Braumeister könnte etwas anderes gedacht haben. »Walburga. Wir sagen Wally zu ihr.«

Wally stand auf und knickste verlegen. »Grüß Gott, Herr Braumeister.«

»Herr Hochstätter is mir lieber«, sagte der Braumeister und wandte sich wieder dem Geistbeck zu. »Du wolltst mich sprechen, Schorsch?«

»Jawohl, Urban.« Der Blick des Bauern wurde unstet. Jetzt hätte er gern einen Bierkrug gehabt, an dem er sich festhalten konnte.

Der Braumeister schien es zu spüren und winkte einer der Bedienungen, herzukommen. »Geh, Hedwig, gib dem Herrn ein Bier. Und mir kannst auch gleich einen Krug dalassen.«

»Aber die sind für den Tisch ...«

»Hol einfach ein neues Bier für deinen Tisch«, herrschte der Braumeister die Bedienung an, und auf einmal lag eine Autorität in seiner Stimme, dass Wally unvermittelt fröstelte. »Also?«

»Also, es geht um meine Tochter. Die Wally. Sie is auf der Suche nach einer Anstellung.«

»Kann gleich anfangen bei uns!«, rief der Braumeister und deutete mit weiter Geste in den Schankraum, während er einen der beiden Krüge vor seinen Besucher stellte und den anderen schon bis fast an die Lippen hob.

»Das is sehr nett von dir, Urban«, sagte der Geistbeck verhalten. »Aber das wär verschenkt. Die Wally war auf der Haushaltungsschule zu Indersdorf. Weißt schon, bei den Nonnen.«

»Bei den Nonnen?«, wiederholte der Braumeister und musterte Wally, sodass diese sich auf einmal vorkam wie eine Stute auf dem Rossmarkt – oder Schlimmeres. »Was d' nicht sagst.«

»Die kann mehr als bedienen«, fuhr der Geistbeck fort. »Bedient hat sie bei uns in der Wirtschaft schon mit acht Jahren. Das kann sie freilich auch. Aber sie kann putzen und kochen und waschen und ...«

»Kochen?«

»Gut, sag ich dir! Die kocht wie eine … wie eine …«

»Wie eine, die's gelernt hat, Papa«, sagte Wally, ohne nachzudenken.

Da brach der Braumeister in lautes Lachen aus und rief: »Auf den Mund gefallen is sie auch nicht! Die gefällt mir, deine Tochter.«

»Also«, erklärte der Geistbeck endlich, »du kennst doch einen Haufen Leut, Urban. Weißt du nicht zufällig wen, der eine Haushälterin sucht?«

»Freilich weiß ich einen«, erwiderte der Braumeister, zog sich einen Stuhl heran und setzte sich zu guter Letzt doch noch zu den beiden. »Mich selber. Allerdings erst einmal nur für den Sommer.«

***

Es stellte sich heraus, dass Braumeister Hochstätter beabsichtigte, in wenigen Tagen für einige Zeit in sein Landhaus am Tegernsee zu fahren. Seine Frau und seine Tochter würden ganze drei Monate in der Sommerfrische zubringen, er selbst würde nach zwei Wochen wieder nach München zurückkehren und dann nur noch an den Wochenenden dorthin kommen.

Der Lohn für Wally war schnell ausgemacht, nach Deimhausen brauchte sie gar nicht mehr mit zurückzufahren, und so verabschiedete sich der Geistbeck nach einem weiteren Bier.

»Sei brav und folgsam«, ermahnte er seine Tochter, als sie noch für einige Augenblicke für sich waren. »Tu, was dir aufgetragen wird, und maul nicht. Kein Dienstherr mag eine Magd, die mault!« Offenbar sprach er aus Erfahrung. »Bleib sauber, stell dich gut mit der Frau Braumeister, das is das Wichtigste. Und denk immer dran, dass du nicht zur Familie gehörst, sondern nur die Haushälterin bist, gell?«

»Freilich, Vater«, erwiderte Wally. »Und dankeschön.«

»Schon recht, Mädl. Pass nur gut auf dich auf.« Er nickte ihr zu und streichelte ihr sogar über die Wange. Für einen kurzen Augenblick war sie wieder seine kleine Wally, die er überall mit hingenommen und die er so geliebt hatte.

Dann ließ er seine Hand sinken und machte sich auf den Weg.

***

Der Braumeister bewohnte mit seiner Frau und seiner achtzehnjährigen Tochter eine Wohnung in einem hochherrschaftlichen Haus in der Nymphenburger Straße, ganz in der Nähe des Löwenbräukellers. Obwohl es nur einen Katzensprung entfernt war, ließ es sich der Braumeister nicht nehmen, die Strecke im Automobil zurückzulegen, und Wally sollte mit einsteigen und ihn begleiten.

Es war das erste Mal, dass sie mit einem Automobil fuhr. Ein Opel war es, ein ausgesprochen eleganter Wagen, schwarz mit silbernen Leisten und Scheinwerfern. Die Sitze waren mit rotem Leder bezogen, so vornehm, dass Wally direkt Hemmungen hatte, sich daraufzusetzen.

»Darfst schon, Mädel«, erklärte der Braumeister vergnügt. »Da wirst bestimmt nix kaputt machen.«

Wally stieg ein und hatte solches Herzklopfen, dass sie kaum Luft bekam. Aber schön war es, und sie fühlte sich, als müsste alle Welt ihr zuschauen, wie sie im Automobil über die Straße rollte. Dabei fuhren überall Autos. Nur dass sie die in dem Moment gar nicht wahrnahm, so fasziniert war sie von Herrn Hochstätters Wagen.

Gefesselt war sie auch vom Prunk des Gebäudes, in dem sie nun in Dienst war, auch wenn der Braumeister schon gesagt hatte, sie würde gar nicht hier, sondern am Tegernsee arbeiten. Das Haus schien ihr höher als die Kirche von Deimhausen, und vielleicht war es das sogar. Hier gab es keine Fensterläden, keine Taubenlöcher, es gab keine Katzenstiegen und auch keine Blumen auf den Fensterbänken. Dafür war die Fassade überreich mit Stuck verziert und in zwei Farben – Grau und Weiß – gestrichen. Die Balkone lagen einer über dem anderen, und in der Mitte ragte ein Erker über mehrere Stockwerke empor. Das Treppenhaus war mit einem Bodenmosaik ausgelegt und hatte sogar einen Fahrstuhl. Als Wally den sah, blieb sie unvermittelt stehen und starrte ihn an.

»Is was?«, erkundigte sich der Braumeister.

Aber Wally war zu verwundert, um ihm zu antworten.

»Bist du schon einmal mit einem Aufzug gefahren?«

Wally schüttelte den Kopf.

»Na, dann wird's aber Zeit, oder?« Herr Hochstätter drückte auf einen Knopf, und etwas setzte sich in Bewegung. Wally konnte nicht genau ausmachen, was da vor ihr geschah. Nur dass auf einmal etwas da war, was vorher noch nicht da gewesen war.

»Bitte schön!«, sagte der Braumeister vergnügt und riss eine Tür auf. Eine winzige Kabine wartete dahinter. »Einsteigen!«

Zögerlich trat Wally in den Käfig, wollte aber sofort wieder hinaus. Was allerdings nicht ging, weil sich der Braumeister hinter ihr in die kleine Kabine begeben hatte und nun den Ausgang versperrte.

»Keine Sorge«, erklärte er. »Der Aufzug funktioniert einwandfrei.« Er schloss die Tür, und auf einmal war sie mit ihm in diesem winzigen Käfig gefangen und hätte am liebsten geschrien. Aber dann ging ein Ruck durch die Kabine, und der Fahrstuhl bewegte sich aufwärts. Ohne darüber nachzudenken, klammerte Wally sich an ihrem Dienstherrn fest und hielt die Luft an.

»Musst aber schon schnaufen«, sagte der. »Sonst wirst du mir ohnmächtig, ehe wir oben sind.«

Wally nickte. Sagen konnte sie nichts. Als der Braumeister endlich die Fahrstuhltür wieder öffnete, konnte sie auch nicht gehen, sondern musste sich erst beruhigen, ehe sie – dann allerdings fluchtartig – den kleinen Käfig wieder verließ. »Mit dem fahr ich bestimmt nie wieder«, erklärte sie mit zitternder Stimme.

Der Braumeister lachte. »Ach was«, sagte er. »Daran haben wir uns alle gewöhnt.«

***

Frau Adele Hochstätter war zwar eine geborene von Graff, schien aber über jeden Dünkel erhaben. Jedenfalls begrüßte sie Wally herzlich und zeigte sich interessiert daran, wo sie herkam, was sie bisher gemacht hatte, und fragte sie sogar, was sie sich von ihrer neuen Stelle erwartete.

»Also, dass ich meine Arbeit gut mach«, meinte Wally etwas verlegen.

»Ach, da hab ich keine Zweifel«, erklärte die Frau des Braumeisters. »Wir werden uns sicher zusammenraufen.«

»Zusammenraufen« hörte Wally nicht gern, das Wort kam ihr seltsam vor. Aber ansonsten schien ihr die Familie Hochstätter ebenso freundlich wie respektvoll, und das tat ihr nach der Erfahrung mit Herrn Weber gut.

»Unsere Tochter wird Ihnen jetzt alles zeigen. Wir werden ja erst am Wochenende nach Tegernsee fahren. Bis dahin können Sie sich hier nützlich machen.«

Die Tochter hatte schon neugierig an der Tür zum Salon gestanden, kam jetzt herein und grüßte.

»Grüß Gott«, erwiderte Wally und machte einen Knicks. Die Tochter lachte. »Vor mir musst du nicht knicksen.«

»Jawohl, Fräulein Hochstätter«, sagte Wally.

»Darfst gern Fräulein Pauline zu mir sagen.«

Wally nickte und folgte der Tochter des Braumeisters durch die Wohnung. Neben dem großen Salon gab es noch ein kleineres Teezimmer, ein Arbeitszimmer für den Hausherrn, ein Esszimmer, in dem ein großer polierter Holztisch stand, an dem, wie Wally mit einem Blick feststellte, zwölf Stühle Platz fanden, das elterliche Schlafgemach, das Zimmer des Fräuleins, die Küche, die Speisekammer – und die Dienstbotenkammer, die allerdings so schmal war, dass man zwischen Bett und Schrank nur hindurchgehen konnte, wenn man sich seitwärts bewegte. Der Blick durch das Fenster immerhin entschädigte für die Enge. Wenn Wally hinausschaute, sah sie einen prächtigen Kirchturm vor sich aufragen.

»Sankt Benno«, erklärte Pauline Hochstätter, die ihrem Blick gefolgt war.

»Da geh ich bestimmt einmal hin.«

»Aber am Sonntag, wenn Messe ist, bist du ja schon nicht mehr hier«, gab die junge Dame zu bedenken. »Gleich am Samstag werden wir in aller Herrgottsfrühe losfahren.«

»Dann bleiben mir eigentlich nur heut und morgen.«

Pauline Hochstätter nickte. »Wenn du möchtest, begleite ich dich.«

Tatsächlich war es natürlich umgekehrt. Junge Fräulein durften nicht allein in den Straßen herumlaufen, das sahen zweifellos auch Hochstätters nicht anders. Deshalb würde es Wally sein, die auf die Tochter ihres Dienstherrn aufpasste, und nicht umgekehrt.

»Das wäre nett«, erklärte Wally und faltete die Hände, was, wie man ihr in Indersdorf beigebracht hatte, für die Herrschaft hieß: »Sonst noch etwas, was ich für Sie tun kann?«

»Gut«, sagte das junge Fräulein. »Dann lass ich dich jetzt allein, damit du dich einrichten kannst. Wenn du fertig bist, dann geh zu meiner Mutter, und frag sie wegen des Abendessens. Sie wird wahrscheinlich im Teesalon sitzen.«

»Ist recht, gnädiges Fräulein …«

Die junge Frau hob mahnend eine Augenbraue.

»Ich mein: Fräulein Pauline.«

Nun nickte sie und lächelte. »Wir werden uns bestimmt gut verstehen, Wally. Das merk ich.«

※※※

Das sollte sich schon sehr bald als richtig erweisen, denn Pauline Hochstätter hatte ein fröhliches Wesen und verstand sich zu amüsieren. Offenbar hatte sie ihre Mutter überredet, Fisch zu Abend zu essen. Das bedeutete, dass noch welcher besorgt werden musste, da kein Fisch im Haus war. Und so lief Wally in Begleitung des jungen Fräuleins schon bald stadteinwärts auf der Nymphenburger Straße zum nächstgelegenen Fischhändler, wo sie einen mittelgroßen Karpfen kauften, und ließ sich die Gegend zeigen: die Geschäfte, die Gaststätten und die Pensionen, die es hier gab. Zu jedem und jeder Einzelnen wusste Pauline Hochstätter eine launige Geschichte zum Besten zu geben, ob es der Herrenschneider war, dem beim Maßnehmen an einem Kunden ausgerechnet die eigene Hose gerissen war, oder die Pensionswirtin, die eine kleine Vereinbarung mit der Gendarmerie hatte, damit ihr Ehegatte nicht vorzeitig aus der Haft entlassen wurde. Die Musikalienhändlerin, die das Gspusi vom Metzgermeister in der Elvirastraße war. Herr Doktor Feigl, der jetzt schon das dritte Automobil kaputt gefahren hatte. Und bei jeder Geschichte lachte sie dieses glockenhelle Lachen, das so ansteckend war, dass Wally immer wieder mitlachen musste, als wäre das Fräulein ihre beste und älteste Freundin.

»Weißt du was?«, fragte die junge Frau irgendwann. »Wenn wir unter uns sind, möcht ich, dass du mich Pauli nennst.«

»Pauli?«

»So sagen unsere Verwandten zu mir. Und die Freunde«, sagte sie und fügte leise hinzu: »Wenn ich welche hätte.«

Darüber hatte Wally noch nie nachgedacht. Konnte es

sein, dass die Kinder der feinen Herrschaften überhaupt keine Freunde hatten? Weil sie nämlich nie aus dem Haus kamen, um welche zu treffen? Erst jetzt fiel ihr auf, dass sie die ganze Zeit an Leuten vorbeiliefen, die sie überhaupt nicht kannten. Daheim in Deimhausen war das ganz anders. Da kannte jeder jeden, und es wäre im Traum niemandem eingefallen, einen anderen auf der Straße nicht zu grüßen. Hier schauten sich die Menschen, die sich auf der Straße begegneten, oft nicht einmal an. Sie waren schon sehr anders, die Städter, und Wally dachte bei sich, dass sie noch viel würde lernen müssen.

Pauli hatte Klavierunterricht, während Wally in der Küche den Karpfen zubereitete, dazu Kartoffel-Fenchel-Gemüse und Gelberübensalat. Als Vorspeise hatte sie sich eine Graupensuppe überlegt, weil sie vom Gemüsestand an der Elvirastraße frischen Schnittlauch mitgenommen hatten.

So vornehm hatte sie noch nie gekocht: mit einem Hauskonzert als Hintergrundmusik! Wally kannte die Stücke nicht, die Pauli übte, aber sie mochte sie. Eines war ein Menuett, das wusste sie, ein anderes ein Walzer. Walzer mochte Wally immer besonders gern, die lagen ihr anscheinend im Blut. Und ein Stück, ein ganz melancholisches, ging ihr so zu Herzen, dass sie ein paar Tränen vergoss – vielleicht auch, weil es sie aus irgendeinem Grund, den sie nicht kannte, an Ludwig erinnerte.

In zwei Tagen würden sie nach Tegernsee abreisen. Das war noch viel weiter weg von Deimhausen als München. Wally fragte sich, wie sie von dort aus zu Resis Hochzeit kommen sollte. Und auf jeden Fall musste sie dem Ludwig unbedingt noch einen Brief schreiben, ehe sie abreisten.

Traurig und fröhlich zugleich arbeitete Wally in der Küche, blickte ab und zu aus dem Fenster und staunte, wie viele Menschen auf der Straße unten in Bewegung waren. »Wo sie nur alle hinwollen?«, murmelte sie. Denn jeder Fußgänger, jeder Radfahrer und jeder Automobilist machte den Eindruck, als gäbe es nichts Wichtigeres, als rasch sein Ziel zu erreichen.

Das Abendessen musste um Punkt sieben Uhr im Speisezimmer serviert werden. Zu ihrer Freude hatte Wally in der Dienstbotenkammer passende Kleidung für sich gefunden. So konnte sie im schwarzen Hauskleid mit einer weißen Schürze erscheinen und alles exakt so auftragen, wie sie es in Indersdorf gelernt hatte. Frau Hochstätter warf ihr einige Male ein anerkennendes Lächeln zu, und der Braumeister betrachtete sie mit Wohlwollen und bemerkte, als Wally den Karpfen hinstellte: »Es wundert mich nicht, aber es freut mich schon, dass der Geistbeck eine so wohlgeratene Tochter hat. Das hast du brav gemacht, Wally. Vielen Dank.«

»Vielen Dank, Herr Hochstätter«, erwiderte Wally leise und knickste. Dann filetierte sie den Fisch und legte jedem ein Stück auf den Teller, platzierte die Beilage und lief dann, um den Wein zu holen, den die gnädige Frau erbeten hatte. Herr Hochstätter indes blieb bei seinem geliebten Bier und hörte nicht auf die Vorhaltungen, die ihm seine Frau machte, weil es sich angeblich nicht gehörte, Bier zum Fisch zu trinken.

Alles in allem waren die Hochstätters freundlich zueinander und pflegten einen zurückhaltenden Ton im Haus. Als Wally später wieder in der Küche stand, um abzuspülen, schickte sie ein stummes Dankgebet an den lieben Gott, dass er ihr eine so gute Stelle verschafft hatte. Obwohl ... eigentlich war es ja ihr Vater gewesen, der sich das hatte einfallen lassen. Und so betete Wally auch noch für ihn in der Hoffnung, dass er sich diesmal zusammengenommen hatte und wieder wohlbehalten daheim in Deimhausen angekommen war. Wann sie ihn wohl wiedersehen würde? Und ihre Mutter, ihre Geschwister ... und vor allem den Ludwig?

26.

Für die Fahrt nach Tegernsee hatte der Braumeister das Verdeck seines Opels unten gelassen. So saßen der stolze Fahrer und die drei Frauen, die ihn begleiteten, im hellen Sonnenschein unter einem wolkenlosen bayerischen Himmel und rollten über die Landstraße, dass Wally sich bis Holzkirchen an der vorderen Sitzbank festklammerte, so schnell ging es dahin. Dass die Automobile den Fuhrwerken an Geschwindigkeit überlegen waren, hatte sie oft genug erlebt, wenn sie mit der Kutsche unterwegs gewesen waren. Aber wie schnell sie tatsächlich fuhren, wurde ihr erst jetzt klar. »Da sind wir bestimmt ganz bald da«, sagte sie zu Pauli, die neben ihr auf der Rückbank saß.

»Ein bisschen wird es schon noch dauern«, erwiderte die Tochter des Braumeisters, die ihre Ausfahrt sichtlich genoss, während sie ihren Sonnenhut mit der Hand festhielt und ihr langer Schal hinter ihr her flatterte. »Aber das macht nix. Der schönste Teil kommt ja noch.«

Dass es noch schöner werden könnte, war für Wally schwer vorstellbar. Denn tatsächlich war die Landschaft hier längst nicht so geprägt von Äckern und Hopfenfeldern wie in der Hallertau. Stattdessen wechselten sich saftige Weiden ab mit dichten Wäldern, und es ging auch nicht so geradeaus dahin, sondern war ein stetes sanftes Auf und

Ab, weil sich Hügel an Hügel reihte. Manchmal fuhren sie durch ein Dorf oder einen Weiler. Sogar die Häuser waren hier schöner. Sie hatten einen ganz eigenen Stil, den Wally mochte: Über einem weiß gekalkten steinernen Erdgeschoss saß ein Obergeschoss, das mit dunklem Holz verkleidet war oder vielleicht auch ganz aus Holz bestand, mit einem breiten, eher flachen Dach, unter dem fast überall ein großer Balkon hing. Und die Bäuerinnen hier gefielen sich offenbar darin, diesen Balkon üppig mit Blumen zu schmücken. »Schön is das«, stellte Wally mehr als einmal fest.

»Nun ja, so sehen sie eben hier aus, die Häuser«, erwiderte Pauli lapidar. Sie hatte das so oft gesehen, dass sie nichts Besonderes mehr darin erkennen konnte.

Auch der Braumeister hatte ein solches Haus, wenn auch ein recht kleines. Es lag am Hang etwas oberhalb des Ortes Tegernsee und damit ein gutes Stück über dem See selbst, der in der Nachmittagssonne funkelte, als wäre er voll Gold und Silber.

Staunend betrachtete Wally den See und das Tal und die Berge ringsum, die weißen Segel auf dem Wasser und die Sonnenschirme am Ufer. »Schön is das«, entfuhr es ihr einmal mehr, und die Hochstätters lachten, weil sie ihr Dienstmädchen so überwältigt sahen.

Dann aber hieß es anpacken. Das Gepäck, das der Braumeister zwar selbst auf der Ablage am Heck festgezurrt hatte, musste von Wally nach oben getragen werden. Die Straße endete ein ganzes Stück unterhalb des Hauses. Also trug Wally die schweren Koffer den Hang hinauf, wobei ihr niemand half. Am leichtesten war ihre eigene Tasche, die sie während der Fahrt vor ihren Füßen verstaut hatte.

Im Haus war es finster und stickig. »Die Fenster auf!«, befahl der Braumeister. »Licht muss rein und frische Luft!«

Hastig lief Wally durch alle Räume, öffnete überall, nahm die Laken von den Tischen und Stühlen und von der großen Couch in der Stube, trug sie nach draußen und schüttelte den Staub aus. Dann rannte sie wieder hinein und sah sich um. Wie nicht anders zu erwarten, musste überall im Haus Staub gewischt und die Böden gekehrt werden. In der Küche war zwar alles vorhanden, aber die Speisekammer war leer, wenn man von ein paar Flaschen Wein absah und einem Päckchen Zwieback.

Wally kehrte um und ging wieder in die Stube, wo sie Adele Hochstätter antraf. »Gnädige Frau?«

»Was denn, Wally?«

»Soll ich zuerst alles putzen, oder soll ich erst einkaufen gehen, damit schon was zum Essen im Haus ist?«

Die Dienstherrin warf einen Blick zur Uhr auf dem Sideboard, die aber natürlich stehen geblieben war. »Urban?«

»Ja?«, rief der Braumeister, der nach draußen getreten war, um den hinteren Teil des Hauses zu inspizieren.

»Wie spät ist es?«

»Viere!«

»Nun, Wally«, sagte Frau Hochstätter. »Wenn Sie jetzt nichts kaufen, werden Sie am Ende gar nichts mehr bekommen.« Sie seufzte. »Ich würde Sie ja begleiten, damit Sie sich zurechtfinden. Aber ich fürchte, ich brauche nach der langen Fahrt erst einmal ein wenig Erholung.«

»Freilich, gnädige Frau. Das macht nix. Ich find mich schon zurecht«, erwiderte Wally und überlegte. »Wie machen wir das denn mit der Bezahlung?«

»Nun, da Sie noch niemand hier kennt, werden Sie womöglich Schwierigkeiten haben, anschreiben zu lassen. Ich gebe Ihnen lieber etwas Geld mit.«

Als Wally sich wenig später – mit einem Portemonnaie mit ganzen zehn Mark darin, das ihr die Frau des Braumeisters mitgegeben hatte – auf den Weg machen wollte, passte Pauli sie vor der Tür ab. »Pssst!«

»Fräulein Pau…«

»Pssst. Sei leise. Du musst was für mich tun.« Pauline Hochstätter winkte Wally ein Stück vom Eingang weg. »Wenn du jetzt einkaufen gehst… bringst du mir was mit?«

»Gern. Und was?« Die geheimnisvolle Art, in der die Tochter des Hauses mit ihr sprach, machte Wally neugierig.

»Eine Illustrierte.«

»Ich weiß nicht…« Ob die Eltern einverstanden waren mit einer solchen Lektüre? Auch wenn Adele Hochstätter, wie Wally bereits in München entdeckt hatte, selbst durchaus in der einen oder anderen Zeitschrift las, war es doch kein Geheimnis, dass es nicht gern gesehen wurde, wenn die Jugend sich Illustrierte anschaute. Das brachte sie angeblich auf dumme Gedanken, auch wenn es Wally beim besten Willen nicht einleuchten wollte, weshalb die Hefte dann nicht auch Erwachsene auf dumme Gedanken bringen sollten.

»Darfst es aber nicht meinen Eltern sagen. Und auch sonst niemandem. Sonst erfahren sie's am Ende noch anders.«

»Aber…«

»Die Berliner Illustrirte, die wär mir am liebsten«, erklärte Pauline. »Und wenn sie die nicht haben, dann nehm ich irgendeine andere. Aber eine mit Mode, gell?«

Eine Modezeitschrift hätte Wally auch brennend interessiert. Seit sie in Indersdorf zu nähen gelernt hatte, so richtig mit Maschine und nach Schnittmustern, hatte sie einen Sinn für Kleidung entwickelt. »Also gut.« Sie seufzte. »Ich versuch's.«

***

Tegernsee mochte ein kleiner Ort sein, aber er war nicht weniger belebt als München. Es herrschte eine Geschäftigkeit, die man sonst auf dem Land nicht kannte. Überall auf den Straßen waren Leute unterwegs. Ein unablässiger Strom von Automobilen fuhr durch den Ort, und Wally wunderte sich einmal mehr, wo sie nur alle hinwollten.

Am See gab es eine Promenade, einen Spazierweg, auf dem die feinen Damen ihre duftigen Sommerkleider vorführten und die Herren die leichten Anzüge und die modischen Strohhüte. Am Ufer warteten Bootsleute auf Kundschaft, um sie aufs Wasser hinauszurudern, und wenn Wally das gegenüberliegende Ufer betrachtete, dann konnte sie sich gut vorstellen, wie wunderschön ein Rundumblick vom See aus sein musste.

»Eine Bootsfahrt gefällig, gnädiges Fräulein?«, rief einer der Bootsbesitzer in ihre Richtung.

»Wer? Ich? Ich bin doch kein gnädiges Fräulein!«, erwiderte Wally lachend.

»Ich würd auch ein ungnädiges mitnehmen!«, scherzte der Bursche, der nur wenig älter als Wally sein mochte.

»Das glaub ich wohl! Aber so eine bin ich erst recht nicht«, sagte Wally und ging weiter.

»Nur fünfzig Pfennig die Fahrt!«, beharrte der junge Mann.

»Das sind fünfzig Pfennig zu viel!«, rief Wally zurück und beschleunigte ihren Schritt. Sie hörte noch, wie der Bootsmann ihr versicherte: »Sie wissen nicht, was Ihnen entgeht!« Doch sie winkte nur über die Schulter und lief lieber weiter. Es wäre eine schlechte Idee gewesen, jetzt einen Haufen Zeit mit so einem Stenz zu vertun. Schließlich hatte sie zu arbeiten.

Den Schinken und die Wurst bekam sie beim Oberlechner, die Milch und den Käse beim Aulehner und alles andere beim Kaufmann an der Hauptstraße.

Wally hatte sich eine lange Einkaufsliste geschrieben, die sie nach und nach vortrug, bis sich vor ihr die Waren auf der Theke türmten und hinter ihr eine Schlange im Laden entstanden war. In dem Korb, den sie mitgebracht hatte, würde sie das alles nicht transportieren können. »Hätten Sie vielleicht noch einen Korb, den ich mir bis morgen ausleihen könnt?«, fragte sie deshalb.

Angesichts des guten Geschäfts, das sie mit der Dienstmagd gemacht hatte, war die Inhaberin gnädig gestimmt. »Eine Holzkiste hätt ich.«

»Die geht freilich auch«, versicherte ihr Wally. Dann räumte sie alles ein, zahlte und machte sich wieder auf den Weg, wobei sie unterschätzt hatte, wie beschwerlich es war, eine Holzkiste und einen Korb zu tragen, die beide bis obenhin gefüllt waren.

Pauli hatte ihr einen Laden genannt, in dem es Zeitungen und Zeitschriften gab. Der lag nur ein paar Schritte entfernt von einem Gasthaus namens Bräustüberl. Dorthin schleppte Wally ihre Einkäufe, um zu guter Letzt noch die Illustrierte zu erstehen.

Der Ladenbesitzer musterte sie amüsiert, als sie mit ihren vielen Sachen durch die Tür kam. »Wollen Sie mir was verkaufen?«, fragte er mit einer spöttischen, aber freundlichen Stimme. Wally mochte ihn sofort. Der Mann war elegant gekleidet, trug Anzug und Schlips, ein blütenweißes Hemd, einen akkurat gestutzten Schnauzer und einen Zwicker auf der Nase.

»Wenn Sie mich so fragen …«, erwiderte Wally, die heilfroh gewesen wäre, wieder etwas loszuwerden von den vielen Dingen, die sie sonst gleich den Berg hinauftransportieren musste.

»Dann frage ich lieber nicht«, entschied der Herr. »Aber vielleicht wollen Sie ja etwas kaufen?«

»Ja, das will ich. Eine Berliner Illustrirte.«

»Eine Dame von Welt!«, befand der Ladenbesitzer und griff nach einem Zeitungsständer, in dem eine Vielzahl von Blättern präsentiert wurden. »Das macht vierzig Pfennige. Sonst noch etwas?«

»Nein«, sagte Wally und stellte ihre Sachen ab, um zahlen zu können. Sie fuhr sich mit dem Unterarm über die Stirn. Einige Haare waren ihr aus den geflochtenen Zöpfen gerutscht, die sie hinten zu einem Knoten zusammengedreht hatte. Sie wusste selbst, dass sie ganz rote Wangen haben musste, und es war ihr peinlich.

Der Ladenbesitzer blickte sie mit einer Mischung aus Wohlwollen und Vergnügen an, während sie das Geld auf seine Theke zählte. »Und Sie sind von wo, wenn ich fragen darf?«

»Ich komme aus Deimhausen«, erklärte Wally und blickte in sein fragendes Gesicht. »Aber jetzt bin ich natürlich aus München hier.«

»Aha. Natürlich«, sagte der Ladenbesitzer und sammelte das Geld ein.

»Ich bin nicht auf Urlaub hier, wenn Sie das meinen.«

Der Herr konnte ein breites Lächeln nicht unterdrücken. Als Wally seinem Blick auf die vielen Einkäufe folgte, erkannte sie, dass das wirklich jeder hätte erraten können. Wer so viel Zeug herumschleppen musste, war kein Sommerfrischler, ganz bestimmt nicht. »Ich arbeite bei Braumeister Hochstätter.«

»Ah! Ja freilich, die Hochstätters!«

»Die Illustrierte ist aber nicht für … also, die ist nicht …«, stotterte Wally, der auf einmal siedend heiß eingefallen war, dass sie dabei war, Paulines Geheimnis zu verraten.

»Ach, aber natürlich nicht«, erwiderte der Ladenbesitzer. »Dann wünsche ich noch einen schönen Tag. Und grüßen Sie mir das Fräulein Pauline herzlich.«

※※※

»Das war der Herr Leonberger«, erklärte Pauline, als Wally ihr die Grüße ausrichtete. Die Tochter der Hochstätters hatte Wally schon erwartet und am Aufgang zum Haus abgepasst, um ihr gleich die Illustrierte abzunehmen. »Er ist ein feiner Mensch. Ein Jud.«

Von den Juden hatte Wally schon gehört, nicht nur im

Religionsunterricht und in der Kirche. Aber ob sie jemals einen getroffen hatte, hätte sie nicht zu sagen vermocht. Und im Grunde wunderte es sie ein wenig, dass Herr Leonberger einer war. Denn er sah gar nicht anders aus als andere Leute. Höchstens ein bisschen eleganter.

»Sag aber der Mama nix von dem Heft!«, schärfte Pauline ihr nochmals ein, und Wally versprach es erneut. »Dafür leih ich es dir auch einmal, wenn du magst.«

Natürlich mochte Wally! Immer noch hatte sie die Filmzeitschrift in ihrem Gepäck, die sie sich bei ihrer ersten Ankunft in München auf Stellensuche gekauft hatte. Und jeden Abend, wenn sie im Bett lag, träumte sie von den Filmen, die dort beschrieben waren. Vieles klang verlockend, anderes auf schreckliche Weise aufregend – und alles zusammen hatte sie so neugierig darauf gemacht, endlich einmal ins Filmtheater zu gehen! »Geheimnisse des Orients« versprachen die Titel und »Abwege«, die Geschichte vom »Schinderhannes« wurde erzählt und die vom »Alten Fritz«. Es gab »Die Blaue Maus« und einen Film mit dem Titel »Eine schamlose Frau«. So was schaute man sich natürlich nicht an. Aber es klang unendlich interessant! Ebenso wie »Spione« und »Das gottlose Mädchen«.

Wenn sie sich hätte entscheiden müssen, ob sie Filmillustrierte oder Modezeitschriften interessanter fand, sie hätte es nicht gekonnt. Aber das musste sie ja nun auch nicht.

»Dann ist es ausgemacht«, erwiderte Pauline und warf ihr einen verschwörerischen Blick zu, als hätten sie jetzt einen Pakt geschlossen, der ihrer beider Schicksal für immer verschmolz.

※※※

Wie unterschiedlich ihre Schicksale indes waren, musste Wally noch am selben Abend feststellen, als Frau Hochstätter sie in den Salon befahl, um sie zur Rede zu stellen, während der Braumeister mit finsterer Miene in einem der schweren Sessel im Halbdunkel saß und zu ihnen herüberstarrte.

»Walburga?«

»Ja, gnädige Frau?«

»Du hast unser Vertrauen missbraucht.«

Wally vermochte nichts zu erwidern. Hatte Frau Hochstätter ihre Tochter mit der Illustrierten erwischt? Aber wie sollte Wally denn überhaupt wissen, dass es dem gnädigen Fräulein verboten war, eine solche Zeitschrift zu lesen?

»Nun?«

»Es tut mir leid, gnädige Frau. Aber ich weiß nicht, was Sie meinen«, versuchte Wally sich zu verteidigen.

»Das weißt du sehr wohl! Deine Zeugnisse besagen, dass du gut im Rechnen bist. Stimmt das?«

»Freilich, gnädige Frau. Ich war gut im Rechnen.«

»Wie kommt es dann, dass in meiner Börse Geld fehlt?«

Für einen Moment war Wally sprachlos. Dann erkannte sie, dass die Dienstherrin ihre Ausgaben nachgerechnet hatte, und weil sie nicht davon ausging, dass zu den Einkäufen auch eine Zeitschrift gehört hatte, fehlten vierzig Pfennige in der Rechnung.

Die Frau des Braumeisters deutete den betroffenen Gesichtsausdruck ihrer jungen Haushälterin ganz richtig, auch wenn sie nicht wissen konnte, dass die Geschichte komplizierter war. »Jetzt reut es dich!«, rief sie. »Aber das ist zu spät, Walburga. Zu spät! Was passiert ist, ist passiert! Kaum zwei Tage bist du bei uns und stiehlst! Ich ...« Frau

Hochstätter holte Luft. »Ich muss sagen, dass ich enttäuscht bin. Menschlich enttäuscht. Jawohl, das bin ich. Und ich ärgere mich, dass ich mich so habe von dir blenden lassen. Vordergründig gibst du das naive Mädchen vom Lande – und hintenrum bist du eine ganz ausgeschamte Person!« Auf einmal war die Dienstherrin ins Bairische verfallen, so empört war sie. »Ich sehe nicht, wie wir dich unter diesen Umständen länger bei uns …«

»Oha!«, rief in dem Moment der Braumeister von seinem Platz im hinteren Winkel des Zimmers. »Liebes Weib, bedenke, dass du dann selber kochen musst.«

»Na und? Das werde ich schon schaffen.«

»Und ich muss es essen«, ergänzte der Braumeister.

Damit trieb er seiner Frau die Zornesröte ins Gesicht. Empört schnappte sie nach Luft, doch der Braumeister kam ihr zuvor: »Wally?«

»Ja, gnädiger Herr?«

»Sind wir uns einig, dass so was nicht mehr vorkommen darf? Kein einziges Mal?«

»Selbstverständlich, gnädiger Herr!«, beeilte sich Wally, ihm zu versichern. Gerade noch hatte sich ein Loch unter ihr aufgetan. Sie hatte geglaubt, alles zu verlieren, kaum dass sie es gewonnen hatte, und ganz allein und ohne Geld in Tegernsee zu stranden, wo sie niemanden kannte und niemand war und wo ihr niemand helfen würde. Aber der Braumeister schien doch ein goldenes Herz zu haben.

»Glauben Sie mir bitte, dass ich nix gestohlen hab!«, flehte sie ihn an. Wenn sie doch nur hätte sagen können, was wirklich geschehen war! Aber sie hatte ja Pauli hoch und heilig versprechen müssen, sie nicht zu verraten!

Gerade in dem Moment streckte die Tochter der Hochstätters den Kopf zur Tür herein. *Jetzt sag halt was*, dachte Wally, *hilf mir doch!* Aber Pauline schwieg und starrte Wally nur an, als wäre die Geheimhaltung ihrer Lektüre vor ihren Eltern wichtiger als für Wally die Arbeitsstelle.

»Es is … Es war …«, stotterte Wally. »Keine Absicht! Vielleicht hat mich jemand beim Rausgeben übers Ohr gehauen«, log sie. »Oder … oder ich hab's verloren. Sie können meine Sachen durchsuchen, Herr Hochstätter! Wirklich! Ich … Also … blöd war das schon. Aber Absicht war es keine. Und ich … ich versprech, dass ich in Zukunft besser aufpass und dass mir so was nicht noch einmal passiert!« Bei diesen Worten blickte sie zu Pauline, die beschämt den Kopf senkte.

Der Braumeister schien's zufrieden. »Also dann«, sagte er. »Lassen wir noch einmal Gnade vor Recht ergehen und vergessen die Angelegenheit.« Er hob den Zeigefinger. »Aber auf die Finger schauen werden wir dir schon, Wally, dass das klar ist. Und wenn noch einmal so was vorkommt, ein einziges Mal, und wenn's nur ein Pfennig ist, der fehlt, dann fliegst du, und zwar sofort und ohne Zeugnis. Dann brauchst du dich in München nicht mehr umzuschauen nach einer Arbeit, gell?«

»Jawohl, Herr Hochstätter«, erwiderte Wally, die mit den Tränen kämpfte, weil sie so aufgewühlt war und so wütend auf Pauline. »Das hab ich wohl verstanden.« Sie nickte zur Bekräftigung.

»Gut. Dann lass dich für heut nicht mehr blicken. Und morgen ist ein neuer Tag.«

27.

Von dem Abend an war das Vertrauen gestört. Auch wenn Wally immer noch gern Zeit mit Pauli verbrachte, stand zwischen ihnen, dass die Tochter der Hochstätters ihr nicht beigesprungen war, als sie zu Unrecht beschuldigt worden war. Und auch wenn die Hochstätters sie weiterhin freundlich behandelten, gab es doch immer wieder Kleinigkeiten, die ihr zeigten, dass man ihr nicht ganz traute.

»Was wird denn das Schönes?«, wollte etwa der Braumeister eines Tages wissen, als Wally in der Küche Teig ausrollte.

»Nussstangen«, erwiderte Wally, die wusste, dass ihr Dienstherr diese Süßigkeit liebte.

»Brav«, lobte denn auch der Braumeister. »Dann pfeif ein bisserl bei der Arbeit.«

»Pfeifen?«

»Ja. Pfeif einfach ein paar schöne Lieder.«

Verwirrt fing Wally an zu pfeifen, was ihr leichtfiel, weil sie es gut konnte. Wenn sie allein für sich arbeitete, dann pfiff sie durchaus manchmal vor sich hin. Aber so auf Befehl, das war ihr merkwürdig. Sie pfiff »Üb immer Treu und Redlichkeit«, das Kufsteinlied, danach Verdis Gefangenenchor, ein wenig aus dem Freischütz ... aber da verlor sie bald den Faden, und so hörte sie wieder auf.

»Ich hör nix!«, rief der Braumeister aus dem Nebenzimmer. Also stimmte sie »Am Brunnen vor dem Tore« an, weil sie es sehr mochte, und das »Lied von der Loreley«, und dann hörte sie wieder auf.

Da rief der Braumeister: »Immer schön weiterpfeifen! Bis der Teig im Rohr ist!«

Da erst erkannte sie, dass es ihm nicht um die Musik ging, sondern darum, dass seine Haushälterin nicht selbst vom Teig naschte, während sie buk!

Wie einen Stich ins Herz spürte Wally die Erniedrigung, und aus Rache pfiff sie so falsch, dass irgendwann der Braumeister den Kopf zur Küchentür hereinstreckte und erklärte: »Also kochen kannst du und backen auch. Aber zum Pfeifen hast du kein so rechtes Talent.«

»Das hab ich auf der Haushaltungsschule auch nicht müssen«, erwiderte Wally schlagfertig.

Da lachte der Braumeister und ging seiner Wege. »Nein«, hörte Wally ihn noch vor sich hinmurmeln. »Das haben sie euch wohl nicht beigebracht, die ehrwürdigen Schwestern.«

***

Das Haus der Hochstätters am Tegernsee war nicht sehr groß, weshalb die Arbeit zwar viel, aber nicht zu viel war. Da Wally das einzige Personal im Haushalt war, musste sie sich von niemandem Vorschriften machen lassen, wie sie etwas zu erledigen hatte. Und da Frau Hochstätter hauptsächlich ihre Wünsche bezüglich der Mahlzeiten äußerte sowie der Kleider, die sie demnächst zu tragen beabsichtigte, konnte sich Wally auch ihre Zeit und die Reihenfolge ihrer Arbeit gut selbst einteilen.

Der Braumeister war oft außer Haus. Er traf sich mit Bekannten unten im Bräustüberl oder fuhr in eine der nahegelegenen Ortschaften – mal war es Gmund, mal Rottach –, wo er seine Kontakte pflegte. Die gnädige Frau verbrachte die Tage entweder auf der Sonnenterrasse des Anwesens oder am See, wo sie unterm Schirm in einem Buch las oder sich mit Freundinnen traf, die ebenfalls zur Sommerfrische im Ort weilten. Überhaupt schien sich in Tegernsee im Sommer halb München aufzuhalten. Wer kein Häuschen hier hatte, fuhr eben für einen Tag hinaus oder nächtigte in einem der vielen Hotels, von denen es hier beachtlich luxuriöse gab.

Immer wieder staunte Wally, wie anders das Landleben hier im Vergleich zum Landleben in der Hallertau war. Echte Bauern sah sie nur selten. Allerdings gab es hier auch wenig zu ernten. Im Grunde war es Vieh- und Holzwirtschaft, die in der Region betrieben wurde, denn für Ackerbau war das Gelände zu steil und unwegsam, da war an Pflügen nicht zu denken, und an Hopfenanbau schon gar nicht. Dafür war es landschaftlich so schön, dass es kein Wunder war, welcher Beliebtheit sich dieses Tegernseer Tal bei den Ausflüglern und Sommerfrischlern erfreute.

Wenn Wally morgens in den Schlafkammern im oberen Stockwerk die Fenster aufriss und die Plumeaus über die Brüstung warf, genoss sie jedes Mal die Aussicht aufs Wasser und die Berge. Andächtig sog sie die würzige Luft der Bäume ein, die sich mächtig rings um das Anwesen erhoben, und dachte an den Wald in Deimhausen, in dem sie mit

Ludwig spazieren gegangen war; in den ihr Vater sie zur Jagd mitgenommen hatte, als sie gerade drei Jahre alt war … Und obwohl es hier so viel schöner war als in ihrem Heimatdorf, befiel sie eine Traurigkeit, der sie nur entgehen konnte, indem sie fleißig arbeitete.

Immerhin machte die Arbeit ihr Freude. Sie mochte es, wie wohlgeordnet der Haushalt war. Die Weißwäsche war in zwei großen Schränken im Flur verstaut: strahlend sauber gewaschen, geplättet und nach Lavendel duftend, der in kleinen Säckchen darin hing. Was sie zum Arbeiten brauchte, war in ordentlichem Zustand, und der Herd in der Küche war so blitzsauber geputzt, als wäre er neu.

»Wer hat denn vor mir bei euch gearbeitet?«, fragte Wally einmal, als Pauline ihr beim Staubwischen zusah.

»Das war die Frau Lederer«, erklärte die Tochter der Hochstätters leichthin. »Eine alte Hexe.«

»Das kann ich mir gar nicht vorstellen, dass die eine Hex war«, erwiderte Wally. »Ihre Arbeit hat sie wirklich gut gemacht.«

»Na ja. Wie man's nimmt, Wally. Mir hat sie jedenfalls dauernd auf die Finger geschaut, als ob sie nur drauf warten würde, dass ich etwas falsch mache.«

Wally fragte sich, ob sich Pauline womöglich auch gegenüber Frau Lederer Freiheiten herausgenommen hatte, die am Ende die Haushälterin um ihre Anstellung gebracht hatten. »Und warum ist sie nicht mehr bei euch?«

»Sie war zu alt. Sie konnte die Treppen nicht mehr steigen.«

Wally nickte verständnisvoll. Und zugleich erschrak sie. War das ein Schicksal, das auch ihr eines Tages bevorstand?

Dass sie entlassen und vor die Tür gesetzt wurde, sobald sie nicht mehr arbeiten konnte? Auf dem Land fanden sich für einen Knecht, dem die Beine versagten, oder eine alte Magd noch immer einfache Arbeiten wie Sattelzeug flicken oder Strümpfe stricken; dann fütterte man sie eben durch – Wally kannte einige Beispiele. Aber in der Stadt, da hatten die Herrschaften ja nicht einmal Platz, um jemanden unterzubringen.

»Und hat sie eine Familie gehabt, bei der sie dann leben konnte?«, fragte Wally.

»Die Lederer? Was weiß ich? Vielleicht.«

Der Gedanke, was aus der ehemaligen Haushälterin wohl geworden war, schien Pauline nicht weiter zu beschäftigen. Umso mehr beschäftigte sie ein Artikel über die neueste Mode aus Paris. »Schau, Wally!«, sagte sie und hielt ihr die Illustrierte hin. »Ein solches Kleid hätt ich auch gern.«

»Mhm«, machte Wally. »Das versteh ich gut. Aber das würde deiner Mutter bestimmt nicht gefallen.«

»Vielleicht doch, wenn sie mich drin sieht ...«, gab die Tochter des Braumeisters zurück.

»Und wo willst du ein solches Kleid herkriegen?«

»Ich kenn jemanden, der mir so eines nähen könnte«, erklärte Pauline mit lauerndem Blick. »Glaub ich.«

»Mich meinst du? Nein. Das trau ich mich nicht«, entgegnete Wally schnell.

»Aber du hast gesagt, ihr habt in der Haushaltungsschule auch Schneidern gelernt.«

»Das stimmt schon. Es ist auch nicht so, dass ich's nicht könnt ...«

»Sondern, dass du nicht willst!«, schloss Pauline prompt.

Wally seufzte. »Das mit der Illustrierten war schon Ärger genug. Die gnädige Frau hätt mich ja fast rausgeschmissen! Wenn ich dir ein Kleid näh, dann flieg ich ganz bestimmt raus. Und ich brauch doch die Arbeit.«

Pauline nickte. »Hm«, machte sie und überlegte. »Einen Stoff gäbe es nämlich.« In ihren Augen blitzte der Mutwille.

»Der aber bestimmt der gnädigen Frau gehört, stimmt's?«

»Ja freilich gehört er *der gnädigen Frau*.« Pauline betonte die letzten Worte so, dass klar war, dass sie sich darüber ärgerte, nicht selbst die Dienstherrin zu sein.

»Also, wenn mir die gnädige Frau den Auftrag geben würd ...«, überlegte Wally laut, um sich aus der Affäre zu ziehen. Vielleicht konnte Pauline ihre Mutter ja überzeugen – auch wenn Wally es nicht glaubte.

***

Tatsächlich behielt sie recht. Als die Herrschaften von ihrem Morgenspaziergang zurückkehrten, den sie jeden Tag am Hang entlang bis nach Leeberg und zurück unternahmen, zögerte Pauline keine Sekunde, ihre Mutter auf das Vorhaben anzusprechen.

»Mama, schau, was mir Wally ausgeliehen hat!«, erklärte sie zu Wallys Verblüffung und legte Adele Hochstätter die »Berliner Illustrirte« vor. »Schöne Kleider sind da drin, in der Zeitschrift, schau.« Und sie blätterte die betreffende Seite auf, während Wally zusah, dass sie sich in die Küche zurückzog.

Dass Pauline die Illustrierte jetzt auch noch als ihre ausgab, machte Wally wütend. Die Frau des Braumeisters war schlau. Wenn sie eins und eins zusammenrechnete, würde sie darauf kommen, dass der Betrag, der neulich im Portemonnaie gefehlt hatte, genau dem Preis des Hefts entsprach. Und wenn sie ihrer Tochter glaubte, dass Wally ihr die Zeitschrift geliehen hatte, dann musste sie fast zwangsläufig zu dem Ergebnis gelangen, dass Wally das Geld von dem ihr anvertrauten abgezweigt hatte. Und dann ...

Als die Tochter des Hauses wenig später zu ihr in die Küche kam, fand sie Wally weinend am Tisch sitzen.

»Was ist denn los?«, fragte sie verblüfft. »Ich krieg kein Kleid, und du sitzt da und heulst?«

Nein, Pauline würde es nie verstehen.

***

Solange der Braumeister in Tegernsee war, hieß es für Wally, deftige bayerische Gerichte zuzubereiten. Ob es Lebernockerlsuppe war oder gespickte Kalbsleber, Rindsrouladen oder Tellerfleisch. Besonders gern mochte Herr Hochstätter Wallys Sülze, die sie mit einem schönen Stück Wammerl bereitete und in die sie stets noch zwei halbierte gekochte Eier einlegte, weil sonst um die Portionen mit dem Ei gestritten wurde. Wenn die gnädige Frau auf Fisch bestand, orderte der Braumeister gleich: »Dann machst du uns Renken im Pfannkuchenteig«, und zur Nachmittagsjause wünschte er sich Rohrnudeln oder auch Salzburger Nockerl, auf die sich Wally aber nicht so gut verstand wie auf alles andere.

Sie war froh, dass sie auf der Schule in Indersdorf so viel gelernt und dass sie von dort ihr eng beschriebenes Rezeptbuch mitgebracht hatte. Oft setzte sie sich am Abend, wenn alle Arbeit im Haus getan war, noch einmal damit an den Küchentisch und las sich genau durch, wie sie was gelernt hatte. Dann schrieb sie eine Einkaufsliste für den nächsten Tag, sofern sie schon wusste, wonach der Braumeister verlangen würde. Sie überlegte sich, wie sie ein Rezept noch verbessern konnte, und fand so mit der Zeit eine ganz eigene Art als Köchin.

Der Nachteil daran, dass sie so gut kochte, war freilich, dass oft vom Besten nicht viel oder gar nichts für sie übrig blieb. Denn sogar die gnädige Frau ließ sich immer wieder nachlegen. Dann kam es durchaus vor, dass Wally am Schluss nur noch ein paar wenige Salzkartoffeln für sich selbst hatte oder ein bisschen Schwarte und einen Knödel oder zwei, die sie dann mit Soße aß.

Das alles änderte sich mit dem Tag, an dem Herr Hochstätter wieder zurück nach München fuhr und die Frauen allein in Tegernsee ließ. Die gnädige Frau trug ihrer Haushälterin nun leichtere Küche auf: Forelle blau, klare Suppen, Salate … Am Morgen lief Wally jetzt täglich zum Bäcker und holte nur zwei Hörnchen für die Damen. Kuchen brauchte sie nicht mehr zu backen, schon gar nicht die fette Buttercremetorte, die sich der Braumeister mehrmals von ihr gewünscht hatte.

Am Nachmittag begleitete Pauline ihre Mutter öfter zum See, sodass Wally das Haus für sich hatte und ihre glockenhelle Stimme durch die Zimmer hallte, während sie die Böden wischte oder die Wäsche bügelte. Manchmal, wenn sie früh genug mit ihrer Arbeit fertig war, holte sie auch ihre Mundharmonika heraus und spielte ein wenig. Dann dachte sie an zu Hause, wo alles so viel schlichter war – und doch so schön, dass sie immer wieder recht arg vom Heimweh gequält wurde. Was die anderen jetzt wohl taten?

Resi würde bald Korbinian Hardt heiraten und nach Freinhausen ziehen, und Wally wünschte sich so, dabei zu sein. Aber wenn sie von hier aus hinfahren musste, dann wusste sie nicht, wie sie das bewerkstelligen sollte. So lange würde sie kaum frei bekommen. Denn sie musste ja erst einmal nach München und von dort dann nach Deimhausen … Zenzi wartete vermutlich weiterhin auf ihren Peter, dessen Trauerjahr noch nicht um war, und half unterdessen den Eltern, wo sie nur konnte. Und Steff … Nun, Wally hatte ihn zwar im Verdacht, Korbinians kleiner Schwester schöne Augen zu machen, aber offiziell war da nichts, und gefragt hatte sie ihn nie. Steff war Wally immer ein bisschen fern geblieben. Er war halt doch sehr viel älter als sie. Und ein Mannsbild.

***

Wally hatte sich vorgenommen, an ihrem ersten freien Tag endlich einen Brief an Ludwig zu schicken, damit er erfuhr, wo sie im Dienst war und wohin er ihr seinerseits schreiben konnte, und nun lief sie – mit dem Umschlag in der Tasche ihres Dirndls und etlichen freien Stunden vor sich – den Hang hinunter auf dem Schotterweg bis zur Hauptstraße und hinüber auf die Seeseite, wo auch die Post ganz in der Nähe war.

Am Tegernsee schien immerzu prächtiges Wetter zu herrschen. Seit sie hier war, hatte sie noch kaum eine Wolke am Himmel gesehen. Nur ein paar Nebelschwaden am frühen Morgen, wenn es dämmerte, aber unter den ersten Sonnenstrahlen hatten sich diese stets aufgelöst und einem neuen strahlenden Tag Platz gemacht.

Am Vorabend hatte die Dienstherrin ihr ihren zweiten Wochenlohn ausgehändigt und sogar zwanzig Pfennige draufgelegt – angeblich, weil Wally ohne besondere Anweisung immer wieder Arbeiten im Haus erledigt hatte, an die Frau Hochstätter selbst gar nicht gedacht hatte. So hatte sie einmal die Schränke mit Essigwasser ausgewischt, ein anderes Mal für den kleinen Altar, den die Frau des Braumeisters in ihrer Schlafkammer hatte, frisches Weihwasser aus der Klosterkirche unten mitgebracht, als sie einkaufen gewesen war.

Insgeheim allerdings war Wally zu der Überzeugung gelangt, dass die gnädige Frau die richtigen Schlüsse aus dem Vorfall mit dem Kleid gezogen hatte, das Pauline sich aus der »Berliner Illustrirten« wünschte, und dass sie es wohl bedauerte, dass ihre Tochter die Haushälterin in eine solche Zwickmühle gebracht hatte.

Die zwanzig Pfennige gedachte Wally für einen Becher Eis am Seeufer auszugeben. Aber zuerst lief sie zur Post und schickte den Brief ab. Hoffentlich würde es nicht zu lange dauern, bis Ludwig ihn bekam. Sie hatte ohnehin schon ein furchtbar schlechtes Gewissen, weil sie ihm erst jetzt schrieb.

»Deimhausen«, sagte der Postbeamte und blickte Wally neugierig durch die Glastrennwand an. »Wo is denn das?«

»Das is in der Hallertau!«, erklärte Wally. »Bei Schrobenhausen.«

»Verstehe. Im Hopfenland.«

Ja, dachte Wally, *im Hopfenland*. Wo ihr Elternhaus stand. Wo sie zur Schule gegangen war. Wo sie ihren ersten Kuss bekommen hatte … und wo Ludwig nun auf sie wartete.

»Na, so schlecht is's jetzt aber bei uns hier wohl auch nicht, oder?«, stellte der Postbeamte fest und lachte, da er Wallys sehnsüchtigen Gesichtsausdruck bemerkte.

»Ich hab halt Zeitlang«, sagte Wally.

»Versteh schon. Am schönsten is es immer daheim.«

Da hatte er wohl recht. Getröstet vom Mitgefühl des Postlers, machte sich Wally wieder auf den Weg zum Ufer, und noch viel mehr als die freundlichen Worte des Beamten tröstete sie das Eis, das sie sich im Café neben dem Bräustüberl kaufte. Eine Kugel Erdbeere im Becher, dazu ein kleiner Holzlöffel. Wally hatte schon Eis gegessen. Aber so gutes Eis hatte sie noch nie gehabt!

Nachdem sie eine Löffelspitze probiert und andächtig geseufzt hatte, trug sie ihre Errungenschaft zum Ufer, streifte die Schuhe ab und setzte sich auf die kleine Mauer beim Steg, um die Füße ins Wasser zu hängen.

»Schau an«, hörte sie jemanden sagen. »Das ungnädige Fräulein.« Es war der Bootsbesitzer, der sie vor ein paar Tagen zu einer Partie hatte einladen wollen.

»Tut mir leid«, antwortete Wally. »Jetzt hab ich mein Geld für ein Eis ausgegeben. Sie werden wieder auf andere Kundschaft warten müssen.«

»Andere Kundschaft, aha«, sagte der junge Mann und grinste schief. »Vielleicht lad ich Sie ja ein?«

»Das glaub ich nicht«, erwiderte Wally und musste unvermittelt an Ludwig denken. »Ich bin nämlich verlobt«, log sie.

»Auweh!«, rief der Bootsmann theatralisch. »Verlobt ist das ungnädige Fräulein auch noch. Aber wissen S' was? Dann sind Sie hiermit eingeladen. Denn dann muss ich ja nix befürchten.«

»Wieso befürchten?«

»Von wegen, dass Sie sich falsche Hoffnungen machen«, erklärte der junge Mann schelmisch.

»Dass ich mir falsche Hoffnung mach? Wegen Ihnen?«

»Freilich! Das könnt ich ja absolut verstehen, wissen S'?«

Wally musste laut lachen. Einen so frechen Kerl hatte sie noch selten getroffen. »Tut mir leid«, sagte sie. »Es geht nicht. Ich hab hier ein Eis, und das schmilzt mir, wenn ich's nicht ess.«

»Das Eis können S' genauso gut im Boot essen. Auf geht's!« Er bugsierte seinen Kahn etwas näher zu ihr – und Wally fasste sich ein Herz und stieg ein.

✳✳✳

Wer nie eine Fahrt mit dem Boot auf dem Tegernsee gemacht hat, hat keine Vorstellung davon, wie schön die Welt ist. Das tiefgrüne Wasser, der strahlend blaue Himmel, die sanften Hügel nach Norden und die stolzen Berge nach Süden hin, die leuchtenden Häuser am Ufer, die Segel der Boote ringsum … Wally war so überwältigt von der Aussicht, die sich ihr bot, dass sie beinahe ihre Eiscreme hätte schmelzen lassen.

Der Bootsbesitzer schien ein Gespür zu haben für die

Befindlichkeit seiner Passagierin. Er verstummte, ruderte gleichmäßig und sanft und ließ Wally die Eindrücke genießen. Erst als sie ein gutes Stück gefahren und beinahe in der Mitte des Sees waren, lachte er. »Freut mich, dass es Ihnen gefällt.«

»Ich hab doch gar nix gesagt.«

»Das war auch nicht nötig«, erklärte der junge Mann, der offenbar nicht nur eine launige, sondern auch eine sanfte Ader hatte. »Das war auch so deutlich erkennbar.«

»Verstehe. Also, danke recht herzlich, dass Sie mich hier rausgebracht haben. Ich geb zu, dass ich was verpasst hätt, wenn Sie mir diese Fahrt nicht geschenkt hätten. Sie is doch geschenkt?«

»Freilich«, sagte ihr Gastgeber und ließ die Ruder gleiten, sodass sie sich an die Bootswand schmiegten.

»Ein bisserl ein schlechtes Gewissen hab ich aber schon.«

»Aha? Und warum?«

»Weil Sie jetzt gar kein Geschäft mit mir machen.«

»Das is nicht so schlimm«, versicherte der Bootsmann ihr. »Ich verdien mein Geld ja eh als Fischer. Die Ausflügler sind nur ein Zubrot.«

»Dann bin ich ja beruhigt.«

»Und wie oft hat man schon Gelegenheit, mit der Verlobten auf den See zu fahren.«

»Mit der Verlobten?«

»Von einem andern.« Er lachte. »Nur ein Spaß. Das hab ich schon kapiert, dass Sie mir keine Hoffnungen machen wollen. Aber das passt schon. Ich freu mich, dass Sie mich trotzdem begleitet haben.«

Nun war auch Wallys letzte Befangenheit wie weggewischt. Sie lachte befreit auf und schimpfte lachend: »Ein Bazi sind Sie, ein ganz ausgeschamter.«

»Ja, mei, was man halt so is als einfacher Fischerbub.«

***

Nachdem sie sich auf dem Rückweg durch den Ort noch eine Zeitschrift bei Herrn Leonberger gekauft hatte, verbrachte Wally den restlichen Nachmittag lesend auf einer Bank am Weg zum Haus. In ihre Kammer wollte sie sich nicht zurückziehen, weil sie von dort aus keinen Blick auf den See hatte, und für ein Dienstmädchen schickte es sich nicht, seine Zeit auf der Sonnenterrasse zu verbringen.

So kam es, dass sie zum ersten Mal den Sonnenuntergang am Tegernsee nicht nur vom Küchenfenster aus sah, während sie arbeitete, sondern ihn in aller Ruhe genießen und dabei von der glitzernden Welt träumen konnte, die sie in ihrer Zeitschrift präsentiert fand, und von der Heimat, die so gar nicht glitzernd und so gar nicht mondän und trotzdem wunderschön war.

***

Zu Beginn des vierten Wochenendes verkündete der Braumeister, dass Wally noch an diesem Samstag mit ihm in die Stadt kommen müsse, weil er den Haushalt nicht gut allein führen könne und die Wohnung in der Nymphenburger Straße einmal ordentlich durchgeputzt werden sollte.

Immer noch hatte Wally nichts von Ludwig gehört, und als sie nun so die Landschaft vor den Fenstern des Automobils vorbeifliegen sah, kam ihr eine Idee, die bis München so faszinierend auf sie wirkte, dass sie an gar nichts anderes mehr denken konnte. »Wann fahren wir denn wieder zurück nach Tegernsee, Herr Braumeister?«, fragte sie.

»Wir? Gar nicht. Du fährst zurück«, erklärte Herr Hochstätter. »Mit der Bahn.«

»Mit der Eisenbahn! Ui«, entfuhr es Wally, dass der Braumeister grinste. »Fährst du lieber mit der Bahn als mit dem Automobil?«

»Also am liebsten fahr ich mit dem Automobil, Herr Hochstätter«, erklärte Wally wahrheitsgemäß, denn dass es für sie die schönste Art zu reisen war, das stand fest. Erst als sie in die Stadt kamen, machte es ihr nicht mehr so viel Vergnügen, weil es so hektisch zuging. »Und wann fahr ich dann wieder raus nach Tegernsee?«

»Am Dienstag oder Mittwoch würd ich sagen«, antwortete der Braumeister.

»Also hätt ich meinen freien Tag hier in der Stadt?«, wollte Wally wissen.

»Daran hab ich jetzt gar nicht gedacht«, erwiderte Herr Hochstätter. »Wann wär denn der, dieser freie Tag?«

»Normalerweise morgen, am Sonntag.«

»Aha.« Es schien ihm nicht recht zu passen. »Könnten wir da auch zwei halbe freie Tage draus machen?«, wollte er wissen.

»Freilich«, sagte Wally und rechnete sich aus, dass ihr Plan dann noch viel besser funktionieren könnte. »Am Sonntagnachmittag und am Montagvormittag?«

»Von mir aus«, brummte der Braumeister. »Dann machst

du mir noch ein wenig den Haushalt am Montagnachmittag und den ganzen Dienstag und fährst am Mittwoch zurück zu meinen Damen nach Tegernsee.«

※※※

Am Samstagabend klopfte Wally an die Pforte des Benediktinerklosters von St. Bonifaz. »Ehrwürdiger Vater?«

»Um Himmels willen!«, rief der Hospitarius aus. »War die neue Stellung etwa auch schon wieder nichts?«

»Nein, ehrwürdiger Vater. Ich hab nur am Sonntag meinen freien Tag.«

»Und da möchtest du mit uns den Tag des Herrn begehen?«

»Ehrlich gesagt, hätt ich eine andere Bitte …«

※※※

Es war ein weiter Weg von München bis nach Deimhausen, ein sehr weiter. Vor allem, wenn die Sonne herabbrannte und die Beine schmerzten, was sie spätestens nach Hohenkammer taten. Das Stück bis nach Tegernbach ging sakrisch in die Waden. Immer wieder musste Wally absitzen und durchschnaufen, musste sie die Haare aus der schweißnassen Stirn wischen und sich selbst antreiben. Hätte sie Geld gehabt, wäre sie wenigstens unterwegs eingekehrt, hätte sich irgendwo eine Ausgezogene und ein Kracherl gekauft oder, noch viel lieber, einen Krug Bier. Ja, das wäre eine schöne Erfrischung gewesen. Aber sie hatte kein Geld. Jedenfalls keines, das sie ausgeben durfte. Zu wertvoll waren die paar Münzen, die sie sich hart erarbeitet hatte. Und so weit war es ja nicht mehr. Sie konnte den Hügel von Hohenwart schon sehen, auf dem die stolze Klosterkirche thronte. Ihr Heimatdorf lag näher, war aber noch nicht zu erkennen, da es sich in einer Senke und erst kurz, bevor man es erreichte, hinter den Bäumen auftauchte.

Der Weg führte Wally durch das Nachbardorf Freinhausen, vorbei am Schmiedewirt. Hinter den mächtigen Birken, die hier die Straße säumten, schlängelte sich die Paar, ein träger, hellgrüner Fluss, in den sie als Kinder manches Mal zum Schwimmen gehüpft waren, nur um völlig von Mücken zerstochen nach Hause zu kommen. Mehr als einmal hatte sie Blutegel von ihren Beinen gepflückt. Und doch: Schön war es gewesen. Überhaupt war ihre Kindheit nicht anders als glücklich zu nennen, und das überraschte Wally selbst am meisten, wenn sie daran dachte, wie einfach sie war. Wie einfach *alles* damals war. Es hatte kleine Freuden gegeben, aber große Härten und manches an Entbehrung. Dabei war der Hof, von dem sie stammte, ein großer und bedeutender gewesen! Aber so, wie die Unbeschwertheit der Kindheit vergangen war, schien auch die große Zeit der Familie Geistbeck vorüber.

Dennoch freute sie sich auf zu Hause! Sie strengte sich an. Die Straße würde jetzt keine Steigung mehr haben, sie verlief gerade und eben zwischen grünen Wiesen und Feldern. Jetzt, da sie so nah war, spürte Wally auch, wie ihre Kräfte zurückkehrten. Das Dorf in wenigen Minuten wiederzusehen, ihre Familie wiederzusehen, *ihn* wiederzusehen ...

Wenn sie an Ludwig dachte, klopfte ihr Herz unwillkürlich schneller. Ob er überhaupt da war? Und ob er wirklich auf sie gewartet hatte, wie er es ihr versprochen hatte? Sie hörte noch seine Worte in ihrem Ohr: »Du weißt, wo du mich findest, Wally«, hatte er mit rauer Stimme gesagt. »Pass auf dich auf.«

Sie hatte nur genickt und ihm ein Busserl auf die Wange gegeben und eines auf die andere, bis er sie an den Armen gepackt und ganz fest gehalten und geküsst hatte. Jetzt noch, wenn sie daran dachte, spürte sie, wie ihr das Blut in die Wangen schoss. *Ludwig*, dachte sie, wie so oft in den zurückliegenden Monaten.

So kurz vor dem Ziel schien das Fahrrad auf einmal wie von alleine über die Straße zu rollen. Wally lachte, als sie auf die Abzweigung nach Deimhausen einbog. Von der Kreuzung aus waren es nur noch zweihundert Meter und vom Ortsrand bis zum Hof ihrer Eltern ein Katzensprung.

Sie strahlte. Was für eine gute Idee war das gewesen, sich im Kloster das Fahrrad zu leihen und den halben freien Tag für die Fahrt nach Deimhausen zu nutzen! Nun hatte sie einen Abend und eine Nacht bei ihrer Familie und Ludwig vor sich. Erst morgen früh würde sie zurückfahren und … und dann traf es sie wie ein Schlag, als sie erkannte, was geschehen war.

❉❉❉

Weg war er, der Ludwig. Auf dem Rupprechthof waren sie dabei, ihre Sachen auf die Karren zu laden. Der Bauer und seine Frau würden zu seinem Bruder nach Tegernbach ziehen, bis sich eine neue Lösung gefunden hatte. Knechte und Mägde waren längst entlassen. Wohin Ludwig gegangen war? Der alte Rupprecht wusste es nicht.

»Mei, Mädl, da bist du zu spät dran. Der ist ja schon vor einer Woche fort«, erklärte der Bauer voll Anteilnahme. »Es is ein Kreuz. Für uns alle. Ein guter Bursch war er, der Luggi. Hat anpacken können.« Er blickte Wally aus traurigen Augen an. »Hätt schon zu dir gepasst. Außer freilich, dass er ein armer Schlucker war. Wenn du einen Rat willst: Such dir lieber einen, der nicht nur was kann, sondern auch was hat.«

Sie wollte aber keinen Rat. Außer vielleicht dem, wohin sie sich nun wenden sollte. Sie hatte Ludwig schon einmal verloren. Dann hatte sie ihn wiedergefunden – und jetzt war es ihr neuerlich so ergangen! Voll Zorn radelte sie an der Kirche vorbei und auch am Pfarrhaus, wo Hochwürden Herold ihr freundlich zunickte. Wally aber starrte stur geradeaus. Was sollte das für ein lieber Gott sein, wenn er einem im Leben nur Ärger und Kummer bereitete und jedes Glück vereitelte, wo er nur konnte!

***

Auf dem Geistbeckhof wurde es ein trüber Abend für Wally. Natürlich freute sie sich für Resi, die nun bald ihren Korbinian heiraten würde, aber das Glück der Schwester machte ihr eigenes Unglück nur noch größer. Früh ging Wally zu Bett und war froh, als sie am nächsten Morgen so schnell wie möglich wieder wegkam. Am liebsten wäre sie nie mehr wieder nach Deimhausen zurückgekehrt, so enttäuscht war sie. Ein zweites Mal würde sie aber jedenfalls in diesem Monat ohnehin nicht mehr vom Tegernsee bis in die Hallertau kommen können, zu Resis Trauung also jedenfalls nicht da sein.

Jetzt fiel ihr auch das Radeln auf der Strecke nach Süden furchtbar schwer. Schließlich gab es nichts mehr, wohin sie sich gesehnt hätte. Arbeiten würde sie müssen. Den Nachmittag und Abend. Und dann den nächsten Tag und den übernächsten und immer so weiter. Für so wenig Geld, dass es nie und nimmer für eine eigene Existenz reichen würde.

Zum ersten Mal fühlte sich Wally unendlich müde und hatte keine Hoffnung, dass aus ihr mehr werden würde als eine Dienstmagd, deren einzige Bestimmung es war, dafür zu sorgen, dass andere es schöner hatten als sie selbst.

28.

Trotz allem tröstete Tegernsee Wally mit seiner wunderschönen Landschaft, den eleganten Menschen, der friedlichen Stimmung – und der fröhlichen Art, mit der Pauline ihr allzeit begegnete. So konnte sie ihren Kummer über Ludwigs Verschwinden jeden Tag zumindest für ein paar Stunden vergessen. Und vielleicht würde ja doch irgendwann ein Brief von ihm kommen, und es würde sich ein Hoffnungsstreif am Horizont zeigen. Wenn sie es einem Menschen auf dieser Welt zutraute, dann Ludwig.

Bereits am folgenden Wochenende kam auch der Braumeister wieder aus München angereist, und es hieß schon im Voraus kräftig zu kochen und vorzubereiten. Als er dann am Montag in aller Herrgottsfrühe wieder abfuhr, kam Wally noch mit in den Ort runter, um dort einzukaufen. Auch Pauline gesellte sich mit dazu, um ein wenig am See spazieren zu gehen, während Wally ihre Besorgungen erledigte.

Auf die Weise gingen die Tage und Wochen dahin, und Wally dachte zuweilen, wie rasch die warme, helle Jahreszeit doch verflog. Länger als über die Sommermonate würde sie nicht beim Braumeister angestellt sein. Danach hieß es, sich wieder eine neue Stellung zu suchen.

Und dann endlich kam der Antwortbrief von Ludwig.

Über einen Monat war er unterwegs gewesen, wie Wally aus dem Poststempel ersah.

Der Briefträger, der jeden Tag erst gegen Mittag heraufkam, reichte ihr die Sendungen und sagte: »Ist noch etwas für hier adressiert, was aber wahrscheinlich falsch ist.«

»Warum falsch?«

»Nicht an den Namen Hochstätter, sondern an den Namen Geistbeck«, erklärte der Briefträger.

»Oh, das stimmt schon, Herr Postbote! Geistbeck, das bin ich.«

»Aha. Kriegen jetzt schon die Dienstmädel Post hier herauf«, bemerkte der Mann mit sauertöpfischer Miene, als hätte er schwer an dem einen Brief geschleppt.

»Wichtige Dokumente«, behauptete Wally, nahm ihm den Umschlag ab und ließ den Postboten einfach stehen.

Lesen konnte sie den Brief freilich noch nicht, denn sie hatte ihre Arbeit zu erledigen, und das war an diesem Tag nicht wenig. Die gnädige Frau hatte beschlossen, dass die Fenster geputzt werden müssten. Deshalb hatte Wally schon am frühen Morgen, während die Damen auf der Terrasse ihr Frühstück einnahmen, begonnen, die Scheiben in den Schlafkammern zu wischen, damit sie dort fertig war, wenn sich Frau Hochstätter und ihre Tochter zum Spaziergang umziehen würden. Am Vormittag hatte sie die Fenster im ganzen Erdgeschoss geputzt und war gerade damit fertig, als der Postbote klopfte. Und das Mittagessen hatte sie noch nicht einmal vorbereitet!

»Scheiterhaufen« hatte sich die gnädige Frau an diesem Tag gewünscht. Immerhin. Das ging schnell und buk von allein im Rohr. Und es würde eine schöne Menge für Wally selbst übrig bleiben. Denn dieses Gericht bestand vor allem aus alten Semmeln, die von den Vortagen übrig geblieben waren, klein geschnitten mit einer Mischung aus Sahne und Ei durchmischt und mit Zimtzucker gesüßt als Auflauf gebacken wurden. Zu Hause auf dem Hof hatte es das nicht oft gegeben, weil man dazu Weißbrot brauchte. Aber auf der Haushaltungsschule hatte Wally derlei Einfaches und dennoch Köstliches zuhauf gelernt.

Als die Damen Hochstätter beim Essen saßen, fand Wally endlich die Zeit, ihren Brief zu lesen. Mit zitternden Fingern riss sie den Umschlag auf und musste lächeln, als sie erkannte, dass Ludwig, wie damals in der Schule, alles verkleckst hatte. »Ach, Luggi«, seufzte sie und las die Zeilen, die ihm sichtlich schwergefallen waren. Das kannte sie gut: Die Arbeit auf den Höfen war schwer. Wenn man sich dann am Abend hinsetzte und zur Feder griff, brachte man kaum ein gerades Wort aufs Papier.

Liebe Wally!
Du kannst Dir gar nicht vorstelen, wie ich mich gefreut hab über Deinen Brief! Ich hab schon sehr drauf gewartet! Das Du am Tegernsee bist freut mich für Dich. Da ist es bestimmt sehr schön!
Mir fehlst Du sehr, vor allem weil ich gar nicht weis, wann Du wieder herkommst nach Deimhausen. Außerdem weis ich nicht, wie lang ich selber noch da bin. Der Rupprecht ist auch in Nöthen. Den Monat hab ich schon keinen Lohn mehr gekriegt. Bestimmt bin ich gar nimmer da, wenn Du wieder heimkommst. Aber ich muss Dich unbedingt sehen, Wally!

Wir müssen sprechen. Wenn ich wieder nach Manching muss, dann wart ich auf Dich am Schützenstand vom Barthelmarkt. Da bin ich jeden Abend um halb sieben und hoff, das Du kommst.
Jeden Abend denk ich an Dich, Wally, und beten tu ich auch für Dich.
In Liebe
Dein Ludwig

Der Barthelmarkt! Freilich, der war in Oberstimm, ganz in der Nähe von Manching. Wally war dreimal dort gewesen. Als Kind lernte man schnell, dass der Barthelmarkt das Großartigste war, was es auf der Welt gab. Rund um den Bartholomäustag wurde dort ein großes Volksfest gefeiert mit einer Ansammlung von Attraktionen, wie es sie sonst nur in München gab auf dem Oktoberfest. Allerdings war der Barthelmarkt längst nicht so groß wie die Wiesn in München, und gerade das machte ihn schön.

Wally überlegte. Bartholomä war am 24. August. Das würde schwierig werden. Sie bräuchte wenigstens drei Tage frei, um hinzufahren, und selbst dann war es schwierig. Doch versuchen musste sie es.

Wally beschloss, zuerst herauszufinden, wie sie fahren musste, wenn sie auf dem schnellsten Weg nach Manching kommen wollte. Danach erst würde sie mit Frau Hochstätter sprechen – und sie würde ihr die Wahrheit sagen, warum sie dorthinmusste. Vielleicht hatte die gnädige Frau ja ein Einsehen …

***

Tegernsee hatte einen Eisenbahnanschluss. Täglich mehrmals fuhr ein Zug nach München, und von München nach Manching gab es ebenfalls eine Verbindung. Der Herr am Fahrkartenschalter suchte geduldig die Verbindungen mittels eines Kursbuchs heraus und schrieb Wally alles mit Bleistift auf einen Zettel, dazu die Preise für eine einfache Fahrt sowie Hin- und Rückfahrt.

Wenn sie es ganz geschickt anstellte, könnte sie sogar an einem Tag hinfahren und am nächsten wieder zurück, sodass sie nur zwei freie Tage brauchte. Für die Fahrkarten freilich hätte sie einen Großteil ihres bisherigen Lohns aufwenden müssen, wenn sie erster oder zweiter Klasse hätte fahren wollen, also entschied sie sich für die dritte Klasse.

Die gnädige Frau war zu ihrer Überraschung gar nicht an den Gründen interessiert, als Wally sie um Erlaubnis fragte. Aus einer heiteren Laune heraus entschied sie, dass die Haushälterin sich zwei Tage freinehmen dürfe – wobei natürlich einer der besagten Tage der ohnehin freie Tag in der Woche wäre.

So saß die junge Walburga Geistbeck am 23. August 1928 auf dem Bahnsteig in Tegernsee und wartete mit pochendem Herzen auf die Einfahrt des Zuges, der sie für einen kurzen Aufenthalt nach München und dann ins ihr noch fremde Manching bringen würde. Dort würde sie schon irgendeinen Weg finden, nach Oberstimm zu kommen.

Die Fahrt durchs Tegernseer Tal war beinahe ebenso schön wie die Bootsfahrt auf dem See. Aber vermutlich lag das daran, dass das Ziel der Reise ein gewisser junger Mann war, der Wally sehr am Herzen lag. Mehr als alle anderen jungen Männer dieser Welt.

So schön indes die Fahrt war, so endlos schien sie sich hinzuziehen. Immer wieder stand Wally auf, trat auf den Gang und schaute aus dem Fenster, sodass ihr schöner Zopf bald ganz zerzaust war. Also suchte sie die Toilettenkabine auf und flocht ihn neu. Als sie wieder heraustrat, stellte sie fest, dass sie unvermittelt doch in München angelangt waren. Beiderseits der Gleise erhoben sich hohe Häuserreihen. Ein Kirchturm nach dem anderen lugte dazwischen hervor. Brücke folgte auf Brücke. Und dann waren sie da: im Hauptbahnhof von München. Der Zug kam zum Stehen, und Wally nahm ihr Bündel und stieg mit wackeligen Beinen aus.

Das Gebäude war so groß, dass sie sich einmal mehr damit schwertat, sich zu orientieren. Jetzt nur keinen Fehler machen! Sie hatte zwar fast zwei Stunden Zeit, um den Anschlusszug zu erwischen, aber sie wollte lieber jetzt suchen als unmittelbar vor der Abfahrt. Also schritt sie die Gleise ab und las die Reiseziele und die Zugnummern, bis sie endlich Gleis acht fand, von wo der Zug gehen sollte.

Wally atmete durch, prägte sich die Örtlichkeiten gut ein und trat dann hinaus auf den Bahnhofsplatz, wo lebhafter Verkehr sie empfing. Sie erinnerte sich, wie sie bei ihrer ersten Ankunft in München vor allem ein Gefühl der Freiheit verspürt hatte. Diesmal war es anders. Nach den Tagen in Tegernsee kam ihr München laut und schmutzig vor, hektisch und anstrengend.

Dennoch spazierte sie durch die Straßen und sah sich die Auslagen an, beobachtete einen Künstler, der ein großes Bild mit Kreide aufs Trottoir malte – die Mona Lisa! Die hatte sie schon einmal gesehen und es sich gemerkt, dass dieses Bild sehr berühmt war, auch wenn es ihr nicht ganz einleuchten wollte, warum. Eine Frau im schwarzen Kleid – davon gab es auf dem Land zuhauf.

Was sie unterschätzt hatte, war, wie groß die Stadt war. Als die Uhr der Matthäuskirche drei Uhr schlug, erschrak Wally. In weniger als zwanzig Minuten ging ihr Anschlusszug! Verwirrt sah sie sich um, fragte einen Passanten nach dem Weg und rannte dann los Richtung Hauptbahnhof, wo sie feststellen musste, dass auf Gleis acht keineswegs ein Zug nach Ingolstadt stand, sondern gar keiner. Vor Schreck entfuhr ihr ein Schrei.

»Kann ich Ihnen helfen, Fräulein?«, entbot sich ein Eisenbahner, der in der Nähe stand.

»Der Zug! Nach Manching!«

»Manching?«

»Ingolstadt!«

»Ah so! Der fährt heut von Gleis vier.« Der Mann deutete in Richtung Norden. »Is aber gleich weg«, bemerkte er noch mit einem Blick zur großen Uhr über dem Ausgang. Aber das hörte Wally schon gar nicht mehr, weil sie sogleich losgerannt war.

Als sie das Gleis erreichte, gellte bereits der Pfiff, und der Schaffner hatte schon einen Fuß auf die Treppe zur letzten Tür des Zugs gesetzt und hielt sich fest, um sich hochzuziehen. »Halt!«, rief Wally verzweifelt. »Lasst's mich auch mit!«

Der Schaffner blickte sich um, sah die junge Frau und hielt in der Bewegung inne, mit der er seine Kelle schwingen wollte. »Jetzt aber schnell, Fräulein!« Er schien sich nicht entscheiden zu können, ob er verstimmt oder amüsiert sein sollte, aber er ließ Wally vorbei und in den Zug. Als er einige Minuten später an ihrem Platz vorbeikam, um die Fahrkarten zu kontrollieren, bemerkte er: »Das war aber auf den letzten Drücker, junge Frau.«

Wally nickte. »Danke, dass Sie mich noch reingelassen haben.«

»Wenn Sie jetzt noch einen Fahrschein für mich haben, dann bin auch ich zufrieden«, erklärte er.

»Freilich. Ich halt ihn ja die ganze Zeit fest.« Während sie ihm den Schein reichte, dankte sie noch einmal stumm dem Herrgott, dass sie nicht in München gestrandet war.

***

Der Barthelmarkt war ein Ereignis, zu dem die Menschen aus dem ganzen Landkreis herbeigeströmt kamen. Vier Tage lang wurde hier gefeiert. Am Samstag gab es traditionell ein Pferderennen, der Montag war der letzte Tag, und weil Wallys freier Tag diesmal der Montag war, war es dieser letzte Tag des großen Volksfestes, an dem sie endlich ihren Ludwig wiedersehen würde.

Von Manching aus gab es einen Autobus nach Oberstimm, in dem sie für ein paar Pfennige mitfahren konnte. Allerdings musste sie zwei Busse abwarten, weil die Fahrer keine weiteren Gäste mehr zusteigen lassen wollten. Es war schon abends nach sieben, als Wally endlich das letzte Stück der Strecke antrat. Die tief stehende Sonne leuchtete über den Feldern, von denen etliche bereits abgeerntet waren. An manchen Hopfenstreben rankte noch das Grün der Pflanzen empor, andere Hopfenfelder standen schon kahl in der Landschaft. Das Licht dieses Sommerabends war freundlich und tauchte alles in mildes Rot. Wallys Herz schlug schneller. Sie hatte ganz feuchte Handflächen. Erst jetzt fiel ihr auf, dass sie seit dem Frühstück nichts gegessen und auch nichts getrunken hatte. Keinen Bissen. Keinen Tropfen. Aber mit dem Ludwig würde sie in eines der Zelte gehen und ein Bier trinken und vielleicht sogar ein Hendl essen. Ihr Magen knurrte so laut, als sie daran dachte, dass sie sich verlegen umblickte, ob es jemand bemerkt hatte.

Doch die anderen Fahrgäste waren alle abgelenkt, weil der Bus stehen geblieben war, und zwar länger als beabsichtigt. Sie waren kurz hinter Manching und standen nun schon eine Weile auf der Landstraße, obwohl hier anscheinend gar keine Haltestelle war. Neugierig schaute Wally aus dem Fenster, ob sie erkennen konnte, was der Grund für den Halt war. Aber sie sah nur den Fahrer in seiner Uniform, der zuerst hinten am Bus etwas nachgesehen zu haben schien und nun vorn stand und sich in Betrachtung seines Fahrzeugs nachdenklich über den Bart strich.

Langsam wurde Wally ungeduldig. Ludwig war längst vor Ort! Auch wenn sie keine Uhr hatte, konnte sie sich ausrechnen, dass er bald eine Stunde am Schützenstand auf sie warten musste. Dass es so spät werden würde, damit hatte sie nicht gerechnet. Wenn sie es doch nur hätte beeinflussen können!

»Meine Herrschaften!«, rief der Fahrer, der wieder eingestiegen war. »Tut mir leid, ich muss Sie bitten, alle auszusteigen! Wir haben ein Problem mit dem Motor und können nicht weiterfahren.«

Ein Murren und Maulen ging durch die Fahrgäste, bis einer rief: »Is eh nimmer weit! Das Stück können wir auch zu Fuß gehn!«

Kurz darauf leerte sich der Bus, und eine Prozession Feierwilliger zog Richtung Oberstimm, der sich auch Wally notgedrungen anschloss. *Hoffentlich kommt noch ein anderer Bus vorbei und nimmt mich mit*, dachte sie. Und tatsächlich kam auch einer! Als Wally ihm winkte, winkte der Busfahrer aber bloß zurück, als würden sie sich nur grüßen, und fuhr, ohne abzubremsen, weiter.

Es war halb neun, als Wally endlich auf dem Barthelmarkt ankam, und es war so voll, dass kaum ein Durchkommen war. Wie sollte sie da ihren Ludwig je finden? Tapfer fragte sie die Leute in der Menge nach dem Schützenstand, bis ihr einer den Weg wies.

Dankbar stürmte Wally, so schnell es in dem Gedränge möglich war, in die besagte Richtung. Nur dass dort kein Schießstand war, sondern eine öffentliche Toilette.

»Zum Schützenstand?«, fragte die Klofrau. »Mei, Mädl, das is ja ganz woanders. Also, da gehst du jetzt bis zum Fischer-Sepp, der is ungefähr in der Mitte, und dort dann nach links, bis das Zelt vom Toerring-Bräu kommt. Da is's gleich auf der rechten Seite.«

»Dank schön!«, keuchte Wally und rannte wieder los. Der Fischer-Sepp war leicht zu finden, man musste sich nur der Nase nach orientieren. Über dem Toerring-Zelt wehte die Fahne des gräflichen Brauhauses, die Wally so gut von Pörnbach her kannte. Und dann hörte sie auch schon die Schüsse. Hier irgendwo musste der Schießstand sein. Sie kämpfte sich nach rechts, nur um festzustellen, dass die

Schützenbude doch auf der linken Seite des Zelts gewesen wäre, und dann stand sie endlich davor.

Nur dass Ludwig nicht mehr da war.

※※※

Liebste Wally!
Jeden Abend hab ich auf Dich gewartet beim Schützenstand auf dem Barthelmarkt. Aber leider bist Du nicht gekommen. Warscheinlich hast Du nicht frei gekriegt. Oder Du hast nicht kommen mögen.
Ich bin jetzt auf der Suche nach einer neuen Stelle. Wenn Du mich noch magst, dann schreib mir. Bitte. Aber ich könnt auch verstehen, wenn Du Dich mit einem armen Schlucker ohne Hof und ohne Stellung nicht mehr abgeben magst. Weil Du musst ja auf Dich selber aufpassen.
Ich bitt den Herrgott, dass es Dir immer gut geht. Wenn Du mir schreiben willst, dann schick einen Brief an den Forsterwirt zu Manching.
In Liebe
Dein Ludwig

IX.
Herbstlaub

München 1928

29.

Der Sommer war vergangen, Wallys Anstellung bei der Familie Hochstätter zu Ende. Der Braumeister hatte die junge Haushälterin noch in seinem Automobil nach München mitgenommen, und nicht nur Wally hatte Tränen hinunterschlucken müssen beim Abschied, sondern auch Pauline. »Bestimmt kommt jetzt wieder so eine alte Schachtel«, hatte sie Wally auf der Fahrt zugeflüstert. »Ich versteh nicht, warum du nicht länger bei uns bleiben kannst.«

Warum auch immer, der Braumeister hatte seine Pläne, in die er sich nicht hineinschauen lassen wollte. Aber Wally war auch ganz froh, denn sie hoffte, dass die Stadt sie von ihrem Kummer ablenken würde.

Sie hatte Ludwig zwei Briefe an den Forsterwirt in Manching geschrieben, aber auf keinen eine Antwort bekommen. Einmal hatte sie auch dort angerufen, denn vom Postamt Tegernsee aus konnte man Ferngespräche führen. Allerdings hatte sie nur eine mürrische Kellnerin ans Telefon bekommen, die nichts wusste oder nichts sagen wollte und auf die Frage, ob denn Wallys Briefe überhaupt angekommen waren, nur mit der patzigen Bemerkung antwortete: »Was weiß ich? Hier liegt so viel Post rum dauernd …«

Enttäuscht und niedergeschlagen hatte Wally den Hörer wieder auf die Gabel gehängt und das Postamt verlassen.

Dem Fischer, der ihr vom See aus zuwinkte, wo er gerade mit zwei älteren Damen fuhr, vermochte sie kaum zurückzuwinken. Den Weg hinauf zum Anwesen des Braumeisters stolperte sie wie in einem Traum, aus dem sie aufzuwachen wünschte. Die Arbeit des restlichen Tages erledigte sie so mechanisch, dass Frau Hochstätter sie irgendwann unverblümt fragte: »Geht es dir nicht gut, Walburga? Du bist blass und unwirsch heute.«

»Alles in Ordnung, gnädige Frau«, log Wally und zwang sich zu einem Lächeln, während ihr in Wahrheit zum Heulen war.

Keine Antwort war auch eine Antwort, hatte ihr Vater immer gesagt, wenn er den Aufkäufern von Hopfen, Hafer, Weizen oder Kartoffeln ein Angebot gemacht und anschließend nichts mehr von ihnen gehört hatte – und dann hatte er sich eben etwas anderes überlegt.

Aber Wally wusste nicht, was sie sich anderes hätte überlegen sollen. Ludwig ließ sich nicht einfach ersetzen. Sie hatte nicht nur keine Idee, an wen sie sonst hätte denken können – ihre Gedanken waren wie gefesselt von dem Freund ihrer Kindheit und Jugend. Was, wenn sie ihn nie wiedersah? Was, wenn er ihr nicht verzeihen konnte, dass sie nicht aufgetaucht war? Gewiss, sie hatte alles erklärt in ihren Briefen. Aber hatte er die überhaupt jemals *bekommen*?

※※※

Nun stand Wally vor dem Haus in der Nymphenburger Straße, in dem die Hochstätters residierten, der erste Herbstregen hatte eingesetzt, und sie wusste nicht, wohin oder was tun. Eine neue Stelle musste sie sich suchen, so viel war klar. Aber sollte sie zwischendurch noch einmal heimfahren? Die Mutter hatte ihr im Sommer von Resis Hochzeit geschrieben, bei der Wally ja nicht hatte dabei sein können, und ihr berichtet, dass der Horch Peter endlich auch um Zenzis Hand offiziell angehalten und sich mit ihr verlobt hatte. Doch seither hatte Wally nichts mehr aus Deimhausen gehört, von den Eltern, von den Geschwistern.

Bis jetzt war auch so viel los gewesen, hatte es so viel zu tun gegeben und war alles immer so schnell gegangen, dass Wally kaum zum Nachdenken gekommen war. Doch nun, da sie auf einmal mit ihrem Lohn, mit ihrer Tasche und ohne Anstellung auf der Straße stand, und das buchstäblich, fühlte sie sich plötzlich schrecklich allein. Sie hatte nicht nur keinen Menschen, sie hatte auch keinen Ort, an den sie gehörte. Obgleich sie das jüngste Kind der Geistbecks war, in Deimhausen war sie noch jemand gewesen: die Tochter des Großbauern, eines der wichtigsten Männer im Dorf. Aber hier, hier war sie niemand. Niemand kannte sie, niemand interessierte sich für sie, und wenn sie es recht bedachte, dann war es völlig gleich, ob es sie gab oder nicht.

Dann fiel ihr ein, dass zumindest der Pater von den Benediktinern, der ihr Obdach gewährt hatte, sie kannte. Vielleicht hatten die Mönche ja gerade eine kleine Zelle frei, dann konnte sie versuchen, wieder dort unterzukommen. Das war allemal billiger als eine Pension, wo sie ihr Geld schneller wieder los wäre, als sie es verdient hatte.

So machte sich Wally auf den Weg nach St. Bonifaz, quer

durch die verregnete Stadt, um dort trotz ihres Schirms ziemlich durchnässt anzukommen und an die Pforte zu klopfen.

»Eine Unterkunft? Für zwei Nächte ist noch etwas frei, meine Tochter«, sagte der Hospitarius und lächelte Wally aufmunternd zu, der man wohl ansah, dass sie sich sehr verloren fühlte. »Aber dann musst du leider wieder ausziehen, weil alle Kammern für die Wiesn reserviert sind.«

An das Oktoberfest hatte Wally gar nicht gedacht. Aber natürlich, es war Ende September. Am Wochenende würde das Volksfest auf der Theresienwiese eröffnen, wo auch die Bavaria stand, auf die Wally einst mit dem Vater und ihrer Schwester Resi gestiegen war.

»Danke, ehrwürdiger Vater«, erwiderte sie. »Das ist schon eine große Hilfe.«

※※※

Nachdem sie sich frisch gemacht hatte, zog sie geeignete Kleidung an und machte sich wieder auf den Weg. Erst wollte sie eine Kerze in der Klosterkirche anzünden, dann hinüber zum Rathaus gehen, wo es, wie sie wusste, ein Schwarzes Brett gab, an dem auch Stellenanzeigen ausgehängt wurden.

In der Kirche probte der Chor, und Wally dachte sehnsüchtig an die kleine Dorfkirche St. Pantaleon zurück, wo sie so viele schöne Stunden mit Gesang zugebracht hatte. Wie gewaltig im Vergleich zu dort die Lieder hier klangen! Verstohlen blickte sie sich um. Wie gern hätte sie mitgesungen! Zumal es einige Lieder gab, die sie kannte und auch auswendig konnte.

Wenigstens das »Kyrie eleison« summte sie leise mit und dachte dabei an alle ihre Lieben, die so fern waren.

※※※

Anders als erwartet, wimmelte es am Schwarzen Brett im Rathaus keineswegs vor Stellenanzeigen. Nur ein paar wenige Arbeitsplätze waren ausgeschrieben. Die Stadtverwaltung suchte Gassenfeger und Mitarbeiter für die öffentliche Kanalisation, eine Schneiderei brauchte eine »erfahrene Fachkraft«, eine Metzgerei einen »versierten Mitarbeiter für Zerlegen, Verarbeiten und Verkauf«, ein Aushang der Reichsbahn warb Rangierer und Sattler an … und dann tauchte eine unscheinbare, etwas ältere Frau auf, die einen Zettel anbrachte, auf dem stand:

Haushaltshilfe/Haushälterin gesucht

Arzt sucht freundliche und fleißige Mitarbeiterin
in Haushalt und Praxis.
Unterkunft und Verpflegung werden gestellt.
Bewerbungen und Zeugnisse bitte an
Dr. Roman Boselli, Rosenstraße 5, München

»Entschuldigen Sie«, sagte Wally. »Arbeiten Sie da?«
Die Frau, sie mochte an die sechzig Jahre alt sein, nickte.
»So eine Stelle such ich nämlich gerade!«
»Tatsächlich?« Unvermittelt schien die Frau sie zu mus-

tern – und sie schien einen guten Eindruck von dem zu haben, was sie sah. »Also, wenn Sie mögen, können Sie gern direkt mitkommen. Der Herr Doktor ist zwar noch außer Haus, doch das wird nicht mehr lange dauern. Ihre Unterlagen müssten Sie aber dabeihaben!«

»Unterlagen? Ach so, die Zeugnisse, gell? Die hab ich jetzt zwar nicht dabei, aber ich könnt sie schnell holen. Weil ich nämlich im Kloster St. Bonifaz wohn.«

Die Frau nickte. »Gut. Dann beeilen Sie sich.«

»Und der Aushang?«

»Was soll mit dem Aushang sein?«

»Den bräuchten Sie dann doch gar nimmer!«

Die Frau lachte. »Sie sind ja lustig, junge Frau«, sagte sie. »Erst einmal müssen S' die Stelle bekommen!«

Wally nickte und schlug die Augen nieder. »Freilich, Frau Doktor«, erwiderte sie. »Da haben Sie ganz recht.«

»Recht hab ich wohl«, sagte die Frau und lachte vergnügt. »Nur eine Frau Doktor bin ich nicht. Ich bin die Frau Gärtner und bis jetzt als Haushälterin beim Doktor Boselli tätig.«

»Verstehe«, sagte Wally und nickte eifrig. »Also dann, danke! Ich beeil mich!«

※※※

Dr. Boselli, so stand es am Klingelknopf. Praxis und Wohnung lagen in der Rosenstraße direkt am Rindermarkt und nur ein paar Meter vom Marienplatz entfernt im obersten Stockwerk eines stolzen Hauses. Mit klopfendem Herzen läutete Wally und wartete, dass ihr geöffnet wurde – und da erst wurde sie des Schildes gewahr, das neben dem Eingang angebracht war: *Arzt für Haut- und Geschlechtskrankheiten.*

Just in dem Moment, in dem Wally sich umdrehen und schnell wieder weggehen wollte, wurde die Tür geöffnet. Es war nicht die Frau vom Rathaus, die sie bat einzutreten, aber auch diese Dame war sehr freundlich. »Grüß Gott! Kommen Sie nur herein. Der Herr Doktor ist noch außer Haus, aber er wird bald wieder da sein. Wenn Sie so lange im Wartezimmer Platz nehmen möchten …« Sie wies Wally in einen Raum, in dem ein paar Stühle standen und ein großes Gemälde mit einer Gebirgsansicht hing.

»Danke«, sagte Wally verlegen und traute sich kaum, sich hinzusetzen. *Haut- und Geschlechtskrankheiten,* dachte sie, und es grauste sie, irgendetwas zu berühren – obwohl die Frau wirklich sehr nett gewirkt hatte.

Wally ließ den Blick schweifen, schaute aus dem Fenster. Auf dem Rindermarkt waren viele Stände aufgebaut. Rinder gab es dagegen nicht zu sehen. Offenbar hatte sich die Nutzung des Platzes über die Zeit verändert. Man konnte auch ein Stück die feine Sendlinger Straße hinunterschauen, wo sich ein Geschäft ans andere reihte und sich die Passanten ebenso drängten wie die Automobile und die Lieferanten mit ihren Handkarren.

Wie im Flug verging die halbe Stunde, die Wally warten musste, bei der Betrachtung des prallen Lebens dort unten, sodass sie sich noch immer nicht hingesetzt hatte, als sich die Dame von eben hinter ihr räusperte. »Der Herr Doktor wär jetzt so weit.«

»Danke«, erwiderte Wally und folgte ihr ein paar Türen

weiter, wo sie hinter einem wuchtigen Schreibtisch aus dunklem Holz einen eleganten, schmalen Herrn mit Schnäuzer und sich lichtendem Haar sitzen sah.

»Grüß Gott«, sagte der Arzt und deutete auf den Stuhl, der dem Schreibtisch gegenüberstand. »Bitte schön.«

»Grüß Gott, Herr Doktor«, erwiderte Wally und setzte sich zögernd.

»Ich hatte vorhin schon erwartet, dass Sie kommen«, erklärte der Arzt, lächelte aufmunternd und setzte seine Brille auf. Vor ihm lag ein Schriftstück, auf das er noch einmal einen Blick warf.

»Ach so? Das war mir nicht bewusst.«

»Nicht?« Dr. Boselli hob eine Augenbraue und stellte dann fest: »Jedenfalls müssen Sie vor mir keine Angst haben.«

»Das hätt ich auch nie und nimmer gedacht, Herr Doktor.«

»Umso besser. Wenn Sie sich dann bitte freimachen wollen ...« Er stand auf, trat zur Tür und schloss sie. Dann wandte er sich zu Wally um, die wie festgeschraubt auf dem Stuhl saß. »Ohne dass Sie sich ausziehen, kann ich Sie leider nicht untersuchen«, erklärte der Arzt.

»Aber müssen S' das denn?«, fragte Wally. »Ich bin doch ganz gesund.«

»Na ja«, sagte der Arzt. »Nach allem, was ich weiß, müssen wir damit rechnen, dass Sie es auch haben, Frau Schramm.«

Auf einmal wurde Wally klar, was geschehen war. »Aber ich bin gar nicht die Frau Schramm!«, rief sie und stand auf. »Es tut mir furchtbar leid, das is ein Missverständnis!«

»Ach ja?« Der Arzt setzte sich wieder an seinen Platz. »Und mit wem hab ich dann das Vergnügen?« Er nahm die Brille wieder ab und musterte Wally wie ein wissenschaftliches Forschungsobjekt.

»Wally ... also, Walburga Geistbeck. Aus Deimhausen.«

»Deimhausen, soso.« Es bestand kein Zweifel, dass er noch nie von dem Ort gehört hatte.

»Ich ... ich bin hier, weil ich mich um die Stelle bewerben möcht. Als Haushälterin. Die Frau Gärtner hat einen Aushang im Rathaus gemacht. Also, dass Sie jemanden suchen ...«

»Oh! Und Sie sind so schnell, dass Sie jetzt schon hier sitzen?«, rief der Arzt erstaunt.

»Das hat sich so ergeben«, erklärte Wally, suchte ihre Zeugnisse heraus – das aus Indersdorf und das, das ihr der Braumeister geschrieben und in dem er vor allem ihre Talente als Köchin besonders hervorgehoben hatte – und hielt sie Dr. Boselli hin.

Ein Lächeln breitete sich auf dem Gesicht des Arztes aus, als er die Referenzen sah. »Die guten Schwestern von Indersdorf!«, rief er. »Ich bin seit vielen Jahren einer der Unterstützer des Instituts, müssen Sie wissen. Viele Kinder, die sonst vielleicht auf der Straße landen würden, lernen dort, wie sie im Leben zurechtkommen.«

»Das freut mich«, sagte Wally. »Dass Sie die Schule so schätzen. Und unterstützen. Das is wirklich ein Zufall.«

»Und Sie sind also eine ehemalige Schülerin ...«

»Ich hab den großen Sommerkurs besucht.«

»Verstehe. Ja, wirklich, ein interessanter Zufall. Vielleicht auch ein Fingerzeig«, sinnierte er. »Nun, wir suchen in der Tat eine neue Haushälterin. Sie haben ja Frau Gärtner schon kennengelernt. Sie wird mich leider verlassen, weil sie mit ihrem Mann nach Innsbruck zieht. Im Moment macht sie sogar beides: Sie ist meine Arzthelferin und meine Haushälterin. Denn Frau Frisch, die Sie gerade kennengelernt haben, ist nur aushilfsweise hier, aber das geht so natürlich nicht auf Dauer. Das heißt, Sie würden mir in der Praxis zur Hand gehen und auch den Haushalt führen, bis wir eine neue Arzthilfe gefunden haben. Trauen Sie sich das zu?«

Vielleicht sah man ihr die widerstreitenden Gefühle an. Vielleicht kannte der Arzt auch einfach nur die Vorbehalte, die viele Menschen gegenüber seiner Fachrichtung hatten. »Ich kann Ihnen versichern, dass Sie sich keiner Ansteckungsgefahr aussetzen. Es muss Ihnen auch nichts peinlich sein, was Sie hier sehen und erleben«, sagte der Arzt mit einem feinen Lächeln.

»Also, probieren könnt ich's«, erwiderte Wally.

»Das ist eine gute Lebenseinstellung«, meinte Dr. Boselli. »Und Sie wären ab sofort frei?«

»Jawohl. Ich kann jederzeit anfangen«, sagte Wally.

»Frau Frisch wird mich zum ersten Oktober verlassen. Bis dahin könnten Sie sich schon ein wenig in Haushalt und Praxis einfinden. Sie werden viel arbeiten müssen«, erklärte der Arzt.

»Das bin ich gewöhnt, Herr Doktor.«

»Hm.« Er betrachtete sie noch einmal sorgfältig, und es schien ihm zu gefallen, was er sah.

Als er sich erhob, wusste Wally, dass sie einen guten Dienstherrn gefunden hatte. Denn dass es sauber war in diesem Haushalt, das hatte sie schon festgestellt. Der Arzt siezte sie, obwohl sie seine Dienstmagd sein sollte. Auch Frau Frisch und Frau Gärtner wurden gesiezt und machten im Übrigen einen fröhlichen Eindruck – schlecht schien es ihnen hier also nicht zu gehen. Und wenn man nicht daran dachte, *wofür* Dr. Boselli Arzt war, dann war ein Herr Doktor doch jedenfalls ein sehr würdiger Dienstherr.

»Wollen Sie es probieren?«, fragte er.

»Sehr gern, Herr Doktor.«

»Dann ist es ausgemacht.« Er streckte die Hand über den Tisch.

Wally erhob sich ebenfalls und schüttelte sie, murmelte: »Danke, Herr Doktor«, und machte einen Knicks.

»Den brauchen wir hier nicht«, sagte der Arzt und klingelte mit einem kleinen Glöckchen, das auf seinem Schreibtisch stand.

»Entschuldigung. Was brauchen wir hier nicht?«

»Den Knicks«, erklärte Dr. Boselli. »Ich bin ja keine königliche Hoheit.«

Da wusste Wally, dass bei aller Trauer über das Verschwinden Ludwigs und aller Einsamkeit, die sie zu überwältigen gedroht hatte, auch noch Gutes auf sie wartete. Doktor Boselli hatte von einem Fingerzeig gesprochen. Vielleicht war er es ja, der ein Fingerzeig des Himmels war, eine Aufforderung, nicht den Mut und die Hoffnung zu verlieren.

30.

Nachdem ihr beim Braumeister alles so leicht von der Hand gegangen war, stellte die Arbeit für Doktor Boselli Wally vor ungeahnte Herausforderungen. Es fing schon damit an, dass der Arzt einen nervösen Magen hatte und deshalb vor allem Schonkost essen wollte. Wally musste Speisen zubereiten, die sie in Indersdorf nicht gelernt hatte – und daheim in Deimhausen schon gar nicht. Polenta aß der Herr Doktor gern, Kartoffelnockerl, Kohlrabisuppe, Reissuppe und gedämpftes Gemüse. Hähnchen gab es oft, aber nicht gebraten und auch nicht mit Paprika gewürzt, wie Wally es so gern mochte, sondern gekocht oder allenfalls in der Pfanne leicht angeröstet. Statt einer kräftigen Kartoffelsuppe musste sie Kartoffelbrühe machen, und zum Frühstück ließ sich der Dienstherr täglich Haferbrei servieren. Dabei aß er so wenig von allem, dass jederzeit üppige Mahlzeiten für Wally übrig blieben – hätte sie die Gerichte denn gemocht, die der Herr Doktor so schätzte.

Frau Gärtner wies Wally in alles sehr genau ein, schrieb ihr lange Listen, was wann und wie zu erledigen war im Boselli'schen Haushalt, und gab ihr zahlreiche Hinweise, womit dem Herrn Doktor eine Freude bereitet werden konnte. Es lag ihr offenbar am Herzen, ihren Arbeitgeber nach ihrem Weggang in guten Händen zu wissen, und es freute sie sichtlich, dass sie in Wally eine so neugierige und lernwillige junge Nachfolgerin gefunden hatte.

Eine Frau Doktor gab es nicht, und Wally fragte sich schon, ob Herr Boselli womöglich Männer lieber mochte als Frauen. Der Verdacht kam ihr nicht zuletzt deshalb, weil sich der neue Dienstherr stets so untadelig ihr gegenüber verhielt und nie einen anzüglichen Scherz machte, wie Wally sie aus dem elterlichen Wirtshaus gewöhnt war und auch vom Braumeister, der augenzwinkernd so manchen Herrenwitz gemacht hatte, wenn auch keinen von den ganz schlimmen. Doch als sie einmal mit Frau Gärtner die Bettlaken spannte und faltete, verriet ihr die alte Haushälterin, dass der Herr Doktor, wie sie ihn immer nannte, seit einigen Jahren Witwer war. »Und sie war so eine feine Person, die Frau Doktor«, erklärte sie. »Nur immer furchtbar unglücklich in München. Leider.«

»Wo ist sie denn hergekommen?«, wollte Wally wissen.

»Aus Italien. Aus Rom. Sie muss sogar eine entfernte Base vom Herrn Doktor gewesen sein.« Frau Gärtner blickte wie in weite Ferne aus dem Fenster. »Das Wetter und das Essen haben ihr hier nicht zugesagt.«

»Und dem Herrn Doktor macht das Wetter nix aus?«, wollte Wally wissen, denn natürlich war ihr klar, dass der Name Boselli auch ein italienischer war.

»Dem Herrn Doktor? Wieso soll ihm das was ausmachen?«

»Na, wenn er doch auch aus Italien stammt.«

Frau Gärtner lachte und schüttelte den Kopf. »Der Herr Doktor ist ein echter Münchner!«, erklärte sie. »Der ist genauso hier geboren wie sein Vater und Großvater. Das ist schon mehr als hundert Jahre her, dass die Familie nach München gekommen ist. Aber die Frau Doktor, die ist halt erst nach der Hochzeit mit ihm hergekommen. Und dann ist sie schwermütig geworden«, sagte sie mit so großem Mitgefühl, dass Wally lieber nicht nachfragte.

Dass der Herr Doktor zu den angesehenen Bürgern der Stadt gehörte, fiel Wally schon bald auf. Allerlei bedeutende Persönlichkeiten kamen zu Besuch. Dann trug der Arzt seiner Haushälterin auf, etwas Feines zu backen, sodass Wally endlich auch Gelegenheit bekam, mit ihren Kuchen und Torten zu glänzen. Selbst Frau Gärtner war beeindruckt, auch wenn der Herr Doktor die kulinarische Sünde nächstentags meist mit Magenkrämpfen büßte und es dann tagelang nur Haferschleim und Hirsebrei gab.

※※※

Besonders liebte Wally es, auf den nahe gelegenen Viktualienmarkt zum Einkaufen zu gehen. Sie hatte zwar kaum Gelegenheit, all das zu besorgen und zu verarbeiten, was sie besonders gereizt hätte – mal einen schönen Rehrücken, mal ein Pfund Pfifferlinge oder anderes, was sie an zu Hause erinnerte –, aber sie genoss es, zwischen den Ständen hindurchzuschlendern, hier und da ein Stückchen Käse oder eine Scheibe Wurst zu probieren, mit dem Weinhändler zu scherzen oder sich vom Metzger Alois Zentner, der seinen Laden in der Zeile am Peterbergl hatte, den Hof machen zu lassen. »Da kommt das Fräulein Geistbeck!«, rief er, wenn sie seine Metzgerei betrat. »Für Sie hab ich mein schönstes Hendl reserviert, Gnädigste!«

»Oh mei«, entgegnete Wally dann. »Das lohnt sich ja gar nicht. Wenn Sie wüssten, was ich draus mach …«

»Da hab ich gar keinen Zweifel«, erwiderte der Metzger, der so rund und rosig geraten war wie zweifellos die Schweine, bevor sie in die Auslage kamen. »Ein saftiges Wiesn-Hendl werden Sie draus machen!«

Wally lachte. »Das wär mir auch am liebsten. Aber Herr Doktor Boselli braucht Schonkost. Deswegen wird das Hendl nur gedünstet.«

Für einen Moment war Herr Zentner sprachlos. »Also, wenn Sie nur eine Suppenhenne brauchen …«, sagte er schließlich.

»Nein, nein, es soll schon ein schönes, fettes Hendl sein. Nur braten darf ich's nicht.«

»Verstehe«, antwortete der Metzger, und es war mehr als deutlich, dass das Gegenteil der Fall war. Er packte Wally das Hähnchen ein, legte ihr noch ein Päckchen mit einer frischen Debreziner dazu, zwinkerte und sagte: »Für den Heimweg.«

»Recht herzlichen Dank«, erwiderte Wally. »Die spar ich mir auf für heut Abend.«

»Auch recht«, sagte der Metzger. »Dann denken S' an mich, wenn Sie's essen.«

»Ja, freilich«, erklärte Wally und lachte. »Und sagen Sie Ihrer Frau schöne Grüße!«

»Ah so, ja«, murmelte Herr Zentner. »Das mach ich gern.« Dann wandte er sich der nächsten Kundschaft zu, während Wally den Laden wieder verließ und noch den Weg zum nahegelegenen Dallmayr einschlug.

Wenn sie sich hätte entscheiden müssen, was ihr lieber

war – der Feinkostladen oder der Markt –, dann hätte sie eine solche Entscheidung nicht treffen können. Im Grunde war auch Dallmayr ein Markt, wenn auch einer unter dem Dach eines sehr großen, eleganten Hauses, das erst vor ein paar Jahren neu errichtet worden war. Dass sie jemals hier einkaufen gehen würde, hätte sie sich niemals erträumt. Der Dallmayr nämlich war so teuer, dass Wally jedes Mal, wenn sie hier war, empört war über die Preise. Vor allem fiel ihr auf, wie gewaltig die Unterschiede waren zwischen dem, was die Bauern für ihre Waren bekamen, und dem, wofür die Händler es hier wieder abgaben. Denn beim Dallmayr gab es ja nicht nur Ananas und Bananen aus fernen Ländern oder Bären und Pfauen, sondern auch die gewöhnlichsten Dinge wie Kartoffeln oder Gelberüben. Dafür knöpfte man der Kundschaft hier so viel ab, wie der Bauer fürs halbe Feld bekam. Kopfschüttelnd zwängte sich Wally durch die engen Markthallen. Für den Herrn Doktor sollte sie Tee besorgen, Zwieback und Maismehl, das es auf dem Viktualienmarkt nicht gab – oder zumindest hatte sie es noch nicht entdeckt.

Zuletzt ließ sie sich noch einige Stücke französischen Käse abschneiden und nahm ein Töpfchen Senf mit, auf den man hier besonders stolz war und den der Herr Doktor als »den besten Senf in ganz München« bezeichnete.

Der kürzere Heimweg wäre der quer über den Marienplatz gewesen. Aber Wally nahm regelmäßig den übers Petersbergl, wobei sie nicht an der Kirche vorbei, sondern durch den einen Eingang hinein – und auf der anderen Seite wieder hinausging. Die Peterskirche hatte es ihr angetan, seit sie mit ihrem Vater und Resi zum ersten Mal hier gewesen war. Und immer, wenn sie daran dachte, dass sie ihrem Vater damals erklärt hatte, sie würde einmal hier heiraten, musste sie lächeln. Was Kinder sich so ausdachten ...

❋❋❋

Ende Oktober verließ Frau Gärtner den Haushalt Boselli, und Wally war nun allein zuständig für alles. Jeden Morgen musste sie in der Praxis alles vorbereiten, damit der Herr Doktor seine Sprechstunde abhalten konnte: die Liege frisch beziehen, die Instrumente zurechtlegen, einige Fläschchen und Tuben herrichten und dergleichen mehr. Dann begann für den Arzt seine tägliche Arbeit, während Wally die Besucher einlassen, ins Wartezimmer bitten, ihm ankündigen und sie ihm bringen musste. In der übrigen Zeit konnte sie sich um den Privathaushalt Boselli kümmern, bis sie am Abend die Praxis einmal vollständig putzen und die benutzten Instrumente sterilisieren musste. Das war schwere Arbeit, weil sie bis dahin bereits den ganzen Tag gearbeitet hatte und es eigentlich Zeit für den Feierabend gewesen wäre.

Weil sie bei den Patienten helfen musste, blieben für die Einkäufe meist nur der Mittwoch- und der Freitagnachmittag sowie der Samstagvormittag. Ihren freien Tag hatte Wally am Sonntag, und sie nutzte ihn regelmäßig, um sich die Stadt ein wenig zu erwandern. München war ebenso groß wie aufregend! Die Stadt hatte unglaublich viele reich geschmückte und riesige Kirchen – obwohl die schönste diejenige war, die nur ein paar Meter die Sendlinger Straße hinunter lag: das Asamkirchlein, ein Schmuckkästchen, über und über voll mit Gold und Stuck. Die Residenz und den Hofgarten liebte Wally besonders und saß dort in ihren freien Stunden gern, um das heitere Treiben in dem bezaubernden Park zu beobachten. Gelegentlich spazierte sie die prachtvolle Ludwigstraße hinab bis zum Siegestor, manchmal auch hinüber zum Englischen Garten, wo sie sich der Natur ihrer Kindheit noch am nächsten fühlte. Zuweilen erlaubte sie es sich jetzt auch endlich, ins Kino zu gehen, um sich einen Liebesfilm oder eine Komödie anzusehen. Am liebsten waren ihr die Filme, die beides waren: lustig und romantisch.

Aber oft saß sie auch einfach nur am Fenster ihrer kleinen Kammer, schaute hinunter auf den geschäftigen Rindermarkt, auf die Leute, die im eleganten Ruffinihaus gegenüber aus und ein gingen, sang ein paar ihrer liebsten Lieder oder spielte ganz leise auf der Mundharmonika, um die Stille in ihrem Zimmer zu vertreiben.

Mehrmals schrieb sie an ihre Schwestern in Deimhausen und Freinhausen, um sich zu erkundigen, wie es der Familie ging, ein wenig von sich zu erzählen, vor allem aber natürlich, um nach Ludwig zu fragen, der nichts mehr von sich hatte hören lassen. Doch von Zenzi kamen nur fromme Wünsche, liebevolle Worte und mehr oder weniger deutliche Hinweise, dass es auf dem Hof ganz und gar nicht mehr zum Besten stand und ihr vor allem der Vater Sorge machte. Und von Resi kamen Ratschläge wie: *Schlag Dir den Ludwig aus dem Kopf. Von dem weiß keiner, wo er hin ist.*

Aber irgendjemand musste es doch wissen! Irgendjemanden musste sie doch fragen können! Also schrieb Wally auch Herrn Laubinger an, ihren und Ludwigs alten Lehrer, und Paula Hirtreiter, die eine geborene Auffacherin war und, soweit Wally wusste, Ludwigs Tante. Herr Laubinger aber war in Pension gegangen und hatte nichts von Ludwig gehört, und Paula Hirtreiter schrieb ihr nur ein paar dürre Zeilen zurück: *Von den Auffachers wissen wir nix. Die sind nach Manching und von dort in alle Winde verstreut.*

Hätte sie ihre Arbeit einfach ruhen lassen können, hätte sie Zeit und das nötige Geld gehabt, dann wäre Wally in den Zug gestiegen, wäre hingefahren und hätte sich in Manching und Umgebung so lange durchgefragt, bis sie herausgefunden hätte, welcher Wind den Ludwig mit sich fortgetragen hatte – und wohin. Aber so war das Leben eines Dienstmädchens nicht. Sie mochte niemandem gehören, nicht einmal einem Ehemann, und trotzdem hatte sie kein eigenes Leben, das wurde ihr in diesen Momenten der stillen Verzweiflung bewusst.

※※※

Ein enger Freund von Doktor Boselli war der Eigentümer des Feinkostladens in der Dienerstraße, des Dallmayr. Die Herren trafen sich samstags abwechselnd im Hause Boselli und im Hause Randlkofer, um ein gemeinsames Weißwurstfrühstück einzunehmen. Deshalb beeilte sich Wally jeden zweiten Samstag, ihre Einkäufe beim Metzger schnell zu erledigen und dann alles für die Einladung zu bereiten. Auf einer frisch gestärkten Damasttischdecke legte sie das feine Silberbesteck neben das Meißener Porzellan, stellte ein paar Blumen dazu, die sie am Stand auf dem Marienplatz besorgte, und faltete die Servietten zu eleganten Zylindern, wie sie es in Indersdorf gelernt hatte. Den Senf holte sie beim Dallmayr, denn dort gab es nun einmal den besten von ganz München, das Bier beim Weißbräuhaus im Tal, wo sie jedes Mal an Herrn Weber denken musste und hoffte, ihm nicht zufällig über den Weg zu laufen.

Fritz Randlkofer war ein umgänglicher, freundlicher Mann von bemerkenswerten Ausmaßen. Er grüßte bescheiden und reichte Wally Hut und Mantel, ehe er sich ins Speisezimmer führen ließ, wo ihn Doktor Boselli bereits, die Zeitung in der Hand, erwartete. Es war stets das gleiche Ritual, und es wurde stets von den gleichen Worten begleitet.

»Mein lieber Boselli!«

»Randlkofer, mein Freund, nur herein mit Ihnen!«

»Was machen die Patienten?«

»Sie leiden. Was machen die Kunden?«

»Sie zahlen.«

Dann pflegten die Herren zu lachen und ihre Plätze einzunehmen, während Wally rasch die Garderobe des Gastes aufhängte und dann in die Küche eilte, um sich um die Weißwürste zu kümmern.

So unterschiedlich die Männer waren – der Delikatesshändler ein wuchtiger Zeitgenosse, Genussmensch durch und durch, der Mediziner asketisch und dezent –, so gut verstanden sie sich. Wally konnte sie über den ganzen Flur lachen hören.

Da sie für einen Moment unaufmerksam war, fiel ihr der Löffel von dem Tellerchen, auf dem der Senf stand. Sie holte einen neuen aus der Anrichte – und erlaubte sich, ein wenig von dem Senf zu kosten. Nun war sie doch neugierig, warum der so berühmt war. Allerdings wurde sie enttäuscht. Denn nach ihrem Geschmack war er fad. Wenn die Würste mit diesem Senf großartig schmeckten, dann lag es ausschließlich an den Würsten und keinesfalls am Senf.

Beim nächsten Besuch des Feinkosthändlers, zwei Wochen später, machte sie die Probe aufs Exempel. Sie hatte die Senfzubereitung in Indersdorf gelernt, und sie verstand sich darauf! Zwar gab es im Haushalt Dallmayr-Senf, doch diesmal füllte Wally selbstgemachten in das Schälchen und stellte es wie üblich auf den Tisch neben die Schüssel, in der die Weißwürste zogen.

»Aber Sie glauben nicht, dass diese Braunhemden noch einmal auf die Füße kommen, oder?«, fragte Doktor Boselli sorgenvoll. Er war an diesem Tag weniger fröhlich als sonst bei Randlkofers Besuch.

»Das will ich nicht hoffen, mein Freund. Diese Bagage führt ja nichts Gutes im Schilde.«

»Und daheim alles zum Besten?«, wechselte Boselli das Thema, um auf Angenehmeres zu sprechen zu kommen.

»Alles wie üblich. Mein Weib zankt, die Kinder sind missraten, das Personal tut, was es will.«

»Da bin ich froh«, erwiderte Boselli mit einem Lächeln. »Dass alles seinen ganz normalen Weg geht.«

»Ja!«, rief Randlkofer und lachte. »Das kann man so sagen. Sie, der Senf is aber nicht von uns.«

»Bitte?«

»Der Senf. Der stammt nicht aus unserm Haus.« Der Besucher deutete auf das Schälchen.

»Das finden wir gleich heraus, lieber Randlkofer. Wally?«

»Herr Doktor?«

»Der Senf, den Sie uns aufgetragen haben – stammt der vom Dallmayr?«

»Nein, gnädiger Herr. Der ist heut nicht vom Dallmayr«, sagte Wally.

»Aha. Und warum nicht, wenn ich fragen darf? Sie wissen, wie wichtig mir ein erstklassiger Senf ist!«

»Jetzt warten S' einmal ab, mein Lieber, bevor Sie Ihre Haushälterin ausschimpfen«, fiel ihm Fritz Randlkofer ins Wort. »Dieser Senf da, der ist nämlich ganz hervorragend!« Er griff zu dem Schälchen und roch daran. »Haben Sie noch mehr davon?«

»Einen ganzen Tiegel voll, gnädiger Herr«, erwiderte Wally. »Ich hab ihn selbst gemacht.«

»Darf ich?«, fragte Randlkofer und blickte den Gastgeber an, der eine einladende Geste machte, woraufhin der Feinkosthändler einen Löffel von dem Senf nahm und ihn pur aß – und noch einen zweiten und dritten hinterher. Er schloss die Augen, schien in sich hineinzuhorchen und nickte schließlich. »Da kann ich nur gratulieren«, erklärte er.

»Wem jetzt?«, wollte Doktor Boselli wissen.

»Also erst einmal Ihrer Haushälterin zu diesem großartigen Senf, das ist nämlich der beste, den ich je gegessen habe. Und dann natürlich Ihnen, lieber Boselli, dass Sie so eine Haushälterin abbekommen haben.«

Von dem Tag an fand das Weißwurstfrühstück an jedem Samstag im Hause Boselli statt – und der bedeutende Gast versicherte sich jedes Mal, wenn er Wally seine Garderobe überreichte: »Und Sie haben auch Ihren weltberühmten Senf wieder gemacht?«

»Freilich, gnädiger Herr. Und ich hab auch was zum Mitnehmen für Sie auf die Seite getan.«

31.

Besonders viel Arbeit machte im Haushalt von Doktor Boselli die Wäsche. Für die Praxis gab es unendlich viel Weißwäsche zu kochen, zu wringen und zu plätten. Jede Patientin und jeder Patient bekam ein neues Laken über die Liege, dazu ein frisch bezogenes kleines Kopfkissen; die Instrumente wurden in ausgekochte Tücher eingeschlagen, und der Arzt wechselte oft mehrmals am Tag seinen Kittel, um jederzeit in tadellosem Weiß aufzutreten. Deshalb stand Wally jeden zweiten Abend für mehr als eine Stunde am Bügeltisch und musste zweimal, mitunter auch dreimal die Woche Kochwäsche machen, eine Arbeit, die ins Kreuz ging und, wenn man sie alleine tat, besonders trostlos war.

Jetzt, in der nasskalten Jahreszeit, waren auch die Dielen und die Praxis täglich mehr als nur einmal zu wischen, weil die Patienten Schmutz mit hereinbrachten. Entsprechend waren die Arbeitstage manchmal endlos lang, und dennoch musste am nächsten Morgen das Frühstück um halb sieben bereitet sein, damit der Herr Doktor pünktlich um acht Uhr oder, wenn es wegen einer Terminvereinbarung nötig war, auch schon um halb acht, die Praxis aufsperren und seine Besucher empfangen konnte.

An einem Tag Ende November fand der Arzt seine

Haushälterin weinend in der Küche. »Wally? Ist Ihnen nicht gut?«

»Alles in Ordnung, Herr Doktor«, erwiderte Wally und wischte sich die Augen.

»Kann ich irgendetwas für Sie tun?«

Am liebsten hätte sie gesagt: Ja, stellen Sie endlich eine Hilfe für die Praxis ein, ich bin hier als Haushälterin genug beschäftigt. Aber sie wagte es nicht – und sie wollte es auch nicht, weil sie wusste, dass auch ihr Dienstherr oft bis spät in der Nacht arbeitete, wenn er über seinen medizinischen Büchern oder über seiner Korrespondenz saß und das Licht in der Praxis gar nicht mehr auszugehen schien.

Aber Doktor Boselli war ein kluger und erfahrener Mann. Er nickte nur und sagte: »Weiß schon. Es tut mir leid.« Neugierig blickte er auf das Gebäck, das Wally gerade vom Blech nahm. »Weihnachtsplätzchen?«

»Morgen is der erste Advent, Herr Doktor.«

»Ach, wie die Zeit vergeht …« Er nahm eines der Plätzchen und biss ein kleines Stück davon ab, hielt erstaunt inne und steckte den Rest ganz in den Mund. »Mhhhh«, sagte er, entgegen seiner sonstigen Gewohnheit mit vollem Mund. »Die sind ja köstlich!«

»Danke schön, Herr Doktor.« Wally musste lächeln. »Spitzbuben.«

»Spitzbuben?« Der Dienstherr lachte. »Was für ein Name für Weihnachtsplätzchen! Haben Sie die in Indersdorf gelernt?«

»Ja, bei der Schwester Clara.«

»Soso. Bei der Schwester Clara.« Der Arzt nahm sich zu Wallys Überraschung noch eines. »Die ehrwürdigen

Schwestern verstehen sich aufs leibliche Wohl.« Er betrachtete das kleine Kunstwerk in seiner Hand und schien irgendwelchen Erinnerungen nachzuhängen, denn sein Blick war plötzlich ganz entrückt. Schließlich seufzte er und erklärte: »Im Januar, Wally.«

»Wie bitte?«

»Im Januar bekommen wir eine Arzthelferin für unsere Praxis. Dann müssen Sie endlich nicht mehr für zwei arbeiten.«

»Oh! Das freut mich, Herr Doktor!« Es fühlte sich an … als ob die Sonne auf einmal in die Küche schiene, obwohl es später Nachmittag und längst stockdunkel draußen war.

»Und Sie nehmen sich ein paar Tage frei über Weihnachten, ja?«

»Ehrlich?« Wally spürte, wie ihr Herz heftig pochte. »Aber … aber was machen dann Sie? Also, ganz allein, mein ich.«

»Um mich müssen Sie sich nicht sorgen, Wally«, sagte Doktor Boselli und lachte. »Sie müssen mir ein paar Sachen vorkochen, das sag ich Ihnen dann noch ganz genau. Die kann ich mir selbst aufwärmen. Und wenn es ganz dringend wäre, würde mir bestimmt auch Frau Huber aus dem zweiten Stock oder Frau Gegenfurtner von nebenan aushelfen.«

»Ja, bestimmt«, gab Wally zu und schämte sich ein bisschen, dass sie dem Arzt nicht zugetraut hatte, sich selbst für ein paar Tage zu versorgen. »Und für wie lang würd ich dann freihaben? Den ersten und zweiten Weihnachtstag?«

Der Arzt blickte sie überrascht an. »Ja wollen Sie denn nicht einmal heimfahren zu Ihrer Familie?«

»Doch. Schon.« Das würde natürlich nicht gehen, wenn sie nur zwei Tage Urlaub hätte.

»Also, dann sollten Sie bis Neujahr freinehmen und am zweiten Januar wieder hier sein. Da brauch ich Sie dann aber, weil Sie mir doch die Neue einweisen müssen!«

Auf einmal waren alle Müdigkeit und Traurigkeit, mit denen Wally eben noch gekämpft hatte, wie weggewischt. »Das mach ich gern, Herr Doktor! Ganz gern!« Aber weinen musste sie trotzdem unvermittelt wieder, nur eben diesmal vor Freude. Sie würde die Eltern wiedersehen und die Geschwister! Sie würde eine ganze Woche lang nicht arbeiten müssen. Oder zumindest fast nicht. Vielleicht würde sie sogar noch einmal nach Ludwig forschen können? »Danke, Herr Doktor«, sagte sie. »Vielen Dank.«

Der Arzt lachte. »Na, den Urlaub haben Sie sich aber auch redlich verdient, finde ich. Ich habe nur eine Bedingung … Diese Spitzbuben«, er deutete auf die Plätzchen, »von denen machen Sie mir ein ganzes Blech, und zwar nur für mich.«

»Gern, Herr Doktor!«, rief Wally. »Wenn's sein soll, mach ich auch zwei oder drei Bleche davon für Sie!«

»Um Himmels willen!«, rief der Arzt und lachte. »Das ist strengstens verboten! Die würde ich ja am Ende alle aufessen!«

»Dafür sind sie aber auch da«, erklärte Wally und fiel in das Lachen ein.

»Wenn das so ist …« Doktor Boselli nahm sich noch ein drittes Plätzchen und verließ die Küche mit einem fröhlichen Pfeifen.

※※※

In der Vorweihnachtszeit durfte Wally wieder ihre Backkünste zeigen. Der Herr Doktor nahm es mit seiner Diät nicht so streng und naschte gern von den verschiedenen Sorten Plätzchen, die sie zauberte – den Vanillekipferln, die sie unvergleichlich zart und mürbe zubereitete, den Husarenkrapferln, dem Schokobrot und den Schwarz-Weißen.

Von den Vanillekipferln ließ sich auch Herr Randlkofer gern ein Päckchen mitgeben, wenn er am Samstag bei seinem alten Freund Boselli zu Besuch war. »Bitte einmal Vanillekipferl mit Senf zum Mitnehmen!«, pflegte er dann lachend zu bestellen.

Auch der Mittagstisch wurde um kräftiges Essen bereichert. Der Herr Doktor ließ sich jetzt gern auch Tafelspitz und sogar Gulasch zubereiten, von dem er dann zwei oder drei Tage aß und das er sich mit dreierlei Beilagen wünschte: Nudeln, Reis und Kartoffelpüree. Das klang für Wally zwar zunächst befremdlich, schmeckte aber auch ihr dann so gut, dass sie es in Zukunft immer so machen würde.

Die Fleisch- und Wurstwaren besorgte sie weiterhin bei Alois Zentner unter dem Petersbergl, wo eine ganze Zeile von Metzgerläden untergebracht war, und der Meister ließ es sich nicht nehmen, sie nach Möglichkeit selbst zu bedienen und ihr die schönsten Stücke zu geben. »Frische Wollwürst hätt ich heute, Gnädigste«, schlug er einmal vor, doch Wally winkte ab. »Polnische bräucht ich«, erklärte sie.

»Die Wollwürste sind aber wirklich einzigartig«, sagte ein Herr, der neben ihr in der Schlange stand. Als sie zu ihm blickte, meinte sie, ihn von irgendwo wiederzuerkennen, und ihm ging es augenscheinlich genauso. Nur dass es ihm schneller wieder einfiel. »Das Fräulein Schwindelfrei!«, rief er.

»Wie bitte?«

»Der Alte Peter?«, schlug er vor.

Da dämmerte es Wally. Es war der junge Mann, der ihr oben auf dem Kirchturm geholfen hatte, als sie beinahe ohnmächtig geworden wäre und solche Höhenangst gehabt hatte. »Ah, Sie sind das!«, rief sie aus.

»Also, die Wollwürst sind wirklich einzigartig«, mischte sich der Metzger ein, dem es offensichtlich nicht passte, dass ein anderer Mann die Aufmerksamkeit des Fräuleins auf sich gezogen hatte.

»Also, wenn Sie das beide sagen, dann nehm ich jetzt zwei Stück, bitte.«

»Eine gute Wahl«, erklärte der Mann vom Kirchturm und nickte anerkennend. »Sie werden es nicht bereuen.«

»Sie kennen sich scheint's aus mit Wurst und Fleisch«, sagte Wally, als sie sich wenig später mit dem Herrn vor der Metzgerei wiederfand. Elegant sah er aus. Er hatte einen gut geschnittenen Anzug, einen feschen Hut und einen Mantel, der vielleicht etwas zu leicht, aber sehr gepflegt war.

»Freilich«, erwiderte er. »Ich bin ja vom Fach.«

»Sind Sie am Ende auch Metzger?«

»Gelernt hab ich's«, sagte der Mann und hob seinen Hut, den er gerade erst wieder aufgesetzt hatte. »Reitz. Michael. Metzger aus Marktredwitz.«

»Marktredwitz«, wiederholte Wally und hatte keine Ahnung, wo das liegen mochte.

»Das ist im Fränkischen.«

»Verstehe«, sagte Wally und dachte prompt an die Prinzregententorte. »Das liegt in der oberen Hälfte.«

»Der oberen Hälfte?«

»Von der Prinzregententorte.« Denn man fing ja beim Aufzählen immer an mit Oberbayern, Niederbayern, Schwaben.

»Verstehe«, erwiderte Herr Reitz. »Jetzt weiß ich endlich, wo ich herkomm! Aus der oberen Hälfte der Prinzregententorte.«

»Entschuldigung«, murmelte Wally.

»Nein, nein. Das gefällt mir! Und Sie? Wo kommen Sie her? Sie sind bestimmt eine waschechte Münchnerin, gell? So elegant, wie Sie sind.«

»Geh, elegant«, wehrte Wally ab, die sich in ihrem doch schon arg abgetragenen Mantel recht schäbig vorkam, und zum Glück sah er das Kittelkleid nicht, das sie darunter trug. »Ich bin vom Land. Aus Deimhausen. Das liegt bei Schrobenhausen.«

»Wo das beste Bier herkommt! Und ein ganz vorzüglicher Spargel, gell?«

»Ja, das stimmt.«

»Und die schönsten Frauen von ganz Bayern!«, sagte Herr Reitz.

»Also, ich weiß nicht ...« Verlegen blickte Wally zu Boden.

»Doch, doch! Ich weiß's dafür ganz genau!« Er grinste. »Hat mich sehr gefreut, Sie kennenzulernen, Frau ...«

Da fiel ihr ein, dass sie sich ihrerseits gar nicht vorgestellt hatte. »Fräulein Geistbeck«, sagte sie. »Wally.«

»Wally. So ein schöner Name. Der passt zu Ihnen. Vielleicht sehen wir uns ja einmal wieder? Das würde mich freuen.« Er lächelte und machte einen kleinen Diener. Dann ging er davon, eleganter, als man sich einen gelernten Metzger vorgestellt hätte.

»Ja«, murmelte Wally. »Mich auch.«

✳✳✳

Die Tage bis Weihnachten vergingen wie im Flug. Nun, da Wally eine Fahrt nach Hause vor Augen hatte, machte ihr plötzlich die viele Arbeit gar nichts mehr aus. Im Gegenteil: Wenn sie ein wenig Zeit fand, wischte sie noch die Schränke oder besserte beschädigte Laken, Tischdecken und Tücher für die Praxis aus. Alles ging ihr wie von selbst von der Hand. Und zuletzt, es war schon der Abend des vierten Advents, stand sie in der Küche und machte noch Sülze, die sich bei den eisigen Temperaturen gut für ein paar Tage in der Speisekammer halten würde. Sie buk auch einen Nuss- und einen Gewürzkuchen für die Zeit ihrer Abwesenheit, bereitete etwas von der geliebten Polenta vor, die der Herr Doktor dann stückweise im Rohr oder in der Pfanne aufwärmen konnte, und zu guter Letzt kamen noch zwei Bleche Spitzbuben hinzu, die den Dienstherrn mit ihrem Duft in die Küche lockten.

»Sie haben es nicht vergessen«, stellte er anerkennend fest. »Recht so.« Er schaute sie voller Wohlwollen an. »Und morgen geht's wohl schon ganz früh los?«

»Der Zug geht um halb zehn.«

»Ach, dann ist es ja gar nicht so eng mit der Zeit. Möchten Sie noch mit mir frühstücken?«

Wally traute ihren Ohren kaum. »Mit Ihnen? Frühstücken?«

»Nur, wenn es Ihnen nichts ausmacht, Wally.«

»Nein, nein, ganz und gar nicht. Sehr gern. Einen Haferbrei für Sie, Herr Doktor?«

»Morgen ist doch schon fast Weihnachten«, stellte der Arzt fest. »Da sollten wir uns etwas Zünftiges gönnen. Ich denke, wir sollten ein Weißwurstfrühstück nehmen. Was meinen Sie?«

»Ja, also, wenn Sie das gern möchten, Herr Doktor ...«

»Dann ist es ausgemacht. Und ausnahmsweise besorg ich uns die Weißwürste. Dann haben Sie genug Zeit, zu packen und nach dem Frühstück noch einmal für mich abzuspülen.«

So kam es, dass Wally am 23. Dezember den Tag mit einer kräftigen Brotzeit begann – zwei Weißwürsten, einer schönen reschen Brezen und einer Halben Weißbier – und anschließend, schwer vom Essen und leicht vom Trinken, zum Hauptbahnhof lief, um gerade noch den Zug nach Reichertshofen zu erwischen.

Dankbar dachte sie an ihren Dienstherrn, als sie später im Abteil saß und auf die verschneite Landschaft blickte, die vor den Fenstern vorüberzog. Er war ein feiner Mensch. Ein guter Arbeitgeber, ein vornehmer Herr und ein freundlicher Zeitgenosse. Schade, dass er so allein war. Er hätte eine gute Frau verdient gehabt. Aber vielleicht würde er sie ja eines Tages finden. Vielleicht war er nach dem Tod seiner ersten Ehefrau ganz einfach noch nicht wieder so weit.

Schwere Wolken türmten sich über dem Land. Es würde bald wieder schneien. Wally hoffte, dass sie noch rechtzeitig ankommen würde in Deimhausen, ehe es losging. Es dauerte immer einige Zeit, bis die Landstraßen geräumt waren, und sie wollte nicht ein oder zwei Tage in Reichertshofen in einem Gasthof logieren müssen, nur weil die letzten paar Kilometer nicht passierbar waren.

Doch Petrus war ihr wohlgesonnen und hielt den Schnee noch zurück. Wally beeilte sich, weil der Bus übers Land in Richtung Ingolstadt jeden Moment abfahren würde. Die offizielle Haltestelle war Hohenwart. Aber wenn sie Glück hatte und der Fahrer mit sich reden ließ, konnte sie auch zwischendurch aussteigen und musste nicht von Hohenwart aus zu Fuß bis Deimhausen laufen. Denn auch wenn sie jetzt schon über ein halbes Jahr in Stellung war, zuerst beim Braumeister und jetzt beim Herrn Doktor, das Geld für ein Paar gute Winterstiefel hatte sie nicht zur Seite gebracht. Und die alten, die sie noch hatte, waren ihr erstens zu eng und zweitens schon recht ramponiert.

Wally hatte Glück: Der Fahrer ließ mit sich reden. Schließlich war ja auch fast Weihnachten, da waren ein paar gute Taten nicht verkehrt. So ließ er Wally an der Kreuzung zu Eglmannszell raus, und es waren nur noch ein paar Minuten zu Fuß für die junge Frau bis zum elterlichen Hof.

Deimhausen war wie das ganze Schrobenhausener Land schneebedeckt. Kein Mensch war auf der Straße, natürlich nicht. Am Vortag des Heiligen Abends hatten alle daheim genug zu tun: Sie mussten das Haus putzen und schmücken, vorkochen, die guten Kleider aufbügeln … Ihre Mutter würde das nicht anders machen. Wahrscheinlich würde Wally sie in der Küche antreffen. Sie stellte sich vor, dass es nach Bratäpfeln duftete. Warum hatte sie *die* dem Herrn Doktor eigentlich noch nicht gemacht? Mit Walnüssen und Rohrzucker wie die Mutter. Die guten Boskop oder Jonathan gab es allezeit auf dem Viktualienmarkt.

Solchermaßen sinnierend, lief Wally auf den Ort zu, freute sich, den Bernbauerhof zu sehen, wo ihre Schulfreundin Christl wohnte, spürte einen Stich im Herzen, als sie am ehemaligen Auffacherhof vorüberkam, der dunkel und düster auf die Straße blickte, offenbar immer noch verlassen, und lief gleich viel schneller, als endlich der Geistbeckhof in Sicht kam. Ob sie alle daheim waren? Bestimmt. Wo sollten sie auch sonst sein, heute.

Wally hatte nicht geschrieben, dass sie kommen würde. Es sollte eine Überraschung sein. Sie hatte für den Vater einen ganz besonders feinen Türkischen vom Zechbaur mitgebracht, einem der führenden Tabakwarenhändler Münchens, für die Mutter eine Lavendelseife. Für Resi hatte sie ein paar schöne Strumpfbänder besorgt, die ihrem Mann, dem Korbinian, bestimmt gut gefallen würden. Und die Zenzi bekam von ihr Konfekt vom Erbshäuser, wo es die feinsten Süßwaren gab. Nur dem Steff hatte sie nichts gekauft. Für den hatte sie eine Dose von ihren selbstgebackenen Plätzchen eingesteckt und eine Wurst von Alois Zentner, weil der Steff eigentlich kein Süßer war.

Auch der Geistbeckhof lag in tiefem Frieden. Als Wally

ankam, begann es schon zu dämmern, und die ersten Flocken fielen. Sie war gerade rechtzeitig angelangt. Froh und auch ein wenig erschöpft vom Weg, nahm Wally das Kopftuch ab und trat ein.

※※※

Nein, es roch nicht nach Bratäpfeln. Es roch seltsam. Ungut.

»Mama?«, rief sie. »Papa?«

Ein Kopf tauchte in der Tür zur Küche auf. »Wally!«

Zenzi lief ihr entgegen und fiel ihr um den Hals. Sie drückte sie so fest, dass Wally beinahe keine Luft mehr bekam, ehe sie sie an den Oberarmen packte und von sich weghielt, um sie zu mustern. »Mei, Wally. Is das schön, dass du gekommen bist!« Zenzi wischte sich eine Träne aus dem Augenwinkel. »Hab so viel an dich gedacht!« Sie schüttelte den Kopf. »Groß bist du geworden!«

»Das kommt dir nur so vor, Zenzi. Ich bin genauso groß wie vor einem halben Jahr.«

Zenzi nickte. »Wahrscheinlich«, sagte sie. »Wahrscheinlich. Warst halt ein Mädel, als du gegangen bist – und jetzt schau dich an! Lebst dein eigenes Leben. Bist eine Frau geworden.«

»Wie geht's euch denn?«, wollte Wally wissen und schlüpfte aus ihrem Mantel. Jetzt, da sie im Haus war, wurde ihr schnell zu warm.

»Oh mei, was soll ich sagen?« Zenzi seufzte. »Wirst es selber sehn. Dem Papa geht's nicht gut. Und die Mama … wird alt.«

»Is sie in der Küche?«

»Nein, oben beim Papa.«

Mit bangem Gefühl stieg Wally die Treppe zur Kammer der Eltern hinauf. Und wieder fiel ihr auf, dass es im Haus auch ganz anders roch, irgendwie düster, eigenartig.

✳✳✳

In der Geistbeck'schen Schlafkammer war es so still, dass Wally zögerte zu klopfen. Vielleicht schliefen die beiden? Doch dann hörte sie Schritte. »Mama?«

Die Tür öffnete sich, und das magere, blasse Gesicht ihrer Mutter erschien. Wie ein Geist sah sie aus, wie durchsichtig! Wally holte Luft.

»Brauchst nicht erschrecken, Kind«, sagte die Geistbeckin. »Mir fehlt nix. Nur dem Papa, ... dem geht's grad nicht so gut.«

»Ja, die Zenzi hat's schon g'sagt«, erwiderte Wally und versuchte, an der Mutter vorbeizusehen. »Was fehlt ihm denn?«

»Ach!«, seufzte die Mutter und trat einen Schritt beiseite, um ihre Tochter einzulassen. »Schau selber. Der Doktor sagt, es is eine Gürtelrose.«

Gürtelrose. Das war Wally ein Begriff. Doktor Boselli hatte schon Patienten mit dieser Krankheit gehabt. Zögerlich trat sie ein und auf das Bett zu, in dem sie den Vater im Halbdunkel liegen sah.

»Is das die Wally?«, fragte er mir leiser, rauer Stimme.

»Ja, Papa, ich bin's!«

»Wally, mein Mädel, komm her zu mir.« Undeutlich

sprach er, aber die Freude, seine Tochter wiederzusehen, war dennoch hörbar.

Wally ging zum Bett und streckte die Hand nach seiner Hand aus, die auf der Bettdecke lag. Als sie sein Gesicht sah, entfuhr ihr ein kleiner Schrei. Aufgedunsen und mit roten Pusteln übersät war das einst so stolze Antlitz. Er konnte kaum aus den Augen sehen, Schorf bedeckte die halbe Nase und Lippe.

»Papa!«, presste Wally hervor und wankte. Seine Hand, diese starke Hand, die so viel gearbeitet hatte, die gesät, geerntet, die Zügel gehalten, den Hammer geschwungen, die Pferde angeschirrt hatte, war dürr und zerbrechlich. »Papa, was is denn mit dir?«

»Nix is, Wally. Ich brauch bloß ein bisserl Ruh, dann werd ich bald wieder gesund sein.«

Wally wandte sich zu ihrer Mutter um, die gebeugt und verbraucht neben der Tür stehen geblieben war, und fragte: »Wie lang geht denn das schon?«

»Ein paar Monate«, erklärte die Mutter.

»Aber es wird nicht besser, stimmt's? Dann braucht der Papa doch einen Arzt!«

»Der Doktor Reinbold war schon zweimal da. Er hat ihm auch eine Medizin gegeben.«

Fassungslos sah Wally zwischen ihren Eltern hin und her. »Ich ... ich könnt beim Doktor Boselli anrufen, Mama«, schlug sie schließlich vor, »Der is Hautarzt, der kennt sich mit so was aus.« Und bei sich dachte sie, dass er zweifellos der beste Arzt war, den es für solche Dinge gab, denn jemanden, der so entstellt gewesen wäre, hatte sie in der Praxis noch nie gesehen.

Doch die Mutter winkte ab. »Du machst dir keinen Begriff, Kind, wie lang ich an deinen Vater schon hab hinreden müssen, dass wenigstens der Doktor Reinbold bei ihm vorbeischauen hat dürfen. Einen neuen Arzt wird er uns gar nicht ins Haus lassen.«

»Aber solange ich da bin, kümmer ich mich um den Papa. Und du ruhst dich ein bisserl aus, Mama«, sagte Wally. »Du schaust so müd aus. Ich hab Angst, dass du auch noch krank wirst.«

Die Geistbeckin lächelte ihre Tochter dankbar an. »Bist ein gutes Kind, Wally«, sagte sie. »Ein bisserl hinsetzen und ausruhen, das tät mir wirklich gut, glaub ich.«

»Dann geh runter in die Stube, und mach eine Pause. Ich schau so lang nach dem Papa.«

Die Bäuerin verließ die Kammer, und Wally stellte sich einen Stuhl an das Bett ihres Vaters. Es waren zwei Bettgestelle, die die Geistbecks in der Kammer hatten: eines am Fenster, in dem der Ehemann schlief, eines auf der Seite der Tür. Dazwischen stand ein kleines Nachtschränkchen, auf dem der Rosenkranz der Mutter lag. An der Wand darüber hing ein geschnitztes Kruzifix und unter dem Kreuz ein kleines Bild im versilberten Holzrahmen, auf dem zwei Kinder dargestellt waren, die auf einer morschen Brücke über einen tosenden Bach liefen und dabei von einem Schutzengel bewacht wurden. Wally liebte dieses Bild, hatte es immer geliebt. Es war so wunderschön gemalt, die Kinder waren so rein und gut, der Engel so heilig. Vor allem aber besagte dieses Bild, dass der liebe Gott schon darauf achtete, dass alles gut ging. *Hab keine Angst!*, so lautete die Botschaft. *Vertrau auf Gott!*

»Sing mir was, Wally«, sagte der Vater mit brüchiger Stimme. »Hast immer so schön gesungen.«

Wally sang für ihn »Der Mond ist aufgegangen«. Er hatte die Augen geschlossen, und auf dem gequälten Antlitz zeichnete sich ein wehmütiges Lächeln ab, während er der Stimme seiner jüngsten Tochter lauschte. »Das Lied von der Loreley« sang sie auch und »Näher, mein Gott, zu Dir«.

Das Gesicht des Vaters wurde nass, ein Beben ging durch seinen Körper. Und Wally musste aufhören zu singen, weil sie mitweinen musste. Schließlich schlief der Vater ein, und Wally ließ seine Hand los, um nach unten zu den anderen zu gehen.

X.
Winterträume

Hallertau 1928

32.

Es war das traurigste Weihnachtsfest, an das Wally sich erinnern konnte. Selbst im Krieg war es daheim fröhlicher gewesen. Aber vielleicht empfand sie es auch nur so. Nicht alle im Dorf litten ja unter Not und Krankheit, wie es die Geistbecks taten. Gewiss, einige Bauern hatten aufgeben müssen, so wie die Auffachers. Andere hatten einen schweren Verlust erlitten, wie Peter Horch vom Hackerbauerhof. Aber es gab auch Anwesen, die besser durch die schweren Jahre von Krieg, Inflation und Wirtschaftskrise gekommen waren, zumindest bisher.

Alle vereint waren sie in der heiligen Christmette. Pfarrer Herold hielt eine zu Herzen gehende Predigt, in der er für Zusammenhalt warb, für Nächstenliebe und Barmherzigkeit mit all jenen, deren Schicksal schwer und deren Alltag leidvoll war, und zum ersten Mal hatte Wally das Gefühl, dass es ihre Familie war, die gemeint war. Krankheit, Leid und Not waren über die Geistbecks gekommen, und der Vater war nicht mehr imstande, den Hof noch weiter zu bewirtschaften.

Der alte Lindenbaum vor der Kirche entbot Wally seinen kahlen Gruß, als sie hinaustrat in die kalte, klare Nacht. Manch einer war nicht da gewesen bei der Mette. Der Lehrer Laubinger etwa, der über die Feiertage seine ältere

Schwester besuchte. Wally hätte ihn so gern wiedergesehen. Sie blickte hinüber zum alten Schulhaus, wo jetzt der neue Lehrer wohnte.

»Komm!«, sagte Resi, die für die Heilige Nacht ohne ihren Mann von Freinhausen herübergekommen und von allen die Fröhlichste war, und hakte sie unter. »Jetzt gehen wir heim und essen endlich was Gescheites. Ich hab so einen Hunger.«

Dankbar ließ Wally sich von ihrer älteren Schwester mitziehen. »Das war eine traurige Mette«, sagte sie.

»Ach wo«, erwiderte Resi. »Die Kirche is immer so traurig, wie man sich fühlt.«

»Und du bist gar nicht traurig?«

»Ich? Warum sollt ich? Ich hab doch den Korbinian. Die Zenzi heiratet an Neujahr endlich den Peter, auf den sie schon so lang hat warten müssen, und der Steff wird bestimmt auch bald dran sein. Der hat sich ja die Anna ausgeschaut, die Schwester von meinem Korbinian. Die is eine Nette. Wirst sie mögen.«

***

Die Mutter war beim Vater geblieben und nicht zur Mette mitgekommen. Georg Geistbeck war inzwischen in einen unruhigen Schlaf gefallen, sodass die Bäuerin sich zu ihren vier Kindern in die Stube gesellte, um mit ihnen zu essen und die »Stille Nacht« zu begehen – auch wenn sie elendiglich müde war. Sie hätte ohnehin nicht schlafen können.

»Ich hab euch was mitgebracht«, verkündete Wally aufgeregt und holte die Geschenke für alle aus ihrer Tasche hervor. »Da, Steff, für dich was Selbstgemachtes: Und was vom Metzger, dem besten von ganz München!«

»Hast sie alle schon ausprobiert?« Beschämt, weil er selbst nichts zu verteilen hatte, nahm der Bruder die Geschenke entgegen.

»Noch nicht alle. Aber die wichtigsten kenn ich.« Sie reichte Zenzi das Päckchen vom Erbshäuser.

»Du wirst mir doch nicht am End ein Konfekt gekauft haben!«, rief die große Schwester.

»Nur das Beste für die Beste«, erwiderte Wally lachend. Den Spruch hatte sie sich gut überlegt. »Und für dich, Mama, hab ich eine Seife gekauft. Ich hoff, du magst sie.«

Die Mutter nahm gerührt die in rotes Seidenpapier gewickelte Seife und schnupperte daran. »Mei, riecht die gut!«, rief sie aus. »Die is ja viel zu schad für mich.«

»Für dich is nix zu schad, Mama«, erklärte Wally und freute sich, dass der Mutter das Geschenk offensichtlich so gut gefiel. »Und das is für dich, Resi. Da hab ich lang überlegen müssen, ob ich mich trau. Aber jetzt, wo du verheirat bist ...«

Neugierig wickelte Resi das Papier von der länglichen Schachtel und machte sie auf. Einen Moment musste sie überlegen. »Ein paar Saumbänder?«

»Strumpfbänder, Resi!«, korrigierte Wally. »Die sind ja schon fertig genäht.«

»Strumpfbänder?«, rief Resi und errötete, während Zenzi und die Mutter laut auflachten.

»Also wirklich, Wally«, schimpfte die Geistbeckin. »Wie kannst denn du der Resi so was schenken. Das gehört sich doch nicht. Schon gar nicht zu Weihnachten.«

»Wieso nicht?«, fragte Wally scheinheilig. »Is doch das Fest der Liebe.«

»Recht hat sie, meine kleine Schwester!«, rief Steff, der sich vermutlich überlegte, dass das gern Schule machen durfte in der Gegend, dass die Frauen elegante Strumpfbänder trugen.

»Und für den Papa hätte ich Tabak mitbracht gehabt«, erklärte Wally etwas verzagt. »Aber so, wie er beinander is …«

»Wird ihm hoffentlich bald wieder besser gehen«, sagte die Geistbeckin. »Dann kann er ihn rauchen. Und bis dahin hat er die Vorfreude. Schenk ihn ihm ruhig.«

»Das mach ich«, stimmte Wally zu. »Gleich morgen früh, wenn er wieder wach ist.«

Zenzi hatte einen kräftigen Glühwein gemacht, dem sie alle zusprachen, ehe sie sich zu Bett begaben, um in den ersten Weihnachtstag hinüberzuschlummern.

»Es is übrigens ein Brief für dich gekommen, Wally«, sagte Steff noch. »Der liegt in deinem Nachttisch.«

»Ein Brief? Wann ist er denn angekommen?«

»Ich weiß gar nicht. Is schon länger her. Diese Schreibsachen sind ja nicht meine Lieblingsbeschäftigung«, erklärte Steff und zwinkerte ihr jovial zu. Dann verschwand er in seiner Kammer.

Wally war auf einmal gar nicht mehr fröhlich zumute. Schon länger her? Hastig holte sie den Brief aus der kleinen Schublade. *Ludwig Auffacher, z. Zt. Manching Forsterwirt.* Warum hatten sie ihr den Brief nicht nachgeschickt? Mit zitternden Fingern riss sie ihn auf und las.

✳✳✳

Als Resi wenig später in die Kammer trat, fand sie Wally heulend auf dem Bett. »Was is denn los?«, wollte die große Schwester wissen.

»Der Brief«, schluchzte Wally und deutete zum Nachttisch, wo sie ihn abgelegt hatte.

»Steht was Schlimmes drin?«

»Was drinsteht, is schlimm, ja.« Wally richtete sich auf und blickte die Schwester zornig an. »Aber viel schlimmer is, dass mir keiner den Brief weitergeleitet hat!«

»Ja mei«, erwiderte Resi. »Ein Brief …«

»Er war vom Ludwig!«, jammerte Wally.

»Weiß schon. Was schreibt er denn?«

»Du meinst, was er vor einem Vierteljahr geschrieben hat? Da hat er geschrieben, dass sie auch aus Manching weggehen müssen, weil's nach der Ernte keine Arbeit mehr für sie gibt, und dass er jetzt weiter wegziehen muss und … und dass er … dass er …« Sie verstummte. Wozu sollte sie es ihrer Schwester sagen, die offenbar von dem Schreiben gewusst und es auch nicht für nötig gehalten hatte, ihr einen Brief von dem Mann nachzuschicken, den Wally liebte. Nein, Wally würde es ihr nicht sagen, was er geschrieben hatte!

Stattdessen warf sie sich aufs Bett und zog sich die Decke bis über die Ohren. Kein »Gute Nacht«, kein »Schlaf gut« kam ihr mehr über die Lippen. Auch nicht, als Resi ebendies zu ihr sagte.

✳✳✳

Wally verbrachte in den folgenden Tagen viel Zeit bei ihrem Vater, während unten im Haus die Hochzeitsvorbereitungen getroffen wurden. Sie flößte ihm Schonkost ein, wie sie sie für Doktor Boselli auch zubereitete, sang ihm ab und zu ein paar Lieder vor, und manchmal spielte sie auch auf der Zither etwas für ihn.

Einmal nahm Steff sie mit nach Hohenwart, wo sie bei der Post ein Gespräch nach München bei ihrem Dienstherrn anmeldete, weil weder im Schul- noch im Pfarrhaus, wo es längst Telefone gab, jemand anzutreffen gewesen war. Wally wollte Doktor Boselli fragen, ob sie für die Hochzeit ihrer Schwester an Neujahr noch frei haben durfte und erst im Laufe des zweiten Januars in die Rosenstraße zurückkehren könne. Wie erhofft, war der Herr Doktor damit gern einverstanden. Auch gab er ihr verschiedene Anweisungen, wie sie die Schmerzen des Geistbeck lindern konnte und welche Mittel ihn etwas kräftigen würden.

Ihrer ältesten Schwester Zenzi nahm Wally die Geschichte mit dem Brief am wenigsten übel. Erstens war sie immerzu beschäftigt und half, wo sie nur konnte – wenn nicht auf dem Geistbeckhof, dann auf dem Hackerbauerhof –, und zweitens waren die Schreibangelegenheiten nun einmal Steffs Aufgabe, seit der Vater sie nicht mehr selbst erledigte.

»Ich freu mich so, dass du bei meiner Hochzeit mit dabei sein kannst«, sagte Kreszentia begeistert, als Wally ihr vom Ergebnis des Ferngesprächs berichtete. »Und singst du mir was Nettes auf der Feier?«

»Hm. Was soll ich denn singen?« Wally überlegte. Ihr Liedgut bestand eigentlich durchweg aus ernsten Weisen.

»Ein paar Schnaderhüpfl würden mir gefallen!«, erklärte Zenzi lachend.

»Schnaderhüpfl! Ich?«, erwiderte Wally, aber Spaß machen würde ihr das schon. Auf jeden der Gäste einen lustigen Reim zu singen, das wäre eine hübsche Herausforderung. »Und wer würde mich dann begleiten?« Denn die Schnaderhüpfl konnten zwar ohne Musik gesungen werden, brauchten aber eine Begleitung für die Melodien zwischen den Strophen.

»Das machst du mit deiner Mundharmonika«, schlug Zenzi vor.

Und so saß Wally die folgenden Abende in der Kammer beim Vater und dichtete ein paar Spottverse auf alle möglichen Bäuerinnen und Bauern der Umgebung, von denen sie wusste, dass sie bei der Hochzeit mit dabei sein würden. Außerdem natürlich auf Braut und Bräutigam und auf den Herrn Pfarrer. Immer, wenn sie eine Strophe fertig hatte, übte sie sie und begleitete sich selbst mit der Mundharmonika.

Georg Geistbeck genoss es, wenn sie ihre Verse dichtete und sie ihm vortrug. Er amüsierte sich, dass jeder der Bauern sein Fett wegbekam, und lachte sogar, als sich Wally über die geschwätzigen Nachbarinnen lustig machte und der Herr Lehrer mit seinen Weisheiten zitiert wurde.

»Schön hast du das gemacht, Wally«, sagte er lobend. »Da wär ich gern dabei.«

»Vielleicht geht's dir gut genug, Papa«, erwiderte sie hoffnungsvoll. »Bis übermorgen …«

»Nein.« Der Geistbeck ächzte. »Gewiss nicht. Aber jetzt hab ich's ja von dir gehört.«

✻✻✻

Sie war nicht groß, die Hochzeit von Kreszentia Geistbeck mit Peter Horch vom Hackerbauerhof, aber sie war schön. Schon in der Kirche hatte man gemerkt, wie sehr den beiden vom Schicksal gebeutelten jungen Menschen alles Glück auf Erden von der Gemeinde gegönnt wurde. Die Feier selbst fand noch einmal beim Postwirt statt, wofür die Geistbecks ein letztes Mal die Wirtschaft aufschlossen und alles festlich gedeckt hatten. Vierzig Gäste waren geladen, mehr als sich das Ehepaar leisten konnte. Aber die beiden Familien hatten zusammengelegt, und mancher Dörfler, der wusste, wie es um den Geistbeckhof stand, hatte eine kleine Gabe gebracht – eine schöne Speckseite, ein Fass eingelegte Fische, Schmalz, Wein, Wurst ...

So wurde es ein schönes Hochzeitsfest. Der Geistbeck hatte sich gewünscht, dass die Tür zu seiner Kammer offen blieb, auf dass er alles hören konnte, und seine Frau war's auch deshalb zufrieden, weil sie dann umgekehrt leichter hören konnte, falls er etwas brauchte.

Wally hatte ihren Auftritt mit den Schnaderhüpfeln, die sehr bejubelt wurden, und anschließend noch mit der Zither. Lehrer Laubinger, der jetzt auf dem Hof der Tollers Wohnung genommen hatte, hatte sein Grammofon hierhergebracht und ein paar Schellackplatten, sodass nach dem Essen Walzermusik erklang und das Brautpaar zum Tanz schritt.

Es wurde gesungen und gelacht, getrunken und getanzt. Und irgendwann spät gingen endlich die letzten Gäste nach Hause. Vor allem aber gingen die Neuvermählten nach

Hause, hinüber auf den Hackerbauerhof, wo Zenzi von diesem Tage an leben würde.

»Alles Glück der Welt für dich, Zenzi«, flüsterte Wally ihr beim Abschied zu. »Ich freu mich so für dich.«

»Ich freu mich auch so«, sagte die große Schwester leise. Es war ihr ein bisschen peinlich, weil ja alle wussten, was in dieser Nacht geschehen würde. Aber außer ihr schien es sonst niemandem peinlich zu sein. Und tatsächlich freute sich Wally nicht nur mit ihr, sondern sie beneidete sie sogar ein wenig. Nicht *deswegen*, sondern weil Zenzi jetzt mit dem Mann zusammenleben durfte, den sie liebte, während sie selbst ihre große Liebe vielleicht nie mehr wiedersehen würde.

※※※

Am nächsten Morgen verließ Wally sehr früh das Haus. Sie musste den Bus in Hohenwart um halb acht Uhr erreichen, damit sie rechtzeitig für den Zug in Pfaffenhofen war. Zum Abschied weinten Wally und die Mutter. Der Vater hatte nur geflüstert: »Pass auf dich auf, Kind. Und schau, dass du was abkriegst vom Leben«, und so leise, dass sie ihn fast nicht verstanden hatte, hinzugefügt: »Schön, dass wir uns noch einmal gesehen haben.«

Steff hatte ihr angeboten, sie mit der Kutsche hinüberzufahren nach Hohenwart, aber Wally hatte abgelehnt. »Bleib du lieber hier. Es ist nicht so weit, und ich lauf gern ein Stück.«

Insgeheim wollte sie nicht, dass es so schnell ging mit der Abreise. Sie war froh, wenn sie das geliebte Dorf noch eine Weile sehen konnte; wenn sie an den Wiesen ihrer Kindheit vorbeispazieren konnte, die unter einer dicken Schneedecke lagen, an dem zugefrorenen Weiher und unter den Birken, die die Landstraße säumten.

Erst als sie im Bus saß und die kahlen Hopfenfelder an ihr vorbeizogen, griff sie in ihre Tasche und holte Ludwigs Brief noch einmal hervor. Darin stand:

Niemand kann mich hier brauchen, Wally. Und Du kannst auch keinen Mann brauchen, der nix kann und niemand ist. Vielleicht gibt's einmal ein Wiedersehn, das würd ich mir wünschen. Aber jetzt muss ich weg aus Manching und aus Bayern und vielleicht auch aus Deutschland.
Leb wohl, meine liebe Wally. Ich denk an Dich.
Alles Liebe
Dein Ludwig Auffacher

***

»Geh, Steff, spann die Rösser an!«

»Die Rösser? Wo willst denn hin, Vater?«

»Wir fahrn nach Hohenwart. Mach vorwärts.«

»Aber die Rösser gehörn uns doch gar nimmer, Vater.«

»Tu, was ich sag!«, polterte der Geistbeck, obwohl er kaum aufstehen konnte von seinem Bett, auf dem er jetzt vollständig bekleidet lag. Allein, dass er es geschafft hatte, sich anzuziehen, überraschte den Sohn.

Betroffen stolperte Steff aus der Kammer und stieß mit seiner Mutter zusammen. »Was ist denn, Bub?«, fragte sie ihn verwirrt.

»Der Papa. Er weiß nimmer, was er sagt.«

»Dein Papa weiß sehr wohl, was er sagt, Bub. Und wenn er dir was aufgetragen hat, dann red nicht lang, sondern tu's.« Walburga Geistbeck scheuchte ihren Sohn nach draußen und warf einen Blick in die Schlafkammer. Da lag er, ihr Gatte, dieser armselige Mann. So stolz war er einst gewesen und fesch! Jetzt war er ausgezehrt und furchtbar anzusehen. Wenn er ihr auf der Straße begegnet wäre, sie hätte nicht schwören können, dass sie ihn erkannt hätte. Den Krieg hatten sie überstanden, die Inflation, so viel Kummer hatten sie überwunden – und jetzt kam so eine Krankheit daher und machte aus diesem Baum von Mann ein Häuflein Elend.

Überrascht hörte die Geistbeckin, wie ihr Sohn draußen die Gäule vors Haus führte. Sie stieg hinunter, trat vor die Tür und fragte: »Was machst du denn mit den Rössern, Steff?«

»Der Papa hat gesagt, ich soll sie anspannen.«

»Geh! Der kann doch in seinem Zustand nicht ausfahrn!«

Walburga Geistbeck drehte sich um und ging zurück ins Haus, um mit ihrem Mann zu sprechen. Steff folgte ihr kurz darauf. »So!«, rief er, als er über die Schwelle der Kammer trat. »Jetzt wär's so weit.«

Doch Georg Geistbeck hatte seinen letzten Atemzug getan.

ORIGINALREZEPTE AUS WALLYS HAUSWIRTSCHAFTSSCHULE

Senf

***

300 g gelbes, 100 g grünes Senfmehl, 1 Pf. Zucker, 1/2 l Wasser, 1 l Essig, eine mit Nelken gut gespickte Zwiebel, 1/2 Teelöffel schwarzer Pfeffer, 1 EL Salz nach Belieben, 1 St. Farinzucker.

Das Senfmehl und den Pfeffer in eine Schüssel geben, die anderen Zutaten mit der angegebenen Flüssigkeit gut kochen. Den kochenden Sud mit dem Senfmehl langsam und gut abrühren. Falls der Senf zu scharf ist, kann man ihn mit dem glühenden Spieß brennen! Kühl aufbewahren! Hält jahrelang.

***

Kartoffelknödel halb und halb

✳✳✳

1 Pf. Kartoffeln, 2 Kochlöffel Mehl, 1 Ei, Salz, geröstete Semmelwürfel, Milch nach Bedarf.

Die Hälfte der Kartoffeln kochen und fein zerdrücken. Die andere Hälfte der Kartoffeln mit dem Reibeisen zerreiben, anschließend den Brei in einem frischen Küchentuch fest auspressen. Dann die beiden Kartoffelsorten mit den restlichen Zutaten vermischen, Knödel formen, wobei in jeden Knödel einige Semmelwürfel gegeben werden, und in kochendem Wasser ca. 15 Min. ziehen lassen.

✳✳✳

Spitzbuben

✿✿✿

1/2 Pf. Butter, 180 g Zucker, 360 g Mehl, 1/2 Pf. ungeschälte Mandeln, 1/2 Stange Vanille, 2 Löffel Vanillzucker.

Alle Zutaten auf einem Nudelbrett vermengen und einen feinen Teig daraus bereiten. Wenn die Butter sehr weich ist, geht der Teig leichter zusammen. Den Teig nicht zu dünn ausrollen und Plätzchen verschiedener Größe daraus stechen. Die Plätzchen hellgelb backen und dann mit Gelee bestreichen, solange sie noch heiß sind. So kann man je ein kleineres auf ein größeres schichten, an der Zahl so viel, wie man mag. Am Ende gleich mit feinem Zucker bestreuen.

✿✿✿

Möchten Sie wissen,
wie es mit Wally, Zenzi und Resi weitergeht?

Leseprobe aus dem zweiten Roman um die
drei Geistbecktöchter – erscheint am 19. Oktober 2022:

Antonia Brauer

DIE TÖCHTER DES GEISTBECKBAUERN

Jahre des Erntens

Roman

I.
Herbstblüten

München 1936

1.

Wie an jedem Tag des Jahres herrschte auf dem Marienplatz hektische Betriebsamkeit. Die Trambahn schob sich durch die Menschenmenge, Automobile hupten und drängten sich aneinander vorbei, und in der Mitte stand die Muttergottes auf ihrer Säule und blickte verwundert auf das Chaos, das sich zu ihren Füßen abspielte, das kleine Jesuskindlein auf dem Arm, einen filigranen Heiligenschein über dem schmalen Haupt.

Wally mochte diese Statue. Oft, wenn sie auf dem Weg über den Rathausplatz lief, um ihre Besorgungen zu erledigen, hielt sie für einen Moment inne und blickte hinauf zu der Madonna mit dem Heiland und flüsterte ein kleines Gebet. Dann eilte sie weiter, denn die Stadt hatte auch aus ihr einen Menschen gemacht, der niemals Zeit hatte. Da hieß es, rasch die Einkäufe zu tätigen, ehe die Läden schlossen, zügig die Straße zu überqueren, bevor man unter die Räder kam, und hastig nach Hause zu laufen, um nicht von der Herrschaft ausgeschimpft zu werden.

Allerdings gab es diese Herrschaft nicht mehr, seit der gute alte Doktor Boselli vor einigen Wochen heimgegangen war. Der Krebs hatte ihn aufgefressen, buchstäblich. Es waren schreckliche Monate gewesen zuletzt, auch für Wally, die ihr Möglichstes getan hatte, um es ihm so leicht und angenehm zu machen wie eben möglich.

So lange hatte sie seinen Wunsch nach Schonkost für übertrieben gehalten, und am Ende war es dann doch der Magen gewesen … Zuletzt hatte er kaum noch etwas Hühnerbrühe und ab und zu ein wenig Zwieback zu sich genommen. An seinem letzten Tag aber hatte er sie gebeten, doch noch einmal ihre famosen Spitzbuben zu backen. Mit Mühe hatte er einige davon hinuntergebracht, sich auf das Sofa zurücksinken lassen und geseufzt. Und Wally hatte genau gewusst, dass es ein Seufzen war, mit dem er bedauerte, all die schönen und guten Dinge zurücklassen zu müssen, wenn er seine Seele dem Herrn anbefahl.

Und nun war es also vorbei mit der schönen Stelle bei Doktor Boselli, der so ein feiner und vornehmer Mensch gewesen war. Wally machte sich wenig Hoffnung, dass sie wieder einen Haushalt finden würde, der so prominent gelegen war wie der Boselli'sche in der Rosenstraße, nur wenige Schritte vom Marienplatz entfernt und mit Blick auf das elegante Ruffinihaus und den Rindermarkt, der sich in den letzten Jahren so verändert hatte.

Aber es hatte sich ja alles verändert in den Jahren, die sie nun in der Stadt war. Genau genommen war das ganze Reich nicht mehr wiederzuerkennen, seit die Braunen dran waren. Allerdings wusste Walburga Geistbeck das lediglich vom Hörensagen, denn außer ihrer Heimat in der Hallertau, dem Tegernseer Land und der bayerischen Hauptstadt hatte sie von der Welt noch nichts gesehen. Und so würde das vermutlich auch bleiben. Für eine Hausangestellte war an Urlaub nicht zu denken. Die paar freien Tage, die sie im

Jahr hatte, hatte sie bisher allesamt in der Heimat zugebracht, zuletzt allerdings nur noch selten in Deimhausen, wo sie herkam. Der elterliche Hof war schon bald nach dem Tod ihres Vaters versteigert worden, weshalb auch ihr Bruder Steff in die Stadt gegangen war, um sich als Metzger zu verdingen.

In dem Augenblick, in dem sie das Rathaus erreicht hatte, setzte der Regen ein. Wally konnte gerade noch in die mächtige Einfahrt huschen. Das Münchner Rathaus war ein Bau, der ihr immer gefallen hatte. Es sah wesentlich älter aus, als es war, reich verziert mit Säulen, Figuren und gotischen Spitzbögen. Doktor Boselli, der sonst kein Spötter gewesen war, hatte deshalb gern etwas mokant von »Kitsch« gesprochen. Aber wenn es Kitsch war, dann mochte Wally eben Kitsch.

Hinter ihr rettete sich ein Mann vor dem Platzregen ins Trockene, der seinen Mantel über Kopf und Hut gezogen hatte. Beinahe hätte er sie umgerannt. »Verzeihung, Fräulein«, keuchte er und schüttelte sich. »Vor lauter …«

»Es is aber auch ein Wetter heut«, sagte Wally und blickte staunend auf den Platz hinaus, wo herunterkam, was nur herunterkommen konnte.

»Da haben offenbar höhere Mächte die Hände im Spiel!«, stellte der Mann grinsend fest. »Gell, Fräulein Geistbeck?«

»Kennen wir uns?« Tatsächlich kam ihr der Herr auch vage bekannt vor, aber Wally konnte sich beim besten Willen nicht … »Ah, doch.« Plötzlich fiel es ihr ein. »Der Metzger vom Petersturm!« Sie lachte. »Sie haben aber ein gutes Gedächtnis, dass Sie sich meinen Namen gemerkt haben.«

»Das war nicht so schwer. Erstens gibt's den nicht so oft, und zweitens …«

»Zweitens?«

»Das müssen Sie sich jetzt schon selber denken«, erklärte ihr Gegenüber.

»Scheint, als könnt das Wetter einige Zeit dauern«, sagte Wally, ohne auf die Bemerkung einzugehen.

»Manchmal muss einer halt Glück haben. Reitz, Michael. Nur für den Fall, dass Sie's vergessen haben.«

Wally lachte auf. »Nie und nimmer hätt ich das vergessen«, schwindelte sie, aber so, dass er merkte, sie meinte es nicht ernst. »Wo Sie mir zuerst auf dem Alten Peter das Leben gerettet und mich dann später vorm Verhungern bewahrt haben.«

Es war an ihrem ersten Tag in München gewesen, dass sie auf den Turm der Peterskirche gestiegen war und beim Hinaustreten auf die Plattform beinahe ohnmächtig geworden wäre. Damals hatten sie sich zum ersten Mal getroffen. Und später dann in der Metzgerei von Alois Zentner, wo der Unbekannte sich ihr namentlich vorgestellt und ihr einige fachmännische Empfehlungen gegeben hatte. »Und was machen Sie jetzt?«, fragte sie.

»Nachdem meine Metzgerei leider aufgegeben hat, muss ich mich nach einer neuen Stellung umschauen«, erwiderte Michael Reitz. »Und Sie?«

»Ich mich auch. Leider.« Wally nickte zu dem Schwarzen Brett, wo offene Stellen aushingen. »Mir ist mein Dienstherr kürzlich verstorben.«

»Das tut mir leid«, murmelte Reitz und nahm seinen Hut ab.

»Und mir erst. So ein guter Mensch, der Doktor Boselli.«

»Haushälterin sind Sie, stimmt's?«

»Die werden immer gesucht«, erklärte Wally tapfer, obwohl ihr ein wenig bang war, dass sie sich jetzt wieder vorstellen musste. Längst nicht alle Erinnerungen an ihre früheren Arbeitgeber waren so gut wie die an den letzten.

»Anders als Metzger.« Reitz seufzte. »Früher hat's in jeder Straße in München drei gegeben. Jetzt kommt ein Metzger auf drei Straßen.«

»Verstehe. Und was suchen Sie sich dann jetzt?«

»Irgendwas. Hauptsache, es hat Zukunft.«

»Sie müssen Ihre Familie ernähren, gell?«

Er lächelte ein wenig wehmütig. »Das Problem hätt ich gern.«

Dann wandte er sich den Aushängen zu, und auch Wally besah sich die Stellenausschreibungen. Immer öfter wurden jetzt Zugehfrauen gesucht, weil es die herrschaftlichen Haushalte kaum mehr gab, wie man sie früher geführt hatte. Die Wohnungen waren kleiner geworden, das Geld knapper, und eine Haushälterin leisteten sich nur noch wenige. Heutzutage sollten die Haushaltshilfen am liebsten außer Haus wohnen und nur zum Putzen und Waschen und für alle anderen schweren Arbeiten zu ihren Dienstherren kommen. Aber wie sollte das gehen? Eine Dienstmagd allein konnte sich von ihrem Einkommen schwerlich eine Wohnung in München leisten. Und Heiraten ging erst recht nicht: Wie hätte sie sich um Mann und Kinder kümmern sollen, wenn sie doch den ganzen Tag lang anderer Leute Haushalt führen sollte? Es war ein Kreuz.

»Und? Sind Sie fündig geworden?«

Wally schüttelte den Kopf. »Eine Zugehfrau wollen sie alle, aber keine Haushälterin.«

»Verstehe. Ja, das wird nicht ganz einfach sein.«

»Und Sie?«

»Rangierer.«

»Rangierer?«

»Bei der Bahn.«

»Aber Sie sind doch Metzger!«

»Ja. Und?«

»Da können Sie doch die Arbeit von einem Rangierer gar nicht. Oder?«

»Wenn das nicht gesucht wird, was man kann, dann muss man eben das können, was gesucht wird.« Er zwinkerte ihr zu mit diesem spitzbübischen Gesichtsausdruck, den sie früher schon an ihm wahrgenommen hatte, und setzte seinen Hut wieder auf. »Mir scheint, der Regen hat nachgelassen. Also dann …«, sagte er. »Morgen um drei?«

»Was ist morgen um drei?«, fragte Wally irritiert.

»Hofgarten?«

»Soll das eine Einladung sein?«

»Kaffee. Kuchen. Ein Glas Champagner«, schlug Reitz vor.

Wally lachte auf. »Champagner! So was hab ich ja noch nie getrunken. Und das werd ich auch ganz bestimmt nicht trinken«, beeilte sie sich hinterherzuschicken. »Mitten am Tag noch dazu …«

»Also, dann bleibt's bei Kaffee und Kuchen. Seien Sie pünktlich, Fräulein Geistbeck! Das Glück wartet nicht!« Und weg war er.

Kopfschüttelnd blickte Wally ihm hinterher, wie er durch die letzten Tropfen davoneilte und das Wasser zu seinen Füßen nur so spritzte. Auf der Hut würde sie sein müssen vor ihm, das stand fest. Denn dieser Michael Reitz war ein Schlawiner, auch das stand fest. Allerdings ein sehr sympathischer.

※※※

Eine Verabredung! Zum ersten Mal, seit sie in München war. Zum ersten Mal … seit Ludwig. Aufgeregt war sie, und zugleich hatte sie ein schlechtes Gewissen. Es war, als würde sie Ludwig untreu werden. Andererseits wusste sie seit Jahren nicht, wohin es den Jugendfreund verschlagen hatte, wo er jetzt lebte, ob er überhaupt noch lebte! Vielleicht hatte er längst eine Familie gegründet, hatte eine Frau, Kinder …

Solchermaßen versuchte sich Wally selbst Mut zuzusprechen, während sie die Residenzstraße hinterging, vorbei an den eleganten Geschäften bei der Oper, vorbei an den Löwenstatuen, die den Eingang der Residenz bewachten und von denen es hieß, sie brächten Glück, wenn man die Nase der Figuren am Wappen putzte. Verlegen blickte Wally sich um, ob sie beobachtet wurde, ehe sie mit Daumen und Zeigefinger an der Bronze rieb. Wusste ja niemand, was sie sich wünschte.

Fröhlich ging sie weiter, beschwingt von dem Gedanken, dass ihre heimliche Sehnsucht in Erfüllung gehen könnte. Ein sonniger Spätsommertag war es immerhin schon. Alle Welt schien sich verabredet zu haben, die beste Garderobe auszuführen und das strahlendste Lächeln zur Schau zu tragen. Kurz zögerte Wally, als sie an dem sogenannten »Ehrenmal« vorüberkam, das auf der anderen Straßenseite kurz vor der Feldherrnhalle von zwei Uniformierten bewacht wurde. Sie wusste, sie hätte jetzt salutieren sollen, aber sie schaute einfach nicht hin, sondern lief schnell weiter. Und so schnell der Schatten über ihr Gemüt gezogen war, so schnell war er auch wieder verschwunden, als sie unter dem großen Torbogen hindurch abbog und der Hofgarten vor ihr lag wie ein Ort aus einem Märchen mit seinen prächtigen Bäumen und Beeten, den gepflegten Wegen und dem Dianatempel in der Mitte, wo sie den Michael Reitz vermutete und wo sie ihn wenige Augenblicke später auch fand […]

2.

Der frühe Morgen war Resi die liebste Zeit. Auch wenn sie eigentlich gern länger geschlafen hätte, hatte sie doch die Stille und die Unschuld des Tages in seinen ersten Stunden schätzen gelernt. Meist stand sie vor ihrem Mann auf und zog sich leise an, um noch ein wenig vors Haus zu gehen, sich auf die kleine Bank unter der großen Linde zu setzen und die frische Morgenluft zu genießen. Vom nahe gelegenen Fluss her lag noch Nebel über dem Boden. Das Moor hatte einen ganz eigenen Geruch – anders als in Deimhausen, wo es vor allem der Wald gewesen war, der seinen würzigen Atem übers Land geschickt hatte.

Freinhausen war weder so stolz wie das nahe gelegene Pörnbach mit dem gräflichen Schloss und der großen Brauerei noch so verwunschen wie das kleinere Deimhausen, aber es war in den Jahren, die Resi mit Korbinian Hardt verheiratet war, zu ihrer Heimat geworden, und sie hatte es lieben gelernt. Vor allem aber hatten die Freinhauser sie lieben gelernt. Denn Resi war eine allseits anerkannte Wirtin, die ihre Gäste zu nehmen wusste und das Anwesen so gut im Griff hatte wie eine Alte.

Dabei hatte Resi schnell lernen müssen. Die Schwiegerleut rührten keinen Finger mehr. Nachdem der alte Hardt Haus und Hof an den Erben übergeben hatte, hatte er sich mit seiner Frau aufs Altenteil zurückgezogen und verließ das Austragshäusl, das neben dem Stadel lag, nur noch zu den Mahlzeiten und am Abend, um mit seinen Freunden in der Wirtschaft Karten zu spielen. Dabei hätten die jungen Hardts und hätte vor allem Resi Hilfe gut gebrauchen können, und die Schwiegereltern waren allemal noch rüstig und hätten mit anpacken können.

Umso froher war sie zunächst gewesen, dass ihre Mutter zu ihr gekommen war, nachdem der elterliche Hof zu Deimhausen versteigert worden war. Doch die beiden Mütter vertrugen sich nicht. Die Geistbeckin passte der Hardtin von Anfang an nicht, und die Hardtin war der Geistbeckin umgekehrt immer schon unsympathisch gewesen. »Ein böses Weib is sie«, schimpfte die Mutter manches Mal über die Schwiegermutter. Aber auch wenn sie mit dieser Feststellung zweifellos recht hatte, wäre es Resi lieber gewesen, nicht ständig zwischen den beiden Frauen zu stehen und zusehen zu müssen, wie sie den schlimmsten Streit verhinderte.

Noch schliefen sie alle oder waren zumindest noch in ihren Kammern und kümmerten sich nicht um die junge Wirtin, die sich immerhin freute, dass ihr Mann an diesem Tag wieder zurückkommen würde von seiner Fahrt nach Augsburg, und zwar mit einem Motorradl! Der alte Horch-Pkw nämlich, den der Seniorbauer als einer der Ersten im Ort angeschafft hatte, war dem Junior zu langsam und außerdem zu oft reparaturbedürftig.

Das würde ein großes Hallo geben, wenn Korbinian mit der Neuanschaffung vorfuhr. Genießen würde er es! Und Resi ebenso, denn auch wenn sie sich manchmal über ihren geltungssüchtigen Mann lustig machte, bewunderte sie ihn doch nach wie vor. Und sie hatte immer noch Freude an der Ehe, auch wenn sie bisher kinderlos geblieben war. Oder vielleicht auch gerade deshalb.

Die Schwiegermutter freilich, die alte Hardtin, versäumte es keinen Tag, ihr diese Kinderlosigkeit vorzuhalten und sie darauf hinzuweisen, was ihre Pflichten in der Ehe waren. Wenn sie gewusst hätte, wie eifrig Resi diesen Pflichten nachkam … Ja, sie freute sich auf ihren Korbinian und war gespannt auf das Motorradl und wie er damit aussah.

Die erste Kuh muhte im Stall. Karl, der Hofhund, bellte kurz und schlief weiter. Irgendwo schepperte etwas. Langsam kam Leben im Haus auf. Resi seufzte und stand auf. Jetzt hieß es wieder arbeiten bis zum späten Abend. Bis der letzte Gast gegangen und alles gespült und aufgeräumt war. Und bis auch die Schwiegereltern endlich wieder in ihrem eigenen Häuschen verschwunden waren.

Wenigstens würde der Korbinian wieder da sein. Und vielleicht gelänge ihnen ja heute Nacht, was das »böse Weib« so sehr herbeisehnte – und Resi in einem Winkel ihres Herzens nicht minder. […]

Ende der Leseprobe